读客科幻文库

跟着读客读科幻，经典科幻全看遍。

NEIL GAIMAN

[英] 尼尔·盖曼 著
马骁 译

献给我的朋友和伙伴莱妮·亨利，自始至终，她都在帮助我促成这一切；

以及我的朋友兼代理梅里利·海费茨，她让一切变得好极了。

我不曾去过圣约翰森林，心中总有所惧：怕那杉树林中无尽黑夜，怕突遇血红之杯，也怕鹰隼扑翼之声。

——《诺丁山的拿破仑》，G.K.切斯特顿[1]

1 Gilbert K. Chesterton（1874—1936），举世闻名的英国作家，献身警探小说，创造出“布朗神父”这位现代犯罪文学史上不朽的教士侦探。——译注（本书中注释如无特殊说明，均为译注）

若有赠鞋袜
夜夜享安宁
安稳坐，穿戴整
主会接纳汝魂灵

今夜似永夜
夜夜享安宁
炉火胜，烛光荧
主会接纳汝魂灵

若有赠酒肉
夜夜享安宁
炊火暖，身不冷
主会接纳汝魂灵

——约克郡传统守灵挽歌

前　言

即便你以前读过《乌有乡》，也多半没有读过这个版本。

这种事经常发生，《乌有乡》源自BBC邀我写的一部电视剧。虽说那个节目并不能说糟糕，但我总是觉得略有遗憾，人们在电视里看到的跟我的想象全然不同。小说似乎是把我脑海中的景象映射到别人脑海中的最佳方式。这可以说是小说之所长。

我是在BBC拍摄同名电视剧的时候开始了《乌有乡》的构思，差不多算是为了让自己保持理智。每当有一场戏被砍掉、一句台词被删除，或是任何情节被改变时，我都会说“没关系，我会把它放回书里去”，并以此恢复内心的宁静。直到有一天制作人跑过来跟我说：“我们要砍掉第二十四页那场戏，如果你敢说‘我会把它放回书里’，我就干掉你。”

从那以后，我只会在心中默想。

《爱丽丝漫游仙境》《纳尼亚传奇》和《绿野仙踪》这样的书是我儿时的最爱。我想给成年人写一本书，让他们重温那些作品给我的感动。我想写那些一文不名的人、不幸掉落底层的人。奇幻文学的魔镜，有时会帮我们看到一些司空见惯却又从来视而不见的事物。

我开始写这本书，是在电视剧开拍之际。那是一月，在伦敦南区一间公寓的厨房，也是我们的拍摄现场。我完成这本书是在五月，南加州一个小镇的旅馆里。

那年八月，它由BBC出版了。当艾冯出版社计划发行美国版时，我决定趁此机会作些改动。我把自己关在纽约世贸中心的酒店房间里，足足写了一周，为那些不知道牛津街在哪儿，也不清楚在那街上会遇到什么东西的美国读者增补一些内容。我庆幸自己能重返这个故事，尽可能地将它拓宽加深。艾冯出版社的编辑詹妮弗·荷西是个极有洞见的优秀编者。我们的主要分歧在于笑话。她不喜欢它们，也不相信美国读者会欣赏一本非幽默类小说里的笑话。她还希望删掉第二个前言，那是在故事正式开场前，克劳普先生和范德摩先生首度登场的部分。尽管有些不忍，我还是认同了她的意见，将二人的亮相放回正文。（如果你感兴趣的话，可以在本书最后读到那段故事的原文。）

等我完成那版修订时，已经增加了一万两千字，也删掉了几千。有些我删得很开心，也有些令我怀念。

而这个版本的《乌有乡》，则是在山庄出版社的皮特·阿特金斯的帮助下，由若干版本重组而成，合并了最初的英版和后来的美版。我删掉了一些重复的段落，创作出一个新版，我希望是最终版的《乌有乡》。恐怕文献学者们要为此大为头疼。

我从来不写续集。但《乌有乡》的世界，却是我希望有朝一日可以故地重游的地方。在一本名为《伦敦消失的河流》的书中，我读到有人在下水道里发现了一张黄铜床架。时至今日，还无人能说清它从何而来，又是怎么跑到那儿去的。

我猜卡拉巴斯肯定知道。

目 录

序　章

离开苏格兰小镇去伦敦的前夜，理查德·梅休心情很不好。

起先他心情还不错，高高兴兴地读着离别祝福卡，接受几位相当迷人的女性朋友热情拥抱，听着伙伴们念叨伦敦的凶险与邪恶。理查德很喜欢朋友们凑钱买来的白色雨伞，那伞面上还画着伦敦地铁路线图；他也很喜欢最初的几品脱啤酒，不过接下来的酒水一杯比一杯苦涩。最终理查德坐在酒吧门口的便道上，浑身直打哆嗦，权衡着该不该吐上一场。此时的他半点也不快活。

酒吧里，理查德的朋友们仍在庆祝他即将到来的远行。在理查德看来，他们已经有点闹过头了。他坐在便道上，手里紧紧攥着折好的雨伞，心中盘算着南下伦敦到底是不是个好主意。

“你可得留点神，”一个苍老嘶哑的声音说道，“要不然还没等你醒过味来，就会被他们弄走。就算把你关进局子，我都不奇怪。”两道锐利的目光从一张枯瘦肮脏的脸上瞪视着他，“你还好吗？”

“还行，谢谢你。”理查德说。他是个稍显孩子气的年轻人，有一头略微打卷的黑发和一双淡褐色的大眼睛，脸上那种迷迷糊糊、似睡非睡的表情，对异性有很大吸引力。这一点就连理查德自己也无法理解，更不敢相信。

那张脏兮兮的面庞略显安心。“给，小可怜，”老太太说着把一枚五十便士硬币塞进他手里，“你在街上流浪多久了？”

“我不是流浪汉。”理查德尴尬地解释道，同时试图把硬币还给老妇人，“请您……把钱拿回去吧。我很好，只是出来透口气。我明天就要去伦敦了。”他补充道。

老妇人狐疑地打量了他几眼，随即将五十便士收回，塞进裹在身上的大衣和围巾之中。“我也去过伦敦，”她推心置腹地说，“我是在伦敦结的婚，但那男的不是什么好东西。我妈妈不让我嫁到外地去，但我当时特别任性，而且既年轻又漂亮——虽说你现在肯定不信。”

“我相信您当年肯定很漂亮。”理查德说。那种马上就要吐出来的感觉正在慢慢消失。

“那对我真是一点儿好处都没有，最后还闹得无家可归，我知道这是种什么滋味，”老妇人说，“所以我才以为你是在流浪。你要去伦敦干什么？”

“我找了份工作。”理查德骄傲地对她说。

“干什么的？”她问道。

“哦，做证券的。”理查德说。

“我曾经是个舞蹈演员。”老妇人说着在人行道上笨拙地跳了几个舞步，嘴里还哼着不成调的乐曲；接着又像个快要停摆的陀螺似的左右摇晃，最后终于面朝理查德站稳脚跟。“把你的手伸出来，”老妇人对他说，“我给你算算命。”他听话地把手伸出来。老妇人用苍老的双手紧紧抓住理查德的手，眨了几下眼睛，就像只刚吞了老鼠的猫头鹰，而那老鼠正在肚子里表示抗议。“你有很长的路要走……”她迷惑不解地说。

“要去伦敦。”理查德对她说。

“不光是伦敦……”老妇人顿了顿接着说，“反正不是我熟悉的伦敦。”此时天空下起霏霏细雨。“很抱歉，”她说，“一切都是从门扉开始的。”

“门扉？”

老妇人点点头。雨越下越大，水珠拍打着屋顶和沥青路面。“我要是你，就会小心提防那些门扉。”

理查德站了起来，身子有些不稳。“好吧，”他不知道该如何应对这个警告，“我会小心的，谢谢。”

酒吧的门被人推开，灯光和噪声一拥而出。“理查德？你还好吗？”

“哦，我没事儿。我马上就回去。”老妇人已经摇摇晃晃地朝远处走去，被大雨浇得浑身湿透。理查德觉得该为她做点什么，但又不可能给她钱。他沿着狭窄的街道匆匆赶了上去，任凭冰冷的雨水在面颊和头发上拍打。“给你。”理查德说。他摸索着雨伞把手，试图找到打开它的按钮。随着“咔嗒”一声，雨伞绽放开来，显出白色的巨幅伦敦地铁网络图，每条路线都用不同颜色绘出，每个站点也都标示出来，写上了名字。

老妇人心存感激地接过雨伞，冲他笑了笑以示谢意。“你的心肠很好，”她对理查德说，“有时候无论你到了什么地方，只要心存善念，就能保证自己安然无恙。”她摇了摇头，“但一般来说可没这种好事。”一阵大风袭来，似乎想把雨伞从她手中扯走，或是翻个底朝天。老妇人紧紧抓住伞柄，用两条胳膊死死抱住，腰弯得很低，以此抵御狂风骤雨。她随即迈开脚步，走入雨幕和夜色之中，头顶的白色圆形物体上写满了伦敦地铁站名——伯爵宫廷、大理石拱门、黑修士、白城、维多利亚、天使、牛津马戏团……

理查德发现自己正醉醺醺地寻思着，牛津马戏团那儿真有马戏团吗？货真价实的马戏团，有小丑、美女和凶猛野兽的那种？酒吧大门再度敞开，一股声浪冲了出来，仿佛酒吧的控音旋钮被突然拧大。“理查德，你这呆子，这场该死的聚会是为你举办的，可你错过了所有乐子。”他走回酒吧，想吐的感觉在刚才那段怪异经历中消失得无影无踪。

“你看起来就像只落汤鸡。”有个人说。

“你根本就没见过落汤鸡。”理查德说。

另一个人递给他一大杯威士忌。“给，赶快灌进去。它会帮你暖和起来。你知道，在伦敦可找不到货真价实的苏格兰威士忌。”

“我敢说肯定能找到，”理查德叹道，雨水顺着他的头发滴落杯中，“伦敦什么东西都有。”他一仰脖把威士忌灌进肚，又有人给他买了一杯，那个夜晚随即陷入混沌，进而支离破碎。此后他只记得自己要离开一个井然有序的小地方，去往一处古老宏大却莫名其妙的所在；只记得凌晨时分，曾在某个雨水狂泻的下水道旁吐得稀里哗啦；只记得有个白色物体在雨中离他远去，上面画着各种颜色古怪的符号，就像只圆滚滚的小甲虫。

第二天早晨，他坐上火车，经过六小时的南行旅程，来到具有哥特式尖顶和拱门的圣邦康车站。他妈妈做了一小块核桃仁蛋糕，让他带在路上吃，又装了一暖瓶的茶水。理查德·梅休来到伦敦时，感觉就像在地狱。

第一章

她已经逃了四天，跌跌撞撞慌慌张张地在一条条小路和地道间奔跑。她饥肠辘辘，精疲力竭，身体已经累得无法承受，而且每扇门都愈发难以打开。经过整整四天的逃亡，她终于找到一处藏身之所：这是个位于地下世界的小石窟，待在这儿应该会很安全——至少她希望如此。女孩终于沉沉睡去。

在上次西敏寺举办的流动集市中，克劳普先生雇用了罗斯。“就把他看作，”他对范德摩先生说，“一只金丝雀。”

“会唱歌的那种？”范德摩先生问道。

“我对此深表怀疑，真真切切实实在在地表示怀疑。”克劳普先生抬手捋了捋那一头顺滑平直的橙色发丝，“不，亲爱的朋友，我用的是比喻义——指的是被人们提下矿坑测试毒气的那种。”范德摩微微颔首，领悟的曙光慢慢冒出头来。对，一只金丝雀。罗斯先生跟金丝雀没有任何相似之处。他膀大腰圆——几乎跟范德摩先生一样壮实——特别邋遢，几乎没有毛发，而且很少说话。不过罗斯已经告诉他俩自己喜欢杀生，而且相当拿手。克劳普先生和范德摩先生觉得这话很有意思。但他就是金丝雀，可惜自己并不知道。就这样，罗斯先生穿着脏兮兮的T恤和破破烂烂的蓝色牛仔裤，走在前面打头阵，身着考究黑西服的克劳普和范德摩则紧随其后。

只要你用心观察，就可以通过四种简单途径把克劳普先生和范德摩先生区分开来：第一，范德摩先生比克劳普先生高两头半；第二，克劳普先生的眼睛是淡蓝色的，范德摩先生则是棕色；第三，范德摩先生右手戴着用四颗乌鸦颅骨制成的几枚戒指，而克劳普先生没有佩戴任何显眼的饰物；第四，克劳普先生喜欢说话，而范德摩先生总是觉得饿。当然，他们的相貌也没有任何相似之处。

通道暗处传来一阵窸窸窣窣的动静。范德摩先生的匕首突然出现在他手中，随即又消失不见，戳在差不多三十尺外的地面上微微晃动。他走到匕首跟前，握住刀柄拔了起来。刀刃上插着一只灰老鼠，随着生命流逝，嘴巴无力地一张一合。他用食指和拇指捏碎了老鼠的脑袋。

“好了，这鼠辈没法再去告密了。”克劳普先生被自己的俏皮话逗得咻咻发笑，可范德摩先生一点儿反应也没有，“老鼠，鼠辈。明白吗？”

范德摩先生把老鼠从刀上取下，若有所思地将脑袋塞进嘴里嚼了起来。克劳普先生一巴掌将这玩意儿打掉。“别吃了。”

范德摩先生有点闷闷不乐地收起小刀。“打起精神来，”克劳普先生激励他说，“老鼠总会有的。现在，前进。咱们还有事儿要做，有人要敲打敲打。”

三年的伦敦生活并没有改变理查德，倒是改变了他对这座城市的看法。以前看到的各种照片曾给理查德留下了刻板印象，他原本把伦敦想象成一座灰色，甚至是黑色的城市，结果却惊讶地发现这里充满斑斓色彩：有红砖与白石，有红色公车和黑色出租车，还有鲜红的邮筒和绿草如茵的公园及陵园。

在这座城市中，垂垂古早和蒙昧新潮争风斗法，虽然没有恶意，但也同样不存敬意。这里到处都是商店和办公楼、饭店和住宅，公园和教堂，无人问津的纪念碑和黯然失色的宫殿。这里有数百个名字古怪的街区——伏尾、白垩农场、伯爵宫廷、大理石拱门，各区风格也迥然不同。这是一座喧闹、肮脏、欢快、杂乱的城市，挤满各种肤色、各种习俗和各种类型的居民。它以游客为食，既需要他们，又鄙夷他们。由于五百年来断断续续的道路拓宽工程，以及在车辆交通——无论是马车，还是新近出现的机动车——和行人需求间作出的拙劣妥协，伦敦城的平均交通时速三百年没有任何增长。

理查德刚到伦敦时，就发现此地巨大怪诞，基本无法理解。只有那张标示出地铁线路和站点的精美彩色地图，还能赋予它秩序的伪饰。但理查德逐渐意识到这幅地铁路线图只是便利的虚幻产物，可以让生活更加轻松，但跟地表城市的真实地貌毫无联系。这就像隶属于某个政治团体，理查德对自己这个想法感到自豪。在一次聚会中，他曾试图向一头雾水的陌生人们解释地铁路线图和政治的相似之处。但从那以后，他便决定还是不要涉足政治评论领域。

通过耳濡目染白白得到的信息（跟白噪声差不多，只是更有用）

的积累，理查德慢慢理解了这座城市。当他发现伦敦城本身还不到一平方英里后，理解过程也随之加快。这一平方英里东起艾德门，西至舰队街和老贝利区法庭，这块小小的自治区如今是伦敦金融机构的根据地，也是整个伦敦的发祥地。

两千年前，伦敦不过是泰晤士河北岸的一个凯尔特小村庄，后来罗马人不期而至，并定居于此。伦敦缓慢成长，大概过了一千年后，西部边界才与近邻小小的西敏王城接壤。伦敦桥建造好后，伦敦与隔河相望的南华克镇紧紧相连。它继续扩张，田野、树林和湿地慢慢被繁荣兴旺的市镇吞没；它继续发展，遭遇到其他小村小寨，比如东方的白教堂和德普特福，西方的哈默史密斯和牧人树丛，北方的卡姆登和伊斯灵顿，南方泰晤士河对岸的巴特西和朗伯斯。伦敦城把它们都纳入体内，就像一池水银遇到较小的水银液珠就吸收进来，只有一个个名字尚自留存。

伦敦就这样变成了巨大的矛盾体。这儿是个好地方，也是座不错的城市，但所有好地方都要付出代价，而且所有不错的城市都必须付出这种代价。

过了一阵子，理查德发现自己对伦敦早就习以为常。才没多久，他便开始为不曾去过任何伦敦景点而感到自豪了。（除了伦敦塔，莫德姑妈来城里度周末时，理查德被迫担负起伴游的任务。）

但杰茜卡改变了这一切。理查德发现自己在那些本该平静安闲的周末里，陪她游览着国家美术馆和泰特美术馆之类的地方。在这些场所，理查德意识到绕着博物馆逛太久会脚疼，明白了不出半个小时那些伟大的世界艺术瑰宝都会混作一团，更发现博物馆自助餐厅为一块蛋糕和一杯茶水开出的无耻价格，几乎超越了人类所能理解的范畴。

“这是你的茶和泡芙，”他对杰茜卡说，“买一幅那个丁托列多[1]的画也用不了这么多钱。”

“别胡说了，”杰茜卡高高兴兴地说，“再说泰特美术馆里也没有丁托列多的作品。”

“我应该来一份樱桃蛋糕，”理查德说，“这样他们就有钱再买一幅凡·高的画了。”

理查德两年前去法国度假时，在巴黎遇到了杰茜卡。他当时在罗浮宫参观，正试图寻找组织这趟周末旅行的同事们，却意外发现了杰茜卡。他眼睛盯着一件巨大雕塑，往后退了两步，正好撞在她身上。杰茜卡当时在欣赏一颗体积和历史意义同样巨大的钻石。理查德想用法语道歉，但根本不会说，只得换成英语，然后又为自己用英语致歉一事，设法用法语道歉，闹了半天才注意到杰茜卡是再英国不过的英国人。杰茜卡决定让理查德给她买一块昂贵的法国三明治和一杯价格超高的气泡苹果汁赔罪。序幕就这样被拉开了，真的。从那以后，理查德始终没法让杰茜卡相信，他不是那种有事没事就往美术馆跑的人。

赶上他们不去美术馆和博物馆的周末，理查德就会在杰茜卡逛街购物时当个小跟班。她通常会去骑士桥[2]的精品商店街，那里距离她在肯辛顿的公寓要不了几步路，坐出租车更是没几分钟。理查德会陪同杰茜卡，去逛哈罗德或者哈维尼柯斯这种令人生畏的超级百货商店。杰茜卡可以在那里买到所有东西，从珠宝书籍到日用百货不一而足。

理查德为杰茜卡神魂颠倒。她美丽动人，幽默风趣，而且前程不

1 意大利人，十六世纪威尼斯画派画家。

2 伦敦中心地带一富人区，地价高昂。

可限量。杰茜卡则认为理查德拥有很大的潜能，只要由合适的女人好好驾驭，就能变成完美的婚姻饰物。要是他能多用点心就好了，杰茜卡时常这样想。所以她送给理查德《穿出成功来》和《成功人士的一百二十五种习惯》之类的书籍，还有讲如何像执行军事行动那样开拓事业的书。理查德总是连声道谢，也总是打算认真读读。杰茜卡会在哈维尼柯斯的男装部，挑选她认为理查德应该穿的衣服——他的确会穿，至少会穿一个星期。在他们初次相遇的一周年纪念日那天，杰茜卡对理查德说，她觉得他们应该去买一枚订婚戒指了。

“你为什么要跟她在一起？”十八个月后，企业客户部的同事加里问道，“她可够吓人的。”

理查德摇了摇头。“只要你了解杰茜卡，就会发现其实她人很好。”

加里把从理查德办公桌上拿起来的塑料巨魔玩偶放回原位。“我没想到她居然还允许你玩这些东西。”

“她没跟我提过这个问题。”理查德说着从桌上拿起一只玩偶。它有一头乱蓬蓬的橙色荧光毛发，脸上挂着略显困惑的表情，就像是迷了路。

这个问题其实已经提过了。但杰茜卡说服自己相信，理查德的巨魔收藏是一种可爱的怪癖标志，可以媲美斯托克顿先生的天使收藏。杰茜卡正在为斯托克顿先生的天使收藏品组织巡回展览。她由此得出一个结论：伟人们总会收集某种东西。其实理查德并不是真想收集巨魔。他最初在办公楼外面的人行道上捡到了一个巨魔玩偶，便把它放在电脑显示器上面，妄图为自己的工作环境增添几分个人风格。在之后的几个月里，其他玩偶纷至沓来，都是注意到理查德偏爱这种小怪物的同事们送的礼物。他接受了这些礼物，把它们按部就班地绕着桌子放好，就摆在电话机和杰茜卡的相框周围。

相框上贴了张黄色便笺。

此刻是星期五下午。

理查德早就发现凡事都是懦夫：它们不会单枪匹马出现，而是一窝蜂地同时扑来。就以这个星期五为例吧：杰茜卡上个月至少提醒过他十几次，今天将是他生命中最重要的日子。然而尽管理查德在家里的冰箱门上贴了张便笺，又在办公室里杰茜卡的相框上贴了一张，他还是把此事忘得一干二净。这可真是倒霉透顶。

另外还有旺兹沃思[1]的报告要处理。这份文件早该交了，现在把他的脑子占得满满当当。理查德检查了另一组数字，随即发现第十七页不见了，只好重新打印一份。他又看完一页，心里很清楚只要能不受干扰地做完这件事……只要电话不响，那就谢天谢地了……电话响了。他按下扩音器的按钮。

“喂？理查德？总经理想知道什么时候能拿到那份报告。”

理查德看了看表。“再过五分钟，西尔维娅。我就快整理好了，只需要把盈亏表投影图加上就行。”

“谢了，迪克。我这就下去拿。”西尔维娅是总经理私人助理，她老把这个头衔挂在嘴边，永远给人一种说话办事干净利落效率极高的感觉。理查德按下关闭键。电话马上又响了。“理查德，”扩音器里传出杰茜卡的声音，“我是杰茜卡。你没忘，对吧？”

“忘？”他努力回忆着自己可能忘记什么事儿，同时看了一眼杰茜卡的照片，试图寻找灵感，结果发现自己需要的所有灵感都具象成了贴在她额头上的那张黄色便笺。

1　英格兰东南部城市，在大伦敦郡的西南部。

“理查德？把电话拿起来。”

他拿起话筒，同时读了一遍便笺上的内容。“抱歉，杰茜。哦，我当然没忘。晚上七点，玛梅森意大利餐厅。咱们就到那儿碰面吗？”

“叫我杰茜卡，理查德。别叫杰茜。”她顿了顿继续说，“在发生上次那件事之后？我可不这么想。你在自家后院都能迷路，理查德。”

理查德本想指出，任何人都有可能把国家美术馆和国家肖像美术馆搞混，而且在雨里傻站了一整天的人也不是她（其实在理查德看来，在这两个美术馆里逛到脚疼，还不如淋场雨来得有趣）。但他转念一想，还是不说为妙。

“我到你家去找你，”杰茜卡说，“咱们可以一块走过去。”

“好的，杰茜……杰茜卡，抱歉。”

“理查德，你已经确认过咱们订的位子了，对吧？”

“当然，”理查德一本正经地撒着谎，电话的另一条线响了起来，“杰茜卡，你看，我……”

“好的。”杰茜卡说完就挂断了。理查德接起另一条线。

“嗨，迪克。是我，加里。”加里的位子跟理查德就隔几张桌。他冲这边挥了挥手。“咱们待会儿还去喝酒吗？你说过咱们可以重新对一遍莫萨姆[1]的账户。”

“把该死的电话挂上，加里。咱们当然要去。”理查德挂上电话。便笺最下面记着一个电话号码，这张便笺是他几周前写下来提醒自己的。他已经订了位，这一点几乎可以肯定。但他没有重新确认。

1　英格兰东南部萨里郡一地区。

理查德一直想要确认，但手头总有那么多事，而且他知道还有的是时间。但事情总是一窝蜂地……

西尔维娅突然出现在他身边。“迪克？旺兹沃思的报告？”

“就快好了，西尔维娅。听着，再等一小会儿，好吗？”

理查德按完电话号码，有人接起电话时，他长出了口气。“玛梅森餐厅。我能为您做点什么？”

“是的，”理查德说，“三个人的座位，就今天晚上。我想我应该订过了。如果有的话，我就确认一下订的位子。如果没有的话，不知道现在还能不能订。谢谢。”不，他们今晚的预约中没有梅休订的桌。也没有斯托克顿，或是巴特拉姆——这是杰茜卡的姓氏。至于现在订位的问题……

让理查德十分不快的，倒不是对方所说的话，而是用来传达信息的那种语气。今晚的位子显然应该在三年前订好——听那口气，也许应该由理查德的父母来订。今晚的位子根本没戏：就算教皇、首相和法国总统今晚未经预约就大驾光临，也会被请到街上去任人奚落。“但今晚请的是我未婚妻的老板。我知道应该早打电话。我们只有三个人，能不能请您……”

对方挂断了电话。

“理查德？”西尔维娅说，“总经理还等着呢。”

“你觉得，”理查德问道，“如果我再打过去，告诉他们愿意多付点钱，能不能订到一张桌子？”

在她的梦中，所有人都聚在屋子里。她的父母，她的兄弟，还有

她的小妹妹。他们都站在大厅里注视着她。他们是那么苍白，那么肃穆。母亲波西娅抚摸着她的面颊，说她正身处险境。在梦中，门菲笑着说她早就知道。但母亲摇了摇头：不，不，现在她正身处险境，就现在。

门菲睁开眼睛。大门缓缓打开，声音很小很小。她屏住呼吸。石板上传来的脚步声很轻。也许他不会注意到我，门菲心想，也许他会走开。接着她绝望地想，我饿了。

脚步声略显迟疑。门菲躲在一堆报纸和破布下面，她相信自己藏得很严实。而且这个闯入者可能对她也没恶意。他不会听到我的心跳吧？门菲听到脚步声越来越近，她知道自己应该如何行事，但这件事令她感到恐惧。一只手扯开了盖在她身上的东西，门菲抬起头，看到一张既无表情也无毛发的脸。恶毒的笑容从这张脸上挤出。门菲就地一滚，身形一转，那柄刺向她胸膛的匕首，扎进了她的上臂。

在此之前，女孩从没想过自己能做出这样的反应。她从没想过会遇到够勇敢、够惊恐，或是够绝望的情况，以至于做出这种尝试。她伸出一只手，扶在对方胸前……

男人倒吸一口冷气，跌倒在她身上。那东西又湿又暖又滑，门菲扭着身子从男人底下钻了出来，跌跌撞撞地冲出房间。

她跑到外面那条又窄又矮的通道，无力地靠在墙上，这才缓过神来，抽噎地喘着粗气。刚才的行动耗尽了她最后的气力，现在门菲感到精疲力竭。她的肩膀开始抽搐。匕首还在上面。但至少现在安全了。

“哦，我的天啊，”一个声音从她右侧的黑暗中传来，“她居然逃出了罗斯先生的手心。我就办不到，范德摩先生。”这个声音显得油腻腻的，就像一团灰色黏液。

“我也办不到，克劳普先生。”毫无特点的声音在她左侧响起。

一点儿光芒突然闪亮，在黑暗中摇曳。“不过呢，”克劳普先生的眼眸在黑暗的地下世界中闪着微光，“她可逃不出咱们的手心。”

门菲抬起膝盖，狠狠顶向他的裆部，随即用右手捂住左肩，勉力向前冲去。

她拔腿便跑。

“迪克？”

理查德挥挥手，想赶走打扰他的东西。局面几乎已经尽在掌握，只需要再多点时间……

加里又喊了一声他的名字。“迪克？已经六点半了。”

“什么！”文件、钢笔、数据表和巨魔玩偶一股脑儿落进理查德的公文包。他猛地把包关上，转身就跑。

他一边往外走，一边套着大衣。加里跟了过来。“那咱们这就去喝一杯吧？”

理查德愣了片刻。他心想，如果给手忙脚乱举办一次奥运会，那他肯定能代表英国出赛。“加里，”他说，“很抱歉。我去不了。我今晚必须去见杰茜卡。我们要跟她的老板一起吃晚饭。”

“斯托克顿先生？斯托克顿家族的？就是那位斯托克顿？”理查德点点头。他们快步走下楼梯。“我相信你会玩得很开心，”加里促狭地说，“那个黑湖来的妖物[1]怎么样了？”

---

1 《黑湖妖物》是美国1954年出品的一部科幻恐怖影片。

“杰茜卡其实是从伊尔福德镇来的，加里。而且她仍旧是我生命中的光明与挚爱，承蒙垂询，不胜感激。”他们来到大厅，理查德抢上一步冲向自动大门，但它居然没有打开。

“六点已经过了，梅休先生，”大楼保安菲吉斯先生说，“您得登记离开时间。”

“受够了，”理查德自言自语道，“我真受够了。”

菲吉斯先生身上有股淡淡的药膏味，坊间传言说他收藏的软性色情文学堪比百科全书。而他值守门岗的勤勉态度更是近乎疯狂。曾经有天晚上，整层楼昂贵的电脑设备被人洗劫一空，外加两盆棕榈树和总经理的阿克明斯特羊毛地毯。菲吉斯先生始终无法忘却这个耻辱。

“那咱们喝酒的事儿就算泡汤了？”

“真抱歉，加里。你看星期一怎么样？”

“当然。星期一没问题。咱们周一见。”

菲吉斯先生检查过他们的签名，满意地确认两人都未随身携带电脑、盆栽棕榈树和地毯，这才按动桌子底下的按钮，大门徐徐开启。

“门啊门。”理查德说。

地下通道不断分出支岔。门菲胡乱选择着路线，矮身钻过地道，摇摇晃晃跌跌撞撞地乱跑。克劳普先生和范德摩先生好整以暇地跟在后面，就像维多利亚时代的达官贵人参观水晶宫博览会那样愉快安闲。每当他们走到岔路口时，克劳普先生就会单膝跪下，寻找最近的血渍，然后继续追踪下去。他们就像鬣狗，要把猎物累到脱力再下手。他们可以等待，他们有的是时间。

理查德终于转了运。他拦下一辆黑色出租车，开车的是个老司机。理查德早就发现，只要有个会喘气会说英语的乘客，那么伦敦所有出租车司机都会变得喋喋不休。这位老人说起话来更是滔滔不绝，谈到了伦敦市内交通问题、打击犯罪的最佳途径，以及最近的热门政治话题。但这位司机选了条不可思议的路线，把他迅速送到家门口。沿途经过的好几条街道，理查德根本闻所未闻。他跳下车，把小费和公文包都留在车上，又在车辆驶上主干道前慌忙招手把它拦下，取回自己的公文包，随即跑上楼去，回到他的公寓。理查德一进门廊，就开始脱衣服；同时把公文包甩过房间，包迫降在沙发上；又从口袋里拿出钥匙，慎重地放在客厅桌子上，以防出门忘了拿。

接着他冲进卧室，换上最好的西服。门铃突然响起。还差一条袖筒没有套好的理查德立刻扑向对讲器。

“理查德？我是杰茜卡。我希望你已经准备好了。”

“哦。当然。这就下去。”他抄起一件大衣，冲出房间，顺手把门摔上。杰茜卡正在一层的楼梯口等着他。她一向等在这里。杰茜卡不喜欢理查德的公寓，那里老让她觉得浑身不自在。屋里总有可能发现几件理查德的内衣裤——好吧，可以说到处都是；更不用提浴室水槽上凝结成块的牙膏污渍。哦，不，那里可不是杰茜卡喜欢的地方。

杰茜卡美艳绝伦，以至于理查德有时会情不自禁地盯着她，心里琢磨，她为什么会跟我在一起？他们会在黑暗中做爱，当然那是在杰茜卡位于肯辛顿区的漂亮寓所，黄铜床上铺了崭新的白色亚麻床单（因为杰茜卡的父母告诉她，羊绒被已经落伍了）。完事之后，杰茜卡会紧紧搂住他，打卷的棕色长发蜷在他胸前。她会轻声对理查德说自己有多爱他。而理查德也会说非常爱她，想永远跟她在一起。他们都以为这是真的。

“太棒了，范德摩先生。她慢下来了。”

“慢下来了，克劳普先生。”

“她肯定流了不少血，范先生。”

“可爱的血，克先生。可爱的黏湿血水。”

“用不了多长时间了。”

咔嗒。这是一柄弹簧刀打开的声音，显得空洞、孤寂而阴沉。

“理查德？你在干什么呢？”杰西卡问道。

“什么也没干，杰西卡。”

“你不会又忘了拿钥匙吧？”

“没有，杰西卡。”理查德不再拍打衣物，而是把手深深塞进大衣口袋。

“好吧，等你今晚见到斯托克顿先生时，”杰西卡说，“必须明白他不止是个非常重要的大人物，而且很有自己的一套。”

“我都等不及了。”理查德叹道。

“你这是怎么了，理查德？”

“我都等不及了。”理查德更热切地说。

“哦，那就赶快走吧。”杰茜卡开始散发出一种氛围，如果换成不那么成功的女性，很可能会被当作紧张。“咱们可不能让斯托克顿先生干等着。”

“当然不能，杰茜。”

“别这么叫我，理查德。我讨厌昵称，太掉价了。”

“给点零钱吧？”楼门口坐着个男人。他的胡子黄中带灰，眼窝深陷，目中无神。脖子上挂着一根磨损破旧的细绳，胸前吊着一块牌子。所有长眼睛的人都能读懂，他又饿又累，无家可归。其实这种事不用牌子也看得出来。理查德已经把手伸进衣袋，想翻枚硬币出来。

“理查德。咱们没时间磨蹭了。”杰茜卡也搞慈善活动，但那只是为了进行道德投资，“听着，我需要你给他留下个好印象，要让人家知道我选对了未婚夫。未来的配偶给人留下的好印象，是非常重要的。”她嫣然一笑，抱了抱理查德，又对他说，“哦，理查德。我真的好爱你。你应该很清楚，对吧？”

理查德点点头，他当然清楚。

杰茜卡看了眼手表，加快脚步。理查德动作很小地把一镑硬币往后一弹，扔给坐在门口的男人。那人抬起脏兮兮的手来，凌空接住。

“订位没有什么问题吧？”杰茜卡问道。理查德不善于对迎面抛来的问题撒谎，只说了声“哦”。

她选错了路——这条通道是个死胡同。要是在平常，这根本不是问题，但她现在很累，很饿，而且疼得要命……她靠在墙上，感觉砖块粗糙的纹理摩擦着脸颊，大口大口喘着粗气，抽泣哽咽。她的胳膊很冷，左手几乎丧失知觉。她再也走不动了，只觉得整个世界异常遥远。她想停下脚步，想躺下，想一觉睡上一百年。

“哦，范德摩先生，上帝保佑我这黢黑的小灵魂，你能看见我看到的东西吗？”柔和的声音从附近传来，他们肯定比她想象的更近，“通过这双小眼睛，我发现有些东西……”

“马上就要死了，克劳普先生。”冷淡的声音在门菲上方响起。

“咱们的委托人会很高兴的。”

门菲从灵魂深处，从所有疼痛、伤痕和恐惧之中，唤醒所能找到的任何东西。她精疲力竭，困顿空乏，几乎油尽灯枯。她无处可去，无力可使，也没有时间。“如果这是我能打开的最后一道门，”她默默向庙堂和拱门祈祷，“随便什么地方都行……只要是……安全的地方，”接着她又狂乱地想道，“去找人帮忙。”

在即将昏厥之前，门菲努力打开了一扇门。

黑暗最终降临时，她听到克劳普先生的声音，似乎从很遥远的地方传来。那声音说道：“哦，操他妈的。”

两人沿便道向餐馆走去。杰茜卡挽着理查德的胳膊，以高跟鞋所能允许的最快时速奋勇向前，他只好加快脚步紧紧跟随。路旁的街灯和打烊的店铺门脸照亮了前方道路。他们走过一溜高大阴森的建筑物，荒无人烟孤独寂寥的楼宇被一堵砖墙围在当中。

“你真的是想跟我说，你被迫答应他们多付五十英镑，才订到了今晚的餐桌？你这个呆子，理查德。”杰茜卡的黑眼眸中闪着怒火。

“他们弄丢了我的预约，还说所有位子都已经订满了。”两人的脚步声在高墙间往来回荡。

“他们可能会把咱们安排在厨房旁边，”杰茜卡说，“或是门口。你跟他们说过这是为斯托克顿先生订的吗？”

“说了。”理查德答道。

杰茜卡叹了口气，揪着理查德继续往前走。他们前方不远处的围墙上突然开了一扇门，一个人影走了出来，摇摇欲坠地站在路上，时间仿佛为之凝固。片刻后，那人身子一软，倒在水泥路面上。理查德打个冷战，猛地收住脚步。杰茜卡扯了他一把。

“听着，待会儿你跟斯托克顿先生聊天时，千万不要打断他的话头，也不要反对他的见解——他不喜欢被人反对。如果他讲了个笑话，你就笑。如果你不敢确定他是不是在讲笑话，就看我。我会……嗯，用食指敲敲桌面。”

他们走到蜷缩在便道上的那人跟前。杰茜卡抬腿迈了过去，理查德犹豫片刻。“杰茜卡？”

“你说得也对。他可能会认为我觉得无聊，”她思忖片刻，“我想到个好主意，”她高兴地说，“如果他讲笑话，我就摸摸耳垂。”

“杰茜卡？”理查德简直不敢相信她居然对脚下那个人视而不见。

“怎么了？”杰茜卡不喜欢别人打断她的思路。

“你看。”

他指指便道。那人脸朝下趴在地上，身上裹着臃肿的服装。杰茜卡抓住他的胳膊，往自己身边拽了拽。“哦，你看吧。理查德，只要你给他们点好脸色，这帮人就会全扑上来。他们都有家，真的。我敢说这女人只要好好睡上一觉，等酒劲过了就什么事儿都没了。”女人？理查德低头看去。还真是个女孩。杰茜卡继续说：“好了，我跟斯托克顿先生说过咱们……”但理查德已经单膝跪下。“理查德？你在搞什么鬼？”

“她没喝醉，”理查德说，“她受伤了。”他看了看自己的指尖，“她在流血。”

杰茜卡低头看着未婚夫，脸上写满紧张和茫然。“咱们要迟到了。”她一针见血地说。

“她受伤了。”

杰茜卡扭头看了一眼人行道上的女孩。理查德就是不懂轻重缓急。“理查德。咱们就要迟到了。还会有别人路过这里，别人会帮她的。”

女孩脸上沾满泥污，衣服也被鲜血浸透。“她受伤了。”理查德又说了一遍。他脸上有种表情，杰茜卡此前从没得见。

“理查德，”她厉声说道，随即又把语气放缓几分，提出一个折中方案，“那就打急救电话，叫一辆救护车来。赶快，马上打。”

地上的女孩突然睁开眼睛，在满是尘灰和血迹的脸上，这对眸子显得又白又大。“别送我去医院，求你了。他们会找到我的。带我去个安全的地方。拜托了。”她的声音显得虚弱无力。

“你在流血。”理查德说。他朝女孩出现的地方看去，但那堵砖墙平平整整严丝合缝。他扭回头来，看着一动不动的女孩说：“干吗不去医院？”

“救救我！”女孩低吟一声，闭上了眼睛。

理查德又问了一遍。“你为什么不想去医院？”这次他没有得到任何回应。

“你打电话叫救护车的时候，”杰茜卡说，“别把姓名告诉他们。不然你有可能会被带去提供证词什么的，那咱们可就迟到了……

理查德？你在干什么？”

理查德把女孩抱起来，托在身前，惊讶地发现她居然这么轻。“我要把她带到我的公寓去，杰茜。我没法把她扔在这儿。跟斯托克顿先生打声招呼，就说我很抱歉，但事态紧急。我想他肯定能够理解的。”

“理查德·奥利弗·梅休，”杰茜卡冷言道，“你把那女孩放下，立刻给我回来。要不然咱们的婚约就到此为止。我警告你。”

理查德感到湿黏温热的血水渗进了自己的衬衫。他明白，有时候你就是束手无策。他渐渐走远。杰茜卡被撇在后面，独自站在便道上，眼中噙着泪水。

没过多久，理查德就走出了她的视线范围。直到这时，杰茜卡才很不淑女地大叫一声“可恶”，使出吃奶的力气把手袋往地上一扔。手机、唇膏、日记和一包卫生巾散落在地。由于实在别无他法，她只好把东西都捡起来，放回手袋，走到餐馆去等斯托克顿先生。

杰茜卡抿着白酒，试图给未婚夫的缺席想出个合情合理的解释，最终绝望地发现自己正在考虑，能不能直接说理查德死了。

“事情发生得特别突然。”她愁容不展地低声说道。

理查德这一路都没有停下来思考。面对这种情况，他实在无从选择。在他心中保持理性的部分，有个人——心智正常的理查德·梅休——正从各个角度，向他阐明这样做有多荒唐：他打电话叫警察或是救护车就好了；随便挪动受伤的人是很危险的；他彻底把杰茜卡给惹毛了；今晚他恐怕只能睡在沙发上；还毁了唯一一套上好的西服；

这女孩身上够臭的……但理查德还是一步一步往前挪，只觉得胳膊抽筋，后背刺痛。他没有理会路人惊异的目光，只管继续前进。没过多久，理查德就来到公寓楼的一层大门前，磕磕绊绊地走上楼梯，最终站在自家门口，这才想起刚才把钥匙落在大厅桌子上了……

女孩伸出一只脏兮兮的手，碰了下大门，房门随即敞开。

理查德心想，门没锁好也能让我这么高兴，可真是始料未及。他把女孩抱进屋，用脚关上大门，然后把她放在自己床上。此时，他的衬衫前襟已经被鲜血浸透。

女孩似乎神志不清，双目紧闭，但眼皮还在颤动。理查德帮她脱掉皮夹克，发现左大臂和肩膀上有一道很长的伤口。他惊得屏住呼吸。“听着，我这就打电话叫医生来。”他轻声说道，“你能听见我说话吗？”

女孩突然瞪大眼睛，显出惊恐神情。“别打电话，求你了。我的伤没事。没有看上去那么严重。我只需要睡眠。不要医生。”

“但你的胳膊……你的肩膀……”

“我不会有事的。明天就好了。拜托了。”她的声音很轻很浅。

“哦，我想，那好吧，”随着理智的重新集结，他开口问道，“那个，我能否问一声……”

但女孩已经睡着了。理查德从壁橱里取出一条旧围巾，紧紧裹住她的左大臂和肩膀。他可不希望在带女孩去看医生前，就让她失血过多死在自己床上。一切处理停当后，他蹑手蹑脚地走出卧室，反手把门关上，然后往电视机前的沙发里一坐，心想自己到底都干了些什么。

第二章

他身在地底深处：也许是一条地道，或是下水道。隐约闪现的光亮并没有驱散黑暗，反倒凸显出黑暗的存在。他并非孤身一人。还有些人在旁边走动，不过他看不清这些人的面目。他们正在奔跑，在下水道中穿行，沿途溅起泥巴和污垢。水珠从空中缓缓滑落，在黑暗中显得晶莹剔透。

他拐了个弯，那头野兽正在等他。

它硕大无朋，填满了下水道的所有空间。头颅硕大低垂，身上刚毛倒竖，鼻息在冰冷的空气中形成水雾。他起初以为这是某种野猪，但很快意识到野猪不可能长成这么大个。它的体型如同公牛，如同猛虎，如同汽车。

他举起长矛，野兽瞪着他，转瞬光阴长如百年。他瞥了眼紧握长矛的双手，随即发现这不是他的手。胳膊上覆盖着黑毛，指甲长得近乎利爪。

野兽开始冲锋。

他掷出长矛，但为时已晚。他感到野兽剃刀般锋利的獠牙划开了自己的肋腹，感到生命力迅速流进泥土。他意识到自己扑倒在水道中，黏稠的血液在水里染出浓重的红色漩涡。他试图尖叫，试图赶快醒来，但却只能吸入泥浆、鲜血和污水，只能感到疼痛……

“做噩梦了？”女孩问道。

理查德在沙发上坐起身，大口大口喘着粗气。窗帘没有拉开，电灯和电视也还没关。但通过缝隙透入的苍白微光，他知道现在已经是早晨了。理查德在沙发上摸索着遥控器，最终发现自己夜里把它塞到身子后面去了。他随即关上电视。

“对，”他说，“差不多吧。”

他从眼角抹掉眼屎，看了看自己的状况，欣慰地发现至少睡着前脱掉了靴子和外套，不过衬衫前襟全是干透的血渍和泥污。无家可归的女孩什么话也没说。她看起来很糟：透过污垢和褐色血渍，可以看出她肤色白皙，而且个头很小。她身上套了好些衣服，式样繁多，怪模怪样：丝绒肮脏不堪，蕾丝花边也沾了泥巴。透过破洞和裂缝，可以看到下层的各种面料和款式。理查德心想，她就像在夜深人静之时，打劫了维多利亚和艾伯特博物馆[1]的历史服装展区，把所有战利品都套在身上。她那一头短发也很脏，但泥污之下很可能是一头深红色头发。

理查德最恨别人说些显而易见的事实。老有那么些人会走过来，说些他不可能没发现的情况。比方说“下雨了”或是“你购物袋的底儿破了，你买的食物掉进水坑里了”，还有更过分的“哦，我打赌肯定很疼”。

“你醒了。”理查德说完这话，就开始痛恨自己。

“这是谁的领地，”女孩问道，“是谁的采邑？”

“呃，你说什么？”

1　创立于1852年，以维多利亚女王和艾伯特公爵命名，欧洲服饰发展史的展厅最为有名。

她狐疑地环顾四周。“我到底在哪儿？”

“小卡姆登街，牛顿公寓，四号房间……”说到这里，他把嘴闭上。女孩已经拉开窗帘，对着清冷的晨光眨眨眼睛。她透过理查德的窗口，望着外面的平凡景象，惊讶得目瞪口呆，进而聚精会神地看着楼下的轿车、公车和乱七八糟的面包房、药店、酒馆和书报摊。

“我这是在上伦敦。”她说轻声说。

“对，你是在伦敦，”理查德说。他心想，上什么？“我想你昨晚可能是休克了。你胳膊上有一道可怕的伤口。”他等待女孩解释情况，或是说点什么。但对方只是瞟了他一眼，又回头望向楼下的公车和店铺。理查德继续说：“我，嗯，发现你躺在人行道上。还流了很多血。”

“别担心，”她一本正经地说，“大部分都是别人的血。”

她一松手，让窗帘落下，然后把那条沾满血渍、结了硬壳的围巾解下来。她看看伤口，做了个鬼脸。“咱们得想办法处理一下，”她说，“你能不能帮我一把？”

理查德顿觉手足无措。“我对急救护理了解得不多。”

“好吧，”女孩说，“如果你真晕血的话，那只要帮我拉住绷带，把我够不着的地方绑好就行。你应该有绷带吧？”

理查德点点头。“哦，是的，”他说，“在急救箱里。浴室里面。水槽底下。”他说完就走出卧室，开始换衣服，心里还琢磨着衬衫上的血渍能不能洗掉。这是他最好的衬衫，而且是……哦，天哪，杰西卡买给他的，她肯定要气疯了。

血水让他想到了什么事儿，可能是曾经做过的梦，但他怎么也想不起来到底是什么东西了。理查德拔开栓塞，放掉水槽里的水，又重新接满清水，加了点消毒液进去。刺鼻的杀菌水味儿闻起来药力十足，感觉很有效果。对眼下的古怪情势和他的客人来说，都是一剂妙药良方。女孩把身子探到水槽上方，让理查德往她的胳膊和肩膀上泼洒温水。

理查德从没有自己想象中那么容易晕血。或者这么说吧，只有出现在荧幕上的鲜血才会让他觉得头晕。比如一部带劲的僵尸片，或是细节逼真的医疗剧，都会让他蜷缩在角落里，呼吸急促，双手捂住眼睛，说些诸如“等这段演完再告诉我”之类的话。但如果面对的是真正的鲜血、真正的疼痛，他就会埋头应对。两人洗净伤口，用绷带包好。跟理查德昨晚的印象相比，这伤口显得浅了很多。在包扎过程中，女孩努力控制自己，没有乱躲乱动。理查德心中猜测她到底有多大年纪，污垢下的面容应该是什么样子，究竟为什么流落街头，还有……

“你叫什么名字？”女孩问道。

“理查德。理查德·梅休·迪克。”她点点头，似乎正把这个名字存进记忆库。门铃响了。理查德看了看浴室中的惨状，又看看女孩，心想不知外人见到这一幕该作何感想。比方，例如……“哦，天主啊，”他想到了最糟糕的情况，“我打赌肯定是杰茜。她会宰了我的。”亡羊补牢。亡羊补牢。“听着，”他对女孩说，“你就在这儿等着。”

他把浴室房门关在身后，快步走过门庭。他打开前门，长长出了口气，感到由衷的欣慰。站在门外的不是杰茜卡，而是……什么呢？摩门教徒？耶和华见证会[1]的？警察吗？他看不出个名堂。反正门口站着两个人。

他们身穿黑西装，布料略显油腻，还有点磨损。就连理查德这种自认为对服饰有阅读障碍的人，也能发觉这两位的大衣剪裁很不对劲。它们像是出自两百年前的裁缝之手，此人听说过现代西装的样式，但从没亲眼得见。线条根本不对，装饰细节更是乱七八糟。

狐狸和狼，理查德情不自禁地想到。站在前面的人，也就是狐狸，比理查德略矮几分。他脸色惨白，没有生气，留着油光锃亮的平直发型，而且是很古怪的橙色。理查德打开门时，此人咧开嘴露出灿烂笑容，一口乱葬岗似的烂牙呼之欲出。“早上好，尊敬的先生，”他说，“今天真是阳光明媚啊。”

“啊。你好。”理查德说。

“我们在逐门逐户进行私人调查，这件事非常微妙。您能让我们进去吗？”

“哦，现在真是不太方便，”理查德紧接着问了一句，“你们是警察吗？”第二位访客个头很高，灰黑相间的头发剪得很短，理查德觉得他像是头狼。此人站在同伴身后，胸前抱着一摞复印纸。他刚才始终一声不吭，只是漠然地站在那里，给人很大压迫感。听到理查德这句话，他突然呵呵怪笑，声音低沉下作，有种不怀好意的感觉。

“警察？我的天，”小个子说，“我们可没这份运气。维护法律与秩序的生涯的确相当诱人。但幸运女神发给我们兄弟的名片上真没写这种头衔。不，我们只是平头百姓。请允许我介绍一下。我是克劳普先生，而这位绅士是我兄弟，范德摩先生。”

---

1 兴起于19世纪而传遍世界许多地区的千禧年主义教派。

他们看起来可不像兄弟，甚至不像理查德以前见过的任何东西。“你兄弟？”理查德问道，“你们难道不该同姓吗？”

“真让我瞠目结舌。瞧这脑子，范德摩先生。敏锐机警不足以形容其万一。有些人的确机灵，”他说着往前凑了凑，踮起脚尖，贴近理查德的脸孔，“但小心聪明反被聪明误啊。”理查德不由自主地倒退一步。“我们可以进去吗？”克劳普先生问道。

“你们想干什么？”

克劳普先生叹了口气，他显然把这作派理解为柔肠百结。“我们在找我们的小妹妹，”他解释道，“真是个不听话的孩子，又任性又固执。快把我们那守寡的老妈妈的心给伤透了。”

“离家出走，”范德摩先生轻声解说道，同时往理查德手中塞了一张传单，“她有点……古怪。”他说着在太阳穴旁边转了转手指，以全球通用的手势暗示女孩是个疯子。

理查德低头看了眼那张纸。上面写道：

你见过这个女孩吗？

标题下面是张影印照片，看起来正是被他留在浴室的那位年轻女士，只不过干净整洁一些，头发也比较长。

照片下面写着：

对门菲瑞这个名字有反应。

会踢会咬。离家出走。

如果你见过她，请联系我们。

期盼归来。必有重谢。

再往下是一个电话号码。理查德又看了眼照片，绝对是浴室里那个女孩。“不，”他说，“恐怕我从没见过这姑娘，真抱歉。”

但范德摩先生根本没听他说话。大个子抬起头，抽抽鼻子，仿佛闻到了什么怪味或是臭气。理查德伸出手，想把那张纸还给他，但大个子却把他推到一边，迈步走进公寓，就像一头寻找猎物的狼。理查德紧赶两步，追了上去。

“你这是搞什么鬼？你给我站住。出去！听着，你不能进去……”范德摩先生径直走向浴室。理查德希望那女孩——门菲瑞？——能够沉着应对，把浴室的门锁上。但事实并非如此。范德摩先生随手一推，门就开了。壮汉走进浴室，理查德紧随其后。他感觉自己就像只没用的小狗，只能跟在邮递员身后乱吠。

这间浴室并不大。其中包括浴缸、马桶、水槽、几瓶洗发水、一块肥皂和一条毛巾。理查德几分钟前离开浴室时，这里还有个血迹斑斑的脏女孩、一个血迹斑斑的水槽、一个打开的急救箱。但现在此地干净得光可鉴人。

浴室里根本没有可以藏身的地方。范德摩先生走了出去，推开卧室的房门，进去打量一番。

“我不知道你们想干什么，”理查德说，“但如果你们俩不马上滚出我的公寓，我就要打电话叫警察了。”

正在检查理查德起居室的范德摩先生蓦地回过头来看着他。理查德突然发现自己特别特别害怕，就像只小狗刚刚发现本以为是邮递员的家伙，其实是只巨大的食犬异形，来自杰茜卡一向不看的那种恐怖片。理查德心想，范德摩先生是不是那种你该对他说“请别伤害我”的人，以及如果真是，那说这句话到底有没有用。

狐狸似的克劳普先生发话了。“哎呀，你这是怎么了，范德摩先生？我敢打赌，肯定是在替我们亲爱的小妹妹担心，搞得他精神恍惚。赶快向这位先生道歉，范德摩。”

范德摩先生点点头，沉思片刻。“我刚才觉得想上厕所。其实不用。抱歉。”

克劳普先生推着范德摩先生朝门外走去。“这不就行了？那么，我相信您一定会原谅我这小兄弟的冒昧失礼。他只是太担心我们寡居的老妈妈，还有可怜的妹妹。咱们说话这当口儿，她还在伦敦街巷中游荡呢，没人关心没人照顾。范德摩先生愁得有点精神错乱，我也快发疯了。但尽管如此，他还是个挺好的同伴。我没说错吧，大块头？”他们走出理查德的公寓，来到楼梯间。范德摩先生一言不发。他可没有愁到精神错乱的感觉。克劳普转回身，又挤出一个狐狸似的笑容。“如果您见到她，还请通知我们。”

“再见。”理查德说着把门一关，迅速锁好，顺手把防盗链挂上——自打他住进这间公寓，还是头一回这么做。

“我不胖。”范德摩先生说。

理查德刚一提到要叫警察时，克劳普先生就剪断了电话线。他现在开始怀疑自己是否剪对了线，二十世纪通信技术可不是他的专长。他从范德摩手中拿过一张传单，在楼梯间的墙上摆了摆。

“我又没说过你胖，”他对范德摩说，“吐口痰！”

范德摩先生从嗓子眼里咳出一口黏痰，当当正正吐在传单背面。克劳普先生把纸使劲往墙上一拍，按在理查德的房门旁。它立刻牢牢粘住。

上面写道：

你见过这个女孩吗？

“你说大块头，其实是想说胖。”

“大块头的意思是强壮、结实、可靠、精力充沛、活力十足、勇敢、果决、无所畏惧，”克劳普先生说，“你相信他说的话吗？”

他们转身朝楼下走去。“鬼才信他，”范德摩先生说，“我都闻见她的味儿了。”

理查德守在门口，直到听见大门关闭的声音从楼下传来，这才沿着门厅走回浴室。电话突然铃声大作，着实把他吓了一跳。理查德连忙跑回门庭，抄起话筒。“喂？喂？”

话筒里一点儿动静也没有，反倒是“咔嗒”一声响起，电话旁摆着的答录机里传出了杰茜卡的声音。她说：“理查德？我是杰茜卡。可惜你不在家，因为这将是咱们最后一次交谈，我打电话只是想跟你讲个明白。”理查德发现电话彻底坏了。听筒后面挂着一尺来长的电话线，末端被齐头剪断。

“你昨晚让我极为难堪，理查德，”杰茜卡继续说，“依我之见，咱们的婚约算是到此为止了。我不想把戒指还给你，更不想再跟你见面。我相信你和你那倒霉鬼早晚要下地狱。再见。”

“杰茜卡！”理查德大声喝道，希望凭借音量接入电信网络。磁带停止转动，又是“咔嗒”一声，小红灯开始闪烁。

“坏消息？”女孩问道。她出现在理查德身后，站在客厅的炉灶旁边，胳膊上的绷带裹得很牢。她正拿出茶包放进水杯。茶壶里的水已经开了。

“对，”理查德说，“很糟。”他走到女孩面前，把写着“你见过这个女孩吗？”的传单递了过去。“这就是你，没错吧？”

她扬起一侧眉毛。“照片上的确是我。”

“你叫作……门菲瑞？”

女孩摇了摇头。“我叫门菲。理查德理查德梅休迪克。加牛奶和糖吗？”

理查德感觉完全摸不着头脑。他说：“理查德。就是理查德。不要加糖。”接着又说，“哦，不知你方不方便告诉我，到底出了什么事？”

门菲把开水倒进两个杯子。“你还是别问的好。”她只说了这一句。

“哦，好吧，如果我说错了话……”

“不，理查德。说真的，你还是不知道为好。这对你没什么好处。你已经做得够多了。”

门菲取出茶包，递给他一杯茶。理查德接过茶水，这才意识到自己还拿着听筒。“哦。我是说，我总不能把你扔在那儿不管吧？”

“你可以这么做，”她说，“但你没有。”女孩紧贴墙壁，向窗外望去。理查德也走到窗前举目张望。克劳普先生和范德摩先生正从街对面的面包房走出来，“你见过这个女孩吗？”就贴在橱窗显眼的位置。

“他们真是你的兄弟吗？”他问道。

“拜托，”门菲说，“饶了我吧。”

理查德抿了口茶，试图装作一切正常。“那么你到哪儿去了？”他问，“就刚才？”

“我就在这儿，”门菲说，“听着，那两个家伙还在附近转悠，但咱们得送条口信出去，”她顿了顿继续说，“找个能帮上忙的人。我现在不敢离开这里。”

“哦，你有什么地方可去吗？咱们能给谁打个电话吗？”

女孩从他手中取走吊着电话线的听筒，严肃地摇了摇头。“靠电话可找不到我的朋友们，”她说着把话筒放回原位。它挂在电话上，显得失落寂寥。门菲脸上闪过一丝调皮的笑容。“面包屑。”

“你说什么？”理查德问道。

理查德的卧室后面有扇小窗户，可以望见一片屋瓦和排水槽。门菲站在理查德的床上，伸手把窗子打开，在周围撒下面包屑。“但我还是不明白。”理查德说。

“你当然不明白啦，”女孩附和道，“好了，先别说话。”随着一阵翅膀拍打的声音，一只紫灰绿三色相间的漂亮鸽子落在窗外，啄食着面包屑。门菲伸出右手，把它抓了起来。鸽子好奇地看着女孩，但丝毫没有反抗。

他们坐在床上。门菲让理查德拿着鸽子，好用一根鲜艳的蓝色橡皮筋把字条系在它腿上，理查德过去一直用这东西收纳电费账单。即便在心情最好的时候，他也不怎么喜欢抓着鸽子。“我看不出这样做有什么意义，”他说道，“你看，它又不是信鸽，只是普通的伦敦鸽子。会在纳尔逊将军塑像[1]上拉屎的那种。”

“一点儿没错。”门菲说。她脸上留有擦伤，脏兮兮的红头发乱成一团，发色倒还鲜亮。至于她的眼睛……理查德发现自己说不好她的眼睛是个什么颜色。它们既不是蓝色、绿色，也不是褐色、灰色。这双眼瞳让他想起了火蛋白石，绽放出明艳的蓝绿色彩，女孩走动起来时，眸子里甚至会闪现红黄光芒。她从理查德手中接过鸽子，轻轻捧在面前，与它四目相对。小鸟歪着头，用圆滚滚的黑眼珠注视着她。“好了，”女孩突然发出类似鸽子鸣叫的咕咕声，“咕噜咕，你要找的人是卡拉巴斯侯爵。记住了吗？”

鸽子冲她咕咕叫了两声。

“好姑娘。听着，这件事很重要，所以你最好……”鸽子用听起来很不耐烦的声音打断了她的话头，门菲连忙说，“真抱歉。你当然知道自己该怎么做。”她把鸽子送出窗外，放手让它飞走。

理查德将这一幕尽收眼底，心中疑窦丛生。“知道吗，它好像真能听懂你说的话？”理查德看着鸽子越来越小，最终消失在一排屋脊后面。

“不错吧，”门菲说，“现在咱们等着就好了。”

她走到放在卧室角落的书架前，找出一本简·奥斯汀的《曼斯菲尔德庄园》，然后走入起居室，舒舒服服地坐进沙发，把书翻开。理查德也跟了进去，他都不知道自己还有这本书。

“这么说是门菲瑞的昵称？”理查德问道。

“什么？”

1　英国海军统帅，曾击败法西联合舰队，奠定英国海上霸主地位。该塑像位于特拉法尔加广场，是伦敦标志性建筑之一。

“你的名字。”

“不。我就叫门菲。”

“有什么说法吗？”

“门菲，门扉。就是你进进出出要穿过的那东西。”

“哦，”他觉得自己应该说点什么，于是便说，“这算个什么名字啊？”

女孩用色彩奇诡的眸子看了他一眼。“我的名字。”说完这话，她继续读起简·奥斯汀来。

理查德拿起遥控器，把电视打开。他换了个频道，随后又换一个，叹了口气，再换到第三台。“咱们在等什么东西？”

门菲翻了一页书，连头都没抬。“回复。”

“什么回复？”门菲耸耸肩，“哦，算了。”理查德突然意识到，洗净了污垢和血渍之后，女孩的皮肤显得特别白。他心想这苍白的面色到底是出于疾病，还是失血过多。也可能是因为她很少出门，或是有点贫血。虽说她看上去年纪很小，但没准儿真进过局子。也许那个大块头说的是真话，这女孩的确疯了。“听着，那些人刚才过来的时候……”

“哪些人？”火蛋白石般的眼眸光芒隐现。

“克劳普和，呃，范德比尔特。”

“范德摩，”她思忖片刻，微微点头，“对，我想你也可以说他们是人。两条胳膊两条腿，上面顶着个脑袋。”

理查德继续往下说。“他们刚才进来的时候，你藏在哪儿？”

女孩用食指蘸了点唾沫，翻过一页书。“我就在这儿。”

“但是……”他把嘴闭上，感觉无话可说。这间公寓根本没有可以藏身的地方。她始终没有离开。但是……

一阵刮蹭声响起，一条比老鼠略大的黑影从电视机底下那堆乱糟糟的录像带里蹿了出来。“天啊！”理查德说着用尽全力，把遥控器朝那玩意扔去。遥控器砸在录像带上，发出“砰”的一声。那黑影却踪迹全无。

“理查德！”门菲叫道。

“没事儿，”他安慰道，“我想可能只是老鼠之类的东西。”

女孩冲他怒目而视。“它当然是只老鼠。你肯定吓着它了，那个小可怜。”她环顾四周，然后用门牙吹出轻轻的哨声。“你好？”她把《曼斯菲尔德庄园》放到一旁，俯身跪在地板上。“你好？”

女孩回头瞪了一眼理查德。“要是你伤了它……”她恶狠狠地说了一句，随即又冲着房间柔声说道，“真抱歉，他是个白痴。你好！”

“我不是白痴。”理查德说。

“嘘。你好！”一个粉鼻尖和两只小黑眼珠从沙发底下冒了出来，脑袋的其他部分也相继出现，狐疑地检视着周遭环境。对于老鼠来说，它的个头实在太大，这一点理查德敢打包票。“嗨，”门菲亲切地说，“你还好吧？”她伸出手去。小动物爬了上来，沿着她的胳膊一路向上，最终缩在臂弯中。门菲用手指抚摸着它的侧腹。这动物体色深褐，有条粉色的长尾巴；身上系着个东西，看起来像是叠好的纸片。

“是只老鼠。”理查德说。他忽然觉得有时候一个人说些显而易见的废话，也是情有可原的。

“对，是老鼠。你不来道个歉吗？”

“什么？”

“道歉。”

也许他没听清楚门菲说的话。也许快发疯的人是他。“对老鼠？”

门菲沉默不语，这足以说明问题。“如果我吓到了你，”理查德郑重其事地对老鼠说，“那真是对不起。”

老鼠抬头看着门菲。“不，他是真心实意的，”女孩说，“不是随口一说。那么你给我带来了什么？”她在老鼠体侧摸了摸，抽出一张叠了很多下的纸片。理查德发现固定纸片的东西，好像是条鲜艳的蓝色橡皮筋。

门菲把它展开。这是一张边角破烂的棕色纸片，上面覆盖着潇洒的黑色手写体笔迹。她读了一遍，点点头。“谢谢，”女孩说，“感谢你所做的一切。”老鼠利落地跳到沙发上，瞪了理查德两眼，随即消失在阴影中。

自称门菲的女孩把字条递给理查德。“给，”她说，“读读看。”

傍晚时分，理查德来到伦敦市中心。随着秋意渐浓，此时天色已然泛黑。理查德坐地铁到托特纳姆法院路，手里攥着纸条，一路向西走到牛津街。牛津街是伦敦的零售业中心，虽然时间还早，但便道上已经挤满购物者和游客。

“这条消息，”女孩把纸条递给理查德时说，“是卡拉巴斯侯爵送来的。”

理查德相信自己以前肯定听过这个名字。“真不错。他刚巧用完明信片了，是吗？”

"这种方式比较快。"

理查德走过流光溢彩喧闹非凡的维珍数字娱乐连锁店，经过贩卖伦敦警察头盔和红色伦敦巴士模型等纪念品的店铺，以及出售单片比萨饼的快餐店，然后往右一转。

"你必须遵照上面所写的指示。尽量别被任何人跟踪。"说到这儿，门菲叹了口气，"我真不应该害你陷得这么深。"

"如果我遵照这些指示……你就能尽早离开我家吗？"

"是的。"

理查德拐进汉威街。尽管距离灯火辉煌游人如织的牛津街只有几步之遥，但他似乎置身于另一个城市。汉威街空空荡荡，没有人烟。这条狭窄黑暗的街道，也就比小巷略宽一点儿，到处都是阴森森的唱片行和关门闭户的餐馆。只有建筑物上层那些秘密酒吧中透出的灯光，隐约照亮了道路。他一直往前走，心里觉得瘆得慌。

"'……右转进入汉威街，左转到汉威路，再右转进入奥姆巷。在第一盏街灯处停下……'你确定这上面没写错？"

"确定。"

理查德原先到汉威路来过，可不记得有什么奥姆巷。这里有家位于地下室的印度餐馆，他办公室里的朋友加里很喜欢。理查德想了半天，只记得汉威广场是个死胡同。曼德尔，对，就是这家餐馆。他走过灯光映照下的前门，餐馆的楼梯通向地下室，让人很想一探究竟。理查德往左一拐……

他搞错了。这里真有条奥姆巷。他看到路标高高挂在墙上。

奥姆巷

怪不得以前没发现，这也就是两侧建筑物夹出来的一条胡同，照明还要靠噼啪作响的煤气灯。理查德心想，如今可很少见到这种东西了。他把字条凑到气灯底下，定睛观瞧。

“‘然后原地转三圈，逆时针’？”

“没错，逆时针，往左转，理查德。”

他转了三圈，感觉很傻。

“听着，我只是去见你朋友，干吗还要做这些事？我是说，这些蠢事……”

“这不是什么蠢事。真的。你就……就算迁就我，好不好？”女孩冲他微微一笑。

理查德转完三圈，一直走到小巷尽头。什么都没有。根本没人。只有个金属垃圾桶，旁边放着的可能是一堆烂布。“你好？”理查德喊了一声，“有人在吗？我是门菲的朋友。你好？”

没有。这里没人。理查德松了口气。现在他可以回家去，跟女孩说个明白，什么事儿都没发生。然后他可以通知有关当局，让他们解决这些问题。理查德把纸条团成一个球，扔向垃圾桶。

他以为是堆破布的东西，突然以流畅动作舒展膨胀，最终站了起来。一只手在半空中接住那个纸团。

“我想，这是我的东西。”卡拉巴斯侯爵说道。他身穿一件很大的时髦黑外套，既不是礼服外衣，也不像防水雨衣。他足蹬高筒黑靴，大衣下面套着破破烂烂的衣服；脸孔黑似煤球，眼眸却白如炽炎。他微微一笑，显出洁白的牙齿，似乎觉得自己的冷笑话很逗。

侯爵冲理查德鞠躬行礼，开口道：“卡拉巴斯愿为您效劳，那么您是……？”

“呃，”理查德说，“哦，嗯。”

“您是理查德·梅休，那位救了受伤的门菲的年轻人。她现在怎么样？”

“哦。她没事了。就是胳膊还有点……”

“她的复原速度，无疑会让所有人大吃一惊。她的家族拥有无与伦比的恢复力。居然有人能把他们杀死，真是匪夷所思，不是吗？”这个自称卡拉巴斯侯爵的男人，在小巷中躁动地踱来踱去。理查德可以看出他是那种永远闲不住的人，就像只大猫。

“有人杀了门菲的家人？”理查德问道。

“你要是老重复我说的话，咱们就什么都干不成了，你说是吗？”侯爵走到理查德面前。“坐下。”他命令道。理查德环顾四周，想在小巷中找个能坐的地方。侯爵伸手搭在他肩头，让他一屁股坐在圆石路上。“她知道我要价不菲。她到底准备拿出什么酬劳？”

“什么？”

“条件是什么？年轻人，她派你来跟我谈判。我可不便宜，而且从不提供免费服务。”

理查德尽可能在仰姿下耸了耸肩。“她就想告诉你，她要你送她回家——不管那到底是什么地方，还要帮她找个保镖。”

侯爵就算站定不动，眼睛也从不闲着，上下乱动，滴溜乱转，就像在找什么东西，思考什么问题，加加减减，仔细评估。理查德心想，这人不会精神失常吧？“那她给出的酬劳是……？”

“哦。什么都没有。”

侯爵吹了吹自己的指甲，又在很打眼的大衣翻领上蹭了蹭，随即转过身去。“她给我的酬劳是……什么都没有。”他似乎憋了一肚子火。

理查德从地上爬了起来。“哦，她根本没提钱的问题，只是说肯定要欠你一个人情。”

侯爵眼光一亮。“具体是什么样的人情？”

“特别大的人情，”理查德说，“门菲说肯定要欠你一个特别大的人情。”

卡拉巴斯情不自禁地咧嘴一笑，就像头饥饿的猎豹发现了走失的乡下孩子。他转回身面对理查德。“克劳普和范德摩就在附近，你居然把她一个人丢下了？哦，你还磨蹭什么？”他跪下身，从兜里掏出一件金属小物体，插进巷子边上的一个井盖，顺手一拧，把盖子轻轻松松掀了起来。侯爵将金属物体收好，又从另一个口袋掏出件东西。理查德觉得有点像烟花筒，或是照明棒。侯爵一手握住短棒，另一手顺势一捋，这东西末端迸发出红色火焰。

“我能问个问题吗？”理查德说道。

“当然不能，”侯爵说，“你不要问任何问题，也不会得到任何答案。你不要走上岔道。最好是什么都别想。明白吗？”

“但是……”

“最重要的一点：没有‘但是’。”卡拉巴斯说，“时间非常紧迫。快走。”他指了指井口下露出的深洞。理查德开始行动，顺着装在井壁上的金属梯往下爬，感觉事态已经远远超乎想象，甚至懒得再问什么问题。

理查德不知他们这是在什么地方。看起来不像下水道。也许是条隧道，专为电话线缆或是特别小的火车，或是……其他什么东西设计。他忽然发现自己对伦敦城下方的世界知之甚少。理查德紧张地朝前走去，生怕踢到什么东西，在黑暗中绊倒，以至于扭伤脚踝。卡拉巴斯在前头大步疾行，一副漠不关心的样子，显然根本不在乎理查德有没有跟上。猩红色火焰在隧道墙上投下硕大阴影。

理查德紧跑两步，追了上去。“让我想想看……”卡拉巴斯说，“我得带她去集市。下一场，哦，如果我没记错的话，是在两天后。而我当然不会记错。我可以把她藏到那时候。”

“集市？”理查德问道。

“流动集市。但你还是不知道为妙。别再问了。”

理查德环顾四周。“哦，我正想问你，咱们这是在什么地方。但我猜你是绝对不会告诉我的。”

侯爵又笑了起来。“一点儿没错，”他赞许地说，“你惹上的麻烦已经够多了。”

“这话一点儿没错，”理查德说，“我被未婚妻甩了，而且多半还得去买部新电话……”

“庙堂和拱门在上，你的麻烦比买新电话可大多了。”卡拉巴斯将照明棒靠墙放在地上，它依旧噼啪作响，喷出火光。侯爵沿着装在墙上的一排金属横档向上爬去。理查德犹豫片刻，也跟了上去。这些横档冰冷锈蚀，他向上攀爬时，都能感到粗粝的碎渣应手而落，铁屑纷纷掉入他的双目和嘴里。下方射来的红色火光闪了几下，随即熄灭。他们在伸手不见五指的黑暗中攀爬。

“咱们是要回去找门菲吗？”理查德问道。

“早晚要去。但在此之前，为了保险起见，我得先办点小事儿。等咱们见到日光时，不要朝下看。”

“为什么？”理查德问道。与此同时，日光照射在他脸上，他低头看去。

这是日光（怎么会是日光？在他脑海深处，一个微弱的声音问道。他走进巷道时几乎已经入夜，那是在……呃，一小时前？），他手里抓着的金属梯，就安装在一栋极高的建筑物外墙上（几秒钟前他所爬的是同一道梯子，但那是在建筑内部，不是吗？）。理查德低头望去，可以看到……

伦敦。

小小的轿车。小小的公车和出租车。小小的建筑物。树木。迷你卡车。针尖大小的行人。下方这些东西在理查德的视野范围中进进出出。

要说理查德·梅休有恐高症，那是相当准确的评价，但却不足以充分说明情况。理查德痛恨山峰和高楼大厦，在他的意识表层，就有一种忧虑——深广、极端、无声狂啸式的恐惧。他担心如果太靠近边缘，就会被某种东西魇住，不由自主地走过悬崖，一脚踏进虚空；就好像他不能完全相信自己。与害怕失足坠落相比，这种身不由己的感觉更令人惊惧。理查德称之为晕眩，他痛恨晕眩，也痛恨自己，因此尽量避开高处。

理查德僵在梯子上。他的双手紧紧抠住横档，眼球后面某个地方疼得要命，呼吸变得又急又深。“有些人，”幸灾乐祸的声音从他头顶传来，“就是不肯听话，对吧？”

“我……”理查德的喉咙也想罢工，他咽了口唾沫，润润嗓子，“我动不了。”他手心里全是汗。要是汗流得过多，他会不会直接滑下去啊？

“你当然能动。你要是真动不了，就挂在这外墙上，直到双手冻僵，双腿打架，从千尺高空掉下去，摔个稀巴烂吧。”理查德抬头看着侯爵。卡拉巴斯也低头看着他，依旧面带微笑。侯爵发现理查德正注视自己，便双手同时放开横档，还冲他挥了挥手指。

理查德觉得一股感同身受的眩晕从心底袭来。“浑蛋。”他低声说道。理查德控制右手松开梯子，往上挪了八寸，抓住下一根横档，右腿紧跟着迈上一步，然后换成左手再来一次。就这样过了一阵，他发现自己来到平坦的屋顶边缘，连忙迈步走了上去，随即瘫软在地。

理查德发现侯爵正大步走过屋顶，离自己越来越远。他用双手抚摸地面，感受身下坚实的建筑，心脏仍在胸中怦怦乱跳。

一阵沙哑的喊声从不远处传来。“卡拉巴斯，你还敢到这儿来？走开，快滚。”

“老贝利，”他听到卡拉巴斯在说，“你看起来可真是精神矍铄，神采奕奕。”

有人拖着脚走到他身边，用一根手指轻轻戳了戳他的肋骨。“你还好吗，小伙子？我刚做了点炖肉。你要不要来点？是白嘴鸦的肉。”

理查德睁开双眼。“不用了，谢谢。”他说

首先映入眼帘的是一堆羽毛。他说不清这是件大衣还是斗篷，抑或某种不知名的破衣烂衫。但不管是哪种外衣，上面都盖满厚厚一层羽毛。一张和善的面孔从羽毛堆中探出，皱纹密布的脸上留着灰色络腮胡子。再往下看，他身上没有覆盖羽毛的部分，都缠着一圈圈绳索。理查德不禁想起小时候看过的一出舞台剧《鲁滨孙漂流记》。如果鲁滨孙遭遇海难后落在了房顶上，而非无人荒岛，那多半就是这副模样。

“人们叫我老贝利，小伙子，”那人说着在胸前摸了半天，拿起一副用细绳挂在脖子上的破眼镜，架在鼻梁上，透过镜片打量着理查德。“我不认识你。你向哪位爵爷效忠？你叫什么名字？”

理查德撑着身子坐了起来。他们这是在一栋旧楼的屋顶上，建筑物用棕色砖石修建，上面还有座塔楼。一尊尊饱经风吹雨打的石像从塔楼角落探出，不是缺了翅膀，就是短了胳膊，有几个连脑袋都没了，显得沉郁哀伤。他可以听到警笛声从下面很远的地方传来，还有喑哑的车辆轰鸣。在屋顶另一侧，高塔的阴影之中，有个类似帐篷的东西。一顶棕色老旧帐篷，补丁摞着补丁，沾了不少白色鸟粪。理查德张开嘴，准备报上自己的姓名。

“你给我把嘴闭上，”卡拉巴斯侯爵说，“一个字儿都别说。”他又转而对老贝利说，“老把鼻子往不该伸的地方伸，”他在老人的鼻子下面使劲打了个响指，对方吓得往后一跳，“有时候会把鼻子弄丢。好了。老贝利，有个人情你欠了我二十年。一个大人情。现在我要讨还。”

老人眨了眨眼。“我当年真是个糊涂蛋。”他低声说道。

“老糊涂最糊涂。”侯爵附和道。他伸手从大衣内袋里掏出一个银匣子，比鼻烟盒略大，比雪茄盒略小，也比这两种东西华丽得多。“你知道这是什么吗？”

“真希望我不知道。”

“你替我把它保管好。”

“我可不想要这玩意儿。”

“你无从选择，”侯爵说。屋顶老人接过银匣，战战兢兢地用两只手捧住，就好像这东西随时都可能爆炸。侯爵用方头黑靴轻轻捅了捅理查德。“好了，”他说，“咱们也该动身了，不是吗？”他迈开大步走过屋顶，理查德爬起身来紧随其后，尽量远离屋顶边缘。侯爵来到立在几根烟囱旁边的塔楼前，他打开一扇门，两人沿着昏暗的旋梯向下走去。

“那个人是谁？”理查德问道。他透过微光凝神观望，两人的脚步声在金属阶梯上往来回响。

卡拉巴斯侯爵冷哼一声。“看来我说的话你都没听进去啊？你已经麻烦缠身了。你所做的每件事，说过的每句话，听到的每个字眼儿，都会使情况变得更糟。你最好求上帝保佑你不要陷得太深。”

理查德歪了歪脑袋。“不好意思，”他说，“我知道这个问题涉及隐私。但你到底是不是精神病患者？”

“也许吧，但可能性不大。怎么了？”

“哦，”理查德说，“反正你我之中，肯定有一个人是。”

此刻周围已是黢黑一片。理查德走下最后一段阶梯后，脚还在往下探，寻找着并不存在的楼梯，结果差点儿绊了一跤。“留神脑袋。”侯爵说着打开了一扇门。理查德的额头狠狠撞上了什么东西，不禁“哎哟”一声惨叫。他随后抬手遮挡光线，矮身走出一扇小门。

理查德揉揉额头，又揉揉眼睛。他们刚才通过的这扇门，通向他公寓楼梯间的杂物室。这里塞满了东西，有扫帚、一柄旧拖把，种类繁多的清洁剂、去污粉和保洁蜡。他根本看不出房间里头有门，尽头处只有一面墙，墙上挂着张根本没用的老挂历——除非1979年再度来临。

侯爵看了看粘在理查德家正门旁的“你见过这个女孩吗？”传单。“不算她最好的形象。”卡拉巴斯说。

理查德把杂物室的门关上。他从裤兜里掏出钥匙，打开前门，终于走回家中。他透过厨房窗户朝外面看了一眼，很欣慰地发现天色又变作黑夜。

“理查德，”门菲说，“你成功了。”他离开的这段时间，女孩显然梳洗了一番。从那身层层叠叠的服装来看，至少她曾试图洗去最碍眼的污垢和血渍。她脸庞和双手上的尘灰也没了踪影。洗干净的头发呈现出赤褐色，间或有点红铜和青铜的色泽。理查德想知道女孩到底有多大年纪，十五？十六？再大点？他还是看不出来。

理查德在便道发现门菲时，她穿的那件棕色大衣，重又出现在身上。这件类似老式飞行夹克的衣服着实不小，感觉能把她整个包裹起来，让门菲显得更加瘦小，也更加无助。

“哦，是的。”理查德说。

卡拉巴斯侯爵把头一低，单膝跪在女孩面前。“尊敬的女士。”他说。

女孩似乎有点不自在。“哦，请起身吧，卡拉巴斯。我很高兴你能前来。”

侯爵利落地站起身来。“据我所知，”他说，“您用了‘人情’‘特别’和‘大’这几个词，而且是连在一起的。”

“待会儿再说。”她走到理查德面前，握住他的双手。“理查德。谢谢你。我很感激你所做的一切。床单我已经换过了。真希望我能做点什么来报答你。”

“你要走了？”

她点点头。“我现在安全了。差不多吧。至少我希望如此。暂时不会有什么问题。”

“你现在准备去哪儿？”

女孩嫣然一笑，摇了摇头。“啊哈。我就要离开你的生活了。你真是个大好人。”她踮起脚尖，在理查德脸上吻了一下，就像朋友之间的礼数。

“要是我万一想跟你联系……？”

“不会的。永远不会。而且……”说到这里，女孩顿了顿，“听着，我很抱歉，好吗？”

理查德傻乎乎地盯着自己的脚尖。“你根本不需要道歉，”说完这话，他又含含糊糊地加上一句，“其实还挺有趣的。”

理查德抬起头来。

房间中只剩他一个人。

第三章

星期天早上，理查德从柜子底下翻出莫德姑妈几年前送他当圣诞礼物的蝙蝠车电话，插进墙上接口。他给杰茜卡打了个电话，但没人接。她把答录机关了，手机也没开。理查德估计她是回住郊区的父母家去了，他可不想往那里打电话。他觉得杰茜卡的父母都很骇人，而且各有各的可怕之处。他们也并不欣赏这个未来的女婿。实际上，杰茜卡的母亲曾经不经意地跟他提过一次，他们对理查德和杰茜卡的婚约非常失望，而且她相信只要杰茜卡想找，肯定能找到更好的归宿。

理查德的双亲都已过世。他很小的时候，父亲就突发心脏病而死。在那以后，母亲也没了活力，自从他离家来到伦敦，母亲便慢慢衰弱下去。六个月后，理查德坐火车回到苏格兰，来到一家郡立小医院，守在床前陪母亲度过最后两天。她有时还能认出理查德，但其他时候却是用丈夫的名字呼唤他。

理查德闷闷不乐地坐在沙发上。前两天的经历变得越来越不真实，越来越像个虚构故事。唯一真实的东西，是答录机里杰茜卡的留言，她说再也不想见到他了。这个星期天，理查德一遍遍播放留言，每次都希望她的口气能缓和下来，希望听出一丝柔情暖意。但梦想终归不是现实。

理查德本想出去买份周日报刊，但又打消了这个念头。杰茜卡的老板阿诺德·斯托克顿，是位下巴层层叠叠、长得好似讽刺漫画的人物。他拥有默多克新闻集团没有买到的所有周日报刊。斯托克顿的报纸总是登载有关他的文章，其他报刊也是一样。理查德估计阅读周日报刊，只能让他回想起上周五晚上未能出席的那顿晚宴。所以他泡了很久热水澡，吃了几块三明治，喝了几杯茶，又看了看周日下午的电视节目，脑子里想的全是该如何向杰茜卡解释。每次模拟对话的结局，都是两人紧紧相拥，享受一次狂野、激烈、热情、泪眼婆娑的性爱，然后便云开雾散，雨过天晴。

星期一早晨，理查德的闹钟没响。差十分九点时，他匆忙跑到街上，挥舞着手里的公文包，像个疯子似的东张西望，希望能拦到出租车。一辆黑色出租车沿着马路向他驶来，车顶的黄色“出租”标志闪闪发光。理查德这才松了口气，冲出租车挥挥手，还叫了两声。

出租车从理查德面前缓缓驶过，完全没有理他，在街角拐了个弯，就消失不见了。

又一辆出租车开了过来。又一盏黄色灯，标志着它还是空载。这次理查德冲到路中央，拼命挥手想让它停下。车子从他身边绕过，继续向前行驶。理查德暗自咒骂一声，转身跑向最近的地铁站。

他从兜里掏出一把硬币，按下售票机上的按钮，把零钱塞进投币孔，想买张去查令十字街的单程票。但他投下的每枚硬币都直接穿过机器，“当啷”一声落入底部托盘。车票没有出现。他试了试另一台售票机，依旧徒劳无功。再换一台，还是没用。理查德跑到检票亭想找人抱怨两句，顺便买张票。售票员正跟什么人打电话。查理不停叫嚷“嗨”和“打扰一下”，还拼命用一枚硬币敲打塑料栏杆，但尽管如此——也可能正因如此，对方就是无动于衷地讲个不停。

“妈的。”理查德咒骂一句，直接从检票口底下钻了过去。没人阻止他，似乎也没人在乎。他沿着电动扶梯猛往下跑，累得气喘吁吁大汗淋漓，刚好赶在一列地铁进站时，冲到拥挤的月台。

小时候，理查德做过些噩梦。在这些梦中，他就像个透明人，无论闹出多大响动，也不管做些什么，都不会有人注意。这种感觉又开始冒出头来，人们拼命往前挤，上下车的人潮将他推来搡去。

理查德也坚持不懈地往前推挤，终于快要到达终点，甚至一条胳膊已经伸进车厢，这时车门开始关闭。他及时抽出手来，但大衣袖子被夹住了。理查德开始捶门，玩命叫喊，希望司机至少把门打开条缝，让他把袖子拽出来。但列车开始启动，理查德被迫在月台上奔跑，脚下磕磕绊绊，速度越来越快。他把公文包扔在月台上，用另一只手使劲拉扯衣服。这条袖子最终断裂，他向前仆倒，在月台上擦伤了手，裤子的膝盖部分也被磨破了。理查德摇摇晃晃地站起身，沿着月台原路返回，捡起了公文包。

他看了看撕裂的袖口、擦伤的手和磨破的裤管，一声不吭地拾阶而上，走出地铁站。出站时，谁也没问他要票。

“抱歉我迟到了。”理查德对挤在办公室里的同事们说。墙上的时钟显示，此刻已是十点三十分。他把公文包扔在自己的座椅上，用手绢擦掉脸上的汗水。“你们肯定不会相信我遇到了什么烂事。简直是一场噩梦。”

他低头看看自己的办公桌。有什么东西不见了，更准确地说，是所有东西都不见了。“我的东西呢？”他提高音量大声问道，“我的电话哪儿去了？还有我的巨魔玩偶呢？”

他拉开书桌抽屉，里面同样空空如也，连张巧克力包装纸或是坏掉的曲别针都没有，就好像这里根本没人坐过。西尔维娅朝他走来，同时跟两个相当魁梧的男人说着什么。理查德迎上前去。“西尔维娅？这是怎么回事？”

“不好意思！”西尔维娅很有礼貌地说。她冲两个大汉指了指这张桌子，他们一人抬起一头，把它搬出房间。“小心点。”西尔维娅对他们说。

“这是我的桌子。他们要把它搬到哪儿去？”

西尔维娅一脸茫然地盯着他。“你是……？”

我真受够了，理查德心想。“理查德，”他故意讥讽地说，“理查德·梅休。”

“哦。”西尔维娅答道。但她的注意力随即从理查德身上滑开，就像水流从鸭子身边滑过。“不对，不是那边。看在上帝份儿上。”她冲搬运书桌的工人们喊了两句，急匆匆追了上去。

理查德看着她离开办公室。他走到房间的另一侧，来到加里的工位前。加里正在回复邮件。理查德看了看屏幕，这封邮件中写了很多露骨的挑逗言辞，而且收信人也不是加里的女朋友。理查德尴尬地绕到办公桌对面。

“加里。这到底是怎么回事？是在搞什么恶作剧吗？”

加里环顾四周，好像听见了什么声音。他敲了下键盘，启动屏保程序，显示出一头跳舞的河马。加里随即又晃晃脑袋，似乎想清醒一下头脑，随即拿起电话，开始拨号。理查德一巴掌拍在电话上，把它挂断。

“听着，这不好玩。我不知道你们所有人在搞什么鬼。”加里终于抬头看了他一眼，理查德大大地松了口气，继续说道，“如果我被开除了，那就直接跟我说个明白，但假装没我这么个人……”

加里忽然露出微笑，对他说：“嗨。是的。我是加罗·佩鲁诺。我能帮您什么忙吗？”

“恐怕你帮不了我。”理查德冷冷地说了这句话，转身离开办公室，连公文包都没拿。

理查德的办公室在三层。这栋写字楼就在滨河路附近，高大、陈旧，但通风良好。沿路走上十五分钟，就可以到达杰茜卡的办公地点。那是位于伦敦城的一栋玻璃镜面建筑。

理查德一路小跑过去，还没十分钟就到了斯托克顿大厦。他从一楼大门口身着制服的保安面前径直走过，进入电梯，开始上楼。电梯内壁覆以镜面材料，理查德趁坐电梯的工夫打量着自己。他的领带歪歪扭扭，扯松了一半，大衣裂了缝，裤子也磨破了，汗津津的头发像个鸟窝……天哪，他可真够狼狈的。

一阵笛声响过，电梯门随之敞开。杰茜卡所在的这一层空间很大，有种简装修的粗放风格。电梯旁边有位前台接待员，一副沉静端庄的作派，理查德感觉她的税后工资肯定比自己高。她正在看时尚杂志《大都市》，理查德走过来时，这位前台连头都没抬一下。

“我要找杰茜卡·巴特拉姆，”理查德说，“这件事很重要，我必须跟她谈谈。”

前台根本不理他，而是专注地检查自己的指甲。理查德穿过走廊，来到杰西卡的办公室。他推开房门，走了进去。杰西卡站在三张形态各异的巨幅天使海报前面，海报下方写着相同的大标语“天使在英国巡回展览”。他走进门时，杰西卡转过身，露出亲切的微笑。

“杰西卡，感谢上帝。听着，我想我快要发疯了。一开始是我今天早上拦不到出租车，接着是在办公室和地铁里……”理查德冲她亮出破烂的衣袖。“就好像我变成了某种透明人。”杰西卡又冲他笑了笑，以示安慰。理查德继续说：“你看，那天晚上的事情我很抱歉。哦，不是因为我的做法，而是因为惹你生气了，而且……听着，我真的很抱歉。现在情况非常诡异，我真不知道如何是好。”

杰西卡点点头，脸上依旧挂着深表同情的微笑。她最终开口说：“你肯定会觉得我很过分，但我的确老是记不清别人的长相。再给我点时间，我肯定会想起来的。”

此时此刻，理查德心知这一切都是真的，沉甸甸的恐惧感在他腹中成型。今天发生的种种异相都是真的。这不是玩笑，不是骗局，更不是什么恶作剧。“没关系，”他有气无力地说道，“别管他了。”

他离开办公室，沿过道向外走去，就快到达电梯时，杰西卡喊出了他的名字。

“理查德！”

他猛地转过身。这果然是个恶作剧！是某种恶毒的报复，某种他可以理解的东西。“理查德……马布里？”她似乎为自己能想起这么多细节，感到相当骄傲。

“是梅休。”理查德说完走进电梯。随着渐衰悲凉的笛声，梯门在他身后关闭。

理查德走回自己的公寓，心中又烦又恼，困顿迷茫。他时而挥挥手招呼出租车，但并没指望它们会停下来，这些车也的确没停。他的脚在疼，双目刺痛。他知道过不了多长时间，就会从梦中醒来，一个正常的、现实的、合情合理的星期一将重新开始。

他回到公寓，在浴缸里注满热水，把衣服往床上一扔，光着身子走过门厅，爬进舒适惬意的水中。就在他快要打起瞌睡时，突然听到钥匙转动的声音，大门一开一关，一个温和的男性声音说道："当然了，你们是我今天第一批带来看房的客户，但对这套公寓感兴趣的人可有很多呢。"

"我看过你们公司寄来的资料，这里没我想象的那么大。"一个女人说。

"的确，屋子比较紧凑。但我觉得这其实是个优点。"

理查德刚才没有锁上浴室的门，毕竟住在这儿的只有他一个人。

另一个声音比较粗哑的男人说："我记得你说过这套房不带家具。我看屋里的家具可不少。"

"上一位房客肯定是把不要的家具留下了。有意思。他们没跟我提过这个问题。"

理查德从浴缸里站了起来。但他想到自己赤身裸体，而那些人随时可能走进来，又连忙坐下。他焦躁地环顾四周，想在浴室中找条毛巾。"哦，乔治，你看，"门庭里的女人说，"有人在这椅子上扔了条毛巾。"

理查德扫视着周遭物品：一块丝瓜筋，半瓶洗发水，一只黄色塑料小鸭子，他断定这些东西都无法成为浴巾代用品。“浴室怎么样？”女人问道。理查德抓起一条洗脸毛巾，遮在胯下，然后站起身，背靠墙壁，准备承受羞耻的场面。房门被人推开。三个人走进浴室：一个是穿驼绒大衣的年轻人，还有一对中年夫妇。理查德不知道他们是不是跟自己一样尴尬。

“也有点小。”那女人说。

“紧凑，”驼绒大衣男圆滑地纠正说，“容易清洁。”女人伸出食指，在水槽边上摸了一下，不满地皱起鼻子。“我想咱们已经看过所有房间了吧。”中年男人说。他们走出了浴室。

“这里各方面都蛮合适的。”女人说。他们开始低声交谈。理查德爬出浴缸，蹭到门口，看见浴巾就放在门庭的椅子上，便探出身去，一把抓了过来。“我们就租它了。”那女人说。

“没问题吗？”驼绒大衣男说。

“我们就想要这样，”女人解释说，“或者说，等我们搬进来以后，肯定会把它弄得很像个家。星期三能收拾好吗？”

“当然。我们明天会把这些垃圾都清理出去，一点儿问题都没有。”

理查德裹着浴巾，身上湿漉漉的，感觉很冷。他站在门口瞪着三个人说：“这些不是垃圾。都是我的东西。”

“那我们就去你的办公室拿钥匙了。”

“嗨，不好意思，”理查德哀怨地说，“我住在这儿。”

他们从理查德身边挤了过去，朝大门口走去。“很高兴跟你们做生意。”驼绒大衣男说。

“你们……你们有谁能听见我说话吗？这是我的公寓。我住在这儿。”

中年男人说道：“如果你能把合同细节传真到我的办公室……”大门“砰”的一声在他们身后关闭，屋内重归寂静。理查德傻站在这间本属于自己的公寓门庭里，冷得直打哆嗦。“这些事，”理查德无视感官带来的证据，大声宣布道，“都不是真的。”

蝙蝠车电话突然尖啸起来，头灯闪闪放光。理查德小心翼翼地拿起电话：“喂？”

听筒中传出吱吱啦啦的爆响，电话似乎是从很远的地方打来的。他感觉对方的声音特别耳生。“梅休先生？”这声音说，“理查德·梅休先生？”

“是我，”他应了一声，心情豁然开朗，“你能听见我说话。哦，感谢上帝。您是谁？”

“我和我的同伴上周六跟你见过一面，梅休先生。我向你询问了一位年轻女士的下落。你还记得吗？”这油腔滑调、猥琐下流的声音，感觉像狐狸一样狡诈。

“哦，是的。原来是你。”

“梅休先生。你当时说没见过门菲。但我们有理由相信，这种说法与事实相去万里。”

“哦，你还说你们是她的兄弟呢。”

“四海之内皆兄弟，梅休先生。”

“她现在已经走了。我也不知道她到什么地方去了。”

“这我们知道，梅休先生。你说的这两个问题，我们都很清楚。咱们敞开天窗说亮话吧，梅休先生，我相信你会希望我们坦诚相告，对吧？如果我是你的话，就不会再替那位年轻小姐操心。她的日子屈指可数了，甚至用不到十根指头。”

“你干吗要跟我说这些？”

“梅休先生，”克劳普先生客客气气地说，“你知道自己的肝是什么滋味吗？”理查德哑口无言。“因为范德摩先生向我承诺，他要亲手把这东西剜出来，塞到你的嘴里，然后才会割断你可怜的细脖子。如此一来你就知道那是种什么滋味了，对吗？”

“我要打电话叫警察了。你不能这样恐吓我。”

“梅休先生，你想给谁打就给谁打吧。但我可不希望你把这话当作恐吓。我们从来不会恐吓别人，对吧，范德摩先生？”

“不会？那你们是在耍什么鬼花招？”

“我们只是许下诺言，”克劳普先生的声音刺透了静电、回声和噪声，“而且我们知道你住在哪儿。”他说完这句，就把电话挂了。

理查德紧紧握住话筒，目不转睛地看着它，随后连按三次9：火警、匪警和急救服务。“紧急服务中心，”话务员说道，“您需要什么服务？”

“请帮我转接警察局，好吗？刚才有个人威胁要杀我，而且我相信他不是在开玩笑。”

对面没有声音。理查德希望这是在转接过程中。没过多久，对方说道：“紧急服务中心。喂？有人吗？喂？”理查德挂上电话。他又冷又怕，身上光溜溜的，而且也没别的事情好做，所以便走进卧室，穿好了衣服。

经过一番仔细思考，理查德从床底下拖出黑色运动包，塞了几双袜子进去，还有内裤、几件T恤衫，护照和钱包；然后套上牛仔裤、毛线衫，足蹬运动鞋。理查德想起自称门菲的女孩跟他说再见时的情

形。她欲言又止的样子，还有她说很抱歉时的样子……

“你知道，”他对空荡荡的房间说，“你知道会变成这样。”理查德走进厨房，从碗里拿了几颗水果，一并塞进提包。他把拉链拉好，离开公寓，走进天色渐黑的街道。

自动取款机吞进他的卡，发出一阵嗡鸣。屏幕上写道：请输入您的密码。理查德按下密码（D-I-C-K）。屏幕一片空白。请稍候，这句话闪过后，屏幕又是空白。机器内部某个地方传出隆隆声响。

本卡无效。请联系发卡单位。一阵噼噼啪啪的声音响起，卡被吐了出来。

“给点零钱吧？”一个疲惫的声音从他身后传来。理查德转回身，看到一个老头。此人五短身材，有点秃顶，灰黄相间的凌乱胡须结成一团，面容在污泥下愈显苍老。他身穿脏兮兮的外套，底下是一件深灰色运动衫的遗迹，双眼也是灰色，而且沾了不少眼屎。

理查德把自己的卡递了过去。“给，”他说，“拿着吧。里面大概有一千五百英镑，只要你取得出来。”

老人伸出黑黢黢的双手，接过磁卡，翻过来看了看，平心静气地说：“多谢了啊。要是再给我六十便士，就能买杯香喷喷的咖啡了。”他说着把卡还给理查德，迈步向前走去。

理查德慌忙拾起提包，追向老人。“嗨。等等。你能看见我。”

“我的眼睛可没毛病。”老人说。

“听着，”理查德说，“你听说过一个叫‘流动集市’的地方吗？我要去一趟。有个叫门菲的女孩……”老人忽然紧张起来，往后退了几步。“听着，我真的需要帮助，”理查德说，“求你了，好吗？”

那人盯着他，完全没有同情怜悯的感觉。理查德叹了口气。“好吧，”他说，“抱歉打搅你了。”他用双手紧紧握住运动包的提带，以防它们开始颤抖，随后转回身，向商业街走去。

“喂。”老人压低声音叫道。理查德回头看去。那人正冲他招手。“过来，到这儿来，快点，伙计。”老头钻进路旁废弃的房屋，快步走下堆满垃圾的楼梯，进入荒无人烟的地下公寓区。理查德跌跌撞撞地跟在后面。楼梯尽头有扇门，老头一把推开，等理查德走进去后，又顺手将门带上。他们走过大门，四周漆黑一片。只听“噌”的一声，老人点起一根火柴，又将它伸向一盏老旧的铁路工提灯。灯芯点燃后，投射出还不如火柴明亮的光芒。两人结伴行走在黑暗的世界中。

这里有股霉味，源自潮气和旧砖、腐物和黑暗。“咱们这是在哪儿？”理查德轻声问道。他的向导嘘了一声，让他保持安静。两人来到另一扇门前。老头有节奏地敲了几下。四周静默片刻，门扉缓缓打开。

顷刻之间，理查德被突如其来的光亮晃得两眼一抹黑。这是一处巨大的地下拱顶房间，到处都是火光和烟雾。房间里有不少小火堆，许多面目模糊的人影站在篝火旁，用铁签烤着小动物，还在火堆间跑来跑去。这里让他想起了地狱——或者说，他学生时代想象出的地狱景象。烟气刺得他的肺部难受，禁不住咳嗽一声。上百只眼睛同时转过来盯着他，一眨不眨，毫不友善。

有个人紧赶两步，跑到他们跟前。他留了一头长发，还有深浅不匀的棕色胡须。破破烂烂的衣服上点缀着不少毛皮，有橙有黑也有白，就像只花猫的毛。他按理说应该比理查德高，但走起路来弯腰驼背，双手握在胸前，十指搅在一起。“什么？这是什么东西？这是谁？”他冲理查德的向导问道，“你把什么人带来了，伊利亚斯特？快说快说快说。”

“他是从上层来的，”老头说，（伊利亚斯特？理查德心想。）“问起了门菲小姐的事。还有流动集市。我把他带给您，鼠语领主。估计您能知道该拿这个人怎么办。”十几个兽皮人聚拢在他们周围，其中有男有女，甚至还有几个小孩。他们走起路来步子急促细碎；先是静止片刻，然后猛窜几步。

鼠语领主把手伸进缀满兽皮的破衣服，掏出一片锋利的银色玻璃，足有八寸来长。几块工艺很差的熟化毛皮裹住下半部分，形成简陋握柄。玻璃刀刃上闪着火光。鼠语领主用碎片抵住理查德的喉咙。“哦，是的。是的是的是的，”他激动地嘀咕道，“我当然知道该拿他怎么办。”

第四章

克劳普先生和范德摩先生在一所医院的地下室中安了家。由于国民保健服务预算削减，这家维多利亚时期的医院十年前关了张。地产开发商宣称要把这里改建成空前绝后独一无二的高档奢华住宅区，但医院关门后，他们也没了踪影。所以它就年复一年地矗立在此，灰暗、空寂、无人问津。它的窗户用木板钉死，房门上了挂锁。屋顶早已烂透，雨水滴进空荡荡的医院内部，在大楼中散播湿气和腐朽。医院正中有个天井，暗淡清冷的光线可以照射进来。

病房区下方的地下室，由一百多个小房间组成。有些房间空无一物，另一些则堆放着废弃的医疗用品。一个房间里有具庞大敦实的金属锅炉，隔壁则是些抽水马桶和淋浴喷头，当然管道早已堵塞，也没有水。地板大都覆盖薄薄一层油亮雨水，映照出黑暗腐朽的空间。

如果你沿医院楼梯往下走，一直来到最底层，穿过荒废的淋浴室，经过员工厕所，通过满地碎玻璃的房间——此处的天花板已经彻底坍塌，露出上方的楼梯井。如果你这样一路走来，便会看到一条锈迹斑斑的小楼梯，原先的白色油漆在潮气中条条剥落。如果你走下楼梯，经过一片沼泽般的地段，推开一扇腐朽木门，就会进入地下二层。一百二十年来，大量医院垃圾都堆积在这个巨大的房间，它早已废弃，最终被彻底遗忘。这里就是克劳普先生和范德摩先生目前的居所。四壁潮气很重，水珠从天花板滴落。有些怪东西堆放在角落里逐渐腐朽碎裂，有些还曾是活物。

克劳普先生和范德摩先生正在消磨时间。范德摩先生不知从什么地方抓到一条蜈蚣，这橙红色生物几乎有八寸长，生有骇人的毒牙。范德摩先生让它在自己手上爬来爬去，看着它在指间盘绕，钻进一侧袖管，一分钟后又从另一边钻出来。克劳普先生正在摆弄剃须刀片。他在角落里发现了一整盒五十年前的剃须刀片，用蜡纸包得很严。他一直在琢磨该拿这东西干点什么。

“范德摩先生，能否请您拨冗赏光，”他最终说道，“用那小猪眼看看这边？”

范德摩先生用巨大的拇指和硕大的食指小心捏住蜈蚣脑袋，让它停止爬动，同时扭头望向克劳普先生。

克劳普先生把左手按在墙上，五指分开，然后用右手取过五个剃须刀片，仔细瞄准，用力掷出。所有刀片都戳进墙壁，立在克劳普先生指间，就像一场迷你版的顶级飞刀表演。克劳普先生把手拿开，让刀片留在墙上，勾勒出五指刚才的位置。他转身面对同伴，准备接受夸奖。

范德摩先生根本无动于衷。“这有什么好显摆的啊？”他问道，“你连一根手指都没击中。”

克劳普先生叹了口气。“哦，是吗？好吧，活见鬼，你说得对。我怎么会这么蠢啊？”他把剃须刀从墙上一片片拔下来，扔到木桌。“你何不给我示范一下到底应该怎么做？”

范德摩先生点了点头，把蜈蚣放回空果酱瓶中。他抬起左手按在墙上，右手高高举起，手里攥着那柄锋利骇人、配重平衡的匕首。范德摩先生眯起眼睛，扬手一掷。小刀从空中飞过，戳穿范德摩先生的手背，砰的一声扎进潮湿的灰泥墙。

电话铃响了起来。

范德摩先生回过头，得意洋洋地看着克劳普。他的手还被钉在墙上。“像这样。”

房间角落里有一部旧电话，是那种分体式古董机，由木料和合成树脂制成，已经有八十多年无人问津。克劳普先生将连着很长绝缘线的听筒拿了起来，对准装在基座上的话筒一口气说道：“克劳普和范德摩公司，多年老号。清理障碍，根除麻烦。解决多余肢体，保证满地找牙。”

打来电话的人说了几句。克劳普先生换了曲意逢迎的腔调。范德摩先生扯了一下左手，但没拔起来。

“哦。是的，先生。是的，没错。您的电话联络让我们乏味沉闷的生活倍添光彩，焕发生机。”又是一阵沉默。“我当然会收起阿谀奉承。乐意之至。我很荣幸，而且……我们知道什么？我们知道……”对方打断了他的话，克劳普先生耐着性子抠抠鼻孔，一副若有所思的样子。“不，我们不知道此时此刻她在什么地方。但我们也不需要知道。她今晚就会在集市出现，而且……”他抿了抿嘴，“我们无意破坏他们的集市停战协约。只要等她离开集市，直接掳走……”说到这里，他把嘴闭上，仔细聆听，不时点一点头。

范德摩先生试图用右手拔出插在墙上的匕首，但刀子扎得很牢。

“这件事可以安排，是的，”克劳普先生对话筒说，“我的意思是，肯定会妥善安排的。另外，先生，也许咱们可以谈谈……”但对方已经挂断了。克劳普先生盯着听筒看了半晌，随即放回挂钩。“你他妈自以为聪明绝顶。”他轻声说了一句，随即注意到范德摩先生的窘境。“别动。”他探身过去，把匕首从墙上拔出，抽离范德摩先生的手掌，然后放在桌上。

范德摩先生甩甩手掌，动动手指，把潮湿的灰泥从刀刃上抹掉。“谁来的电话？”

“咱们的雇主，”克劳普先生说，“看来另一个目标不管用。岁数没到。现在就只剩门菲小姐一个人选了。”

“也就是说，咱们再也不能杀她了？”

“范德摩先生，简而言之你说得一点儿没错。好了，似乎这位门菲小姑娘宣称要雇一名保镖，在集市上，就今晚。”

“所以说？”范德摩先生往刀子插入手背的地方吐了口唾沫，又在刀子穿出掌心的部位啐了一口。他用硕大的拇指把唾液揉开。肌肤收缩，伤口愈合，很快就完好如初。

克劳普先生从地板上拿起外套。这件黑大衣古旧沉重，饱经岁月磨砺，表面光滑闪亮。他把衣服穿好。“那么，范德摩先生。咱们是不是也该雇个保镖？”

范德摩先生把匕首塞进袖管上的皮套，也穿好大衣，双手探进口袋深处，惊喜地发现了一只几乎还没碰过的老鼠。不错。他正好饿了。他认真思考着克劳普先生最后那句话，认真得就像个解剖学家在肢解此生唯一的爱侣。他忽然意识到同伴的逻辑有问题。范德摩先生说：“咱们不需要保镖，克劳普先生。咱们伤害别人。咱们不会被伤害。”

克劳普把灯关上。“哦，范德摩先生，”他享受着这些词句的发音，就跟他享受所有词句的发音一样，“你们要是用刀剑刺我们，我们不是也会流血的吗？[1]”

---

1 莎士比亚《威尼斯商人》中的著名台词。

范德摩先生站在黑暗中思索片刻，最终非常肯定地说："不会。"

"一个上层来的探子，"鼠语领主说，"嗯？我应该从喉咙到胃把你一刀切开，用你的五脏六腑占卜吉凶。"

"听着，"理查德被一片碎玻璃顶住喉头，畏缩地靠着墙壁，"我想你大概是闹了点误会。我叫理查德·梅休。我可以证明这一点。我带了借书卡、信用卡，还有别的东西。"他绝望地补充一句。

要是有个疯子准备用一片碎玻璃割断你的喉咙，那么你会产生一种置身事外的冷静澄明感。理查德就异常清晰地注意到，大厅对面的人们纷纷趴倒在地，头垂得很低。地面上有个小黑影正朝他们靠近。"我想只要稍加反思，咱们就会发现自己愚蠢透顶。"理查德说道。他完全不知道这些话是什么意思，只知道是从自己嘴里冒出来的，而且只要他能说话，就说明还没咽气。"那么，你为什么不把这东西拿开，另外……不好意思，那是我的包。"他最后这句话是冲一个邋遢瘦女孩说的。她约摸二十岁，伸手拿过理查德的袋子，把里面的东西全都倒在地上。

小黑影逐渐靠近，沿途的兽皮人纷纷低头拜倒，不敢起身。它最终来到围在理查德身边的那群人跟前。但他们都盯着理查德，谁也没发觉。

这是只老鼠，它抬起头，好奇地看了理查德两眼。他突然有种稍纵即逝的怪诞印象：老鼠似乎冲他挤了挤油亮的黑眼睛。

老鼠发出一阵响亮叫声，拿玻璃匕首的男人立刻屈膝拜倒。围在附近的人也依样行事。名叫伊利亚斯特的流浪汉迟疑片刻，也别别扭扭地跪了下去。顷刻之间，只剩理查德还站在大厅中。那个瘦女孩揪了揪他的胳膊肘，让他也单膝跪下。

鼠语领主头埋得很低，长长发丝拖到地面。他冲老鼠叫了两声，皱皱鼻子，露出牙齿，发出吱吱嗞嗞的声响，活像只硕大无朋的耗子。

“听着，谁能告诉我……”理查德嘟囔道。

“安静！”瘦女孩说。

老鼠似乎有些屈尊降贵地踏上鼠语领主的肮脏双手。那人毕恭毕敬地把它举到理查德面前。老鼠慵懒地晃着尾巴，观察理查德的面容。“这是灰氏族的长尾大人，”鼠语领主说，“他说你看起来特别面熟。他想知道以前是不是见过你。”

理查德看着老鼠。老鼠也看着理查德。“我想有可能。”他承认道。

“他说他当时在还卡拉巴斯侯爵的一个人情债。”

理查德仔细打量着灰老鼠。“就是那只老鼠？是的，我们见过。实际上，我冲他扔了个电视机遥控器。”站在周围的几个人显得颇为震惊。瘦女孩甚至叫出声来。理查德几乎没有注意他们：在这疯狂的场景之中，只有灰老鼠还算有些熟悉。“你好，小耗子，”他说，“很高兴再见到你。你知道门菲在哪儿吗？”

“小耗子！”女孩挤出某种介乎惊声尖叫和惊恐哽咽的声音。她的破衣服上别着沾满水痕的红色大徽章，就是粘在生日贺卡上的那种，上面用黄色笔迹写着“我11岁”。

鼠语领主冲理查德挥了挥玻璃匕首，以示警告。“你不能直接跟长尾大人对话，必须通过我。”老鼠叫了两声，下达命令。那人面色一沉。“他？”他轻蔑地看着理查德说，“您看，我实在分不出人手。何不让我割断他的喉咙，扔到下面去丢给阴沟民……”

老鼠又断然叫了两声，随后从那人肩头蹦到地下，钻进墙上众多洞口中的一个。

鼠语领主站起身来。上百只眼睛注视着他。他转身面冲大厅，扫视蹲在冒着油烟的火堆旁的臣民。“我不知道你们这帮人在看些什么，”他喊道，“谁负责转动铁签，嗯？你们想把食物烤焦吗？没什么好看的。都干活去。走开，都给我走开。”理查德紧张地站了起来，感到左腿已经失去知觉。他揉弄大腿，疏通筋脉，感觉像有无数钢针在戳刺。鼠语领主看着伊利亚斯特。“必须把他带到流动集市去。长尾大人的命令。”

伊利亚斯特摇摇头，往地上啐了一口。“哦，反正我不带他去，”老人说，“这趟路会要了我的老命。你们鼠语族对我向来不错，但我不能回到那儿去。这你很清楚。”

鼠语领主点点头。他把匕首拿开，塞进斗篷的皮毛中，随后冲理查德笑了笑，露出一口黄牙。“你不知道刚才有多幸运。”他说。

“哦，我知道，”理查德说，“我真的知道。”

“不，”那人说，“你不知道。你真不知道。”他摇了摇头，难以置信地自言自语道，“小耗子。”

鼠语领主挽住伊利亚斯特的胳膊，两人走出理查德的听力范围，开始低声交谈，还不时扭头瞟他两眼。

瘦女孩正狼吞虎咽地吃着理查德带来的一根香蕉。理查德发现她吃香蕉的样子，是自己见过的最不具色情意味的吃法。“你知道吗，我本打算拿它当早餐的。”理查德说，女孩抬起头，内疚地看着他，“我叫理查德。你叫什么？”

他发现这姑娘已经吃掉了他带来的大部分水果，嘴里吞咽的是最后一根香蕉。她迟疑片刻，不好意思地笑了笑，说出一个很像“麻醉法”的词。“我饿了。”她说。

“哦，我也饿了。”理查德说。

她扫视着房间里的一堆堆篝火，又转回头来，露出微笑。“你喜欢猫吗？”她说。

“是的，”理查德说，“我很喜欢猫。”

麻醉法似乎松了口气。“要大腿肉？”她问，“还是胸脯？”

门菲走过小巷，卡拉巴斯侯爵紧随其后。像这样的街道巷弄，伦敦还有一百多条。这些旧时代的细碎遗存，三百年来毫无变化，就连残留下来的尿骚味，也跟三百年前佩皮斯[1]生活的年代一模一样。距离日出还有一个小时，但天空已经开始放亮，变成苍凉的浅灰色。丝丝薄雾挂在空中，犹如魑魅魍魉。

这扇门用木条大致封好，贴满褪色的海报，都是些早被遗忘的乐队，和久已关张的夜总会。他们两人在门前止步，侯爵打量着这些木板、铁钉和海报，显得兴趣缺缺，但他从来都是这副模样。

“这就是入口吗？”他说。

门菲点点头。“入口之一。”

侯爵抱起胳膊。“好啦？说声芝麻开门，或者该干什么干什么

1　塞缪尔·佩皮斯（1633—1703）。他于1659—1669年近十年间以日志的形式巨细靡遗地记录了自己生活和工作中的见闻琐事，大到1665年的大瘟疫和1666年伦敦大火，小至家里的浴室和制作小蛋糕的精确配方。他的日志是人们了解克伦威尔时期英国的重要资料。

吧。”

“我不想干，”女孩说，“我不知道咱们应不应该这样做。”

“好极了，”他把双臂放下，“那咱们就回见吧。”他脚跟一旋，迈步沿原路返回。门菲一把揪住他的胳膊。“你要把我抛下？”她问，“就这样吗？”

侯爵皮笑肉不笑地说。“当然了。敝人杂务缠身。有事要做。有人要管。”

“听着，你等一下，”门菲放开他的袖子，咬着下唇，“我最后一次到这儿来时……”她的声音越来越小。

“你最后一次到这儿来时，发现家里人都死了。哦，就是这么回事。你没必要过多解释。如果不进去的话，咱们的雇佣关系也就到此为止吧。”

门菲抬头看着他，清秀面庞在黎明前的光线中显得异常苍白。“只能这样？”

“我会祝愿你在未来的事业中一帆风顺，但我很怀疑你能不能活到开创事业的时候。”

“你真够难缠的，不是吗？”

侯爵一言不发。门菲转回身走到门前。“好吧，”她说，“跟我来，我会带你进去。”她把左手放在用木条封好的门上，右手握着侯爵的棕色大手，小指头缠住他的粗大手指。门菲闭上眼睛……

有些东西在私语，在颤抖，在改变……

大门塌进黑暗之中。

这段记忆还很鲜活，事情才过去几天。门菲走进无门之屋。“我回来了，”她说，“有人在家吗？”她从前厅走到餐厅，来到图书馆，进入客厅。没人答话。她走进另一个房间。

室内游泳池具有维多利亚时期的建筑风格，由大理石和铸铁修建而成。她父亲年轻时发现了这个遭到废弃，即将拆除的游泳池，便将它纳入无门之屋的构造之中。也许在上伦敦的外部世界，这个房间早被摧毁，从人们的记忆中消失。门菲不知道家里这些房间的实际位置到底在哪儿。她祖父建造了这座房舍，从伦敦各个角落取来众多房间，既不连贯，也没有门。她父亲后来又加上了自己的设计。

门菲沿着老旧的游泳池向前走去，很高兴自己又回到家中，但也奇怪为什么所有人都不在家。她低头看去。

池水上漂着个人，身下拖着两团血雾，一团出自咽喉，一团出自胯下。那是她哥哥，门龚。他的双眼瞪得溜圆，呆滞惨白。门菲意识到自己张开了嘴，她能听到自己的尖叫。

“好疼。”侯爵说道。他使劲揉着额头，脖子转来转去，似乎在努力缓解突如其来的肌肉痉挛。

“都是回忆，”门菲解释道，“它们印刻在这些墙上。”

侯爵扬了扬眉。“你应该事先提醒我。”

“哦，”门菲说，“也对。”

这是一间巨大的白色房屋。四壁挂着很多图片。每张都是一个独特的房间。白屋子没有门，也没有任何出口之类的东西。“装潢很有意思。”侯爵评论道。

“这是门庭。我们可以通过这里前往宅子中的任何房间。它们都是相连的。”

“其他房间在什么地方？”

女孩摇摇头。“我不知道。可能距离很远。它们遍布下层世界的各个角落。”

侯爵迈开脚步，急匆匆地绕着屋子转了一圈。“真是不同凡响。一座分体联通式宅院，每个房间都位于不同的地方。太有想象力了。门菲，你的祖父很有想法。”

“我从没见过他。”门菲咽了口唾沫，继续往下说，但感觉更像是在自言自语，“这里应该很安全。谁也不可能伤害到咱们。只有我的家人能够自由出入。”

“希望你父亲的日志能给咱们一些线索，”侯爵说，“咱们从哪儿找起？”门菲耸了耸肩。“你确定他写日志吗？”卡拉巴斯追问道。

女孩点点头。“他通常会进入自己的书房，断开与外界的连接，直到写完为止。”

“那咱们就从书房开始吧。”

“但我检查过了。真的。我检查过了。我清理尸体的时候……”门菲开始抽泣，声音低沉狂乱，就像被人从体内一声声揪了出来。

“好了。好了。”卡拉巴斯侯爵说着笨手笨脚地拍拍她的肩头，然后又额外添了一句，“好了。”

他不擅长安慰别人。

门菲的异色双眸中噙满泪花。“你能不能……你能不能给我点时间？我会没事的。”侯爵点点头，走到房间的另一边。他回头看了一眼，女孩还独自站在原地，挂满画片的白色门庭映衬出她的身影。门菲抱着胳膊，身子不住颤抖，哭得像个小女孩。

丢了背包让理查德心烦意乱。

鼠语领主完全不为所动。他直言不讳地说，那只老鼠，也就是长尾大人可没提过要归还理查德的背包，只说了要把他送到集市上去。接着他找来麻醉法，让她带上层佬去集市。而且，没错，这是个命令。别再哭天抹泪的了，赶紧行动起来。他又告诉理查德，如果他，也就是鼠语领主，再见到他，也就是理查德的话，那么他，也就是理查德的麻烦可就大了。鼠语领主絮絮叨叨地一再重申说，理查德不知道自己有多走运。理查德希望能要回自己的东西——至少是钱包，但鼠语长老毫不理睬，只把他们领到一扇门前，等两人走过去后就关门上锁。

理查德和麻醉法肩并肩走进黑暗。

她拿了盏由蜡烛、铁罐、几根铁丝和一个粗口柠檬汽水瓶拼凑成的提灯。理查德惊讶地发现，自己的眼睛很快就适应了黑暗环境。他们似乎正走过一连串地下室和地窖。

理查德偶尔觉得这些地窖尽头的角落中有什么东西在动。但无论是人、是老鼠，还是别的什么东西，等他们走过去时，就全都不见踪影。他几次想跟女孩说说这些动静，但她总是发出嘘声，让他保持安静。

理查德感到一股冷风扑面而来。鼠语族女孩毫无预兆地蹲下身，把简易提灯放到旁边，使劲拉扯着固定在墙上的一个金属铁栅。铁栅突然打开，害她趴在了地上。女孩示意让理查德爬过去。他蹲下来，一点点蹭过墙上的洞口，刚往前挪了一尺，就发现地板到头了。“那个，”理查德嘟囔道，“这里有个大洞。”

“下面没多深，”女孩对他说，“往前挪挪。”

她钻进来后，把铁栅拉回原位。女孩的身子跟他贴得很近，让理查德觉得有点别扭。“拿着。”她说着将小提灯的把手递给理查德，随即爬下黑黢黢的大洞。“你看，”她说，“其实没那么可怕，对吧？”她的脑袋距离理查德悬空的双脚只有几尺远。“行了，把灯递给我。”

理查德把灯放下去给她。女孩被迫跳了一下才接到手中。“好了，”她轻声说道，“来吧。”理查德紧张地往前挪了两步，把脚放下去，扒着洞口吊了片刻，这才放开双手，四肢着地落在潮湿的软泥中。理查德在运动衫上蹭了蹭手，抹掉泥巴。麻醉法已经走到前面几尺远的地方，打开另一扇门。他们走过去后，女孩顺手把门关好。“咱们现在可以说话了，”她说，“声音别太大，但可以说，如果你想说的话。”

“哦，谢了。”理查德说，但他实在想不出有什么好说的，“那么，呃，你是只老鼠，对吗？”他最终问了一句。

麻醉法咯咯笑了起来，还像个日本人似的用手捂住自己的脸。她摇摇头，开口说：“我可没那福气。真希望是啊。不，我只是个鼠语者。我们能跟老鼠交流。”

“什么，只是跟它们闲聊？”

“哦，不。我们还帮它们做事。我是说，”她换上暗示的语气，就好像理查德单靠自己永远不可能想到这个秘密，“有些事连老鼠也做不到，明白吗？我是说，它们没有手指和拇指什么的。等一下——”女孩突然把理查德按在墙上，用脏兮兮的手捂住他的嘴巴，随即吹灭了蜡烛。

什么事也没发生。

接着，他听到话语声从远方传来。他们站在寒冷的黑暗中，默默等待。理查德打了个哆嗦。

有些人从他们身边走过，相互低声交谈。等这些声音慢慢消失后，麻醉法才把手从理查德嘴上移开，重新点燃蜡烛。两人继续向前走去。“他们是什么人？”理查德说。

女孩耸耸肩。“是谁都无所谓。”她说。

“那你为什么觉得他们不乐意看见咱们？”

女孩愁眉苦脸地看着他，就像位母亲正试图向稚童解释，对，这团火也烫手。所有火都烫手。要相信我，真的。“来吧，”麻醉法说，“我知道一条捷径。咱们可以溜到上伦敦走一小段。”两人走上石质阶梯，女孩推开一扇房门。他们钻了过去，把门关在身后。

理查德不知所措地环顾四周。他们站在“堤坝”上，这条维多利亚时期修筑的步行道，沿泰晤士河北岸绵延数里，取代了岸边泛滥五百年之久的腥臭烂泥滩。堤坝下方便是排水系统和新近完工的地铁地方线。现在还是晚上，也可能是又到了晚上。理查德不知道他们在黑暗的地下世界到底走了多久。

天上没有月亮，但明亮闪耀的秋夜群星数不胜数。周围还有很多街灯，楼宇和桥梁也挂着点点灯火，看起来就像落在大地上的星辰，荧荧倒影在泰晤士河的黑暗水流上不住闪烁。理查德心想，这真是人间仙境。

麻醉法吹灭了蜡烛。理查德说：“你确定是这条路？”

“对，”她说，“百分之百确定。”

两人逐渐靠近一条木椅。理查德一眼看去，就觉得这张长椅是他有生以来最渴望得到的东西。“咱们能坐下歇会儿吗？”他问，“就一小会儿。”

女孩耸耸肩。两人分坐在长椅的两端。“上星期五，”理查德说，“我还在一家伦敦顶级投资分析公司上班。”

“这投资什么的是什么玩意儿？”

“是我的工作。”

女孩满意地点点头。“懂了。那么……？”

“只是提醒自己，没别的。昨天……对于上面这个世界来说，我就好像根本不存在。”

“那是因为你的确不存在。”麻醉法向他解释说。一对午夜闲游的情侣手牵着手，沿堤坝向这边缓缓走来，他们往长椅上一坐，挤在理查德和麻醉法之间，开始深情地拥吻。“不好意思……”理查德冲他们喊了一句。那男人已经把手伸进女子的毛线衫，激动地四处游移，就像个孤身旅人发现了一片未经勘查的大陆。“我想把原来的生活找回来。”理查德对这对情侣说。

“我爱你。”男人对女子说道。

“但你妻子……”她一边说，一边舔着对方的面颊。

“见她的鬼。”那人说。

“不想见她，”女子醉醺醺地咯咯笑道，“想见你……”她把一只手伸到男人胯下，又咯咯笑了起来。

“咱们走吧。”理查德对麻醉法说。他觉得这条长椅正在变得不那么令人渴求。他们起身离去。麻醉法好奇地回头瞥了两眼，长椅上的情侣基本快躺平了。

理查德沉默不语。“有什么问题吗？”麻醉法问道。

“哦，没事，不过是一切都有问题，”理查德说，“你一直住在下面吗？”

“不。我是在上面出生的，”女孩支支吾吾地说，“你肯定不想听我说这些。”理查德几乎有些惊讶地发现，他还真想听。

“我想听。真的。”

麻醉法用手指拨弄着挂在脖子上的粗糙石英珠项链，使劲咽了口唾沫。“我本来跟妈妈和双胞胎妹妹住在一起……”她说完这话又不再出声，嘴巴闭得很紧。

“继续啊，”理查德说，“没关系的。我说真的。没事。”

女孩点点头，深吸口气，继续讲述自己的故事。她的目光始终注视着前方地面，没有看理查德一眼。“哦，我妈妈生了我，还有两个妹妹，但她脑子有点问题。有一天我放学回到家，只见她一直哭，一直哭，身上什么衣服都没穿，还乱摔东西，碟子什么的。但她没伤到我们，她从来不会。社会福利局的女士到我家来，把双胞胎带走了，我也被迫离开妈妈，去跟姨妈住。我姨妈跟那个男人住在一起。我不喜欢他。而且姨妈出门的时候……”女孩沉默半晌，理查德还以为她讲完了，但麻醉法又继续说道，“总之。他总是打我。还动手动脚的。到了最后，我把这些事都告诉姨妈，结果她也开始打我，说我在撒谎，说她要让警察把我带走。但我没撒谎，所以只好跑掉，那天是我的生日。”

他们来到艾伯特桥。这座粗陋的古老建筑横跨泰晤士河，连接着南方的巴特西区和堤坝尽头的切尔西区，桥上透出数以千计的白色光斑。

“我没别的地方好去。天气又那么冷，”麻醉法说到这儿，又顿了顿，“我睡在街上。一般都是白天睡觉，那时天气比较暖和。晚上就四处乱走，只是为了保持热量。我当时只有十一岁，住在诺丁山的一座天桥底下，从别人家门阶上偷面包和牛奶。我讨厌这样做，所以就到街边市场，捡烂苹果、坏橘子和人们扔掉的东西吃，结果生了重病。等我醒来时，已经在下伦敦了。老鼠们发现了我。”

“你试没试过回到这儿来？”理查德向周围比了个手势。这些宁静温暖的住宅。午夜奔驰的车辆。真实世界……女孩摇摇头。所有火都烫，小宝宝。你会知道的。“你回不来。非此即彼，谁也不能两样全占。”

“不好意思。”门菲迟疑地说。她双眼通红，似乎使劲擤过鼻子，也尽量擦去了眼中和脸上的泪水。

侯爵一直在等她振作起来，同时从衣袋众多的外套里掏出几枚旧硬币和骨头，玩抛接子游戏自娱自乐。他抬起头冷眼观瞧。“真的吗？”

门菲咬着下唇。“不，只是随便说说。我没觉得不好意思。这些天我一直在玩命地跑啊，躲啊，跑啊……这还是头一次有机会……”她没再多说。

侯爵收起硬币和骨头，放回衣袋。“你带路吧。”他说。侯爵跟着女孩来到挂满图片的墙壁前。门菲抬起一只手，放在父亲书房的画片上，另一只手握住侯爵的黑色大手。

现实为之扭曲……

她们在温室里浇花。波西娅会先为一株植物浇水，让水流避开叶片和花朵，直接落在底部的泥土上。“把水浇在鞋子上，”她对最小的女儿说，“不要浇衣服。”

门蔻手里拿着自己的小喷壶。这是她引以为傲的宝贝，跟妈妈那个一模一样，用钢打造而成，涂了鲜绿色的漆面。她妈妈每浇完一棵植物，门蔻都会用小喷壶再浇一下。“浇在鞋子上。”她对妈妈说。她笑了起来，声音越来越大，变成小女孩无拘无束的欢笑。

波西娅也笑出声来，直到狡诈的克劳普先生突然用力揪住她的头发，在白皙的脖子上开了道很长的口子。

“嗨，老爹。”门菲轻声说道。

她用手指碰了碰父亲的半身像，抚摸着他的面庞。这是个苦行僧似的瘦小男人，头发几乎都掉光了。就像扮作普罗斯波罗[1]的恺撒，卡拉巴斯侯爵心想。他觉得有点难受。最后一幅画面让人头疼。不过，他已然进入门琅大人的书房了。这可是前所未有的事情。

侯爵仔细打量着这个房间，不肯放过任何细节。塞了填料的鳄鱼吊在天花板上。许多皮面书籍，一块星盘，凹凸各异的镜子，还有古怪的科学仪器。墙上挂了许多地图，净是卡拉巴斯闻所未闻的土地和城

1　莎士比亚戏剧《暴风雨》中的人物，身为通晓魔法的前米兰公爵和女儿一起住在一座荒凉的小岛上。

市。一张书桌堆满了手写信件。书桌后的白墙上有一片红褐色污渍。桌上摆了张全家福小画像。侯爵盯着这幅画。“你妈妈和你妹妹，你父亲，还有你的兄弟们。他们都死了。你是怎么逃脱的？”他问。

女孩低下头。“算我走运，那几天刚巧出去进行实地考察……你知道还有些罗马士兵驻扎在基尔本河畔吗？”

侯爵并不知道，这让他有些烦躁。“哦。有多少？”

门菲耸耸肩。“几十个吧。我估计他们是第十九军团的逃兵。我的拉丁文有点烂。总之，等我回到这儿来……”她咽了口唾沫，蛋白石色的眼睛里泛着泪花。

“打起精神来，”侯爵简明扼要地说，“咱们需要你父亲的日志。咱们必须搞清这件事到底是谁干的。”

门菲眉头紧锁，不快地看着他。“咱们知道是谁干的。是克劳普和范德摩……”

侯爵摊开一只手，动了动指头。“他们只是胳膊、手掌、指头。还需要个脑袋下达命令，想要你死的也是这幕后人物。那两个家伙要价可不低。”他又转过头，环顾凌乱的房间。“他的日志呢？”侯爵说。

“不在这儿，”女孩说，“我早跟你说过了。我也找过。”

“我还以为你们家都擅长寻找门，不管是明显的，还是隐蔽的。看来是我搞错了。”

女孩怒气冲冲地瞪了他一眼，随后闭上眼睛，十指放在鼻梁两侧。与此同时，侯爵检查着门琅书桌上的东西。一个墨水池，一个棋盘，一枚骨骰，一块怀表，几管鹅毛笔，以及……

有意思。

这儿有一尊小雕像。可能是野猪，或是蹲伏的熊，也可能是公牛。总之很难说清。它的尺寸跟一枚大棋子相仿，是用黑曜石雕刻而成，做工粗糙。它让侯爵想到了某个东西，但他一时间也说不出到底是什么。卡拉巴斯若无其事地把它拿起来，翻来覆去看了两眼，又用手握了握。

门菲把手从脸上移开，露出茫然困惑的表情。“怎么了？”侯爵问。

“它在这儿。”女孩说着迈步穿过书房，扭头朝一侧观瞧，继而转向另一侧打量。侯爵把雕像谨慎地放进内袋。

门菲站在一个高大的橱柜前。“就在这儿。”她说着伸出右手。咔嗒一声响过，橱柜侧面的一块小木条应声翻开。门菲把手伸进去，取出个跟小炮弹形状尺寸都差不多的东西，直接递给侯爵。它是个球体，由古旧黄铜和磨光木料制成，还嵌了几个用光滑红铜和玻璃做成的透镜。侯爵把它拿在手中。

“就是这东西？”

女孩点点头。

“干得好。”

门菲神色黯然。“我不明白为什么上次居然没发现。”

“你当时心烦意乱。”侯爵说，“我肯定它就在这儿，而且我很少犯错。那么……”他把小木球举起来，光线射入磨光镜片，黄铜和青铜组件也闪闪放光。承认对某件事物一窍不通总令侯爵心生怨怼，但卡拉巴斯还是开口说：“这东西该怎么用？”

麻醉法领着理查德进入桥梁南侧的一个小花园，沿一堵高墙旁的

石质阶梯向下走去。她重新点燃瓶子里的蜡烛，推开一扇小门，进去后顺手关上。两人走下几段楼梯，四周伸手不见五指。

“有个女孩叫门菲，”理查德说，“她比你年轻一点儿。你认识这个人吗？”

“门菲女士。我知道她是谁。”

“那么，呃，她属于哪片领地？”

“哪儿都不算。她是门家的人。她的家族一度声名显赫。”

“一度？后来怎么了？”

“有人把他们杀了。”

对，理查德想起那位侯爵也说过类似的话。一只老鼠从他们面前跑过。麻醉法停下脚步，深施一礼。老鼠也站定不动。“尊贵的殿下。”她对老鼠说。“嗨。”理查德也打个招呼。老鼠只瞥了他们一眼，便朝楼梯下方跑去。“那么，流动集市又是什么？”理查德问。

“它非常大，”女孩说，“但鼠语族几乎不需要到集市上去。说实话吧……”她支支吾吾地说，“算了。你会笑话我的。”

“我不会的。”理查德真诚地说。

“那好，”瘦女孩说，“我有点害怕。”

“害怕？怕集市？”

他们已经走到楼梯尽头。麻醉法犹豫片刻，随即往左一转。“哦。不是。集市上不得动武。如果有人在那里伤害到任何人，整个下伦敦就会像一吨污水那样把他砸扁。”

“那你还有什么好怕的？”

“到那儿去的路程。流动集市每次举办地点都不一样。它会四处漂移。要去它今晚的举办地……”女孩又紧张地拨弄起项链上的石英珠。“咱们必须穿过一处特别恐怖的区域。”她听起来真的很害怕。

理查德压抑住用胳膊揽住她肩头的冲动。“你说的这是什么地方？”他问。女孩把头转向理查德，拨开眼前的发丝，把答案告诉了他。

“骑士桥。”理查德重复道。他开始咯咯轻笑起来。

女孩掉头就走。“你看，”她说，“我说了你肯定会笑。”

深层隧道挖掘于二十世纪二十年代，是伦敦地下铁系统北段的高速延长线。在二战期间，数千联军士兵曾驻扎于此，他们的排泄物会利用压缩空气排放到上方很远的下水道中。通道两侧码放着一溜金属双层床铺，供这些士兵安睡。战争结束后，这些床铺被留在原地，铁丝床板上堆着纸板箱，箱子里装满信件、文书和纸张——这些最乏味的秘密就此深埋地底，注定要被人遗忘。九十年代初期，这些隧道因经济原因被彻底封闭。一箱箱机密也被搬走，有些经过扫描存放在电脑中，有些则被粉碎或焚烧。

瓦尼就在深层隧道的最深处安了家，距离上方的卡姆登区地铁站还相隔甚远。他用废弃的金属双层床堵在唯一入口，随后开始对自己的家进行装潢。瓦尼喜欢武器。他会用能够找到、拿到或偷到的任何东西自制武器。比如部分汽车部件和抢救出来的机械零件，就被他制成了挠钩、弹簧刀、十字弓、劲弩、棍棒、宽剑、圆头棍，甚至还有用来砸墙的投石机和射石车。这些东西都挂在深层隧道的墙壁上，或是堆放在角落里，样子十分骇人。

瓦尼看上去跟公牛差不多，只不过剃了毛，拔了角，身上盖满文青，受到牙齿掉光的严重困扰。另外，他还打呼噜。放在脑袋旁边的油灯调得很暗。瓦尼睡在一堆破布上，打着鼾，抽着气。一柄自制双刃剑就放在手边的地面上。

一只手伸过来，调亮了油灯。

瓦尼将那柄双刃剑抄在手中，眼睛还没完全睁开，就已经蹿了起来。他眨眨眼，环顾四周。隧道中一个人也没有，堵在门口的那堆双层床也没被动过。他慢慢放下长剑。

一个声音说道：“嗨。”

“啊？”瓦尼说。

“没想到吧？”克劳普先生走进油灯投下的光圈。

瓦尼后退一步，这是个错误。一柄匕首顶住了他的太阳穴，刀尖就在眼睛旁边。“建议你不要乱动，”克劳普先生劝慰道，“否则范德摩先生可能管不住他这把老刀子。根据统计，大多数意外都发生在家里。是不是这么回事啊，范德摩先生？”

“我不相信统计数据。”范德摩先生冷漠地说。一只戴着手套的手从瓦尼身后探过来，捏弯了他的长剑，把这团扭曲的钢条扔在地上。

“最近怎么样啊，瓦尼？”克劳普先生问道，“不错吧，我们估计？对吗？毛也捋顺了，精神头也养足了，就等着参加今晚的集市了吧？你知道我们是谁吗？”

瓦尼以不牵动任何肌肉的方式，尽量做出个类似点头的动作。他当然知道克劳普和范德摩是谁。他的目光在四壁游移。没错，就是它。流星锤，一个倒刺丛生的木球，上面插满钉子，连着一条锁链，挂在房间远端的角落中……

“道上传言说，有位年轻女士今晚要挑选一名保镖。你有没有想过要去应征？”克劳普先生一边说，一边剔着他那乱葬岗般的牙齿。

“把话说明白。”

瓦尼用意念拿起流星锤。这可是他的看家本领。慢慢来，好了……别着急……他把这件武器从挂钩上取下，拉向隧道拱顶……同时嘴里说道：“瓦尼是下层最能打的杀手和保镖。人们说猎人的时代结束后，我就是最棒的了。”

瓦尼用意念把流星锤摆在克劳普先生的脑袋上方，隐藏在阴影中。他会先砸烂克劳普的头颅，然后再干掉范德摩……

流星锤朝克劳普先生的脑袋猛砸下去。与此同时，瓦尼迅速扑倒，躲开指着自己的眼睛的刀尖。克劳普先生没有抬头，也没转身，只是以令人瞠目的速度把头挪开。流星锤与他擦身而过，砸在砖块和水泥地上，溅起无数碎渣。范德摩先生用一只手拎起瓦尼。“揍他？”他问搭档。

克劳普先生摇摇头：还没到时候。他又对瓦尼说：“不坏啊。那么，最能打的杀手和保镖先生，我们要你今晚到集市上去。我们要你想尽一切办法，成为那位年轻女士的贴身保镖。等你得到这份工作后，有件事一定要记牢。你可以保护她不受整个世界的侵害，但等我们找上她时，你就赶紧躲开。明白吗？”

瓦尼用舌头舔了舔烂牙。“你是想贿赂我？”他问。

范德摩先生已然捡起流星锤。他正用另一只手把锁链一节节扯断，将扭曲的铁环丢在地上。叮当。“不。”范德摩先生说。叮当。“我们是在威胁你。”叮当。“如果你不照克劳普先生的话去做，我们就会……”叮当。“……把你扁得……”叮当。“……七荤八素。然后我们会……”叮当。“……干掉你。”

“啊，”瓦尼说，“那我就只能给你们效力了，对吧？”

“是的，没错，”克劳普先生说，“恐怕我们给不了你什么好处。”

“这倒不成问题。”瓦尼说。

“那就好，”克劳普先生说，“欢迎入伙。”

这是一具结构庞大、制造精细的机械装置，由多种材质组合而成。磨光胡桃木和橡木，黄铜和玻璃，红铜和镜子，镶饰象牙雕刻和石英棱镜，还有黄铜齿轮、弹簧和嵌齿。整台器械比宽屏电视还大上不少，但真正的荧幕还不到六寸宽。一个放大透镜罩在上面，用以增大画面尺寸。很大的黄铜号角从侧面探出，形如老式留声机上的喇叭。如果艾萨克·牛顿爵士在三百年前发明并制造出电视录像一体机，应该就是这副样子。从某种角度来说，其实正是如此。

“看着。”门菲说着把木球放到一个平台上。光线从机械内部穿过，射入木球。它开始一圈圈旋转。

一张贵族面孔出现在小屏幕上，图像清晰，色彩鲜活。声音从号角传出，跟画面略有点不合拍，还夹杂着噼啪爆音。“……这两座城市如此接近，”那声音说，“但所有东西又是那么遥远。住在上层的拥有者，住在下层和夹层的一无所有者，也就是住在裂缝中的我们。”

门菲盯着屏幕，脸上的表情难以解读。

“……然而，”她父亲说，“我仍旧认为，令我们这些下层居民丧失活力的，是我们那狭隘的派系之争。这套领地和采邑的制度不但愚不可及，更是分裂的根源。”门琅大人穿着老旧的家居便服，头戴无边帽。声音仿佛跨越了几个世纪，而非几天或是几周。他咳嗽一声。“有这种信念的并非仅我一人。有些人希望让一切保持原样。有些人希望让情况继续恶化。但也有些人……”

“你能让它快进吗？”侯爵问道，“直接看看最后的记录？”

门菲点点头。她拨动机器侧面的一个象牙杠杆。图像先是一阵重影、扭曲，继而重新稳定下来。

此时的门琅身穿一件长袍。无边便帽没了踪影，脑袋侧面有一道血红伤口。他直挺挺地站在书桌前，说起话来声音很小，语速很急。“我不知道谁会看到这段影像，谁能找到这个东西。但不管你是谁，请把它交给我的女儿门菲，只要她还活着……”一阵静电干扰抹去了画面和声音，接着图像又回来了。“门菲？孩子，情况很糟。我不知道在他们发现这个房间之前，我还有多少时间。我想可怜的波西娅已经死了，还有你的哥哥和妹妹。”声音和画面的品质开始恶化。

侯爵偷偷看了一眼门菲。她满面泪痕，泪水从眼中溢出，顺着脸颊流淌。她似乎没意识到自己在哭，也没想到要把眼泪抹去。女孩只是注视着父亲的影像，倾听他的话语。噼啪。图像扭曲。噼啪。“听我说，孩子，”她过世的父亲说，“去找伊斯灵顿……你可以相信伊斯灵顿……你必须信赖伊斯灵顿……”他的画面再度重影，鲜血从额头流入眼睛。门琅伸手把血迹抹掉。“门菲？为我们报仇。为你的家族报仇。”

砰的一声巨响从留声机喇叭传出。门琅扭头望向屏幕外侧，神情迷惑而紧张。“怎么回事？”他说着走出荧屏。几秒钟内，画面静止不变，只有书桌和书桌后空荡荡的白墙。接着一股鲜血溅在墙上，画出一道圆弧。门菲拨动侧面的杠杆，关闭屏幕，转过身去。

“给你。”侯爵递给她一块手帕。

“多谢。”女孩擦了擦脸，又使劲擤了下鼻子。她愣了会儿神，最终说道：“伊斯灵顿。”

“我从没跟伊斯灵顿打过交道。”侯爵说。

“我还以为这只是个神话。”门菲说。

“根本不是。”侯爵走过房间，来到书桌前，拿起金怀表，把盖子打开。“做工真棒。”他评论道。

女孩点点头。“这是我父亲的。”

侯爵“啪”的一声把表盖合上。“该到集市上去了。很快就要开市。时间先生可不是咱们的朋友。”

她又擤了一下鼻子，随后把双手深深插入皮夹克的口袋，转过身面对侯爵，清秀眉宇紧紧蹙起，异色眼眸闪烁光芒。“你真认为咱们能找到可以对付克劳普和范德摩的保镖吗？”

侯爵冲她欣然一笑，露出洁白的牙齿。“自从猎人归隐后，就没人敢动这个念头。不不不，只要找个能拖延时间，让你有机会逃跑的人，我就心满意足了。”他说着把表链别在马甲上，将怀表塞进衬衫口袋。

“你在干什么？”门菲问道，“那是我父亲的表。”

“他再也用不着了，不是吗？”侯爵正了正金表带，“如何？看上去很雅致。”他注视着门菲，女孩脸上的表情几经变化：悲伤、愤怒，最终是听天由命。

“咱们还是上路吧。”她只说了这么一句。

“骑士桥就快到了。”麻醉法说。理查德希望这是实话。他们已经点起第三根蜡烛。两侧墙壁渗出液体，放射点点光亮，通道似乎永

无止境地延伸下去。理查德真没想到他们居然还在伦敦下方。他觉得应该快到威尔士了。

“我真的很害怕，”女孩继续说，“我还从来没走过那座桥。”

“我记得你说以前参加过流动集市。”理查德迷惑地问道。

“那叫流动集市，傻瓜。我已经跟你说过了。它会移动，每次都出现在不同的地方。我上次去的时候，是在一个大钟楼里。大……什么什么钟。再往后是……”

“大笨钟？”理查德提示说。

“有可能。我们所在的地方，有很多巨大齿轮不停转动，我就是在那儿得到了这个……”她举起自己的项链。烛火在闪亮的石英表面映出黄光。她像个孩子似的笑了笑，问理查德：“你喜欢吗？”

“棒极了。贵不贵？”

“我拿几样东西换来的。下面就是这么做生意的，用交换的方式。”他们转过一个拐角，骑士桥赫然出现。理查德心想，这很可能是五百年前架在泰晤士河上的众多桥梁之一。这座巨大石桥横跨一道黑色深沟，直通黢黑夜色。理查德胡乱琢磨着，到底是谁在什么时候修建了这座桥梁？像这种东西怎么可能存在于伦敦城下方，完全无人知晓？他忽然觉得心头一沉，随即意识到自己被这座桥完全吓坏了。

“咱们必须从这座桥上过吗？”他问道，“就不能走别的路到集市上去？”两人来到桥头，站定不动。

麻醉法摇了摇头。“走别的路，咱们也可以到达集市所在的地方，”她说，“但集市不会出现在那里。”

“什么？这太荒谬了。我是说，一个东西要么就在要么就不在，难道不是这样吗？”

女孩摇了摇头。嗡嗡的话语声从他们身后传来，有人一把将理查德推倒在地。他抬头看去，那是个大块头，正面无表情地盯着自己。此人身上文了粗陋刺青，穿着橡胶和皮革胡乱拼凑成的衣服，倒像是从汽车座椅上切割下来的。在大块头身后还有十几个人，其中有男有女，穿着打扮像是要去参加一个格调极低的化装晚会。“有些人，”瓦尼心情显然不好，“挡了我的路。有些人应该注意自己在往什么地方走。”

理查德小时候，有一次放学回家，在路边的水沟里看到一只小老鼠。老鼠发现理查德后，便人立起来又蹦又叫，把他吓得不轻。理查德倒退两步，心想这么小的老鼠居然有意跟比它大那么多的人类战斗，觉得十分不可思议。

麻醉法突然插到理查德和瓦尼之间。她还不到对方一半大，但却冲大汉怒目而视，咧开嘴龇着牙，就像被逼入角落的老鼠那样咝咝怒吼。瓦尼往后退了一步。他朝理查德鞋上啐了口唾沫，然后掉头便走，带着那伙人上了骑士桥，隐没在黑暗之中。

“你还好吗？”麻醉法扶着理查德站起身。

“我没事儿，”他说，“你可真勇敢。”

女孩腼腆地低下头去。“我可算不上勇敢。我还在害怕那座桥呢。就连他们也害怕，所以才会结伴而行，人多势众比较安全。”

“如果你们想过桥，我可以跟你们搭个伴。”一个女性声音从他们身后传来，甜腻得像是蜂蜜。理查德听不出这是哪儿的口音。他转过身，看到一个身材高挑的女人。她留着一头茶色长发，肤色好似焦糖，身上穿的皮衣点缀着深浅不一的灰色和棕色斑纹，肩头背着破破烂烂的皮质行李袋，手里拿着木杖，皮带上插着一柄匕首，腕子上还挂着个手电筒。

理查德有生以来还没见过如此美丽的女人，这一点毫无疑问。

“人多势众比较安全。欢迎你加入我们的队伍，”他迟疑片刻，开口说道，“我叫理查德·梅休。这是麻醉法。我们俩之中，就她还知道自己在干什么。”鼠语族女孩显出得意的神情。

皮衣女上上下下打量着他。“你是从上伦敦来的。”她说。

“没错。”尽管迷失在这个离奇异界，但理查德至少学会了如何玩这场游戏。他脑子发木，搞不清自己身处何方，更不知道为什么会出现在这儿，但还有能力遵循游戏规则。

“跟鼠语族一块旅行。真有你的。”

“我是他的守护者，”麻醉法硬气地说，“你是谁？你向谁效忠？”

女人笑了笑。“我不向任何人效忠，小老鼠。你们俩以前来过弃世桥吗？”麻醉法摇摇头，“哦，这真是太有意思了，不是吗？”

他们走向石桥。麻醉法把蜡灯递给理查德。“拿着。”她说。

“谢谢，”理查德看了看穿皮衣的女人，“这里真有什么可怕的东西吗？”

“只是有可能让你想弃世。”她说。

“穿盔甲的那种？”

“被黑暗笼罩，感觉心灰意冷的那种。”麻醉法伸出手来，摸索着理查德的手。他把女孩的小手紧紧握在掌中。女孩冲他笑了笑，捏了一下他的手掌。一行人走上弃世桥，理查德这才明白什么叫黑暗：黑暗是真实而纯粹的东西，远不止没有光线那么简单。他感到黑暗碰触着自己的皮肤，探寻着，移动着，搜索着。黑暗滑进他的心灵，钻进他的肺部，爬进他的眼耳口鼻……

他们每走一步，那盏简易提灯就暗淡一分。理查德意识到皮衣女的手电筒也在发生同样变化。这种感觉并不是光线在变弱，更像黑暗在变强。理查德眨眨眼，看着空茫的前方——只有黑暗的空茫，纯粹而彻底。声响。沙沙声，蠕动声。他又眨了一下，在黑暗中他什么也看不到。那响动更显鬼祟，愈发饥饿。理查德觉得自己好像能听到一种声音：一群巨大扭曲的巨魔，藏在桥底下……

有什么东西在黑暗中与他们擦肩而过。“那是什么东西？”麻醉法用细小的声音问道。理查德感到她的手在发抖。

“嘘，”皮衣女低声说，“不要吸引它的注意力。”

“出了什么事？”理查德压低声音问道。

“黑暗降临，”皮衣女用几不可闻的声音说，“夜幕降临。在穴居时代，每到夜晚我们就会畏惧地缩在一起，寻求安全和温暖。从那时起，每当太阳落下梦魇就会跑出来流窜。它们全都降临了。此刻，”她对他们说，“敬畏黑暗的时候到了。”理查德感觉有什么东西正要爬过他的脸庞。他闭上眼睛，但这样做对视觉和感观来说没有任何差别。夜幕浑厚齐整，幻觉就此诞生。

他看到一个燃烧的身影穿过夜幕，朝他落下。它的翅膀和头发都着了火。

他张开双臂，但什么也没接住。

杰西卡看着他，眼中写满鄙夷。他想冲她喊叫，想说他很抱歉。

一步一步朝前走。

夜晚，他是个小孩子，沿着没有街灯的马路，从学校走向家中。不管他走过多少次，这条路还是那么可怕，还是那么艰难。

他躲在阴沟深处，失落在迷宫里。巨兽在等他。他能听到水珠慢慢滴落，心中深知巨兽正在等待。他握紧手中的长矛……一阵隆隆吼声从巨兽喉咙深处爆发，在他身后响起。他转过身。巨兽穿过黑暗，慢慢向他冲来，慢得令人难以忍受。

它冲上来。

他死了。

继续往前走。

它穿过黑暗，慢慢向他冲来，慢得令人难以忍受，一次又一次……

噼啪声突然响起，火光随之闪现，亮得刺眼。理查德眯起眼睛，身子打了个晃。那是蜡烛的火苗，在汽水瓶容器中闪亮。他从没想到一根蜡烛居然会如此耀眼。他把小灯举高，大口大口喘着粗气。突然放松下来的身体打起哆嗦，心脏在胸中怦怦乱跳。

“咱们似乎成功过桥了。”皮衣女说。

理查德的心跳如此猛烈，甚至一度说不出话来。他强迫自己慢慢深呼吸，借此平复心情。他们站在一个很大的空场上，跟桥对面一模一样。实际上，理查德有种奇怪的感觉，似乎这里就是他们刚离开的地方。但这边的阴影更加浓厚，还有种残像在理查德双眼后浮动，就像是被闪光灯晃了一下。“我猜，”理查德吞吞吐吐地说，“咱们没有遇到什么真正的危险……它就好像一座鬼屋。不过是黑暗中的噪声……你的想象力会自行添油加醋。其实根本没什么可怕的，对吗？”

女人转头看着他，神情近乎怜悯。理查德忽然意识到已经没人握着自己的手了。“麻醉法？”

桥顶的黑暗中传来几声轻柔响动，仿佛沙沙风声，又像是淡淡叹息。几颗形状各异的石英珠子从石桥上朝他们滚落。理查德捡起一颗，正是鼠语者女孩项链上的东西。理查德张开嘴，却哑口无言。过了一会儿，他终于找到自己的声音。“咱们最好……咱们必须回去。她在……”

女人举起手电筒，光芒射过桥梁。理查德可以一眼看到对面，但桥上空无一人。“她到哪儿去了？”理查德问。

“走了，”女人不带任何感情地说，“黑暗把她带走了。”

“咱们应该做点什么。”理查德急切地说。

“比方说？”

他又张开嘴，这回彻底无话可说，只得把嘴闭上，手里捻着那颗石英，注视地上的其他珠子。

“她去了，”女人说，“这座桥会收过路费。你应该庆幸，它带走的不是你。好了，如果你想去集市，就沿这条路走，它就在前面。”女人用手电筒往前一照，一条狭窄通道隐现在前方昏黑夜色之中。

理查德没动。他感到全身麻木，很难相信女孩就这么去了——失踪了，掠走了，迷失了，或是……他更难以相信皮衣女子居然泰然处之，就好像一切都很正常——就好像这不过是司空见惯的小事。

麻醉法不能死。

他打定主意，得出一个结论。女孩不能死，因为如果女孩死了，那全要怪他。麻醉法是被迫跟他一起来的。理查德紧紧握着石英珠，手掌硌得生疼。他想起女孩展示项链时，神情有多骄傲；也想起在认识她的这几小时中，自己变得有多喜欢这个鼠语者。

“你要来吗？”

理查德站在黑暗中愣了片刻，随即将石英珠轻轻放进牛仔裤口袋。他跟上走在前面几步的女子，忽然发现自己还不知道对方的名字。

第五章

人们在周遭黑暗中静静游走，手里拿着提灯、火把、手电和蜡烛。这让理查德想起以前看过的海洋生物纪录片，闪闪发亮的鱼群在大海中迅疾遨游……幽深海底，居住着眼睛已经退化的生物。

理查德跟随皮衣女走上一段楼梯，石阶边缘包着金属，这应该是某个地铁站。不少人正排队等待钻过一道栅栏，它拉开了一尺缝隙，露出通向便道的出口。

站在他们前方的是两名少年，手腕上都绑着绳子，绳头握在一个男人手中。此人脸色苍白，光头不戴帽，身上有股子甲醛味儿。排在他们后面的是个灰胡子男人，肩头蹲着一只黑白花小猫咪。它把自己舔干净后，又开始专注地舔弄男人的耳朵，然后蜷在他肩膀上沉沉入梦。队列缓慢移动，排在最前面的人一个个钻过墙壁和栅栏间的空隙，消失在夜色中。“你要去集市干吗，理查德·梅休？”皮衣女低声问道。理查德还是听不出这是哪儿的口音，甚至开始怀疑她是非洲人或澳大利亚人，也可能来自某些更加偏远奇异的国度。

“我想到那儿去找几个朋友。好吧，其实就一个朋友。我在这个世界认识的人不多，麻醉法已经算是熟人了，但……”他的声音越来越小，忽然问出此前一直不敢提及的问题，“她死了吗？”

女人耸耸肩。“是的。跟死了也差不多。我相信只要你能到达流动集市，她的牺牲也算有所价值。”

理查德打了个冷战。“我可不这么想。”他感到空虚困顿，决然孤寂。两人逐渐接近队伍的最前端。“你去集市干吗？”他问。

女人笑了笑。“我出售私人服务。”

“哦，具体是哪种私人服务？”他问。

“我出租自己的身体。”女人直截了当地说。

“啊。”他现在已经懒得追问下去，也不想让她解释这话到底是什么意思。再说他已经想出了一种解释。

两人走进夜色之中。理查德回头看去，车站的站牌上写着“骑士桥”。他不知道是应该微笑，还是应该哀悼。此刻估计已经是后半夜了。理查德低头看了看手表，毫不惊讶地发现数字显示屏一片空白。也许电池耗干了，但他心想，更可能是下伦敦的时间跟他过去习惯的时间完全是两码事。理查德根本不在乎，他摘下手表，扔到最近的垃圾桶里。

古灵精怪的人群川流不息地走过马路，穿过他们对面的对开大门。“就在这儿？”他震惊地说。

女人点点头。“就在这儿。”

这栋高大建筑物覆盖着数千盏明灯。对面墙壁上有许多显眼的盾形徽章，骄傲地向世人宣告，此地向列位英国皇室成员出售他们指定的各种货品。理查德曾耗费大量周末时光，跟在杰茜卡身后，拖着酸痛双脚逛遍伦敦所有知名商店。就算没有那巨大招牌，他也能一眼看出这是什么地方，“哈罗德百货公司？”

女人点点头。“只有今晚而已，”她说，“下次集市可能出现在任何地方。”

“但我的意思是说，”理查德说，“哈罗德百货公司。”夜里溜进此地，简直有些冒犯天尊的感觉。

他们从侧门走了进去。屋里光线昏暗。两人经过外币兑换台和礼品包装区，穿过另一处卖太阳镜和小雕像的黑暗房间，走进了埃及室。色彩和光线扑打在理查德身上，犹如波涛冲击海岸。皮衣女转身面对他，用蜜色的手背遮住诱人的粉唇，像猫咪似的打了个哈欠。她笑了笑，开口说：“好了。你已经到了。安然无恙，零件好歹也算齐全。我还有事要做。再会吧。”她略一点头，消失在人群之中。

理查德孤零零地站在拥挤人潮中，观察着周围的情形。这里彻底疯了，混乱到无以复加。喧闹、慌乱、狂躁，但从很多角度来看，又可以说蔚为壮观。人们争执、砍价、叫嚷、歌唱。他们招揽顾客，吹嘘货物，大肆宣扬商品的过人之处。还有人在演奏音乐，十几种不同的音乐，通过十几种不同的方式，由几十种不同的乐器演奏出来。这些乐器大都是临时拼凑而成，经过改装，样子十分古怪。理查德可以闻到食物的气味。各式各样的食物——咖喱和香辛料的味道最为明显，紧随其后的是烤肉和蘑菇。百货公司里到处都是小摊，放在白天售卖香水、手表、琥珀或丝巾的柜台旁边，乃至上面。所有人都在购买。所有人都在贩卖。理查德漫步穿过熙熙攘攘的人群，聆听着周遭的叫卖声。

“新鲜出炉的可爱梦境。品质一流的噩梦。我们这儿应有尽有。快来买些有趣的噩梦啊！”

“各式武器！武装起来！保卫你的地窖、窑穴或洞窟！想痛打他们吗？我们这儿应有尽有。快来啊，亲爱的，到这边来看看……”

“垃圾！”理查德走过一处臭气熏天的摊位时，有个上了年纪的胖女人冲着他的耳朵叫喊，“破烂！渣滓！杂碎！牛羊下水！破砖烂瓦！快来买啊！没有任何完好无缺的东西！废物、烂货，还有一堆堆没用的狗屁。走过路过不要错过。”

一个身穿铠甲的男人敲打着一面小鼓，不断吆喝着。“招领失物。快点来，快点来，自己看自己选。招领失物。这里没有你能找到的东西。都是有品质保证的失物。”

理查德在百货公司一间间巨大的卖场中游逛，神情恍惚得就像老僧入定。他甚至猜不出这个夜市中到底有多少人。一千？两千？还是五千？

一处货摊上码了高高一堆瓶子，有的满满当当，有的空空荡荡，大小不一，形状各异：既有最普通的酒瓶，也有一个巨大闪耀的瓶子，给人感觉里面装的只可能是灯神。另一个摊位贩卖提灯，灯里的蜡烛是由多种蜡块和油脂混合而成。还有个人朝理查德挥舞着一只抓着蜡烛的幼儿短手，嘴里嘀嘀咕咕地说：“来个荣耀之手[1]，先生？拿到贝德福德郡的木丘上去。保证管用。”理查德快步走了过去，他不想知道荣誉之手是什么，更不想知道它有什么用。有个摊位在出售金光闪闪的金银珠宝，另一个摊位卖的首饰，好像是用老式收音机的电子管和导线制成。有的摊位摆放着各色书籍杂志。有的在卖样子相当古怪的衣服，补丁摞补丁，显得陈旧不堪。还有几个文身师，一处几乎可以肯定是小型奴隶市场的地方（他有意躲得远远的）；一张牙医诊疗椅外加手摇钻头，旁边站着一溜可怜兮兮的病号，等待一名很是自得其乐的年轻人，帮他们把牙齿拔出或是填好。一位弯腰驼背的老人在卖些莫名其妙的东西，有可能是帽子，也有可能是现代艺术。有个

1　也称吊男之手，是从被吊死的人身上砍下的风干左手。根据欧洲传说，荣耀之手可以让在场的人无法移动。

摊位特别像可移动淋浴设备。他甚至还经过了一个铁匠铺……

每隔几个摊位，就会出现兜售食物的商铺。有些直接把食材加在明火上烹饪：咖喱、土豆、栗子、大蘑菇，还有怪异的面包。理查德心里琢磨，为什么这些火堆上冒起的烟雾，没有触发大楼里的消防喷水装置？为什么他们要支起自己的小货摊，而不是直接拿走百货公司的东西？但他很清楚现在最好不要冒险向别人打听……似乎所有人都知道他是从上伦敦来的，这已经相当可疑了。

理查德发现，这些人有明显的种族差别。他试图挑选出几个特征明显的族群。有些人像是从历史重现爱好者俱乐部跑出来的，穿着复古的衣衫；有些人让他想起嬉皮士；一群穿灰大衣、戴墨镜的白化人；几个外表光鲜、衣着时髦、戴黑手套的危险人物；有些长相几乎完全相同的高大女子，三三两两走在一起，彼此相遇时还会点头示意；某些头发纠缠打结的家伙，看上去很可能住在阴沟里，身上泛着恶臭。除此以外，还有其他上百种不同的族群……

理查德心想正常的伦敦——他的伦敦——在外人看来是个什么样子，这个念头让他鼓起勇气，开始向沿途这些怪人打听消息。“打扰一下？我在找一个名叫卡拉巴斯的男人，还有个叫门菲的女孩。你知道我在哪儿能找到他们吗？”人们只是摇摇头，道声歉，转开目光，朝别处走去。

理查德倒退一步，不小心踩到了什么人的脚。此人高逾七尺，身上长满淡黄色的浓密毛发，满嘴牙齿磨得很尖。他用一只跟绵羊头差不多大的巨掌把理查德拎了起来。理查德的脑袋几乎都快贴上那人的嘴巴，恶心得差点儿吐了出来。“我真的真的很抱歉，”理查德说，“我……我在找一个叫门菲的女孩。你知道……”但那人把他扔在地上，转身便走。

一股食物气息顺着地板飘了过来，理查德自从拒绝了那块上好的烤猫肉后——他都想不起来这是多久之前的事情了，就一直设法忘记肚子有多饿。此刻他发觉自己口水直流，脑筋转得越来越慢。

理查德走到下一个食物摊。经营货摊的女人个头才到理查德腰际，满脑袋钢丝般的头发。他试图跟对方交谈，但女人只是摇摇头，伸出一根手指在嘴唇上从左到右划了一下。她不能说话，或是不会说话，也可能是不想说话。理查德比手画脚地跟她交涉，想换一块白奶酪生菜三明治、一杯看着闻着都像家酿柠檬汁的东西。这顿饭花了他一根圆珠笔、一盒不记得什么时候揣进来的火柴。小个女人显然觉得自己在这桩交易中占了便宜，因为理查德取过食物时，她还扔了几块坚果小饼干过来。

理查德站在集市中，聆听着耳畔传来的音乐——有人出于理查德难以理解的原因，把抒情经典《绿袖子》唱成了欢快小调。他吃着三明治，观赏铺陈在面前的离奇集市。

理查德吃完最后一口三明治，突然发现自己根本不知道刚吃进去的东西是什么滋味。他慢慢咀嚼小饼干，仔细品尝着它的味道，然后喝掉柠檬汁，算是饱餐一顿。“您不来只鸟吗，先生？”一个快活的声音从他身边传来，“我有白嘴鸦和渡鸦，乌鸦和八哥。都是聪明绝顶的鸟。美味又聪明。妙极了。”

理查德说：“不，多谢了。”他转过身来。

摊位上的手写招牌涂着：

老贝利的小鸟兼情报店

还有些小号招牌插在周围：

比如“你想要，我知道”“你找不到更肥的八哥！”，还有“想要白嘴鸦，就找老贝利！”。理查德忽然想起头一次到伦敦时看到的那个怪人。他总是站在莱斯特广场地铁站外面，身上挂着巨大的手写招牌，劝诫世人说“减少蛋白质、鸡蛋、肉类、豆子、奶酪和久坐，就能减少欲望”。

许多鸟儿在小笼子里蹦来跳去，扑打翅膀。那些笼子似乎都是用电视天线编出来的。“那就是要情报咯？”老贝利熟练地操起他的推销腔，“屋顶地图？历史？不为人知的神秘知识？如果是我不知道的事情，那你最好也把它忘掉。记住我这话，准没错。”老人还穿着那身羽毛大衣，身上缠着绳索。他冲理查德眨眨眼，随即戴好那副用细线吊在脖子上的眼镜，上上下下打量理查德。“等等……我认识你。你是跟卡拉巴斯侯爵一块儿来的那个人。在房顶上。记得吗？嗯？我是老贝利啊。还记得我吗？”他伸出手来，使劲摇了摇理查德的手。

“说起来，”理查德说，“我正在找侯爵呢，还有一位名叫门菲的年轻女士。我想他们可能是在一起。”

老人突然跳了几下快步舞，几根羽毛从大衣上掉落，他们周围各式各样的鸟儿齐声鸣叫，以此表示不满。“情报！情报！”老人冲人潮汹涌的房间喊道，“看见了吧？我早跟他们说过。我说过，要多种经营。多种经营！你不可能卖一辈子等待下锅的白嘴鸦。再说了，这东西吃起来就像煮熟的拖鞋。而且它们蠢得要死，简直是木头疙瘩。你吃过白嘴鸦吗？”理查德摇摇头。不管怎么说，这一点他还是可以确定的。“你能给我什么？”老贝利问。

“你说什么？”理查德在老人的意识流中，笨拙地从一块浮冰跳上另一块浮冰。

“如果给你想要的情报，我能得到什么东西？”

“我身上一分钱都没有，”理查德说，“而且已经把圆珠笔给人了。”

老头开始掏弄理查德衣袋里的东西。“这个，”老贝利说，“就是它！”

“我的手绢？”理查德问道。这块不怎么干净的手绢，是他上次过生日时，莫德姑妈送的礼物。老贝利一把抓了过来，兴奋地在头顶挥舞。

“你别担心，小伙子，”他洋洋得意地说，“你的旅程就要画上句号了。从这边走，穿过那扇门。你一眼就能看见他们。他们在进行甄选。”老人抬手指向哈罗德百货公司宽阔巨大的美食广场，一只白嘴鸦不怀好意地呱呱叫了两声，“你少插嘴，”老贝利冲白嘴鸦喊道，接着又对理查德说，“多谢你这面小旗帜。”他兴高采烈、手舞足蹈地走回摊位，来回舞动着理查德的手绢。

甄选？理查德心中疑窦丛生，但他对此一笑置之。管他呢。就跟那屋顶老人说的一样，他的旅程就要画上句号了。

理查德朝美食广场走去。

风格对保镖们来说至关重要。他们都有这样那样的绝招，也都急不可耐地想要展示出来。此刻下场对擂的，是瑞斯利普对无名浪子。

无名浪子面扑白粉，绛点朱唇，活像是个十八世纪早期的放浪公子。只可惜他没找到真正的公子哥服饰，只能满足于从二手服装店淘换来的东西。而他的对手瑞斯利普更像是一场噩梦。如果你睡着时正在看相扑比赛，背景音乐还是鲍勃·马利[1]的雷鬼乐，那就很有可能会做这种噩梦。这位身材高大的塔法里教徒[2]，活像个硕大痴肥的婴儿。

他们面对面站在一处清空的圆场中央，被旁观者、游览者和其他应征保镖围得水泄不通。两人都站稳脚跟纹丝不动。

浪子比瑞斯利普高出足足一头。但另一方面，瑞斯利普看上去能有四个浪子沉。他们手里各自拿着一个大皮箱，里面塞满了猪油。两人四目相对，眼睛一眨不眨。

卡拉巴斯侯爵拍拍门菲的肩头，指指场内。局面即将发生变化。

对阵双方面无表情地站在原地，相互瞪视，谁都没动。但片刻之后，浪子的脑袋猛地一仰，就好像被人击中了面门，一小块紫红色瘀伤出现在面颊上。他噘着嘴唇，睫毛扑闪两下。“啦。”他说完这话，涂了口红的嘴唇向两侧拉伸，露出瘆人的假笑。

浪子打了个手势，瑞斯利普脚下一个踉跄，忽然用手捂住肚子。

无名浪子露出得意洋洋的笑容，摆动手指，向几位旁观者送出飞吻。瑞斯利普冲他怒目而视，加强了自己的意念攻势。鲜血从浪子的朱唇流下。他的左眼开始肿大，身子摇摇晃晃。赞许声从观众群中响起。

“看着不赖，但其实没什么了不起的。”侯爵压低声音对门菲说。

无名浪子突然打了个趔趄，双膝一软，很狼狈地倒在地上，似乎被人用力按了一把。接着他又蜷起身子，仿佛肚子上挨了狠狠一脚。瑞斯利普显出不可一世的神情。观众们礼貌地鼓了几下掌。浪子扭动

1 雷鬼乐教父，牙买加民族英雄。他融合节奏蓝调和拉丁乐的热情，创造了雷鬼乐。

2 牙买加和其他国家的黑人政治宗教运动，崇拜埃塞俄比亚前皇帝海尔·塞拉西一世，相信黑人是神的选民。

身躯，嘴里吐出鲜血，喷在哈罗德百货公司鲜鱼生肉区的地板木屑上。他被几个朋友拉到角落，显然非常痛苦。

“下一位。”侯爵说道。

下一位候选保镖也比瑞斯利普瘦（但却是浪子的两倍半宽，手里只拿了个装满猪油的皮箱），身上布满刺青，衣服似乎是用老旧车座套和橡胶垫缝制而成。他头剃得锃光瓦亮，露出一口烂牙冲周围讪笑。“我叫瓦尼。”他说完清了清嗓子，往锯末上吐了口发绿的黏痰，走进圆形空场。

“准备好了就开始吧，先生们。”侯爵说。

瑞斯利普如相扑力士那般，在地板上跺着赤脚，眼睛死盯着对手。一二，一二。一条小伤口出现在瓦尼额头，鲜血逐渐流出，淌进他的左眼。瓦尼没有理会，反倒把注意力集中在右臂上，似乎正在克服巨大的压力。他慢慢抬起胳膊，一拳捶中瑞斯利普的鼻子，一时间鲜血四溅。瑞斯利普倒吸一口冷气，惨叫着倒在地上，那响动好似半吨潮乎乎的猪肝掉进了浴缸里。瓦尼呵呵笑出声来。

瑞斯利普慢慢起身，鲜血从他的鼻孔流出，渗过嘴巴和胸口，滴落在锯末上。瓦尼从额头上抹去血水，露出满口烂牙，冲人们挤出瘆人的阴笑。“来啊，”他说，“肥仔，再来打我啊。”

“这个有戏。”侯爵嘟囔道。

门菲扬起一侧眉毛。“他看起来可不像好人。”

“对保镖来说，”侯爵宣讲道，“好人这个属性，就像能让整群龙虾洄游的能力一样没用。他看起来很危险。”瓦尼开始发动迅疾猛烈的攻击，而瓦尼的皮靴和瑞斯利普卵蛋的突然接触，更是在围观人群中引发低声喝彩。这阵喝彩压抑沉闷、热情全无——通常只有在阳光明媚惹人睡的周日下午，观看英格兰乡村斗蟋蟀比赛时，才能听到如此有气无力的声音。侯爵跟其他人一起礼貌地鼓起掌。“很不错，先生。”他说。

瓦尼看了看门菲，冲她挤挤眼，几乎透出一股占有欲，然后才把头转向瑞斯利普。

女孩打了个哆嗦。

理查德听到一阵掌声，便循声找去。

五个衣着几乎相同的年轻女子与他擦身而过。她们肤色苍白，长发黢黑，戴着银首饰，身穿天鹅绒长裙，每一套都暗如夜色，一件深绿，一件深棕，一件深蓝，一件深红，一件纯黑。她们发型完美，妆容完美，走起路来悄无声息。理查德只能听到天鹅绒裙裾飘摆的细碎响动，犹如声声叹息。走在最后的女人，身穿纯黑裙服，是肤色最白容颜最美的一个，她冲理查德露出微笑。他也谨慎地笑了笑，随即走向甄选会场。

会场位于鲜鱼生肉区，就在哈罗德鱼雕像群下方的开阔空场。观众们背冲着他，里里外外围了两三层。理查德还在琢磨该如何寻找门菲和侯爵，却发现人群忽然左右一分。他看到自己要找的人就坐在熏马哈鱼柜台的玻璃柜面上，高兴地张开嘴巴，准备喊出门菲的名字。但话还没出口，他就意识到人群为什么会分开。一个梳长辫绺的巨汉身形突然迫近。此人浑身赤裸，一块绿黄红三色布料像尿布似的裹在腰间。他越空而来，仿佛被一只巨手扔过人群，结结实实砸在理查德身上。

“理查德？”门菲呼唤着。

他睁开眼睛，眼前的面孔晃了几下，最终变得清晰。这是一张清秀苍白的俊脸，火蛋白石色的眼眸凝视着他。

“门菲？”他说。

女孩看起来怒气冲冲，或者说怒不可遏。“庙堂和拱门在上，理查德。我简直不敢相信。你跑到这儿来做什么？”

“我也很高兴再见到你。”理查德有气无力地说。他坐起身，脑袋里胡思乱想。自己是不是有点脑震荡？就算真脑震荡了，他又怎么知道？为什么一直觉得门菲会乐于见到自己？女孩目不转睛地盯着自己的指甲，鼻翼轻轻翕动，似乎担心自己一张嘴就会说出什么不好听的话来。

有个一口烂牙的大汉，也就是在桥头把理查德推倒的人，正在和一名侏儒搏斗。他们手持撬棍战作一团，局面倒不似理查德料想中那么一边倒。侏儒的速度疾如闪电，不断翻滚、攻击、跳跃、扑袭。他的每个动作都会让瓦尼相形见绌，显得笨拙迟钝。

理查德把头转向正专心观看比试的侯爵。“这到底是怎么回事？”

侯爵瞥了他一眼，随即转回头继续观看激烈的战局。“你，”他说，“深陷泥潭，不能自拔。而且可想而知，距离无法逃脱无从规避无须置疑的凄惨结局，不过几步之遥。而另一方面，我们正在甄选保镖。”瓦尼的撬棍碰到了侏儒，跳跃蹿蹦的小矮子陡然僵住，立刻倒在地上人事不省。“我想我们已经看得够多了，”侯爵大声说道，“感谢诸位光临。瓦尼先生，你能留下来等会儿吗？”

“你干吗非跑到这儿来不可？”门菲冷若冰霜地对理查德说。

“我确实没有太多选择余地。”理查德说。

女孩叹了口气。侯爵正绕着场子溜达，驱散已经参加过甄选的那些保镖，这边送两句赞美，那边给两句忠告。瓦尼站在一旁，耐心等待。理查德试探着冲门菲笑了笑，但女孩不予理会。“你是怎么到市场来的？”她问。

“我遇到一群鼠人……”理查德开口说。

“鼠语者。”门菲纠正道。

“还有那只把公爵字条带给咱们的老鼠……”

“长尾大人。”女孩说道。

“没错，他对那些鼠语族说，让他们务必把我送到这儿来。”

女孩扬了扬眉，脑袋略微歪向一旁。“一个鼠语族人把你带到这儿来的？”

理查德点点头。“大部分路程都是靠她帮忙。她名叫麻醉法。她……哦，她出了点意外。在那座桥上。另一位女士带我走完了剩下这段路。我想她是个……你知道，”理查德犹豫片刻，这才说，“是个妓女。”

侯爵已经走了回来，就站在洋洋自得心满意足的瓦尼面前。“擅长什么武器？”侯爵问道。

“啊哈，”瓦尼说，“这么说吧，但凡能用来砍人的东西，用来把别人脑袋轰掉的东西，用来打折骨头的东西，或是在别人身上开个丑窟窿的东西——但凡是这些东西，瓦尼都很拿手。”

“对你表示满意的前雇主有哪些？”

“奥林匹亚、牧羊皇后、柔骨幽闭族，还在五月集[1]上做过一段时

1 May Fair，为伦敦西区贵族住宅区，十八世纪时该地区每年五月均有集市，因而得名。

间保安。”

“很好，”卡拉巴斯侯爵说，“我们对你的工作能力印象很深。”

“我听说，”一个女性的声音说道，“你们放出风声，说要招募保镖，而且不要头脑发热的业余菜鸟。”来人肤色棕褐，笑容足以平息一场战争，身上穿着带有灰棕斑点的软皮衣。理查德一眼就认了出来。

“就是她，”理查德压低声音对门菲说，“那个妓女。”

“瓦尼，”瓦尼气鼓鼓地说，“是下层世界最能打的杀手兼保镖。所有人都知道。”

女人看了侯爵一眼。“面试已经结束了？”她问。

“是的。”瓦尼说。

“未必。”侯爵说。

“那么，”女人对他说，“我想试一下。”

卡拉巴斯侯爵思忖片刻，说了句“那好啊”，随即退到一旁，重又跳上熏马哈鱼柜台，舒舒服服地坐着等待演出开始。

瓦尼无疑极度危险，更不用说是个恶棍、虐待狂，而且对周遭人等的身体健康具有很大危害。不过他脑筋的确不太好使。瓦尼盯着侯爵，琢磨，琢磨，继续琢磨，最终难以置信地问：“我得跟这小娘们打？”

“对，”皮衣女说，“除非你想先打个盹儿。”瓦尼开始哈哈大笑，神色近乎疯狂。片刻之后，笑声戛然而止——女人飞起一脚，狠狠踢中瓦尼的心窝，他像大树一样倒在地上。

他刚才跟侏儒搏斗用的撬棍，正好就在手边地板上。瓦尼抄起铁棍，砸向女人的面门。皮衣女矮身闪过，同时两掌一合，急速拍中他的双耳。撬棍脱手而出飞过房间。尽管耳部的痛苦令他头晕目眩，但瓦尼还是迅速从靴子里掏出一柄匕首。

他不太清楚此后到底发生了什么，只知道脚下的世界迎面扑来；只知道自己趴在地上，鲜血从耳朵流出，喉咙被自己的匕首抵住，而卡拉巴斯侯爵说了一声："够了！"

女人抬起头，手里仍然拿着瓦尼的匕首，顶在他的咽喉。"如何？"她说。

"精彩绝伦。"侯爵说。门菲点了点头。

理查德被吓傻了。这一幕就好像艾玛·皮尔[1]、李小龙和一场特别猛烈的龙卷风合为一体，外加很长一段在野生动物节目中看到的猫鼬猎杀眼睛王蛇的镜头。这就是她的风格，这就是她的战技。

理查德总觉得现实中的暴力场面会令人神经紧张，却兴致勃勃地观赏着女人的战斗。她似乎帮理查德释放出了连自己都未曾发觉的一面。在这个真实伦敦的虚幻镜像中，这一幕似乎再正常不过，她就应该出现在这儿，她就应该战斗得异常凶狠，异常精彩。

理查德终于明白了，她是下伦敦的一部分。思及此处，他又想起了上伦敦。在那个世界，没有人会如此战斗，更没人需要如此战斗。那是个安全正常的世界。顷刻之间，思乡之情如热病席卷而来，将他一口吞没。

女人低头看着瓦尼。"多谢合作，瓦尼先生，"她礼貌地说，"恐怕我们根本不需要你的服务。"她从瓦尼身上站起来，把他的匕首插进自己的皮带。

1　英国六十年代冒险系列电影《复仇者》（*The Avenger*）的女主角，永远穿着紧身皮衣。

“如何称呼？”侯爵问道。

“我叫猎人。”她说。

一时间四下鸦雀无声。门菲犹犹豫豫地问道：“那个猎人？”

“没错，”猎人说着从皮绑腿上掸掉灰尘，“我回来了。”

一阵钟声不知从什么地方响起。一下，两下。低沉隆鸣震得理查德牙齿颤动。“还剩五分钟，”侯爵嘟囔道，他冲剩下的围观者说，“恐怕我们已经找好保镖了。非常感谢诸位赏光。散了吧，没什么好看的了。”

猎人走到门菲跟前，上上下下打量着她。“你能阻止别人杀我吗？”门菲问道。猎人朝理查德摆了摆头。“我今天救了他三次，光是过桥来集市的这一路上。”

瓦尼已经晃晃悠悠站了起来，用意念捡起撬棍。侯爵把这一幕看在眼里，但什么话也没说。

一丝笑容在门菲嘴角隐现。“真好笑，”她说，“理查德以为你是个……”

猎人到底还是不知道理查德以为她是干吗的。撬棍冲她的脑袋呼啸而来。女子只是抬起胳膊，伸手接住，撬棍“嗖”的一声，不偏不倚落在她掌中。

猎人走到瓦尼跟前。“这是你的吗？”她问。瓦尼冲她龇出又黄又黑的烂牙。“此时此刻，”猎人说，“咱们受到集市停战协约的束缚。但如果你再玩这种把戏，我就会抛弃协约，折断你的双臂，让你用嘴叼回家去。现在，”她说着把瓦尼的腕子扭到他背后，“说声对不起吧，好好说。”

“哎哟。”瓦尼说。

“嗯？”猎人鼓励道。

“对不起。”瓦尼使劲挤出这句话来，就好像快被憋死了。

猎人放开对方。瓦尼退到安全距离以外，直勾勾地看着女人，一脸惊惧和愤怒的表情。他走到美食广场的大门前，犹豫了一下，忽然带着哭腔大声喊道：“你死定了。你他妈死定了。听见没有！”说完这话，他便转身跑出房间。

“一帮菜鸟。”猎人叹道。

一行人沿理查德进入百货公司的路线往外走。他刚才听见的低沉钟声不断鸣响。他们走过去时，理查德发现那是一口巨大铜钟，悬挂在木架上，钟锤下系着绳索，就放在哈罗德百货的美味软糖柜台旁。一名身穿多明我会黑僧袍的高大黑人正在敲钟。

流动集市本身已是蔚为壮观，但理查德发现它收摊撤离的速度更令人叹为观止。所有证明集市曾经存在的东西都在迅速消失：人们把货摊拆掉，扛在背上，驮出商店。理查德看见了老贝利，屋顶老人抱着满满一堆粗陋招牌和各式鸟笼，磕磕绊绊地往商店外面走去。老人看到理查德，高兴地冲他挥了挥手，随即消失在夜色中。

人群逐渐散去，集市彻底消失。哈罗德百货一层卖场几乎瞬间恢复原样，典雅、高贵、整洁。过去那些周六下午，他跟在杰茜卡屁股后面游逛时，它就是这副样子。流动集市似乎从来不曾出现。

“猎人，”侯爵说，“我听说过你，这自不必讲。你最近这段时间跑到哪儿去了？”

“狩猎，”她简短作答，随后对门菲说，“你能听我指挥吗？”

门菲点点头。“如果形势所迫。”

“很好。那么也许我能保住你这条命，”猎人说，“如果我接受这份工作的话。”

侯爵突然站定，狐疑地打量着她。“你刚才说，如果你接受这份工作……”

猎人推开大门，四人鱼贯而出，来到夜幕下的伦敦街道。他们在集市中时，外面下了场雨，潮湿的柏油路面反射着街灯光芒。“我已经接受了。”

理查德凝视闪烁的街道。这里的感觉是那么平凡，那么宁静，那么正常。他一度觉得只要叫一辆出租车，让它把自己拉回家，就可以回到过去的生活。他会在自己的床上美美睡上一夜。但出租车司机都看不见他，更不会为他停车，何况就算有人停了，他也无处可去。

“我累了。”他说。

谁都没搭茬儿。门菲躲闪着他的目光，侯爵懒得搭理他，猎人更把他当作陌路人。理查德觉得自己就像个没人要的小孩，跟在一群大孩子屁股后面，这让他觉得很别扭。“听着，”他清了清嗓子，“我知道你们都是大忙人。但我该怎么办？”

侯爵转过身盯着他，黑脸庞上的双眸显得又大又圆。“你？”他说，“你该怎么办？”

“哦，”理查德说，“我该怎么恢复正常？我就好像掉进了一场噩梦。上周一切还是那么正常，但现在全乱套了……”他咽了口唾沫，继续说，“我想知道该怎么恢复过去的生活，”他解释道。

“你跟着我们是没用的，理查德，”门菲说，“无论如何，这对你来说都会非常艰难。我……我真的很抱歉。”

走在最前面的猎人忽然蹲下身。她从腰带里抽出一个小金属棒，用它打开下水道的盖子。她抬起井盖，慎重地打望几眼，随即爬了下去，然后招呼门菲也下来。门菲爬下去时，看都没看理查德一眼。侯爵挠挠鼻翼。“年轻人，”他说，“好好听着：世上有两个伦敦。既有上伦敦——也就是你居住的地方，也有下伦敦——就是下层世界，落入世界裂缝的人住在这里。现在你也是我们中的一员了。晚安。”

他说完便顺着下水道梯子往下爬去。理查德叫了声：“等等。”他趁井盖落下前一把抓住，跟着侯爵爬下通道。下水道顶部的味道就像排水沟，泛着一股肥皂加烂菜的腐臭气息。他本以为往下会越来越糟，但与此相反，等他接近下水道底部时，这股臭味迅速消散了。灰水在砖石通道底部流淌，虽然浅，但很快。理查德迈步走了进去。他看到三人手中的灯光就在前方，连忙蹚着水一路追赶，最终撵上他们。

“走开。”侯爵说。

“不。”他说。

门菲瞥了他一眼。“我真的很抱歉，理查德。”她说。

侯爵挡在理查德和门菲中间。“你不可能找回过去的家，过去的工作和过去的生活。”他近乎和蔼地对理查德说，“那些东西都不存在。在上层世界，你也不存在了。”他们来到一个岔道口：三条通道在此交会。门菲和猎人头也不回地走向其中一条没有水的隧道。侯爵则留在原地。

“在这充满魔力、黑暗和阴沟的世界中，”他对理查德说，“你只能想尽一切办法去适应环境。”他露出白牙，粲然一笑，这闪亮笑容，虚伪得无以复加。“哦，很高兴又见到你。祝你好运。如果你能活过接下来的一两天，”他坦诚地说，“没准儿能足足撑上一个月。”说完这话，侯爵转过身，大步走过下水道，去追门菲和猎人。

理查德靠在一面墙上，听着他们渐渐远去的脚步声，也听着涌向伦敦东区泵站和污水处理厂的湍急水流。

“妈的。”

理查德·梅休独自站在黑暗中。他惊讶地发现，自从父亲过世后，自己第一次开始哭泣。

地铁站相当空旷，相当黑暗。瓦尼贴着墙壁悄悄潜行，紧张地来回扫视——看看后面，看看前面，再看看旁边。他胡乱选上了这个地铁站，借助屋顶和阴影的掩护跑到这儿来，确保身后没人跟踪。他不准备返回卡姆登区深层隧道的巢穴。太冒险了。瓦尼还在其他几个地方储存了武器和食物。他会销声匿迹藏一阵子，等到风头过去再说。

他在一台售票机旁停住脚步，站在黑暗中凝神倾听：一片死寂。他确信附近没有别人，这才允许自己放松下来，走到一条旋梯顶端，深深吸了口气。

一个油腔滑调的声音突然在旁边响起，似乎在跟什么人聊天。“瓦尼是下层世界最能打的杀手兼保镖。所有人都知道。瓦尼先生亲口跟咱们说的。”冷漠的声音从另一侧传来，“撒谎可不是好事，克劳普先生。”

在伸手不见五指的黑暗中，克劳普先生延续着这个话题。“非常不好，范德摩先生。必须承认，我把这视作对我个人的背叛，为此非常痛心，而且极为失望。既然咱们都不是什么正人君子，就用不着对窝囊废客客气气的了，对吗，范德摩先生？”

“绝不客气，克劳普先生。”

瓦尼没头没脑地向前奔去，在黑暗中沿着旋梯往下猛冲。克劳普先生的声音从旋梯顶端传来。“说实话，我们应该把死亡看作一种慈悲。”

瓦尼的脚步在金属扶栏间噼啪乱响，回声传遍整条楼梯。他气息沉重，呼呼直喘，肩膀刮蹭着墙壁，在黑暗中跌跌撞撞地往下冲。他来到楼梯底部，看到旁边竖着块牌子，警告旅客从这里到顶上共有259级台阶，只有健康人士才能动动往上爬的念头。其他人等，牌子建议说，应该搭乘电梯。

电梯？

“叮当”一声响过，电梯门缓缓打开，光亮倾泻在过道中。瓦尼伸手去摸匕首，忽然想起已经被那个叫猎人的臭婊子拿走了，不禁暗自咒骂。他又去抽插在肩膀刀鞘内的大砍刀。也没有。

瓦尼听到身后传来一声礼貌的咳嗽，慢慢转过身去。

范德摩先生坐在旋梯底部的台阶上，正用瓦尼的大砍刀剔指甲。

克劳普先生扑了上来，牙齿、爪子和利刃一起招呼，瓦尼连惨叫的机会都没有。“再见。”范德摩先生不动声色地说了一句，继续剔指甲。鲜血开始流淌。黏湿的红血多得吓人，毕竟瓦尼是个大块头，而且一直把这些血液存在体内。不过等克劳普先生和范德摩先生完事后，人们很难注意到旋梯底部地板上的那点污渍。

等到下次清洗地板时，它就会永远消失。

猎人在前头领路，门菲走在当中，卡拉巴斯侯爵负责殿后。自从半小时前跟理查德分道扬镳，他们都没再说话。

门菲突然站定脚步。“咱们不能这样做，”她坚定地说，“咱们不能把他留在那儿。”

“咱们当然可以，”侯爵说，“咱们就是这么干的。”

女孩摇了摇头。自从在甄选会场上看到被瑞斯利普压在身下的理查德之后，她就难以摆脱内疚的心情。她已经受够了。

“别傻了。”侯爵说。

“他救了我的命，”门菲对他说，“他本可以把我扔在便道上不管。但他没这么做。”

这是她的错。门菲对此心知肚明。她打开那扇门，是为了寻找能帮她的人。理查德帮了她，把她带去一个温暖的地方，关怀她，照顾她，还为她找来帮手。正是这些举动，害他从自己的世界掉进了她的世界。

带上他一起走，这种事想想都愚不可及。他们没有能力多带一个人，门菲甚至不敢肯定他们三人在接下来的旅程中能否照顾好自己。

一个念头在她脑海中闪过。真的只是因为她打开的那扇门，那扇把她带到理查德身边的门，才让他注意到了自己吗？抑或除此以外，还有其他原因？

侯爵扬起一侧眉毛。他天性孤寂冷淡，就像是会走路的尖酸刻薄。“我亲爱的小姐，”他说，“咱们这趟征程，可没法多带一名客人。”

“别用哄小孩的态度跟我说话，卡拉巴斯，”门菲说，她真是受够了，“而且我认为我有权决定带上什么人。你为我工作，不是吗？难道还能反过来不成？”悲痛和疲惫已经耗尽她的耐心。门菲需要卡拉巴斯，她绝不能让侯爵离开，但她已经到了极限。

卡拉巴斯瞪着她，眼中蕴藏凛冽怒火。“他不能跟咱们一起走，”侯爵斩钉截铁地说，“更何况，他现在没准儿已经死了。”

理查德还没死。他正坐在排雨下水道旁的一个壁架上，在黑暗中寻思着接下来该怎么办，心想自己到底还能在泥潭中陷进多深。他很清楚到目前为止，生活为他在某些方面做好了万全准备，比如证券工作，在超级市场购物，周末看电视转播的球赛，如果觉得冷就把暖气温度调高。但它在另外一些方面则完全没有准备，比如在伦敦的屋顶和阴沟中过上非人生活，被寒冷、潮湿和黑暗笼罩裹挟。

一点儿光芒陡然闪现。脚步声越来越近。理查德下定决心，如果来的是一群杀人犯、食人族，或是什么怪兽，他甚至懒得抵抗。让它们来吧，一了百了，他已经受够了。理查德低头凝视黑暗，看着应当是双脚所在的位置。脚步声越来越近。

“理查德？”这是门菲的声音。他一下跳了起来，却又故意不去理她。要不是因为你，他心想……

“理查德？”

他连头都没抬。“干吗？”

“听着，”门菲说，“要不是因为我，你根本不会落到这步田地。”这句话算你说对了，理查德心想。“虽然跟我们一起走也不安全，但是，哦，”女孩顿了顿，深吸口气，“我很抱歉。真的很抱歉。你要来吗？”

理查德抬头看着她：这个长着白皙瓜子脸的小不点，正用那双大眼睛殷切地盯着自己。好吧，他心中暗道，看来我还没完全做好准备放弃这条小命。“哦，反正我现在也没别的地方好去，”他说，这有意为之的淡漠语气，已然接近歇斯底里的边缘，“就跟你们走吧。”

门菲嫣然一笑，张开双臂紧紧抱着他说：“我们会设法帮你回家去的，我发誓。只要我们找到我要找的东西，就去帮你。”理查德不知道她说的是不是真话，他头一次觉得恢复过去的生活也许根本不可能，赶忙使劲把这念头抛在脑后。两人沿通道往前走去。理查德看到猎人和侯爵正在隧道口等着他们。侯爵那副表情，就好像刚吞了只死耗子。

理查德的心情有所好转，他开口问道：“话说回来，你到底在找什么？”

门菲深吸口气，过了好一会儿才回答了这个问题。“说来话长，”她严肃地说，“现在我们要找的是一个名叫伊斯灵顿的天使。”理查德终于放声大笑，他实在忍不住了。这笑声中当然少不了歇斯底里的情绪，但也有种极度无力的感觉——就好像有个人在二十四小时内，强迫自己相信数十件不可思议的怪事，而且连顿像样的早餐都没吃。他的笑声在隧道中回荡。

“一个天使？”理查德难以抑制地呵呵傻笑，“叫伊斯灵顿？”

“咱们还有很长的路要走。”门菲说。

理查德摇摇头，感觉就像被剥了皮、掏了瓤、榨了汁。“一个天使，”他神经质地冲隧道和黑暗低声嘟囔，“一个天使。”

大厅中到处都是蜡烛。有的放在支撑屋顶的铁柱上，有的放在顺着一面墙壁流入岩石小池塘的瀑布旁，有的挤在墙根底下，有的堆在地板上。两根黑铁柱间的巨门周围，也摆了几个插满蜡烛的烛台。

这扇门用磨光黑燧石打造，安放在银质基座上。经过千百年的岁月磨砺，基座早已失去光泽，几乎变成黑色。这些蜡烛都没有点燃，但当那高大身影经过时，它们一根根爆出火光。没人碰触它们，也没有火接触蜡芯。

那人影罩着式样简单的白色长袍。不止是白，更甚于白。这种颜色亮得让人无法逼视，倒像是所有颜色的缺失。它赤足走在大厅冰冷的岩石地板上，白皙面容透出智慧与温柔，也许还有一丝落寞。

它美得无以复加。

大厅中所有蜡烛很快都开始燃烧。它在岩池旁驻足，跪在水边，用双手掬起一汪清水，举到面前喝了下去。池水很凉，但非常纯净。它喝过水后，合上眼帘静默片刻，仿佛在进行祈祷，接着站起身，顺原路穿过大厅，走了出去。和过去万千年间一样，在它经过时，蜡烛渐次熄灭。它没有翅膀，但仍然是个天使，这毋庸置疑。

伊斯灵顿离开大厅，最后几根蜡烛熄灭后，黑暗再度降临。

第六章

理查德在心里写下一则日记。

亲爱的日记，他这样写道，上个星期五，我有一份工作，一名未婚妻，一个家，一种有意义的生活。（好吧，至少不比其他人的生活更空虚。）然后我在便道上发现了一个受伤的女孩，我只想当个好人，结果却丢了未婚妻，丢了房子，丢了工作，在伦敦地下几百米深的隧道中游荡，生活前景就跟有自杀倾向的旅鼠差不多。

“这边走。”侯爵做了个优雅手势，肮脏的蕾丝袖口随之飘扬。

“这些隧道看起来不都一个样吗？”理查德暂时把日记搁到一边，开口问道，“你怎么知道该走哪条路？”

“还真不知道，”侯爵灰心丧气地说，“咱们彻底迷路了，再也走不出去了。过不了几天，咱们就要为食物自相残杀。”

“真的？”话音未落，理查德已经为上这种当懊恼不已。

“骗你的。”侯爵的表情似乎在说，捉弄这个可怜的白痴实在太容易了，一点儿意思都没有。但理查德发现自己越来越不在乎这些人对他的看法。

也许门菲是个例外。

他继续在心里写日记。在这个异界伦敦中，居住着成百上千人。

也可能是成千上万。有的是本地土著，有的是从裂缝掉进来的。我跟一个叫门菲的女孩在一起，还有她的保镖，外加一位神经病大贵族。我们昨晚睡在一条小隧道里，门菲说那曾是十九世纪下水道系统的一部分。我睡着的时候，那名保镖还没睡，等他们把我叫醒时，她也醒着。我估计她根本就没睡过。我们早餐吃的是水果蛋糕，侯爵在口袋里揣了一大块。怎么会有人在自己的口袋里揣一大块水果蛋糕？我睡觉的时候，鞋子基本干了。

我想回家。

他在心中给最后这句话加了三条下画线，用红墨水以超大字体重写一遍，勾上圈，最后又在边上打了一串感叹号。

至少他们脚下的隧道是干的。这是条高科技通道，到处都是银光闪闪的管线和洁白墙壁。侯爵和门菲肩并肩走在前头。理查德有意跟在他们身后，拉开几步距离。猎人的位置飘忽不定，有时在最后面，有时在队伍的一侧或另一侧，但大多数时间还是潜藏在阴影中，到前方探道。她走起路来悄无声息，这让理查德感到惴惴不安。

前面忽然显出一线光芒。“咱们到了，”侯爵说，“银行地铁站。是个开始找东西的好地方。”

“你们脑子进水了。”理查德说。他本来只想小声嘀咕一句，但声波却在黑暗中往来回荡。

“真的？”侯爵问道。地面开始震动，一列地铁从附近开了过去。

“理查德，别说了。”门菲说。

但这句话却脱口而出。“哦，你们都在犯傻。世上哪有什么天使。”

侯爵点点头。“啊，没错。我现在明白你的意思了。世上没有天使这种东西。就好像没有下伦敦，没有鼠语者，牧人树丛也没有牧羊人。”

“牧人树丛没有牧羊人。我去过那地方。只有房子、商店、道路和BBC，仅此而已。”理查德断言道。

“那里有牧羊人，”猎人的声音从他身边的黑暗中冒了出来，“你最好祈祷永远不要遇到他们。”她这话说得相当严肃认真。

“好吧，”理查德说，“我还是不相信这下边会有一群群天使徘徊。”

“本来就没有一群，”侯爵说，“只有一个。”他们已经走到隧道尽头，面前是一扇上锁的大门。侯爵退开两步。“小姐？”他对门菲说。女孩抬起手来，在门上按了一下。大门悄无声息地打开。

“也许，”理查德执拗地说，“咱们说的不是一码事。我说的天使是有翅膀、光环和喇叭的；把和平带给大地，把慈悲带给世人那种。”

“没错，”门菲说，“你说得对。这就是天使。”

他们走过大门。光亮扑面而来，像偏头疼一样刺进他的脑袋，理查德不由自主闭上眼睛。等双目适应了光线强度后，理查德惊讶地发现，他知道这是什么地方。他们站在连接伦敦大火纪念塔和银行地铁站的狭长地下通道中。通勤的人潮在过道中涌动，谁都没有瞥上他们一眼。萨克斯的悠扬曲调在通道中飘荡反响，一曲伯特·巴卡洛克和哈尔·大卫的《我不再坠入爱河》被吹奏得有模有样。他们走向银行地铁站。

“再问一句，咱们是要找哪位啊？”理查德有点傻乎乎地问，“大天使加百列？拉弗尔？米迦勒？”

四人正好走过一张地铁路线图。侯爵伸出一根修长黢黑的手指，敲了敲天使地铁站：伊斯灵顿[1]。

理查德经过天使地铁站不下数百次。那站位于引领时尚的伊斯灵顿区，当地到处都是古董店和酒吧食肆。他对天使知之甚少，但几乎可以肯定伊斯灵顿的天使地铁站得名于一家酒吧，或是其他地标。理查德决定换个话题。“你们知道吗，我几天前曾试过要搭地铁，但它不让我进。”

“你只需要让它们知道谁是老大，这就够了。”猎人在他身后轻声说道。

门菲咬着下唇。“咱们要找的这趟车，会让咱们上的，”她说，“只要能找到它就行。”最后这句话几乎被附近传来的乐声所淹没。一行人走下几级台阶，拐过一个弯角。

萨克斯乐手坐在通道地板上，大衣摊放在身前。衣服上有几枚硬币，感觉像是那人自己放上去的，好让过往行人相信大家都会给钱。但根本没人上当。

萨克斯乐手身量极高，留着及肩黑发和一把长长的黑山羊胡。毛刺刺的脑袋上，生有深陷的双眸和端正的鼻子。身上套着破破烂烂的T恤衫和油腻腻的蓝色牛仔裤。一行人走过去时，他停止演奏，从萨克斯吹口甩掉唾液，重新装好，吹出早期女歌手茱莉·伦敦的名曲《泪流成河》的头几个音节。

如今，你说对不起……

理查德惊奇地发现，那人能看见他们，但又竭力装出看不见的样

1　伊斯灵顿乃大伦敦区内自治市，天使地铁站所在地。

子。侯爵走到那人面前。萨克斯的悲凉乐声紧张得跑了点调。侯爵露出冷峻微笑。“这不是李尔吗？”他说。

那人警惕地点点头，十指抚弄着萨克斯的按键。“我们在找伯爵宫廷，”侯爵继续说道，“你身上会不会刚好带着列车时刻表之类的东西？”

名叫李尔的男人用舌尖舔了舔嘴唇。“也不是没可能啦。如果我真有，那你给我什么好处？”

侯爵把双手探进大衣口袋。他忽然露出微笑，就像接受委托保管一把钥匙的猫，而这钥匙正好可以打开一窝任性又肥美的金丝雀所在的鸟笼。“据说，”侯爵懒洋洋地说道，就好像只是在闲聊打发时间，“大魔法师梅林的师傅巴斯曾谱过一首动听的舞曲，能让所有听到曲子的人，把钱从衣袋里掏出来。”

李尔眯起眼睛。“这东西的价值可比一张列车时刻表高，”他说，“如果你真有的话。”

侯爵做出恍然大悟的完美表情，我的天，还真是这么回事，对吧？“哦，”他宽宏大量地说，“那么我想你就欠我个人情了，对吗？”

李尔心不甘情不愿地点了点头。他把手伸进屁股兜，掏出一张折了很多次的纸条，举在面前。侯爵伸手去拿。李尔猛地把手抽开。“先让我听听曲子，你这老骗子，”他说，“最好是管用。”

侯爵扬了扬眉，把手探进大衣的一个内袋，再抽出来时，手里多出一个玩具哨子和一个小水晶球。他看了看水晶球，自言自语地“嗯”了一声，似乎是在说“哦，原来搁在这儿了”，随即放回兜里。他活动两下手指，把玩具哨子放在唇边，开始吹奏一曲风格独特、旋律欢快的音乐。这跌宕起伏、跃动流转的曲调，让理查德觉得好像又变作十三岁少年，趁学校午休时间，用死党的半导体收音机听最新歌曲排行榜。流行乐只有在那青葱岁月，才会在一个人的生活中占有如此重要的地位。侯爵的舞曲满足了他对歌曲的所有期望……

一把钱币叮叮当当掉在李尔的大衣上，丢下钱的过路人脸上都带着微笑，脚步轻快有力。侯爵放下玩具哨子。“算我欠你的好了，你这老无赖。”李尔点点头说。

“没错，你欠我的。”侯爵从李尔手中接过列车时刻表，扫了一眼，微微颔首，“悠着点用。俗话说细水长流。聪明人一点就透，我就不多说了。”

他们四个转身离去，沿着长廊往前走。两侧墙壁上贴满电影海报和内衣广告，偶尔还有几张官方告示，警告在此演奏讨钱的音乐家们，尽快离开地铁站。如泣如诉的萨克斯乐，和钱币掉在大衣上的声音，不断从他们身后传来。

侯爵带领他们来到中央线月台。理查德走到月台边缘，低头向下看去。跟往常一样，他猜测着哪条才是导电轨，最终认定应该是离月台最远的那根，轨道和地面间还垫着白色陶瓷绝缘层。他发现有只小小的灰老鼠在下方三尺远的轨道间穿梭，勇敢地寻觅着乘客们抛弃的三明治和掉落的薯片；理查德情不自禁地微笑起来。

一本正经的浑厚男声从喇叭传出，提醒旅客“留心夹缝”。这是为了避免粗心大意的乘客一脚踏进列车和月台间的空隙。理查德跟大多数伦敦人一样，把它视作听觉上的壁花，根本就当耳旁风。

猎人突然一把抓住他的胳膊。“留心夹缝，”她急切地对理查德说，“退到这边来。靠着墙。”

“什么？”理查德说。

“我是说，”猎人重复道，“留心……”

正当此时，那东西从月台边缘蹿出——如梦幻，如鬼魅，如云雾，如黑烟。它像水底的丝绸一般涌了上来，速度奇快无比，但看起来又有种慢动作的感觉。理查德的脚踝被它紧紧缠住，即便隔着李维斯牌牛仔裤，也能感到阵阵刺痛。那东西把他拖向月台边缘，理查德难以站住脚跟。

他恍惚意识到，猎人已经抽出长杖，不断用力击打那条烟雾触须。

远处传来一阵微弱叫声，感觉又尖又蠢，像是被人抢了玩具的笨小孩。烟雾触须放开理查德的脚踝，从月台边缘滑了下去，消失不见。猎人一把揪住理查德的后脖颈，把他扯向后墙。理查德跌坐在墙根底下，浑身打着哆嗦，感觉整个世界虚无缥缈。牛仔裤被那东西缠到的地方，颜色被洗得干干净净，看起来就好像被胡乱漂白过似的。他卷起裤管，发现脚踝和小腿上有很多细小的青紫伤痕。“那是……”理查德试图说话，但多一个字眼儿都挤不出来，他咽口唾沫，又试了一次，“那是什么鬼东西？”

猎人低下头，毫无表情地看着他，面容就像用乌木雕刻而成。“我想那东西大概没有名字，”她说，“它们住在夹缝中。我警告过你了。”

“我……我以前从没见过这种东西。”

“你以前不属于下层世界，”猎人说，“老老实实靠墙等着吧。这样比较安全。”

侯爵掏出一块金怀表查看时间，随后把它放回马甲口袋，又看了眼李尔给他的那张纸，满意地点点头。“咱们运气不错，”他向众人宣布道，“伯爵宫廷列车再过半小时就会从这里驶过。”

“伯爵宫廷站不在中央线。”理查德指出。

侯爵盯着理查德，拿他寻开心。“你的头脑真是与众不同啊，年轻人。还真没什么能比得上完全无知，你说对吗？”

随着暖风吹过，一辆地铁驶入车站。有人下车，有人上车，为自己的生活奔忙。理查德艳羡地看着他们。“留心夹缝。”单调的播音声不断重复。“远离车门。留心夹缝。”门菲看了理查德一眼，显出忧虑神情，随即走过来握住他的手。理查德面色惨白，呼吸又浅又急。“留心夹缝。”扩音器又响了起来。“我没事。”理查德勇敢地撒着谎，也不知是在安慰谁。

克劳普先生和范德摩先生那所医院的中庭是个阴冷憋闷的地方。在废弃桌椅、橡胶轮胎和七零八碎的办公器具之间，野草繁茂生长。这个中庭给人的整体印象，就像十年前有一帮人（可能是出于无聊，没准儿是因为沮丧，又或许是表现一种姿态，甚或行为艺术）把他们办公室里的东西，都从高高的窗子丢了下来，任由这些破烂慢慢腐烂。

遍地都是碎玻璃，海量的碎玻璃。这里还有几张床垫，其中有些看起来似乎曾被火烧过。野草在弹簧间滋生。一套完整的生态环境在中庭装饰喷泉周围形成。它早已失去装饰作用，甚至也不再是喷泉。旁边一条裂缝漏水的管线，在雨水的帮助下，把喷泉变成了一群小青蛙生息繁衍的场所。它们快活地蹦蹦跳跳，享受着摆脱所有无翼天敌的自由生活。而乌鸦、鹩哥和偶尔出现的海鸥，则把此地视作没有猫的熟食店，招牌菜自然是青蛙。

鼻涕虫在烧焦的床垫弹簧下慵懒爬行；蜗牛在碎玻璃上留下条条黏痕；黑色大甲虫在摔坏的灰色塑料电话和神秘的芭比娃娃残骸间匆

匆爬动。

克劳普先生和范德摩先生也来到中庭透透气。他们绕着院子缓缓踱步，碎玻璃在脚下吱嘎作响。在破旧黑西装的衬托下，他们就像两道阴影。克劳普先生压着火气，步速比范德摩先生快一倍，绕着他直兜圈子，几乎要跳起舞来。有几次，克劳普先生似乎无法控制心中的怒火，整个人扑向医院墙壁，把它当作真人的劣质代用品，手脚并用狂揍一通。而范德摩先生只是静静地走着。但他的步伐太有规律，太过稳健，太没变化，简直不能说是散步。死神才会像他这么走路。范德摩先生无动于衷地看着克劳普先生踢飞斜靠在墙上的一大块玻璃。它摔得粉碎，发出悦耳的破裂声。

“范德摩先生，我必须承认，”克劳普先生扫视着凌乱的庭院，“我的忍耐力几乎已经到达极限了。几乎。那个谨小慎微、不分轻重、拖拖拉拉、瞻前顾后的……小白脸。我可以用拇指把他的眼珠子挤出来……”

范德摩先生摇摇头。“还不行，”他说，“他是咱们的老板，是这件工作的雇主。等咱们拿到报酬，倒是可以用业余时间在他身上找点乐子。”

克劳普先生一口唾沫啐在地上。“他是个一文不值的胆小鬼老笨蛋……咱们应该砍了那臭婊子。废了她，剁了她，宰了她，埋了她。”

电话铃声突然暴响。克劳普先生和范德摩先生纳闷地环顾四周。范德摩先生最终在一堆破砖烂瓦下，发现了老旧的电话机。它就放在一摞泡了水的医疗档案上，断裂的电话线还拖在底座后面。范德摩先生拿起听筒，递给克劳普先生。“你接。”他说。范德摩先生就是不喜欢电话。

“我是克劳普先生，”克劳普说道，他很快换上谄媚的声音，“哦！是您啊，阁下……”他顿了顿，“现在，按照您的要求，她还在四下走动，自由如风。只是恐怕您那个保镖的点子，像只死猴子一样烂透了……瓦尼？是的，他已经烂透了。”一阵沉默。

“先生，我开始对范德摩先生和我在这场闹剧中所扮演的角色，产生了一些理论上的疑问。”第三次停顿过后，克劳普先生的面色比白纸还白，“不够专业？”他语气温和地说，“我们？”他把另一只手攥成拳头，用力捶在一堵砖墙上，但说话的语气却没有半点变化，“阁下，请容我以十二万分的敬意提醒您，是范德摩先生和我把特洛伊城烧成灰烬。是我们把黑死病带到欧洲。我们暗杀了十几个国王，五位教皇，两名肉身成神的家伙。我们上一次的任务，是在十六世纪的意大利托斯卡纳区，把整座修道院的修士折磨至死。我们百分之百专业。”

范德摩先生闲来无事，正在自己找乐子。他抓起一只只小青蛙塞进嘴里，想看看最多能够塞下几只，才会被迫开始咀嚼。他鼓着腮帮子说：“这可真好玩……”

“我的重点是什么？”克劳普先生从开线脱丝的破西服上掸掉想象中的灰尘，却没理会真正的污渍。“我的重点是，我们是刺客，是凶手。我们杀人。”他听完对方的发言，继续说，“哦，那个上层人又怎么了？我们为什么不能杀他？”克劳普先生浑身一颤，又啐了口痰，踹了脚墙，但始终站在原地，手里拿着锈迹斑斑破损严重的电话。

“吓吓她？我们是刺客，不是稻草人。”片刻停顿，克劳普先生深吸口气，“是的，我能理解，但我不喜欢这种做法。”对方挂断了电话。克劳普先生低头看着听筒，他用一只手把电话举起来，有条不紊地使劲敲打墙壁，把它砸成塑料和金属碎片。

范德摩先生走了过来。他不知从哪儿找来一条下腹橙红的黑色大鼻涕虫，像根粗雪茄那样叼在嘴里。鼻涕虫试图从范德摩先生的下巴爬走。“谁来的电话？”他问。

“你觉得他妈能是谁？”

范德摩先生若有所思地嚼了两口，把鼻涕虫吸溜进嘴里，就像吃下一根黏糊糊的橙黑色粗面条。“稻草人吗？”他猜测道。

“咱们的委托人。”

“我接下来就要猜是他了。”

“稻草人。”克劳普先生厌恶地说。他的脾气已经从红炽的盛怒变成油腻腻灰蒙蒙的愠怒。

范德摩先生把嘴里的东西一口吞掉，用袖子抹抹嘴唇。“想吓唬乌鸦，最好的办法就是走到它们身后，用手捏住小鸦脖子，直到它们动也不动为止。绝对能把它们吓得屎尿横流。”

等范德摩先生说完这话，他们忽然听到上面很远的地方传来一阵乌鸦飞翔的声音，还有激动的嘎嘎叫声。

“乌鸦。留鸦科。群鸦尽至，”克劳普先生低声吟咏，细细品味这句话的韵味，“必有血光之灾。”

理查德站在门菲身旁，靠在墙上静静等待。女孩没怎么说话；她不时咬咬指甲，还用双手把红头发梳理得服服帖帖，然后又试图梳向脑后。理查德从没见过像她这样的女孩。门菲意识到有人正在看她，耸了耸肩，往那层层叠叠的衣服里缩得更深，上身藏在皮夹克中，只留下一张脸露在外面。她脸上的表情，让理查德想起去年冬天在柯芬园后面看到的一个漂亮流浪儿，他也不敢说那孩子是男是女。孩子的母亲可怜兮兮地向路人乞讨零钱，好喂养这个孩子和她怀中抱着的婴儿。那孩子肯定又冷又饿，但却一声不吭，只是凝视着周遭世界。就这么看着。

猎人站在门菲身边，前前后后察看月台上的动静。侯爵告诉他们在这儿等车后，就不知跑哪儿去了。理查德听到一阵婴儿啼哭声从附近传来。侯爵从一个专用太平门溜回站台，嘴里嚼着糖果朝他们靠近。

“玩得开心吗？”理查德问。一股暖风忽然迎面扑来，昭告着列车的到来。

“只是办了点事儿。”侯爵说。他看了看那张纸条和他的怀表，伸手指向月台上的一个位置。“这趟应该是伯爵宫廷列车了。你们三个，到这儿来，站在我身后。”一辆列车轰轰隆隆、咔咔嚓嚓地驶入站台，它那乏味普通的外观，令理查德颇感失望。侯爵突然探身越过理查德，对门菲说：“尊敬的小姐，有件事我或许应该提前跟你打个招呼。”

女孩转过异色眼眸看着卡拉巴斯。“什么事？”

“哦，”侯爵说，“伯爵可能不是特别想见我。”

列车不断减速，最终稳稳停好。停在理查德面前的这节车厢没有乘客，车灯也已关闭，显得黑暗凄清、空空荡荡。理查德偶尔也会看到地铁列车上挂着这样的车厢，车门紧锁，鬼影憧憧。他时常猜测它们到底是干什么用的。其他车门徐徐开启，乘客上上下下。但黑车厢的门仍旧没有打开。侯爵用拳头拍打车门，敲出一段复杂的节奏。什么也没发生。理查德心中胡思乱想，不知这车会不会没等他们上去就离站。正在这时，有人从内侧推开黑车厢的大门，露出六寸缝隙，一张上了年纪、戴着眼镜的面孔探出来打量着他们。

“谁在叩门？”那人问道。

透过门缝，理查德可以看到车厢里跃动的火光、人影和烟雾。但通过车门玻璃窗，他还是只能看到一节空荡荡的黑车厢。“门菲小姐，”侯爵很流利地说，“和她的同伴们。”

车门完全打开，一行人走入伯爵宫廷。

第七章

车厢地板上铺了一层灯芯草，上面还散落着根根稻草。很大的壁炉里堆放着圆木劈柴，爆出噼噼啪啪的火苗。几只小鸡在地上昂首阔步，啄食谷粒。几张椅子上放着手工织就的垫子，窗户和门还盖着挂毯。

列车震了一下，开始出站，理查德脚下不稳，身子向前倒去。他探出双手抓住旁边的人，让自己站稳脚跟。他旁边的人刚巧是个五短身材、花白头发的老兵。要不是这身钢盔、号衣，外加做工相当粗陋的锁子甲和一柄长矛，理查德会觉得他看上去就跟刚刚退休的普通公务员没什么两样。但现在，老人看起来更像是个刚退休的普通公务员，被强行召入本地业余剧团，被迫扮演老兵的角色。

理查德抓住他时，这位灰发矮个老人眯起近视的眼睛，冲理查德眨了两下，然后故作凄惶地说："真抱歉。"

"是我的错。"理查德说。

"我知道。"老人说。

一名鲁特琴手坐在地上，断断续续地弹奏乐曲。一条体型硕大的爱尔兰猎狼犬顺着过道踱了过来，站在琴手身旁，瞪着理查德看了两眼，不屑地喷了口气，随即趴在地上开始睡觉。在车厢远端，有位上年纪的驯鹰人正在跟一小群岁数不小的侍女闲聊，他腕子上还停了只罩着头的猎鹰。有些乘客不加掩饰地盯着理查德一行四人，而其他人则同样不加掩饰地对他们视而不见。理查德觉得仿佛有人取来一座小型中世纪宫廷，然后尽其所能塞进地铁的这节车厢。

一名通报官把喇叭举到唇边，吹出不成调的号声。有位壮硕老人穿过通向下一节车厢的连接门，晃晃悠悠走了进来。他披着很大一件裘皮晨衣，脚蹬室内便鞋，胳膊搭在一个身穿破旧五彩衣的宫廷小丑肩上。老者方方面面与众不同，令人印象深刻：他的左眼遮着眼罩，看上去有些无依无靠，还略显失衡，就像只独眼鹰隼；灰红相间的胡须上沾着食物残渣，破破烂烂的裘皮大衣底下露出了睡裤的裤脚。

理查德心想，这位肯定就是伯爵了。事实正是如此。

伯爵的小丑是个上了年纪的男人，嘴形干瘪严肃，脸上涂得花花绿绿，看起来就像生活在一百年前的维多利亚时期，身为垫场艺人，在音乐厅里拿了一辈子底薪。他把伯爵领到形似王座的木椅旁，老伯爵略显不稳地坐了下来。猎狼犬站起身，穿过整节车厢，趴在伯爵的便鞋旁边。

伯爵宫廷，理查德心想，怪不得。他接着开始琢磨男爵宫廷站会不会有个男爵，渡鸦宫廷站有没有渡鸦……

小个老兵呼哧带喘地咳嗽两声，开口说道："你们几个，过来吧。说明来意。"门菲上前一步。她高高扬起脑袋，突然显得个头比平时更高，气质也更从容。女孩说道："我们请求觐见伯爵殿下。"

伯爵冲他们这边喊道："那小姑娘在说什么，哈瓦德？"理查德怀疑他是不是聋了。

老兵哈瓦德磨磨蹭蹭地转过身，双手拢在嘴前。"他们请求觐见，殿下。"他高声喊道，盖过了车厢中的嘈杂声响。

伯爵把厚皮帽推到一旁，若有所思地挠了挠脑袋。皮帽下面光秃秃的。“真的吗？要求觐见？好极了。哈瓦德，他们是谁？”

老兵转回身对他们说：“他想知道你们都是谁。但是务必简短说，不要啰唆个没完。”

“我是门菲，”女孩自报家门，“门琅爵士是我父亲。”

听到这话，伯爵眼光一亮。他身子前倾，用那只独眼透过烟尘望了过来。“她说她是门琅的长女吗？”伯爵向小丑问道。

“没错，殿下。”

伯爵点手让门菲过来。“到这儿来，”他说，“来来来。让我好好看看你。”女孩抓着从车顶垂下来的粗绳带，以此保持平衡，走过不断晃动的车厢。她来到伯爵的木座椅前，行了个屈膝礼。老人挠挠胡子，打量着她。“听说你父亲遭遇不幸的消息，我们都很震惊……”伯爵突然打断自己，改口道，“哦，是你的所有家人，这真是一场……”他的声音越来越小，接着又道，“你知道我对你父亲一向尊重有加……我们曾经有些合作……老好人门琅……一肚子鬼主意……”他闭上嘴，拍了拍小丑的肩头，用轻易盖过列车噪声的洪亮声调，跟他讲起悄悄话。“去跟他们开几个玩笑，图雷，别光吃白饭。”

公爵的小丑颤颤巍巍走过通道，似乎饱受关节炎困扰。他在理查德跟前停下脚步。“你又是什么人？”他问。

“我？”理查德说，“呃，我吗？我的名字？理查德。理查德·梅休。”

“我？”小丑用苍老的嗓音尖声说道，夸张地模仿理查德的苏格兰腔，“我？呃，我妈？我的天呢。这位不是人，是个大白痴。”宫廷中人有气无力地哧哧窃笑。

“至于我嘛，”卡拉巴斯露出灿烂笑容，对小丑说，“自称卡拉巴斯侯爵。”小丑眨了眨眼。

“窃贼卡拉巴斯？”他问道，“绑匪卡拉巴斯？叛徒卡拉巴斯？”他转身面对围在周围的诸位庭臣。“但他不可能是卡拉巴斯。为什么呢？因为卡拉巴斯很久以前就被伯爵驱逐，禁止再到宫廷上来。也许他是变异的新品种白鼬，只是长得特别大只。”庭臣们不安地笑了两声，叽叽喳喳的耳语声随之响起。老伯爵一句话也没说，但他双唇紧闭，身子开始颤抖。

“我叫猎人。”猎人对小丑说。

宫廷中顿时鸦雀无声。小丑张开嘴，似乎想说点什么，但他看了看猎人，又把嘴闭上。猎人美丽的唇角隐隐现出一丝笑意。“讲啊，”她说，“讲点有意思的听听。”

小丑盯着自己破烂的鞋尖，低声嘟囔道：“我的猎犬没鼻子。”

伯爵自始至终盯着卡拉巴斯侯爵，双眼就像缓慢燃烧的引线。此刻这位上年纪的灰胡子狂战士，他的火山终于爆发了。伯爵“腾”的一下站起身来，脑袋几乎蹭到车厢天花板。他手指侯爵，唾沫飞溅地咆哮道：“我绝对不能容忍，绝对不会！把他押上前来。”

哈瓦德冲侯爵挥了挥光泽暗淡的长矛，卡拉巴斯慢步走向车厢前端，最终来到伯爵的宝座前，站在门菲身边。那条猎狼犬从喉咙里发出低沉咆哮。

“你，”伯爵伸出一根巨大多节的手指，冲卡拉巴斯空点几下。“我记得你，卡拉巴斯。我还没忘。我可能老了，但还没忘。”

侯爵鞠躬行礼。“可否容我提醒您一句，殿下，”他彬彬有礼地说，“别忘了咱们有约在先。我为您的子民和渡鸦宫廷达成了一项和约。作为回报，您承诺欠我一个小小人情。”

如此说来，理查德心想，的确有个渡鸦的宫廷。他想知道那到底会是什么样子。

“一个小小的人情？”伯爵脸色好像煮熟的龙虾，“你就是这么想的？由于你的愚行，我从白城[1]撤退时损失了十几个人，还丢了只眼睛。”

“如果您不介意我这么说的话，殿下，”侯爵殷勤有礼地说，“这真是个迷人的眼罩，把您的脸型完美衬托了出来。”

“我曾发誓……”伯爵厉声暴喝，胡子根根倒竖，“我曾发誓……如果你再敢涉足我的领地，我就会……”他迷茫地晃晃脑袋，似乎忘了该说什么，接着才继续讲，“我会想起来的。我可没忘。”

“他可能不是特别想见你？”门菲压低声音对卡拉巴斯说。

“哦，我没说错吧。”侯爵低语道。

门菲又往前迈了一步。“尊敬的殿下，”她用清晰响亮的声音说道，“卡拉巴斯是作为我的客人和伙伴到这儿来的。看在你我两家世代相交的份上，也看在我父亲和您的友谊……”

“他辜负了我的好意，”侯爵沉声说道，“我曾发誓……如果他再进入我的领地，我就要把他开膛破肚，晾干晒透……就像，就像某种要先开膛破肚的东西……就像……”

“或许是……像腌鱼，殿下？”小丑提醒说。

伯爵耸耸肩。“像什么都无所谓。卫兵，把他拿下。”几个人围了上来。这些卫兵都在六十岁以上，每人手里拿了张十字弓，箭尖指向侯爵。他们的双手并未因年岁或恐惧而颤抖。理查德看了眼猎人。她似乎完全不当回事，只是饶有兴趣地看着这一幕，仿佛在观赏好戏。

1 伦敦西二区地名。

门菲抱着胳膊，身子更加挺拔，同时扬起尖下巴，把脑袋抬得很高，异色眼眸微光闪动。此刻的女孩不再是衣衫褴褛的街头小仙子，倒更像惯于发号施令的强人。“殿下，侯爵是我的伙伴，为我在这次旅程中提供帮助。你我两家的友谊源远流长……”

“是的，一点儿没错，”伯爵附和道，“数百年，上千年了。我还认识你的祖父。有趣的老伙计。可惜模样有点记不清了。”他推心置腹地说。

“但我必须坦诚相告，我会把针对这几位同伴的暴力行为，视作对我本人和我家族的侵犯。”女孩瞪着老人。伯爵居高临下站在她跟前。两人一动不动地僵持了许久。老人激动地揪着灰红相间的胡须，像小孩似的噘起下唇。“我不准他待在这儿，”伯爵说。

侯爵掏出从门琅书房找来的金怀表，随便看了一眼。他镇定自若地转过身，就好像周围这一切都未发生似的，对门菲从容言道：“小姐，显然我离开这辆列车，比待在车上对您更有好处。而且我还有其他小路需要探索。”

“不，”女孩说，“如果你下车，我们都下车。”

“我不这么想，”侯爵说，“只要你待在下伦敦，猎人就能保证你的安全。我会在下次流动集市跟你会合。在此期间，可别做出任何太过愚蠢的事来。”他说话的当口，列车慢慢驶入一处站台。

门菲瞪视伯爵。女孩目光中蕴藏着某种古老而强大的力量，不像她这小小年纪所能拥有的东西。理查德发现只要门菲一开口，车厢内就变得鸦雀无声。“殿下，您会容他安全离去吧？”女孩问道。

侯爵抬手搓了搓脸，又揉揉眼睛和那个眼罩，接着抬起头看向门菲。“快把他弄走，”伯爵看着卡拉巴斯说，“再有下次……”他抬起一根苍老粗壮的手指划过喉头，“……腌鱼。”

侯爵深深鞠了一躬。“我会自行离去。”他对卫兵们说了一句，迈步走向敞开的车门。哈瓦德抬起手中的弩弓，指向侯爵后背。猎人伸出手，把弩弓尾端往下一按。侯爵走上月台，转过身以优雅花哨的姿态挥了挥手。车门“嗞”的一声徐徐关闭。

侯爵坐回车厢尽头的大木椅，一声不吭，一言不发。地铁咔嚓咔嚓驶入黑暗隧道。“真是太失礼了，”伯爵自言自语道，他用独眼扫过众人，又说了一遍，“真是太失礼了！”这极度深沉的隆鸣仿佛低音鼓声，理查德觉得肚皮直颤。伯爵打了个手势，召唤一名老兵上前。“他们一路奔波肯定饿了，达瓦德。我想也渴了吧。”

“明白，殿下。”

“把车停下！”伯爵叫道。车门嗞嗞打开，达瓦德急匆匆跑上月台。理查德注视着月台上的人群。没有人进入这节车厢，似乎谁都没注意到任何异常情况。

达瓦德走向月台旁的一台自动售货机。他摘下钢盔，又用戴锁甲手套的手敲敲机器侧面。“伯爵有令，”他说，“拿巧克力来。”机器内部传出一阵齿轮咔咔作响的声音，随即连续吐出一根根吉百利水果坚果巧克力棒，总共有几十条之多。达瓦德把头盔放在出口底下接住它们。车门开始关闭。哈瓦德将长矛卡在门中间，车门再度开启，不断撞击着矛柄。“请远离车门，”扩音器中传出声音，“所有车门妥善关闭后，列车才能离站。”

伯爵歪着脑袋，用那只好眼睛注视门菲。“那么，是什么风把你吹到我这儿来的？”

女孩舔舔嘴唇。“哦，从根本上说，殿下，是我父亲的死。”

老人缓缓点头。“明白。你想复仇。这也理所应当。”他咳嗽两声，用男低音的语调咏诵道，“勇武长剑闪，熊熊烈焰燃，利刃斩敌首，血色……血色……什么来着。反正就是这么回事。”

“复仇吗？”门菲思虑片刻，“是的。我父亲是这么说的。但我只想搞清到底出了什么事，并且保护好自己。我的家族没有仇敌。”达瓦德走回车厢，帽子里装满巧克力棒和罐装可乐。车门终于关闭，列车再度启程。

李尔的大衣还摊在通道地板上，盖满了零钱和钞票，但也有很多鞋子踩在上面——踢飞了硬币，碾破了纸钞，连大衣布料都被扯裂。李尔高声哭叫，连连哀求道：“求求你们，求求你们放过我吧！”他背靠过道墙壁，鲜血从面颊流下，滴落在胡子里。萨克斯歪歪斜斜地吊在胸前，已有多处凹陷，布满刮痕。

他身边围着一小群人，人数超过二十，不到五十。所有人都拼命推挤，像群失去理性的暴民，直勾勾的目光中毫无神采。这些男男女女不顾一切地厮打抓挠，只想把钱交给李尔。瓷砖墙上沾了血迹，那是李尔撞到脑袋留下来的。他向一名中年妇女拼命挥手，那人钱包大开，将一把五英镑纸钞向李尔倒下。妇人急于把钱交出，双手抓向他的面门。李尔扭动身子，躲避女人的指甲，最终摔在通道地板上。

有人踩到了他的手，还把他的脑袋按向一堆硬币。李尔开始抽泣，开始咒骂。

“我告诉你不要过度使用这个曲子，”附近传来一个优雅的声音，“真淘气。”

“救救我。”李尔喘息着说。

“哦，的确有段抵消魅惑的曲子。”那声音勉强地承认说。

人群挤得更紧了。一枚五十便士硬币飞了过来，划破李尔的面颊。他身子缩成一团，紧紧抱着自己，把脸埋在膝盖之间。“快吹吧，该死的，”李尔抽噎着说，“不管你想要什么……只要能让他们住手……”

玩具哨子吹出轻柔乐曲，在通道间往来回荡。只有很简单的一个小节，不断重复，每次都略有变化：卡拉巴斯变奏曲。人们开始离去，起初还有些迟疑，随即便加快了步伐，从他身边走开。李尔睁开眼睛。卡拉巴斯侯爵斜靠着墙壁，还在吹奏玩具哨子。他看到李尔正注视自己，便把哨子从嘴里拿开，放回大衣的一个内袋；随后掏出一方打了补丁的亚麻蕾丝手帕丢了过去。李尔擦掉额头和面颊上的血迹。“这帮人可能会要了我的命，”他控诉道。

“我可是警告过你了，”卡拉巴斯说，“我正好从这条路回来，算你运气不错。”他把李尔扶起来，靠墙坐好。“那么，我想你又欠我一个人情。”

李尔从通道地板上拿起外套，这件衣服被踩得破烂不堪，沾满泥土，还印了不少脚印。他突然觉得特别冷，便把破外套披在肩头。零钱掉落，纸币飘飞，撒了一地。但李尔没有理会。“真是我运气好吗？还是你给我下了个套？”

侯爵好像受到了侮辱。“我真不知道你怎么可能冒出这种鬼念头。”

“因为我了解你。这就是原因。那么这次你又想让我干什么？偷窃？纵火？”李尔似乎已经认命，语气略显哀伤，他继续说，“还是杀人？”

卡拉巴斯弯下腰，拿回自己的手帕。“这次恐怕是偷窃。你第一次就猜对了。”他微笑着说，“我现在急需一件唐朝瓷器。”李尔打个哆嗦，慢慢点了点头。

理查德接下一条吉百利水果坚果巧克力和一只盛满可乐的大银杯。杯缘上镶嵌的饰物，在理查德看来应该是蓝宝石。那个似乎叫图雷的小丑大声清了清嗓子。“我要为咱们的客人敬一杯酒，”他说，“一名孩子，一位勇士，一个傻瓜。愿他们都能得到应得的东西。”

“我是哪一个？”理查德低声向猎人询问。

“傻瓜，还用说？”女人答道。

“要是在过去，”哈瓦德抿了口饮料，闷闷不乐地说，“我们有红酒喝。我更喜欢红酒，不像这东西黏糊糊的。”

“所有自动售货机都直接给你东西吗？”理查德问。

“哦，当然，”老人说，“它们都听伯爵的，你知道。他是下层世界的君王，有地铁的这部分都归他管。他统治中央线、环线、朱比力线、维多利亚线、贝克洛线……哦，就是除了下层线以外的所有线路。”

“我怎么没听说过下层线？”理查德问道。哈瓦德双唇紧闭，摇了摇头。猎人用手指轻拍理查德的肩头。“记得我跟你讲过牧人树丛的那些牧羊人吗？”

“你说我肯定不想遇到他们，而且有些事我还是不知道为好。”

“没错，”猎人说，“那么现在你就把下层线加到那些东西的清单中吧。”

门菲沿车厢朝他们走来，脸上挂着微笑。“伯爵同意帮咱们了，”她说，“来吧。他正在图书馆等着咱们。”理查德没有问“什么图书馆”，也没指出你不可能把图书馆塞在地铁里，只是跟上门菲走了过去。他几乎为自己的表现感到骄傲。一行人绕过伯爵的空宝座，通过后面的连接门，进入图书馆。这是一间巨大的石质房屋，木质天花板高高在上，四壁摆满书架。这些架子塞得满满当当，书籍当然必不可少。但除此以外，还塞了很多别的玩意儿：网球拍、曲棍球棒、雨伞，一把铁锹，一台笔记本电脑，一根木腿，几个杯子，几十双鞋，几具双筒望远镜，一小段圆木，六个布袋木偶，一架熔岩灯，几张CD、黑胶唱片（密纹、45转、78转都有），盒式录音带、八轨录音带、骰子、玩具车，几副乱七八糟的假牙，手表，手电筒，四个大小各异的花园侏儒雕像（两个在钓鱼，一个在发呆，最后那个在抽烟），好些报纸杂志，几本魔法书，几张三脚凳，一盒雪茄，一只不断点头的塑料阿尔萨斯牧羊犬，许多袜子……这房间就像个失物小帝国。

“这才是他的真正领地，”猎人低声说，“被丢弃的东西。被遗忘的东西。”

石墙上安了几扇窗户。透过它们，理查德可以看到嘎嘎作响的黑暗和转瞬即逝的地铁隧道灯。伯爵盘腿坐在地板上，拍打着猎狼犬，搔弄它的下巴。小丑站在他身边，表情有些不自然。伯爵看到他们，便站起身来扬了扬眉。“啊。你们来了。哦，我叫你们到这儿来是有原因的，我肯定能想起来……”他捻着灰红胡须，对如此魁伟的人来说，这个动作显得局促扭捏。

“天使伊斯灵顿，殿下。”门菲礼貌地说。

“哦，对了。你知道，你父亲有很多关于变革的想法。他问过我的意见。我不相信变革，所以让他去找伊斯灵顿。”伯爵顿了顿，眨了下那只眼睛，“我是不是已经跟你说过了？”

“是的，殿下。可我们怎么才能找到伊斯灵顿？”

伯爵点点头，就好像门菲说了什么意义深远的话。“捷径只能走一次。再想去，你就必须绕远了。危机四伏。”

门菲耐心地说：“那么捷径是指……？”

“不，不。只有开门者才能使用。只对门琅的家人有效。”他把一只巨掌放在女孩肩头，继而抚上她的面颊。“不如跟我一起留在这里，帮老家伙夜里暖暖身子，嗯？”他冲门菲抛了个眼色，用苍老手指触摸她纠结的头发。猎人朝女孩迈近一步。但门菲打了个手势：不。先别动。

女孩抬头看着伯爵，开口说道：“尊敬的殿下，我是门琅的长女。怎样才能找到天使伊斯灵顿？”面对伯爵终将败给岁月的结局，门菲仍能做到面不改色，这让理查德有些吃惊。

伯爵眨了眨那只独眼，换上庄重表情，就像只苍老的鹰隼，脑袋微微一偏。他把自己的手从女孩头上拿开。“的确是你。的确是你。门琅的女儿。你亲爱的父亲近况如何？我想应该还不错吧？他可是个好人，也是个妙人。”

“我们怎样才能找到天使伊斯灵顿？”门菲说道，但她的声音已经有些颤抖。

“哦？用天使祈祷图，这还用说吗？”

理查德发现自己正在想象伯爵六十年前、八十年前、五百年前的样子。强大的战士，诡诈的谋略家，忠诚的朋友，可怕的敌人，无数少女的心上人。在老人身上依稀还能看到这些影子。正因如此，他才显得那么悲凉，那么哀伤。伯爵在书架上摸来摸去，挪开钢笔、烟斗和玩具枪，还有小石像鬼和枯枝败叶。最终，就像只无意间撞到耗子的老猫那样，抓起一个小小卷轴，递给女孩。“给你吧，小姑娘，”伯爵说，“全在这儿了。我想咱们最好把你送到要去的地方下车。”

“你要送我们一程？”理查德问道，“用地铁吗？”

伯爵环顾四周，寻找声音的来源，终于发现了理查德。他咧开嘴笑着说：“哦，这算得了什么。为了门琅的女儿，让我干什么都行。”门菲紧紧攥着卷轴，显得心满意足。

理查德可以感到列车正在减速。他、门菲和猎人被领出石室，回到车厢。列车越来越慢，理查德望向窗外月台。

“不好意思。这是哪一站啊？”他问。列车正好停在一个站牌对面。牌子上写道：大英博物馆站。不知为什么，理查德觉得这件事过于离奇。他可以接受“小心夹缝”和伯爵宫廷，就连那奇怪的图书馆也还能忍。但是该死的，就和所有伦敦人一样，他对地铁线路图了如指掌，这个玩笑可开过火了。“根本没有大英博物馆站。”理查德斩钉截铁地说。

“哦，没有吗？”伯爵大声说道，“那么，嗯，你下车的时候一定要多加小心。”他说完这话，高兴地狂笑不已，还拍了拍小丑肩头。“听见了吗，图雷？我跟你一样逗趣。”

小丑露出世上最为惨淡的笑容。“我的肚子都要笑爆了，肋骨都快笑折了，我的欢笑如大河决口一发不可收拾，尊敬的殿下。”

车门打开。门菲冲伯爵露出微笑。“谢谢，”她说。“下车，下车！”壮硕老人把门菲、理查德和猎人从烟雾缭绕的温暖车厢，赶到空荡荡的月台上。车门在他们身后关闭，列车继续前行。理查德兀自盯着那块站牌，无论他眨多少次眼，结果都是一样。哪怕他移开目光再突然转回来打它个措手不及，站牌上仍倔强固执地写道：

大英博物馆站

第八章

时值傍晚，晴朗的天空正从宝蓝转为深紫，西方四里外的帕丁顿区上空染了一抹橘红和鲜绿的色彩。至少从老贝利的位置看去，太阳刚刚从那里落下。

天空，老贝利心满意足地想道，从没有两个天空完全一样。无论黑夜还是白昼，无论春夏秋冬。老贝利有点像个天空鉴赏家，而今晚的夜空相当不错。他站在伦敦市中心圣保罗大教堂对面的屋顶上，已经支起帐篷准备过夜。

他很喜欢圣保罗大教堂，至少这地方在过去三百年中几乎没什么变化。教堂是用白色石灰石修筑而成的，在彻底竣工之前白色墙面就已经被伦敦污浊空气中的烟灰和尘土熏黑。经过七十年代的伦敦大清洁运动后，它多多少少重现容颜，但仍是那个圣保罗。至于伦敦其他地方，老贝利就不敢说是否还跟过去一样了。他把目光从心爱的天空移开，越过屋檐望向下方被街灯照亮的便道。他可以看到安装在墙上的保安摄像头，几辆汽车，一名晚归的上班族把门锁好后，便朝地铁走去。啧，光是进入地下世界的念头，就能让老贝利浑身发抖。他生是屋顶的人，死是屋顶的鬼，并以此为傲；他在很久以前就逃离了地表世界……

老贝利还记得很久以前人们都在城里生活，而不仅是在城里工作。他们生存、渴求、欢笑。一栋栋摇摇欲坠的房舍紧紧相邻，每一栋都挤满了吵闹的居民。曾几何时，那些喧闹、脏乱、臭味和街对面小巷（那时它被人们俗称为狗屎巷）中传来的歌声，都已变成往昔的幻影，如今城里再也无人居住。伦敦成了清冷乏味的办公地点，人们白天来此上班，晚上回到别处的家中过夜。它再也不是适合居住的地方。老贝利甚至想念那些臭味。

最后一抹橙红日光变成夜幕下的深紫。老人用布罩上那些笼子，好让鸟儿们睡个美容觉。它们吱吱咕咕发了通牢骚，随即安然入梦。老贝利挠挠鼻子，钻进自己的帐篷，拿出一口饱经烟熏火燎的炖锅，一些水，几根萝卜，几颗土豆，再加上食盐和两只拔了毛吊挂好的死八哥。他走出帐篷，来到屋顶，在被煤烟熏黑的咖啡罐里点上一小堆火，然后把炖锅放上去加热。这时他突然察觉到有人正站在烟囱旁的阴影里注视自己。

他抄起烤肉叉，冲着烟囱威胁地挥了两下。“什么人在那儿？”

卡拉巴斯侯爵走出阴影，敷衍了事地鞠了一躬，露出灿烂微笑。老贝利把烤肉叉放下。“哦，是你啊。”他说，“好吧，你想要什么？知识？还是鸟？”

侯爵走过来，从老贝利的炖锅里拿起一条生萝卜，放进嘴里大嚼。“说实话，我想打听点消息。”他说。

老贝利得意地笑了起来。“啊哈，”他说，“这可是头一次。对吧？”他探身靠近侯爵，“你想拿什么交换？”

“你想要什么？”

“也许我应该学学你的法子。我应该要你欠个人情，为日后的生活做一笔投资。”老贝利坏笑着说。

“长远来看，这价码太高。”侯爵一本正经地说。

老贝利点点头。此刻太阳已经落山，天气很快变得特别寒冷。“那么就来双鞋，”老人说，“再来顶能围住脖子的羊毛兜帽。”他看了看自己的露指手套，那上面的洞比布还多。“还有新手套。今年冬天肯定冷得要命。”

“很好。我会把这些东西带来的。”卡拉巴斯侯爵把手伸进一个内袋，像魔术师凭空变出玫瑰那样，把从门琅书房得到的黑色动物雕像掏了出来。“那么，关于这东西你都知道些什么？”

老贝利戴上眼镜，从卡拉巴斯手里接过雕像。这东西摸起来很凉。老人坐在一台冷气机上，翻来覆去地查看黑曜石雕像，最终宣布道：“这是伦敦巨兽。”侯爵沉默不语，不耐烦地将目光从雕像移到老贝利身上。

老人享受着侯爵小小的不快，继续不慌不忙地说：“嗯，据说那还是在大火和瘟疫[1]之前，查理一世还在位——这家伙最后被送上了断头台，实在蠢得可以。当年有个屠夫住在舰队渠，他养了几头可怜的畜生，准备喂肥了圣诞节吃。有人说它是只小猪仔，也有人说不是，还有些人——包括我在内——始终说不好它到底是什么。在十二月的一天晚上，这头畜生逃出围栏，跑进舰队渠，消失在下水道里。它靠泔水污泥为生，身躯越长越壮，性情越来越卑劣暴戾。人们时不时会派出狩猎队去搜捕它。”

侯爵噘起嘴唇。“它肯定三百年前就死了。”

老贝利摇摇头。“像它这种东西，恶毒得难以咽气。它太老太

1　1665年，欧洲爆发鼠疫，仅伦敦死亡人数就达6万以上。1666年，一家面包铺失火，大火延烧了整个城市，连续烧了4天，伦敦六分之一的建筑被烧毁。

大，也太凶狠。”

侯爵叹了口气。“我还以为它只是个传说，就像纽约下水道里的鳄鱼。”

老贝利一本正经地点了点头。“什么，你是说那些白色的畜生？它们确实在纽约。我有个朋友让它们咬掉了一颗脑袋。”两人沉默片刻，老贝利把雕像还给侯爵，接着抬手冲侯爵做了个鳄鱼咬人的动作。“不过没关系，”老贝利咧嘴怪笑，这副尊容让人不忍卒睹，“他还有个脑袋。”

侯爵哼了一声，不知道老贝利是不是在开他的玩笑，同时顺手把巨兽雕像塞回大衣。

“等等。”老贝利说着走进棕色帐篷，把侯爵上次见面时给他的那个华丽银盒拿了出来。他把盒子朝侯爵面前一递。“这个怎么办？”他问道，“你不准备把它拿回去吗？把这东西放在手边，我老觉得浑身发毛，直起鸡皮疙瘩。”

侯爵走到屋顶边缘，纵身一跃，跳到八尺之下的隔壁建筑上。“等这件事结束后，我会把它拿回来的，”侯爵叫道，“希望你永远不需要用它。”

老贝利探出上身。“我怎么知道该不该用？”

“你会知道的，”侯爵叫道，“老鼠们会告诉你该如何使用。”说完这话，他便爬到建筑物的外墙上，用排水管和壁架当扶手，一路爬了下去。

“希望我永远不会知道，我也只能这么说了。”老贝利自言自语道，突然一个念头闪入他的脑海。“嗨，”老人冲空旷的城市和浓稠夜色高喊，“别忘了我的鞋子和手套！”

墙上贴着各式广告。有提神醒脑延年益寿的麦芽饮料，有只需两先令就可乘车去海边的一日游项目，有熏制鲱鱼、胡须蜡和擦鞋油。这些早被熏黑的海报都是上世纪二十年代末三十年代初的遗迹。理查德难以置信地看着它们。这里似乎被彻底荒废，变成早被遗忘的场所。“这儿还真是大英博物馆站，”理查德不得不承认，“但是……但是从来没有大英博物馆站啊。肯定是搞错了。”

“这个站在1933年关闭，然后彻底封了起来。”门菲说。

“太诡异了。”理查德感觉就像在历史中漫步。他能听到一列列地铁从邻近隧道驶过，轰鸣声不断回响，还带起阵阵暖风。“有多少像这样的车站？”

“大约五十个，”猎人说，“但不是所有都能随意进出。就连我们也一样。”

有什么东西在月台边缘的阴影中动了一下。“你好，”门菲说，“最近怎么样？”她走过去蹲下身，一只棕老鼠跳出阴影，闻了闻门菲的手。

“太感谢了！”门菲快活地说，“我也很高兴你没有死。”

理查德蹭了过去。“哦，门菲。你能帮我给老鼠传句话吗？”

老鼠扭头看了他一眼。“胡子小姐说，如果你有什么事想问，直接对她讲就行。”门菲说道。

“胡子小姐？”

门菲耸耸肩。“这是按字面翻译过来的，”她说，“用老鼠的语言念起来好听多了。”

理查德并不怀疑。“哦。你好……胡子小姐……听着，你们鼠语族里有个人，一个叫麻醉法的女孩。她带我去参加流动集市。我们在黑暗中走过那座石桥，但她一直没走出来……”

老鼠发出尖锐的吱吱声，打断了他的话。门菲略显迟疑地说起话来，就像个同声传译。“她说……鼠族不会为这场悲剧责怪你。你的向导……嗯……被黑夜带走……作为贡品。”

“但是……”

老鼠又吱吱叫了一声。“他们有时会回来……”门菲说，“她知道你很关心麻醉法……并对此表示感谢。”老鼠冲理查德点点头，眨了两下黑珠子般的眼睛，随即跳到地板上，匆匆跑回暗处。“好老鼠。”门菲说。如今卷轴在手，她的心情明显好了很多。“从这边走。”女孩指着一道被铁门堵得严严实实的拱顶通道。

三人走了过去。理查德使劲推推铁门，却发现它从外面锁上了。“似乎是被封住了，”理查德说，“咱们需要特殊工具。”

门菲突然露出微笑，显得容光焕发神采奕奕。她那清瘦面容一度变得美丽动人。“理查德，”她说，“我的家族是开门者。这是我们的天赋。仔细看……”她说着伸出一只肮脏小手按在铁门上，好半天都没动静，接着门内传来巨大的撞击声，他们这边也是一阵噼噼啪啪乱响。门菲用力推动铁门，生锈的门轴发出刺耳尖啸，铁门最终打开。门菲竖起皮夹克的衣领，把手塞进衣服口袋。猎人用手电筒照了照前方昏黑的过道，一段石质阶梯向上延伸，最终隐没在暗影之中。“猎人，你来断后，好吗？”门菲问道，“我会在前方开路。理查德可以居中。”

女孩往楼梯上走了几步。但猎人仍旧站在原地没动。“小姐？”猎人说，“你这是要去上伦敦吗？”

“对啊，”门菲说，“咱们要去大英博物馆。”

猎人咬着下唇，晃了晃脑袋。“我必须留在下伦敦。”她的声音有点发颤。理查德意识到这还是他头一次看见猎人流露出举重若轻和冷淡嘲讽以外的神情。

“猎人，”门菲不知所措地说，“你是我的保镖。”

猎人似乎很是不安。“我是你在下伦敦的保镖，”她说，“我不能跟你到上伦敦去。”

“但你必须去。”

“小姐，我就是不能。我还以为你能理解。侯爵是知道的。”只要你待在下伦敦，猎人就能保证你的安全，理查德心想，果不其然。

“不，”门菲抬高尖下巴，异色眼瞳也微微眯起，“我不明白。到底怎么回事？”她又轻蔑地接了一句，“莫非是诅咒什么的？”猎人迟疑片刻，舔舔嘴唇，最终点了点头，这副样子简直就像公开承认自己患上了某种社交恐惧症。

“听着，猎人，”这句话脱口而出，连他自己也吓了一跳，“别傻了。”理查德一度以为猎人要动手打人，那可不妙，他甚至觉得猎人要哭了，那更是大大不妙。但女子只是深吸口气，耐着性子说：“只要你还在下伦敦，我就会伴你左右，小姐。我将保证你免受任何伤害。但不要让我跟你到上伦敦去，我办不到。”她把双臂抱在胸口，双腿微张，就像尊用黄铜、青铜和焦糖铸成的女子雕像，无论怎么看都是一副哪儿都不肯去的样子。

“那好。咱们走吧，理查德。”门菲说完这话，便迈步向上走去。

“等等，”理查德说，“咱们干吗不留在下面？咱们可以去找侯爵，然后一道上路，然后……”他说话的当口，门菲已经融入上方的黑暗。猎人还是站在楼梯口，纹丝不动。

“我会留在这儿等她回来，”猎人对他说，“你可以跟她走，也可以留下来，随你的便。”

理查德摸着黑往上紧走几步，用最快速度追赶门菲。他很快就看到女孩手里的灯光出现在前方。“等等，”他气喘吁吁地说，“拜托等一下。”女孩停下脚步，等他赶上来。理查德追到她身边，站在能让人产生幽闭恐惧症的狭小平台。女孩又等他把气喘匀。“你不能这么随随便便跑掉。”理查德说。门菲一言不发，但她紧闭的双唇抿得更紧，下巴也略微抬高了几分。“她是你的保镖。”理查德直率地说。

门菲迈步走上另一端楼梯。理查德跟在她身后。“没关系，咱们很快就会回来，”女孩说道，“她到时候就可以继续保护我了。”

空气潮湿阴冷憋闷。理查德心想如果没有金丝雀作实验品，该如何判断空气质量是不是很糟呢？他最终说服自己，希望空气不会太糟。“我想侯爵可能真的知道，关于猎人的诅咒，或是其他什么缘故。”

“是的，”女孩说，“估计他是知道的。”

“他……”理查德欲言又止，“侯爵。哦，你知道，说老实话，我总觉得他有点狡诈。”

门菲停下脚步。楼梯尽头是一堵粗糙砖墙。“嗯，”她表示同意，“说他有点狡诈，就像是说老鼠身上长了一丁点毛。”

“那你为什么还要求助于他？难道没有别人能够帮你了吗？”

“咱们回头再谈这个问题。”门菲说着展开伯爵给她的卷轴，看了一眼那些优雅笔迹，然后重新卷好。“咱们不会有事，”她肯定地说，“这上面写得清清楚楚。咱们只需要进入大英博物馆，找到天使祈祷图，然后原路返回。简单得很。没什么大不了的。闭上眼。”

理查德顺从地把眼闭上。“没什么大不了的，”他重复道，“每次电影里出现这句台词，通常意味着会发生可怕的事情。”

他感到一股微风扑面而来，在紧闭的眼帘之外，某些代表黑暗的东西发生了变化。“你又想说什么？”门菲问道。连声音的感觉都不一样了，他们进入到了一处较大的空间。“你现在可以睁开眼睛了。”

理查德睁开双眼。他估计已经到了砖墙的另一边。这里似乎是间杂物室，但跟普普通通的杂物室又不尽相同：这些旧东西有种相当奇怪的感觉，像是某种华贵、稀有、奇异而昂贵的器物，只有在某些地方才能看到，比方说……

“咱们是在大英博物馆吗？”他问。

门菲皱起眉头，似乎在思索或是倾听。“还不算是，不过已经很近了。我想这里肯定是储物间什么的。”她伸手抚摸挂在蜡制假人身上的一套古代衣袍面料。

“咱们要是留在猎人身边就好了。”理查德说。

门菲把脑袋歪向一边，严肃地看着他。“你需要她保护你免受谁的伤害呢，理查德·梅休？”

“没人。”他承认说。两人转过一个拐角，理查德再次开口：“哦……也许是他们。”与此同时，门菲骂了句“该死”。克劳普先生和范德摩先生分别正站在前方通道两侧的立柱底座上。

他们让理查德惊恐地回想起杰茜卡带他去看过的一个当代艺术展。有位震撼人心的年轻艺术家宣称将打破所有艺术禁忌。为了达到这个目的，他开始按部就班地进行盗墓工作，最终将三十件最有意思的盗窃成果放置在玻璃箱中进行展示。那次展览结束之前，有家广告公司以六位数的价码，买下了“被盗尸身第二十五号”。而“被盗尸身第二十五号”的亲属在《太阳报》上看到这件作品的照片后，向法庭提起诉讼，要求在这次交易中抽成，并将该作品更名为“艾德加·福斯普林，1919—1987，挚爱的丈夫、父亲和叔叔。安息吧，老爹”。理查德曾恐惧地注视那些被关在玻璃棺中的躯体，身穿污浊西装和破烂裙服的尸首。他痛恨自己的所作所为，但又无法将目光移开。

克劳普先生微微一笑，就像嘴里塞了弯月的毒蛇，这副嘴脸大大加深了他和“被盗尸身”一到三十号的相似之处。“怎么回事？”克劳普先生笑道，“‘我聪明绝顶无所不知’先生不在吗？‘哦，我没跟你说过？天哪！我不能到上边去’猎人也不在？”他稍作停顿，以此加强戏剧效果，“我打赌这是两只迷路的小羊羔，大晚上自己跑出来玩。要是猜错了，你们尽可以把我涂成灰色，说我是一匹恶狼。”

“你也可以说我是恶狼，克劳普先生。”范德摩先生帮腔道。

克劳普先生从立柱基座上跳了下来，开口说：“有句忠告要讲给你们毛茸茸的耳朵听，小羊羔们。”理查德环顾四周，这里肯定有什么地方能让他们逃掉。他探手抓住门菲的小手，绝望地四下查看。

“不，拜托。待在原地别动，”克劳普先生说，“我们喜欢你们现在这个样子，而且也不想被迫伤害你们。”

“我们想。”范德摩先生说。

“哦，没错，范德摩先生，你这么说也有道理。我们的确想伤害你们俩，想把你们伤害到死。但我们这次现身另有目的。我们是来让游戏变得更有意思。你看，一旦事态变得枯燥乏味，范德摩先生和我就会焦躁不安，而且——也许你们很难相信——我们会丧失乐观向上的品行。”

范德摩先生咧开大嘴露出牙齿，为他们展示乐观向上的品行。这绝对是理查德平生所见的最恐怖的东西。

“别来烦我们。”门菲这话说得冷静镇定。理查德捏着她的手。如果她都能这么勇敢，那我也能。“如果你们要伤害她，”他说，“那必须从我身上踏过去。”

听到这话，范德摩先生似乎由衷感到高兴。“没问题，”他说，“多谢了。”

“别着急，早晚会轮到你的。”克劳普先生说。

“但还不到时候。”范德摩先生说。

“你看，”克劳普先生的语气就好像变味的黄油，“我们现在只想让你们担惊受怕。”

范德摩的声音好像吹过尸骨荒漠的一阵夜风。“让你们受罪，”他说，“给你们添堵。”

克劳普先生一屁股坐在范德摩脚下的基座上。“你们今天造访了伯爵宫廷。”他怪里怪气地说。理查德怀疑他自以为这还算是轻松亲切的腔调。

“那又如何？”门菲问道。她一边说，一边慢慢朝旁边蹭。

克劳普先生笑了笑。“我们是怎么知道的呢？我们怎么知道该到这儿来找你呢？”

“随时都能找到你们。”范德摩先生几乎像在耳语。

“你被人出卖了，小瓢虫。”克劳普先生对门菲说。理查德意识到这句话是对女孩一个人说的。“你的巢穴中有个叛徒，一只布谷鸟。”

“快来。”她说完拔腿就跑。理查德追了上去，穿过堆满杂物的大厅，冲向一道房门。门菲伸手一碰，房门立即打开。

“跟他们道个别吧，范德摩先生。”克劳普先生的声音从他们身后传来。

“别了。”范德摩先生说。

“哦，不，”克劳普先生纠正道，“应该说再见。”他随即发出布谷布谷的响动，仿佛是只五尺半高、嗜吃人肉的布谷鸟。而范德摩先生的反应更加贴近本性，他扬起头颅，发出恐怖、凶恶而疯狂的狼嚎。

两人冲出大厅，来到夜幕下的街市，沿着布鲁姆斯伯里区罗素大街的便道向前奔跑。理查德感觉心脏都快从胸口蹦出来了。一辆黑色加长轿车从他们身边驶过。大英博物馆就在黑漆高栏杆的另一侧。精心隐藏的灯盏，照亮了这座白色维多利亚建筑的高大外墙、巨型立柱和通向大门的楼梯。这里收藏着数百年来，从世界各地掠夺、发现、拯救和接收的无数珍宝。

他们来到栏杆旁的一扇门前。门菲用两只手抓住它使劲一推，但大门纹丝不动。“你打不开吗？”理查德问道。

“你怎么知道我是想把它打开？”女孩截口斥道，语气中带有少见的锋芒。

沿便道再往前几百米就是博物馆正门，豪华轿车在那里排成了行，一对对穿着入时的男女钻出车门，沿车道走向博物馆。

“从那儿走，”理查德说，“正门。”

门菲点点头，又回头看了一眼。“他们俩似乎没追来。”她说。两人快步走向大门。

“你还好吗？”理查德问，“刚才是怎么回事？”

门菲把身子缩进皮夹克。她的脸色平素就相当苍白，现在更是白得吓人，而且眼睛下面还出现了一道黑圈。“我累了，”她淡淡地说，“今天开了太多门。我每开一扇门都要消耗不少精力。需要点时间恢复。等我吃点东西就没事了。”

一对对身穿无尾礼服、仪表干净的男士和身穿晚装、气息芬芳的女士走上台阶，正门前的保安接过他们出示的印花请柬，认真检查过后，便从名单中勾掉他们的名字，这才准许进入。一位身穿制服的警察站在保安身边，一丝不苟地审视着过往宾客。理查德和门菲走过正门，谁都没有多看他们两眼。通向博物馆大门的石阶上站了一行人，理查德和门菲走过去排在队尾。一位白发男子带着一名身穿貂皮大衣的艳丽女性，在他们身后按秩序排好。理查德脑海中忽然闪过一个念头。“他们能看见咱们吗？”他问。

门菲转身面对排在他们身后的那位绅士，抬头直视着他。“你好。”

那人环顾四周，脸上露出迷惑的神色，好像不知道是什么东西吸引了自己的注意力。接着他终于发现了就站在面前的门菲。“你好……？”他说。

“我叫门菲，”女孩对他说，“这位是理查德。”

“哦……”那人应了一声，便把手伸进内袋，掏出雪茄盒来，转眼间已经把他们忘在脑后。“怎么样，看见了吧？”门菲说。

“我想是的。”理查德答道。他们许久没再说话，只是跟着队伍朝通向博物馆大厅的唯一一扇玻璃门缓缓移动。女孩又看了眼卷轴上的文字，似乎需要再确认一下什么东西。理查德说：“有叛徒？”

“他俩只是想让咱们神经紧张，”门菲说，“想让咱们心烦。”

“那这活儿干得可真漂亮。”理查德说。他们走过那扇玻璃门，终于进入大英博物馆。

范德摩先生肚子饿了，所以他们走回特拉法加广场[1]。

“吓唬她，”克劳普先生烦躁地嘟嘟囔囔，“吓唬她。这就是咱们的任务。”

范德摩先生在垃圾桶里找到半块鲜虾生菜三明治，正慢慢把它撕成小块，扔在面前的石板路上，引来一小群深夜觅食的鸽子。“就应该按我的主意办，”他说，“如果趁她不注意，把那男的脑袋拧下来，效果肯定好得多。然后我还可以把手从他的喉咙穿过去，再扭扭手指，就能将眼珠挤掉。”他推心置腹地说，“到时候，保证她叫个没完。”

克劳普先生根本没听进去。“游戏玩到这个阶段，干吗要搞得这么谨慎？”他问。

“我可不谨慎，克劳普先生，”范德摩先生说，“我喜欢眼珠掉出来的效果。”又有几只灰鸽子大摇大摆地走过来啄食面包和鲜虾碎屑，对生菜全都不屑一顾。

“没说你，”克劳普先生说，“说咱们雇主呢。杀了她，绑架她，吓唬她。他怎么就拿不定个准主意？”

范德摩先生撒光了用作诱饵的三明治，猛然扑向鸽群。噼里啪啦的振翼声和不满的咕咕声一阵乱响，鸽子都飞上天空。“逮得好，范德摩先生。”克劳普先生赞许地说。一只惊魂未定的鸽子被范德摩抓在手里，不断扭动哀叫，还徒劳无功地啄着他的手指。

---

1 伦敦著名景点，每天都有大批鸽群云集。

克劳普先生夸张地叹了口气。“好吧，管他呢。咱们至少已经把猫扔进鸽子群了。”他意味深长地说。

范德摩先生把鸽子举到面前。只听嘎吱一声，他已经咬掉了小鸟的脑袋，开始大嚼起来。

几名保安把宾客们引到一间门厅，似乎权充等候区使用。门菲完全没有理会这些保安，径直向展览厅走去，理查德连忙跟上。他们穿过埃及展览区，从后楼梯往上爬了几层，进入一间被标称为“早期英国”的展览室。

“根据这张卷轴，”女孩说，“天使祈祷图就在这房间的某个地方。”她说着又低头看了两眼卷轴，然后仔细环视四周。“啧，搞错了。”她说着扮了个苦相，顺原路往楼下走去。理查德忽然觉得此处似曾相识，随后才想起原因。没错，这里当然眼熟，他就是在这种地方跟杰茜卡度过了无数周末。这些回忆对他来说，似乎已是很久很久以前发生在别人身上的故事。

“天使祈祷图不在那个房间吗？”理查德问道。

“没错，不在那里。”门菲的口气生硬急躁，理查德觉得她似乎有点反应过激。

“哦，”他说，“我只是随便问问。”他们走入另一个房间，理查德怀疑自己是不是出现了幻听症状。“我能听见音乐。”他说。这首曲子听起来像是弦乐四重奏。

“那是宴会。”门菲说。

没错。正是那些身穿无尾礼服、跟他们一起排队的宾客。不，天使祈祷图似乎也不在这儿。门菲走到隔壁房间，理查德紧随其后。他希望自己多少能起点作用。“这个天使祈祷图，”他说，“大概是什么样？”

他差点儿以为女孩会因为这个问题而斥责自己。但门菲只是停下脚步，抬手揉了揉额头。“卷轴只说那上面有个天使画像。但应该不难找才对。”她满怀希望地补充了一句，“毕竟这里能有多少东西，会画个天使在上面？”

第九章

杰茜卡觉得压力重重，心烦意乱，焦躁不安。她已经为收藏品编好目录，联系了大英博物馆举办展览，组织了主要展品的修复工作，协助安排了藏品的悬挂和陈列，为华丽的开幕式整理出了一份宾客名单。她跟朋友们说，幸好没找男朋友，就算有了也没时间交往。但一闲下来，她就会在心中暗想，如果交个男朋友也挺好，可以周末一起逛逛美术馆，可以……

不，她不能再胡思乱想下去了，但想压制这个念头，就跟用手指按住水银液滴一样困难。杰茜卡尽量把注意力集中在展览上。即便到了最后关头，还是有很多地方可能出错。有许多赛马在跨越最后一个障碍物时倒下。有许多自负的将军眼看着大好局面在最后一刻变为惨败。杰茜卡只想保证别出什么纰漏。她身穿绿色露肩丝绸裙装，像一名将军那样调遣着自己的部队，执拗地装作斯托克顿先生并未迟到半个小时。

她的部队包括一位领班、十几名侍者、三个负责餐饮的女人、一个弦乐四重奏乐队，还有她的助理，名叫克拉伦斯的年轻人。

杰茜卡检视着饮料台。“香槟都准备好了吧？嗯？”领班指了指桌子底下那一整箱香槟酒。“那么苏打矿泉水呢？”领班又点点头，指了指另外一箱。杰茜卡噘起嘴唇。“普通矿泉水呢？你知道，不是所有人都喜欢气泡。”他们有充足的普通矿泉水。很好。

弦乐队正在热身，乐曲声还没大到足以掩盖外面门厅传来的喧闹。这是一小群达官贵人产生的噪声。穿貂皮大衣的女士们个个怨声载道，而男士们要不是因为墙上有禁止吸烟的告示牌，或是医生们的建议，恐怕早就开始抽雪茄了。那些闻见开胃饼干、酥皮馅饼、各色小吃和免费香槟的新闻记者和社会名流也牢骚满腹。

克拉伦斯正用手机跟什么人通话。同这部轻薄小巧的折叠式电话相比，《星际迷航》中的通讯器显得又笨又蠢又过时。他把手机关上，收回天线，塞进阿玛尼西服的阿玛尼口袋里。衣服甚至没有显出一丝凸起。

年轻人露出宽慰的笑容。“杰茜卡，斯托克顿先生的司机刚从车上给我打了个电话。他们再过几分钟应该就能到了。没什么好担心的。”

“没什么好担心的。”杰茜卡重复道。完蛋了，完蛋了。整个开幕式会变成一场灾难，她的灾难。杰茜卡从桌上拿起香槟，一饮而尽，把空杯子交给负责斟酒的侍者。

克拉伦斯歪着脑袋，听了听外面门厅里的吵闹声。那些人想进来。他看看手表，又以探询的目光看着杰茜卡，如同一名军官向将军请示。要开进死亡谷吗，长官？

“斯托克顿先生还在路上，克拉伦斯，”杰茜卡平静地说，“他要求在仪式开始前先单独参观一下。”

“要我出去看看他们的情况吗？”

“不，”她斩钉截铁地说，接着又同样斩钉截铁地改口道，“是的。”检查过食物和饮料后，杰茜卡又转向弦乐队，第三次询问他们到底准备演奏什么曲目。

克拉伦斯打开双扇门，看了眼外边的人群。情况比他想象的还糟，大厅中足有一百多人。而且他们不光是人，更是人物，有些还是大人物。

“打扰一下，”国家艺术协会主席说，“请柬上写的是八点整。现在已经足足过了二十分钟。”

“只要再有几分钟，我们就能开始了，”克拉伦斯不假思索地向对方保证，“在调整保安措施。”

一个戴帽子的女人冲了过来。她声音洪亮蛮横，绝对一股议会腔。“年轻人，”她大声说，“你知道我是谁吗？”

“不太清楚，真的，”克拉伦斯撒了个谎，他知道在场的每一个人是谁，“稍等片刻……我去问问这里有谁知道。”他说着把门紧紧关上。“杰茜卡？他们快要暴动了。”

“别太夸张了，克拉伦斯。”她像一股绿色丝绸旋风在屋里转来转去，把那些端着开胃饼干和饮料的侍者布置到大厅中的几个战略要地，然后又检查了一遍扩音系统、讲台、帘幕和拉绳。

“我已经能看到明天的头版新闻标题了，”克拉伦斯作势摊开一张不存在的报纸，“‘在博物馆开胃菜哄抢惨剧中，百万富翁压伤市场部新人。’”

有人开始敲打房门。门厅中的噪声逐渐升高。有人扯开嗓子叫道：“打扰一下。嗯。打扰一下。”还有个人公开表示这简直是侮辱，彻头彻尾的侮辱，再没别的词可以形容。“现在需要战略决策，”克拉伦斯突然说道，“我要放他们进来。”

杰茜卡叫道：“不！你敢……”

但为时已晚。大门左右一分，人群蜂拥而入。杰茜卡脸上的表情迅速从惊恐慌乱转变成迷人笑容。她神采奕奕地走向门口。“男爵夫人，”她脸上带着灿烂笑容，招呼着客人，“您今晚能拨冗前来参观我们这小小的展览，让人顿觉蓬荜生辉。斯托克顿先生被某些要事耽搁了，但他随时都可能到场。请到这边来吃点点心吧……”克拉伦斯越过男爵夫人的裘皮披肩，朝杰茜卡高兴地挤了挤眼。她在脑海中把自己知道的所有脏话过了一遍。男爵夫人刚一朝馅饼餐台走去，她便快步来到克拉伦斯身边，脸上挂着迷人的微笑，压低声音跟他说了其中几个字眼儿。

理查德呆立不动。一名保安朝他们迎面走来，手电筒左照右照。理查德四下张望，想找个地方藏身。

太迟了。另一名保安从希腊诸神的巨大雕像前走了过来，来回晃悠着手电。先前那名保安叫道：“平安无事？”后者又朝前走了两步，站在理查德和门菲身边。

“应该没事，”她说，“只是有几个西服革履的白痴想把名字缩写刻在罗塞塔石碑上，已经被我制止了。这些典礼真是烦人。”

头一名保安抬起手电，正好照到理查德的眼睛，但光柱很快转开，在黑影间飞掠。“我一直跟你说，”他用先知般志得意满的语气说道：“这就像再现艾伦·坡的《红死魔的假面舞会》。一场糜烂的精英聚会，整个文明世界就在他们耳畔崩溃。”他挖了挖鼻孔，抹在光可鉴人的黑皮靴鞋底。

第二名保安叹了口气。“多谢啊，杰拉德。好了，继续巡逻吧。”

保安们走出大厅。“上次搞这种聚会时，我们发现有人呕吐在石棺里。”其中一人继续说道。大门在他们身后关闭。

理查德和门菲肩并肩走入下一个展厅。“如果你是下伦敦的一部分，”女孩对他说，“那人们通常都会对你视而不见，除非你特意停下来跟他们说话。就算是这样，他们也会很快把你忘在脑后。”

“但我当时看见你了。”理查德说。这个问题已经困扰了他好一阵子。

“我知道，”门菲说，“挺奇怪的，不是吗？”

“一切都很奇怪，”理查德由衷说道。弦乐声越来越响。他觉得待在上伦敦，心中的焦虑浪潮更加汹涌。因为在这儿他不得不去调和两个世界，而在下层完全可以保持混沌状态，只需要像梦游者那样一步步朝前走。

“天使祈祷图就在那边。”门菲突然打断了他的幻想，抬手指向音乐传来的地方。

“你怎么知道的？”

“我就是知道，”她不容置疑地说，“快来。”两人从黑暗的展厅走进灯火辉煌的走廊。一块巨幅招牌就挂在走廊对面。上面写道：

天使在英国

大英博物馆展览

斯托克顿公司赞助

他们穿过走廊，经由一扇敞开的大门，进入举行宴会的敞亮大堂。

一支弦乐队正在演奏，十几名侍者为满屋衣冠楚楚的宾客提供食物和饮料。房间一角设置了小舞台，上面放了张讲坛，旁边挂着高高帘幕。

屋里挤满天使。

这里有放在小基座上的天使雕像，有挂在墙上的天使画卷和天使壁画。有巨大的天使和细小的天使；有表情僵硬的天使和亲切和蔼的天使；有带翅膀和光环的天使，也有两样皆无的天使；有战意十足的天使，也有宁静平和的天使；有现代天使，也有古典天使。成百上千的天使形态各异，大小不同。西方天使、中东天使和东方天使，米开朗琪罗的天使，彼得·维特金[1]的天使，毕加索的天使，还有安迪·沃霍尔[2]的天使。斯托克顿先生的天使收藏“不加选择到近乎废品，但兼容并蓄的态度的确令人叹为观止”（《乐》周刊）。

理查德说：“如果我说想在这儿找出某个有天使图案的东西无异于大海捞针，你会不会觉得我吹毛……我的天啊，是杰西卡。”理查德只觉血液从脸部迅速流失。他过去以为面无血色只是种修辞手法，没想到真会在现实生活中出现。

“你的熟人？”门菲问道。

理查德点点头。“她是我的……哦，我俩在一起已经好几年了，

1 超现实主义哥特摄影家，以化妆畸形儿、同性恋、残障、智障、妓女等等社会黑暗阶层为题材，以悖德、受虐、血腥的方式呈现。

2 被誉为二十世纪艺术界最有名的人物之一，是波普艺术的领袖。他的绘画中常出现涂污的报纸网纹、油墨不朽的版面、套印不准的粗糙影像，让人像看电视一闪而过，而不是欣赏绘画般仔细观看。

本来打算结婚的。我发现你的时候，她也在场。就是那个……就是她留的口信。在答录机里。”理查德伸手朝对面一指，杰茜卡正跟几名绅士亲切交谈。其中包括安德鲁·劳伊德·韦伯爵士[1]、鲍勃·格尔多夫[2]，还有位戴眼镜的绅士看起来很像是尚奇兄弟[3]中的一个。每隔几分钟，杰茜卡就会看看手表，往门口瞟上一眼。

“是她？”门菲终于认出了这个女人。她显然觉得自己应该对理查德的心上人夸赞两句。“哦，她非常……”女孩顿了顿，思忖片刻，才继续说道，“……干净。”

理查德始终盯着房间对面。“她是不是……她会不会因为咱们在这儿而心烦？”

“我想不会，”门菲说，“说白了吧，除非你做些蠢事，比方跟她搭话，否则她恐怕都不会注意到你。”话音未落，女孩突然又兴高采烈地叫了一声，“食物！”她三步并作两步跑到开胃饼干餐台，活像个身穿大号皮夹克、脸蛋很脏、几天没正经吃过东西的小女孩。大量食物瞬间挤进她的嘴巴。门菲开始咀嚼吞咽，同时还用纸巾包了些更实在的三明治塞进大衣口袋。她拿起一个纸餐盘，在上面高高堆满鸡腿、甜瓜条、蘑菇馅饼、鱼子酱泡芙和鹿肉小香肠，随即开始绕着房间打转，仔细观察每一件天使艺术品。

理查德跟在她身后，手里拿了块奶酪茴香三明治和一杯现榨橘子汁。

1 当代著名音乐剧作家，百老汇代表人物，作品有《歌剧魅影》《猫》等。

2 爱尔兰知名摇滚乐手。

3 英国广告史上成长最迅速的广告代理商尚奇公司创始人。

杰茜卡感到迷惑不解。她看到了理查德，也因此看到了门菲。这两个人让她有种似曾相识的感觉，就像喉咙里的一阵瘙痒，摸不到抓不着，令人心烦意乱。

这让杰茜卡想起她妈妈曾经说过的一个故事。杰茜卡的妈妈有天晚上遇到一位相识已久的妇人：她们曾经是同学，还同在教区议会服务。她妈妈在一次聚会上遇到了这位夫人，却忽然发现尽管知道对方有个从事出版业的丈夫叫艾利克，还有条叫少校的金毛猎犬，却怎么也想不起对方的名字。这件事让她郁闷了好久。

眼下的情况也让杰茜卡心神不宁。“那些人是谁？”她问克拉伦斯。

“他们？哦，他是《时尚》杂志新来的编辑，她是《纽约时报》的艺术版记者。他俩中间那人，我想应该是凯特·摩斯[1]……”

“不，不是他们，”杰茜卡说，“我是说他们，在那儿。”

克拉伦斯顺着她手指的方向看去。嗯？哦。是他们。他不明白刚才怎么会没看到这两个人。真是老了，克拉伦斯心想，他马上就要到二十三岁了。“是记者吧？”他很没底气地说，“他们看上去的确挺时髦的。颓废风格？我记得邀请了《面孔》的人……”

“我认识他。”杰茜卡沮丧地说。这时斯托克顿先生的司机从霍本区打来电话，说车子马上就到大英博物馆了。理查德从她脑海中滑了出去，就像水银从指间流泻。

“有什么发现吗？”理查德问道。

---

1 英国超级名模。

门菲摇摇头，把嘴里刚嚼了没两口的鸡腿胡乱咽下。“这就像在黑夜里找乌鸦，”她说，“这里没有一件展品感觉像是天使祈祷图。卷轴上说只要我看到就能认出来。”她说着继续往前溜达，检查那些天使，从一名财团首脑、一位反对党副主席和一个英国南部身价最高的应召女郎身边挤了过去。

理查德转过身，发现杰茜卡就站在面前。她的长发盘在头上，螺旋状栗色发卷把脸型完美衬托出来，简直美不胜收。杰茜卡正冲他微笑，就是这笑容坏了事。“你好，杰茜卡，”他情不自禁地说，“最近还好吗？”

“您好。说出来您肯定不信，”杰茜卡说，“但我的助理居然忘了记下您的报社，这位……”

“报社？”理查德说。

“我刚说的是报社吗？”杰茜卡发出银铃般的悦耳笑声，替自己解围，“杂志……电视台。您是媒体的吧？”

“杰茜卡，你的气色好极了。”理查德说。

“您倒先认出我来了。”她露出调皮的笑容。

“你是杰茜卡·巴特拉姆，斯托克顿公司的市场部经理，今年二十六岁，生日是四月二十三日。情绪特别激动的时候，你会小声哼哼猴子男孩乐队的《我是个信徒》……”

杰茜卡脸上的笑容陡然消失。“这是某种玩笑吗？”她冷冷地说。

“哦，另外过去十八个月里，你一直是我的未婚妻。”理查德说。

杰茜卡紧张地笑了笑。也许真是某种玩笑，就是那些所有人都明白，就她听不懂的笑话。“我倾向于认为，如果跟某人订婚十八个月之久，我应该会记得。这位……”杰茜卡说。

“梅休，”理查德提醒说，“理查德·梅休。你把我甩了，而且我已经不存在了。”

杰茜卡冲大厅对面慌乱地挥了挥手，假装在打招呼。“这就过去。”她绝望地叫道，随即朝那边走去。

“我是个信徒，”理查德愉快地唱道，“我没法离开她……”

杰茜卡从身旁的餐盘上抓起一杯香槟酒，仰头灌下。她忽然发现斯托克顿先生的司机就站在大厅对面，既然司机已经来了……

她朝房门快步走去。“他到底是谁？”克拉伦斯凑过来问道。

“谁？”

“你的神秘人。”

“我不知道，”杰茜卡想了想又说，“听着，也许你应该去叫保安。”

“没问题。怎么了？”

“你就……你就把保安叫来吧。”

正当此时，阿诺德·斯托克顿先生走进大厅，其余的一切都从她脑海中消失。

斯托克顿先生既富有又富态，啤酒肚水桶腰，下巴足有好几层，活像讽刺漫画家笔下的人物。他年逾六十，头发花白，后面留得很长。这是因为他的长发会令别人不快，而斯托克顿先生就喜欢让别人不快。跟阿诺德·斯托克顿相比，传媒大亨默多克只是个声名不佳的小角色，而已故的路透社董事罗伯特·麦克斯韦就像条搁浅的鲸鱼。阿诺德·斯托克顿是头斗牛，这也是漫画家们描绘他时常常选用的形象。斯托克顿什么东西都有一点儿：通讯卫星、报纸、唱片行、主题公园、书籍、杂志、漫画、电视台和制片公司一应俱全。

“我现在就发表演说，”斯托克顿先生对杰茜卡开门见山地说，“然后赶快开溜。等这帮自命不凡的家伙离开，再找时间回来看看。”

“好的，”杰茜卡说，“现在演讲。没问题。”

她把斯托克顿领到小舞台前，走向讲台后面。她用指甲敲敲杯子，示意大家安静。但谁都没听见，杰茜卡只好通过麦克风说：“请大家静一静。”这次人们终于安静下来。“女士们，先生们。尊敬的各位来宾。我在此欢迎你们来到大英博物馆，”她说，“参加斯托克顿公司赞助的‘天使在英国’巡回展览。现在有请这次展会的幕后功臣、我们的总裁兼董事长，阿诺德·斯托克顿先生上台。”来宾们报以热烈的掌声，所有人都知道是谁收集来这些天使，更明白是谁替他们付了酒钱。

斯托克顿先生清清嗓子。“好的，”他说，“我不会讲太久。当我是个小男孩时，经常在周六到大英博物馆来。因为这里是免费的，而我家并不富裕。我会爬上博物馆高大的楼梯，从后面绕到这个房间，仰望这个天使，感觉就好像它知道我在想些什么。”

就在这时，克拉伦斯走回大厅，身边跟着两位保安。他指了指驻足聆听斯托克顿先生讲话的理查德。门菲还在检查那些展品。“不，是他，”克拉伦斯压低声音，对那两名保安说，“不，你们看，在那儿。看见了吗？是他。”

“总之，就像所有未经妥善保管的东西一样，”斯托克顿先生继续说，“它在摩登时代的重压下腐朽瓦解，变烂了，变坏了。哦，我花了一笔巨款，”他顿了顿，让这句话深入人心——如果他阿诺德·斯托克顿认为这是一笔巨款，那就肯定是一笔天大的巨款，“请十几名工匠用了很长时间，把它修补完善，让它焕然一新。在此之后，这场展览将移师美国，进而周游世界。也许它能激励其他一文不名的小毛孩，创建自己的媒体帝国。”

他环顾四周，扭头对杰茜卡小声说：“我现在该干什么？”她指了指挂在帘幕旁的拉绳。斯托克顿先生揪了一下。帘幕滚滚而开，露出一扇古旧大门。

克拉伦斯所在的角落出现一阵小小骚动。“不。是他，”克拉伦斯说，“看在上帝的份上，你们瞎了吗？”

它貌似一座大教堂的正门，足有两人多高，宽度可供一匹小马驹通行。木质大门雕刻出一幅图案，并用红白漆料上色，还嵌了金叶，赫然是一尊超凡脱俗的天使，正用那中世纪风格的空茫双眼注视红尘凡世。宾客们发出一片惊叹声，随即开始鼓掌。

“天使祈祷图，”门菲猛地扯了扯理查德的袖子，“就是它！理查德，快跟我来。”她说着向舞台跑去。

“抱歉，先生，”一名保安对理查德说，“可以看一下您的请柬吗？”另一名保安牢牢抓住他的胳膊，但还不失慎重，“您有任何身份证明吗？”

“没带。”理查德说。

门菲已经走上舞台。理查德试图挣脱保安追上女孩，希望他们能把自己忘在脑后。但情况有些棘手，此刻理查德已经引起了保安们的注意，而这些人正准备把他当成衣衫褴褛、尘灰满面、胡子拉碴的不速之客处理。抓住理查德胳膊的卫兵手上加了点劲儿，对他耳语道：“老实点。”

门菲愣在舞台上，不知该如何帮理查德脱身。她最终采用了闪过脑海的唯一方案，三两步走到麦克风前，踮起脚尖，铆足力气，冲着扩音器玩命尖叫。她的叫声非同凡响，在不借助辅助设备的情况下，能像配备骨锯的新电钻那样刺透你的脑袋。如果再被放大……就不是尘世应有之物了。

一名女侍失手掉落饮料托盘。人们纷纷转过头来，用手捂住耳朵。所有谈话都戛然而止。宾客们惊恐茫然地看着舞台。理查德借机抽身。“抱歉，”他对惊呆的保安说了一声，同时从那人手里挣脱出来，拔腿便走，“搞错伦敦了。”他来到舞台前，抓住门菲伸来的左手。女孩的右手放在巨大的教堂木门上，按住天使祈祷图。她碰了一下，把门打开。

这次没有饮料掉落在地。人们只是目瞪口呆地看着舞台，全然不知所措，还伴有片刻目盲。天使祈祷图左右一分，光芒从门后倾泻而出，照亮整个房间。人们闭上眼睛，又试探着慢慢睁开，目不转睛地看着。屋子里好似放起了烟火。不是那种只会满地乱爬，噼啪乱响，臭气乱冒的室内烟火，甚至不是人们在后院里放的那种，而是可以射入高空，足以对航空安全造成潜在威胁的大礼花，就像迪斯尼游乐园每天关门前燃放的那种，或是摇滚乐演唱会时让消防员们头疼不已的那类。

宾客们凝神观瞧，赞叹不已。屋里只剩一片敬畏之声，就像人们观看焰火时发出的近乎呢喃的惊呼。一个邋里邋遢的年轻人和一名身穿超大号皮夹克的脏脸女孩，突然走入这片流光溢彩。大门在他们身后关闭。烟火表演结束了。

一切再度恢复正常。宾客、保安和侍者们都眨眨眼，各自晃晃脑袋。面对完全超脱常识的一幕，他们都不约而同地认定这种事根本没有发生。弦乐队重新开始演奏。

斯托克顿先生走下讲台，冲几个熟人随便点点头。杰茜卡走到克拉伦斯身边，轻声问道："那些保安跑这儿干吗来了？"

她所说的保安们就站在宾客中间，东张西望左顾右盼，似乎不知道到底来干什么。克拉伦斯刚要解释他们在这儿的原因，忽然意识到自己对此一无所知。"我来处理。"他毫不拖泥带水地说。

杰茜卡点点头。她环顾自己组织的这场宴会，露出和善笑容。一切都会非常完美。

理查德和门菲走入光海，黑暗和寒冷随之而来。他不禁眨了眨眼，那片光辉几乎令他目盲，现在视网膜中还留有残像。一连串迷离缥缈的橙绿色光斑正慢慢消退，他的眼睛逐渐适应了笼罩四周的黑暗。

他们站在一间由岩石凿刻出的宏伟厅堂中。许多锈迹斑斑的黑色铁柱支撑屋顶，柱列向远方绵延而去，最终隐没在黑暗中，也许足有几英里长。理查德听到潺潺水声从附近传来，也许是一座喷泉，或是一眼泉水。门菲还紧紧攥着他的手。一点细微火光在远处亮起，摇曳闪烁，接着又一点，再一点。理查德发现原来是很多蜡烛，燃起微微光芒。有个高大的身影，穿着式样简单的白袍，从那些蜡烛间向他们走来。

那人影看似移动得很慢，实则速度惊人，才不过几秒，它就来到两人身边。它一头金发，面白如玉，身量并不比理查德高出多少，却让他感觉自己像个孩子。它不是男人，也并非女子；样貌俊美绝伦，声音从容淡定。

它开口说：“门菲小姐，对吧？”

门菲说：“是我。”

它微微一笑，冲女孩近乎谦恭地点了点头。“终能与您和您的伙伴相见，实乃莫大殊荣。我是天使伊斯灵顿。”它眼睛很大，目光澄澈。长袍并非理查德最初认为的白色，倒更像用光芒织就。

理查德不相信有天使存在，他从来没信过，也不可能现在就改主意。然而面对一个与你四目相对，并且叫出你名字的东西，想要质疑就没那么简单了。“理查德·梅休，”它说，“也欢迎你到我的厅堂来。”它转过身，“这边请，随我来。”

理查德和门菲跟着天使在洞窟中行走。蜡烛在他们身后渐次熄灭。

卡拉巴斯侯爵迈开大步，走在空荡荡的医院里，碎玻璃和旧针管在他的黑色方头摩托靴下吱嘎作响。他经过一扇对开房门，走入门后的昏暗阶梯，来到医院下方的地下室。

他穿过大楼下的一个个房间，小心谨慎地绕过腐烂垃圾堆，经过几处浴室和厕所，爬下一道陈旧铁梯，走过一处阴湿所在，打开半腐的房门，踱了进去。他打量着自己所在的房间，不屑一顾地扫视着吃了一半的小猫和那堆剃须刀片。接着，他又掸掉一张座椅上的垃圾，舒舒服服、好整以暇地坐了下来，在这黑沉地窖中闭目养神。

通往地下室的房门终于被推开，两个人走了进来。

卡拉巴斯侯爵睁开眼，打了个哈欠，冲克劳普先生和范德摩先生露出灿烂微笑。“伙计们，一向可好？”卡拉巴斯说，“我想也该到这儿来找你们私下谈谈了。”

第十章

“你们喝葡萄酒吗？”它问。

理查德点点头。

“我以前喝过一点儿，”门菲迟疑地说，“我父亲，他……在晚餐时，会让我们尝一口。”

天使伊斯灵顿拿起酒瓶。它看起来似乎是个玻璃瓶，但理查德怀疑材质并非玻璃，因为它折射和反射出的烛火光华夺目，甚是不凡。也许这瓶子是某种水晶，或是一颗巨钻。它甚至让里面的酒水熠熠生辉，仿佛用光线酿制而成。

天使拔掉瓶塞，把大约一寸的酒水倒入杯中。这是一种白葡萄酒，但理查德从没见过类似的东西。酒液在岩洞中洒下一片光芒，就像游泳池上反射的阳光。

门菲和理查德走到一张年深日久业已发黑的木桌旁，坐在宽大的木椅上，一句话也没说。“这种酒，”伊斯灵顿说，“只剩下最后一瓶了。您的一位祖先曾送给我一打。”

它把杯子递给门菲，然后又从瓶中倒出一寸发光酒水，盛在另一只杯中。它的动作虔诚恭谨，近乎爱怜，就像牧师在执行宗教仪式。“这是一份迎客礼。那还是，哦，三四万年前的事了。不管怎么说，都算是很久以前。”它把杯子递给理查德。“我想你们应该指责我不该浪费如此宝贵的东西，”它对两人说，“但我很少能接待客人，到这儿来的路途艰苦难行。”

“《天使祈祷图》……”门菲嘟囔道。

“没错，你们是通过《天使祈祷图》到这儿来的。但对每个旅人来说，那条路只能走一次。”天使把杯子高高举起，凝视光芒。“喝的时候小心点，”它提醒两人，“它的酒劲儿很强。”天使在理查德和门菲之间坐下。“饮酒的时候，”它充满怀念地说，“我喜欢想象自己在品尝往昔阳光。”它举起自己的杯子，“来共饮一杯，敬逝去的荣光。”

“逝去的荣光。”理查德和门菲齐声和道。他们略显小心地尝了一口，只是浅酌，而非畅饮。

“太美妙了。”门菲说。

“的确如此，”理查德说，“我还以为陈酿一接触空气，就会马上变酸。”

天使摇摇头。“这种不会。关键在于葡萄的种类和产地。这种葡萄，唉，在那些葡萄园被波涛吞噬后就绝种了。”

“简直不可思议，”门菲又抿了一口光酒，“我从没尝过这么好喝的东西。”

“你以后也尝不到了，”伊斯灵顿说，“亚特兰蒂斯产的葡萄酒只有这些了。”

在理查德内心深处，有个循规蹈矩的细小声音指出，亚特兰蒂斯根本不存在。它还壮起胆色，进一步说明世上并不存在天使这种东西，而且，他前几天的绝大部分经历都是不可能的。理查德没理它。他笨拙地学习相信自己的本能，并且意识到对这几天见识、经历过的种种异事来说，最简单最合理的解释，就是别人告诉他的那些——无论它们是多么令人难以置信。他张开嘴，又尝了口葡萄酒。这佳酿让他感到快乐，让他想起一片更大更蓝的天空，金灿灿的骄阳高挂其中，万事万物都比他熟知的世界更单纯，更年轻。

他们左侧有一挂瀑布，清水顺着岩壁流入岩石池塘。他们右侧有两根铁柱，其间是一扇大门，由磨光燧石制成，安放在近乎黑色的金属框内。

“你真的自称天使吗？”理查德问道，“我是说，你真见过上帝什么的吗？”

伊斯灵顿笑道：“我从未自称任何东西，理查德。但我确是天使。”

“见到你是我们的荣幸。”门菲说。

“不。你们驾临寒舍，才是我的莫大殊荣。你父亲是个好人，门菲也是我的朋友。他的死令我悲痛万分。”

“他在日志里说……他说我应该来找你。他说我可以信任你。”

“我只希望自己当得起这份信任。”天使抿了口酒，“下伦敦是我所关爱的第二座城市。第一座早已葬身海底，我也无力回天。我了解痛苦的感觉、失落的滋味。你的苦楚我感同身受。你想了解些什么呢？”

门菲沉默片刻，这才说道：“我的家人……都被克劳普和范德摩杀害了。但……谁才是幕后黑手？我想……我想知道事情的来龙去脉。”

天使点点头。“许多秘密都会辗转流传到我这儿，”它说，“许多谣言、半真半假的故事，还有各种回音。”它又扭头对理查德说，“那么你呢？你想要什么，理查德·梅休？”

理查德耸耸肩："我想要回过去的生活，还有我的公寓，还有工作。"

"这是有可能的。"天使说。

"哦，好啊。"理查德没精打采地说。

"你怀疑我的话吗，理查德·梅休？"天使伊斯灵顿问道。

理查德与它四目相对。那是一双绽放微光的灰色眼眸，如宇宙般苍老。这双眼睛曾在亿万年前，见证条条银河从星辰中凝结诞生。伊斯灵顿冲他和蔼地笑了笑，"这条路并不好走，你和你的同伴会面对许多艰难险阻，无论是在求索的路上，还是此后的归途。但我们可以找到一条出路：一枚解决所有问题的钥匙。"

它站起身，走向一块小岩架，架子上放着几尊塑像。这些黑色小雕像由松脂石制成，看样子像是某种动物。天使从中拿起一个，把它交给门菲。"等你回来找我时，它会帮你安全度过最后一程归途。其余部分就靠你们自己了。"

"你想让我们干什么？"理查德问道。

"黑修士们守护着一把钥匙，"它说，"把它带给我。"

"然后你就可以用它找出是谁杀了我的家人？"门菲问道。

"希望如此。"天使说。理查德喝干杯中残酒，感觉液体流经全身，带来丝丝暖意。他有种奇怪的感觉，似乎只要低头注视自己的手指，便能看到酒液在里面闪闪发亮，就好像整个人都是用光芒凝成……

"祝你们好运。"天使伊斯灵顿说道。一阵杂音响起，仿佛轻风抚过不为人知的树林，又像是有力的翅膀在拍打。

理查德和门菲坐在大英博物馆一间展厅的地板上，呆看着教堂大门的天使浮雕画像。屋里黑洞洞的没有人烟，宴会已然结束了很长时间。窗外天空露出一丝鱼肚白。理查德站起身，随即弯下腰，把门菲也扶了起来。

“黑修士？”他问道。

女孩点点头。

他曾多次走过伦敦市区的黑修士桥，也经常路过黑修士地铁站，但他现在早已学会凡事不能想当然。

“地方还是人？”他问。

“是人。”

理查德走到《天使祈祷图》跟前，伸出一根手指抚过着色的衣袍，“你觉得他真能办到吗，帮我回到过去的生活？”

“这种事我从没听说过。但我想他不会对咱们撒谎。他可是个天使。”

门菲张开双手，打量着巨兽雕像，伤感地说：“我父亲也有一个同样的东西。”说完这话，女孩便把它塞进棕色皮夹克的衣袋里。

“好了，”理查德说，“咱们继续磨蹭下去可没法找回钥匙，对吧？”他们走过空荡荡的博物馆长廊。

“你对这枚钥匙有何了解？”理查德说。

“一无所知，”门菲说，他们此时已经来到博物馆大门前，“我听说过那些黑修士，但从没跟他们打过交道。”她把手放在一扇紧锁的玻璃门上，大门应手而开。

“一群僧侣……”理查德若有所思地说，“我打赌咱们只要跟他们说是一位天使想要，货真价实的天使，他们就会把那枚神圣钥匙交出来，然后再加上魔法开罐器和会吹哨的拔塞工具作为添头。”他说着哈哈大笑起来，心中却想那酒是不是有点上头了。

“你很兴奋啊？”门菲说。

理查德使劲点点头。“我就要回家了。一切都将恢复正常，恢复无聊，恢复精彩。”理查德抬头看着通往大英博物馆的石阶，觉得这里天生就该让弗雷德·阿斯泰尔和金姐·罗杰丝[1]跳着舞跑下来。考虑到这两位现在都不在场，他便模仿起弗雷德·阿斯泰尔的动作，一路蹦蹦跳跳，嘴里哼唱着介于《饼干上的布丁》和《礼帽、白领带与燕尾服》之间的小调。“呀——嗒——嗒——嗒——嗒——嗒——嗒——呀。”他开心地唱着歌，在石阶上来来回回跳起踢踏舞。

门菲站在阶梯顶端，惊恐地盯着他，随即忍俊不禁，最终咯咯笑出声来。理查德抬头看了女孩一眼，摘下不存在的白色丝质礼帽冲她致意，假装高高抛向空中，再伸手接住，重新戴回头上。

“别傻了。”门菲冲他笑道。理查德只是走过来抓住她的手，继续在台阶上来回跳舞。女孩起初迟疑片刻，接着也开始跳起舞来。她的舞姿可比理查德强多了。在石阶底部，他们绊了一下，跌在对方怀里，只觉得筋疲力尽、气喘吁吁，但还是笑个不停。

理查德感觉整个世界天旋地转。

女孩的心脏撞击着他的胸膛。这一刻发生了微妙变化，他不知自己是否该做点什么，不知是否该亲吻门菲，也不知是否想亲。他只知道自己真的什么都不知道。他注视着女孩迷人的双眼。门菲把脸转开，从他怀中挣脱出来，竖起棕色皮夹克的衣领，围在面颊前，作为

1　美国二十世纪三四十年代著名舞蹈家及电影明星，合作过多部知名歌舞剧。

甲胄和防护。

“赶快去找咱们的保镖吧。”门菲说。他们沿着便道一同离开博物馆，走向大英博物馆地铁站，沿途不时磕绊一下。

“你，”克劳普先生说，“想要什么？”

“其他人，”卡拉巴斯侯爵反问道，“又想要什么？”

“死掉的东西，”范德摩先生说，“额外的牙齿。”

“我想也许咱们能做笔交易。”侯爵说。

克劳普先生放声大笑，听起来就像无数风干的手掌正用指甲在黑板上刮蹭。“哦，尊敬的侯爵阁下。我想我可以放心大胆地说一句话，不会遭到在场人士反驳：你肯定丧失了一向为人称道的理智。你，”他坦诚相告，“请允许我用句粗鄙俗语，肯定是脑袋进水了。”

“下令吧，”范德摩先生已经站在侯爵的座椅背后，“用不了一眨眼的工夫，他的脑袋就要跟脖子分家了。”

侯爵冲指甲用力呵了口气，在大衣翻领上蹭了蹭。“我一向认为，”他说，“暴力是无能者最后的避难所，空洞威胁是胆小鬼仅有的圣堂。”

克劳普先生等着他，恶狠狠地说：“你到这儿来干什么？”

卡拉巴斯侯爵伸了个懒腰，神态就像一只大猫，也许是猞猁，或是体型巨大的黑豹。他就势站起身来，双手插进华贵大衣的两侧口袋。“我听说，”他用熟络亲切的口吻说，“克劳普先生，你是位唐代瓷器收藏家。”

“你是怎么知道的？”

“人们常告诉我一些事情。我这个人爱交朋友。”侯爵的笑容纯净无瑕、诚恳动人，就像是二手《圣经》推销员的微笑。

“就算我是……”克劳普先生开口道。

“如果你是的话，”卡拉巴斯侯爵说，“那么也许会对这件东西感兴趣。”他从兜里抽出一只手来，把东西展示给克劳普先生看。今晚早些时候，它还存放在伦敦一家顶级商业银行的金库里，安安稳稳地放在玻璃匣中。这件瓷器在某些藏品目录中，被标称为“秋意（墓葬品）”。此物高约八寸，是一件上釉瓷雕，它早在哥伦布首次远洋的六百年前，就被塑形、上色、烧制完工。当时欧洲还处在黑暗的中世纪。

克劳普先生情不自禁地发出惊呼，伸手去拿。侯爵立刻缩回手来，把它抱在胸前。“不不不，”卡拉巴斯说，“可没这么简单。”

“没有吗？”克劳普先生问道，“但你要如何才能阻止我们把它夺走，再将你的尸首碎块散播到整个下层世界？我们还没肢解过侯爵呢。”

“肢解过，”范德摩先生说，“在约克郡。十四世纪。那天下着雨。”

“他不是什么侯爵，”克劳普先生说，“只是埃克塞特伯爵。”

“还有威斯特摩兰侯爵。”范德摩先生似乎很是得意。

克劳普先生不屑地哼了一声。“你要如何才能阻止我们，把你砍成威斯特摩兰侯爵那么多块？”他问道。

卡拉巴斯将另一只手从兜里抽出，同时出现的还有一柄小锤。他把锤子抛向空中，随即抓住握柄，作势要向瓷器敲下。“哦，拜托了，”他说，“别再玩这些无聊的威胁。我想如果你们都到那边站好，我会感觉舒服一点儿。”

范德摩先生瞟了一眼克劳普，后者几乎难以察觉地点点头。一阵微风抚过，范德摩先生已经站在克劳普先生身边。“我的确在收藏这种稀有的唐代瓷器，”他笑得好似骷髅，“这件你肯出手吗？”

“在下层世界，我们不太习惯买啊卖的，克劳普先生。以物易物，各取所需。这才是我们的风格。但是没错，这件诱人的小东西确实待价而沽。”

克劳普先生嘟着嘴，双臂抱在胸前，又慢慢放下。他抬起一只手，捋了捋油腻的头发，随后开口说道：“那你就开价吧。”侯爵长出口气，发出一声几乎可以听见的叹息。毕竟，他终于有可能实现这场波澜壮阔的大骗局了。“首先，我要提三个问题，请你给我三个答案。”他说。

克劳普点点头。“公平交易。我们也要得到三个答案。”

“很公平，”侯爵说，“其次，我要安全离开这里。你们必须保证一小时内不会追赶上来。”

克劳普使劲点点头。“同意。说出你的头一个问题吧。”他的目光始终没从瓷器上移开。

“第一个问题，你们为谁工作？”

“哦，这个问题很简单，”克劳普先生说，“简直太容易了。我们为我们的雇主工作，他希望保持低调。”

“哦，你们为什么要杀害门菲的家人？”

“是我们雇主的命令。”此时此刻，克劳普先生的笑容变得更像狐狸。

“你们明明有机会，为什么没有杀死门菲？”

在克劳普先生开口前，范德摩先生便抢先说道：“必须让她活着，只有她能打开那扇门。”

克劳普先生瞪了自己的同伴一眼。“干得好啊，”他说，“你干吗不把所有事儿都告诉他？”

“我也想回答一次嘛。”范德摩先生嘟囔道。

“好了，”克劳普先生说，“那么你已经得到三个答案，希望对你有所帮助。我的头一个问题是：你为什么要保护她？”

“她父亲曾救过我的命，”侯爵老老实实地说，“我以前没找到机会偿还这笔债务。我只希望别人欠我人情，不喜欢欠别人的。”

“我有个问题。”范德摩先生说。

“我也是，范德摩先生。那个上层人，理查德。他干吗跟门菲在一起？而她又为什么同意带上他？”

“女孩总有点多愁善感。”卡拉巴斯侯爵说。他说这话时，心中暗想此话是否完全属实。他开始怀疑那个上层人也许有些不为人知的秘密。

“轮到我了，”范德摩先生说，“我现在想的是几？”

“不好意思，你说什么？”

“我在想的是几？”范德摩先生重复道，“在一和无穷大之间。”他提示道。

“七。”侯爵说。范德摩先生心悦诚服地点了点头。克劳普先生又问：“他们在……”

但侯爵摇摇头说：“啊哈，你这就太贪心了。”

顷刻之间，潮湿的地下室中一片死寂。接着水珠又开始滴落，蛆虫又开始簌簌爬动。侯爵说：“记住，让我先跑一小时。”

“当然。”克劳普先生说。卡拉巴斯侯爵把瓷器扔给克劳普。他迫不及待地伸手抓住，就像瘾君子拿到一塑料袋来历不明的白色粉末。侯爵头也不回地快步离开地下室。

克劳普先生仔细检查着瓷器，拿在手中翻来覆去端详，就像某家博物馆中钻研狄更斯的馆长，正在品评一件获奖展品。他的舌头不时从嘴里探出，好似一条蛇信，苍白面颊上显出清晰可辨的潮红。“哦，太妙了，太妙了，”他低声说，“的确是唐朝作品。足有一千两百多年的历史，世上最美的陶瓷塑像。它是最优秀的陶工凯龙的作品，仅此一件存世。看这釉面的色泽，配比的感觉，还有这生命力……”他露出婴儿般的笑容，这纯洁微笑在克劳普先生阴霾的脸上显得有些不知所措，“它为世界平添了几分惊异与美丽。”

说完这话，克劳普咧开嘴露齿一笑，低下头凑近瓷器，一口咬掉塑像的脑袋，大吃大嚼，大口吞咽。他的牙齿把陶瓷碾成细细粉末，下巴上沾得到处都是。

瓷器的消亡让克劳普先生焕发神采。他整个人陷入一种异样的疯狂和不可抑制的嗜血状态，就像一只钻进鸡舍的狐狸。等他把塑像吃干抹净，只剩些许粉末后，便转头面对范德摩先生。他的样子很怪，看上去悠然自得，甚至有些慵懒。“咱们刚才说给他多长时间？”

“一个钟头。”

“哦，已经过去多久了？”

“六分钟。”

克劳普先生低下头，伸出一根手指摸摸下巴，用指尖舔掉瓷粉。“你去追他，范德摩先生，”他说，“我还需要点时间好好回味一下。”

猎人听到他们走下台阶的声音。她站在阴影里，双臂交叠抱在胸前，跟他们离开时的姿势完全一样。理查德大声哼着曲子。门菲忍不住咯咯发笑。她不时收敛笑声，警告理查德要保持安静，但很快又会傻笑起来。两人从猎人跟前经过，甚至没注意到她的存在。

猎人走出阴影，开口说："你们到上面去了八个小时。"她只是在陈述事实，不带任何责备或好奇的意味。

门菲冲她眨眨眼。"感觉没这么久啊。"

猎人没有搭茬。

理查德困乏疲惫地对她咧嘴一笑。"你不想知道发生了什么事吗？哦，我们被克劳普和范德摩埋伏了。不幸的是，我们没有保镖随行。尽管如此，我还是给了他们点颜色看。"

猎人扬了扬眉。"你的功夫肯定会令我心悦诚服。"她冷言道。

门菲又是一阵傻笑。"他在开玩笑。其实……我们已经被杀啦。"

"作为专业的肉体机能终结者，"猎人说，"我必须表示不同意见。你们俩都没死。据我推测，倒是醉得相当厉害。"

门菲冲保镖吐了吐舌头。"胡扯。沾了还没一滴，就那么少一点儿。"她伸出两根手指，向她表示"那么少"是多么少。

"只不过去参加了一场派对，"理查德说，"看见了杰茜卡，还有一位真正的天使，得到一只小黑猪，然后就回来了。"

"只有一点儿醉，"女孩一门心思地说，"陈、陈酿。就喝了那么那么一点点，特别少，简直跟没有一样。"她开始打嗝儿，随即咯咯发笑，直到一个嗝儿打断了笑声。女孩突然一屁股坐在平台上。

“我可能真是有点醉了。”她严肃地说了一句，然后闭上眼睛，庄重地打起呼噜。

卡拉巴斯侯爵在下水道中放足狂奔，仿佛所有地狱猎犬都嗅着他的气味一路穷追。侯爵蹚过泰伯恩刑场刽子手河那六寸深的灰水，来到通往白金汉宫的公园道下方，钻入一处黑暗的砖石下水道。他已经跑了十七分钟。

在大理石拱门下方三十尺处，他停下脚步。下水道分成两条岔路。卡拉巴斯侯爵选了左边那条，继续逃亡。

几分钟后，范德摩先生走过这条阴沟。他来到岔路口时，同样稍作停留，嗅了嗅空气中的味道，然后同样朝左边那条走去。

猎人闷哼一声，把不醒人世的理查德·梅休丢在一堆稻草上。他在草垛上翻了个身，嘟囔了句“我没追”之类的话，接着又埋头大睡。猎人把门菲放在理查德身旁，动作要比刚才轻柔许多。她随后站到女孩身边，在地底漆黑的马厩中，摆出警戒姿态。

卡拉巴斯侯爵已然精疲力竭。他靠在隧道墙壁上，凝视前方向上延伸的阶梯，随即掏出金怀表，看了看时间。从他逃出医院地下室算

起，已经过去三十五分钟。

“到一小时了吗？”范德摩先生问道。他就坐在侯爵面前的阶梯上，正用小刀剃指甲。

“还差得远。”侯爵气喘吁吁地说。

“感觉足有一小时了。”范德摩先生好声好气地说。

周遭世界陡然一颤，克劳普先生出现在卡拉巴斯身后，下巴上还沾着一些粉末。侯爵盯着克劳普先生，又扭头看看范德摩先生，终于不由自主地大笑起来。克劳普先生微微一笑。“侯爵阁下，你觉得我们很可笑，是吗？就像开心果，对不对？身上穿着花衣裳，讲起话来啰里啰唆地兜圈子……”

范德摩先生嘟囔道：“我才不会兜圈子……”

“……还有冒傻气的行为举止。也许我们的确可笑。”

克劳普先生举起一根手指，冲卡拉巴斯摇了摇。“但是，侯爵阁下，你可不要胡乱揣测，”他继续说，“以为有些东西外表可笑，就肯定不危险。”

范德摩先生向侯爵掷出小刀，劲道又准又狠，刀柄击中了他的太阳穴。侯爵两眼翻白，双膝一软，瘫倒在地。“兜圈子，”克劳普先生对范德摩先生说，“是指一种委婉含混的说话方式。离题万里，没完没了。”

范德摩先生抓起卡拉巴斯侯爵的腰带，拖着走上楼梯，任由他的脑袋撞得砰砰直响。“原来如此。”范德摩说道。

现在回过头来看看他们的梦境。

猎人站着睡觉。

在梦中，她身处曼谷的地下都市。这里半是迷宫，半是雨林，因为泰国的荒野早被机场、酒店和街市取代，只能退缩到深邃地下。这个世界洋溢着香料和芒果干的味道，还有并不难闻的性爱气息。天气潮湿闷热，她身上汗流不止。四下黢黑昏暗，只有灰绿色蘑菇散播出点点磷光，足以愚弄双眼，刚够摸索前行。

在梦中，猎人走过潮湿通道，钻过茂密林木，脚下静寂无声，宛若鬼魅幽魂。她右手擎着加重的投矛，左前臂挂着一面皮盾。

在梦中，她能闻到那头野兽刺鼻的腥臊。猎人来到一座倾颓石屋的墙根底下驻足等待，融入阴影之中，与黑暗化作一体。猎人相信，狩猎如人生，主要是靠等待。但在这场梦中，她无需等待。猎人刚刚抵达，野兽便从矮树丛里钻了出来，这团棕白相间的怒火，身子微微起伏，好似裹着潮湿毛皮的蟒蛇；一双红瞳烁烁放光，从黑暗中逼视过来；只见牙如针丛，爪似利剑，赫然一头杀人不眨眼的恶兽。这种生物在上层世界早已灭绝，跟水貂和黄鼠狼种属相近，当然这就像说大灰狼跟小猎犬种属相近是一个道理。它体重总有三百斤；从鼻尖到尾尖，长度超过十五尺。

野兽从猎人身前走过。她发出一阵毒蛇般的嗞嗞声，野兽的原始本能陡然升起，登时僵住不动。它随即猛扑过来，化作一团尖牙利爪和赤裸裸的恨意。在梦中，她忽然记起以前经历过这个情景。那一次，她举起皮盾塞进野兽嘴里，用沉重的投矛敲碎了它的颅骨，同时尽量小心不伤到它的皮毛。猎人后来把这张巨鼬皮送给了一个让她倾心的女孩，对方得体地表达了谢意。

但这次，在梦中，事态并未如此发展。巨鼬反倒向她伸来一只前爪，猎人丢掉投矛，伸手握住。彼时彼处，在曼谷的地下都市中，她和它翩翩起舞，跳起永无休止的复杂舞步。猎人仿佛魂游身外，以第三者的视角在一旁观赏，对她们举手投足的优雅动作叹为观止。尾巴、四肢、手指、眼睛和头发全都扭结翻腾起来，左右横飞，四下劲舞，感觉奇诡莫名。

现实世界传来细微声响，是小门菲发出的呜咽。猎人迅速从梦境折返，再度保持警惕，站岗放哨。在醒来的过程中，她已经把这场梦忘得一干二净。

门菲梦到了自己的父亲。

在梦中，父亲正教她如何开启东西。他拿起一颗橘子，打了个手势。果子发生变化，顺畅地内外反转：果肉翻到了外侧，果皮则缩进核心。你必须永远保持均衡，父亲说着为她剥下一瓣翻转的橘子。均衡、对称、拓扑学，这些将是我们今后几个月的主题。门菲，但对你来说最重要的，是要理解一个观念：世间万物都希望被打开。你必须感受这种需求，并且加以利用。父亲留着一头浓密棕发，脸上挂着轻松笑容，俨然是十年前的样子。门菲还记得父亲那时的神情，不过这段往事随着光阴荏苒，早就模糊不清。

在梦中，父亲递给她一把挂锁。门菲接过这东西，忽然发现自己双手的大小形状都跟现在相同。但她很清楚，这件事其实发生在很久以前。她从这十几年中取出支离破碎的岁月、对话和课程，压缩在了一堂课中。

打开它，父亲说道。

门菲把挂锁拿在手中，体会金属冰冷的质感和沉甸甸的分量。

有件事让她心烦意乱，必须赶快搞清。门菲在学会走路后不久，便学会了如何打开东西。她还记得妈妈把她紧紧抱在怀中，打开了一扇从门菲卧室通往游戏室的房门。她也记得曾看着哥哥门龚把一串银环分开，再重新穿好。

门菲试图打开挂锁。她用手指来回摸索，也用意念仔细探寻，但锁头毫无变化。她把挂锁扔在地上，开始放声大哭。父亲弯下腰，捡起挂锁，重新放回她手中，又用修长手指从她脸上抚去一滴泪珠。

记住，这个挂锁想要打开。父亲对她说，你要做的，只是帮它实现这个愿望。

挂锁躺在她手中，显得冰冷怠惰而沉重。顷刻之间，她心中豁然开朗，便让锁头遂了愿望。只听“咔嗒”一声脆响，挂锁打开了。父亲露出微笑。

开了，她说。

好孩子，开启之术的所有奥妙就是这些。其余的不过是细枝末节。

门菲忽然意识到让她心烦的到底是什么问题。父亲，她问，你的日志，谁把它收好的？谁能把它藏起来？但父亲正渐渐远去，而她也开始忘却。门菲冲父亲大声呼喊，但爵士似乎根本听不见。尽管女孩依稀听到他的声音从远处飘来，但却听不出父亲到底在说什么。

在现实世界，门菲轻声呜咽。接着她翻了个身，用胳膊抱住脑袋，打了两声呼噜，又睡了过去，享受无梦安眠。

理查德知道它正等着他们。他每走过一条隧道，每转过一处拐

角，每经过一个岔路，这种感觉就愈发紧迫沉重。理查德知道它就在那儿耐心等待，每前进一步，大难临头的预感就加剧一分。理查德心里明白，等拐过最后一个弯角，就会看到它站在通道中间准备猎食自己。他很清楚，到时候本应松一口气才对，但心中却只有恐惧。在梦里，巨兽的体型足有世界那么大，整个世界被这头巨兽塞得满满当当。它肋腹冒着热气，断矛残剑在厚皮上根根倒竖，犄角和獠牙粘着干透的血痕。它显得壮健肥硕、体大无朋、腌臜邪恶。

巨兽向他冲来。

理查德扬起手（但却发现这不是自己的手），朝怪物掷出长矛。

他能看清野兽的双眼，光亮恶毒，志得意满。两颗光球向他飞扑而来，这稍纵即逝的光阴便如刹那永恒。

它撞上来了……

水很凉，浇在理查德脸上，感觉像被人狠狠扇了一巴掌。他激灵一下，猛地睁开眼睛，使劲喘了口气。猎人正低头看他，手里拿着个很大的空木桶。他觉得头发湿漉漉，脸蛋潮乎乎，连忙抬手把凉水从眼睛上抹掉，同时冷得打了个哆嗦。

“你没必要这么做。”理查德说完这话，就觉得嘴里臭烘烘的，似乎有几只小动物把这儿当成了洗手间。他试图站起身，却猛然跌坐在地，不禁闷哼一声。

“你的脑袋感觉如何？”猎人很懂行地问。

“好点了。”

猎人走到马厩对面，提起另一只装满水的木桶，走了回来。“我不知道你们喝了什么东西，”她说，“但酒劲儿肯定很足。”猎人把手浸在桶里，往门菲脸上弹了点水。女孩动了动眼皮。

“怪不得亚特兰蒂斯会沉，”理查德嘟囔道，“如果他们每天早上都是这种感觉，那真不如沉了算了。咱们这是在哪儿？”

猎人又往门菲脸上洒了些凉水。“在一个朋友的马厩里。”她说。

理查德环顾四周，这里看上去的确有点像马厩。他心中胡思乱想起来，这是给马准备的吗？如果真是，哪种马会生活在地下？

墙上涂着个徽章：七颗星环绕在大写的S（或许是条蛇？理查德看不出来）周围。

门菲试探着把手伸向额头，轻轻碰了一下，似乎不敢确定自己会发现什么东西。“哦，”她近乎呻吟地说，“庙堂与拱门啊。我是不是死了？”

“没有。”猎人答道。

“真可惜。”

猎人把女孩搀扶起来。“好吧，”门菲晕晕乎乎地说，“他的确警告我们说这酒很烈。”话音未落，她突然彻底清醒，好似被当头棒喝。女孩抓住理查德的肩膀，倒吸一口冷气，指着墙上的徽章，也就是七星环绕的蛇形S。“蟠蛇，”她对理查德和猎人说，“那是蟠蛇的纹章。理查德，快起来！咱们得赶快逃命，在她发现咱们在这儿之前……”

“小丫头，”一个干涩的声音从门口传来，“你真觉得，你们能闯进蟠蛇的宅院，还不被她知晓吗？”

门菲倒退两步，紧紧靠在马厩的木板墙上，身子瑟瑟发抖。尽管太阳穴突突直跳，但理查德还是意识到他从没见过门菲显出如此惊惧的模样。

蟠蛇站在门口，身穿紧身白皮衣，足蹬高筒白皮靴，其余部分看上去似乎在很久以前曾是件精工细作的蕾丝白婚纱，但如今已经破烂不堪，满是泥污。蟠蛇比他们三个都高，泛灰的发丝蹭着门梁，目光锐利有神，两片薄嘴唇在那张傲慢的面孔上，就像一道可怕的裂痕。她看着门菲，似乎认为这份恐惧是理所应当，仿佛她已经习惯被人惧怕，早就见怪不怪，甚至享受这种感觉。

“冷静点。”猎人说。

“但她是蟠蛇，”门菲带着哭腔说，“七姐妹中的蟠蛇。”

蟠蛇亲切地点了点头，随即离开门洞，朝他们走来。有个干瘦女子站在她身后，自始至终沉默不语。她面容严肃，黑发很长，身穿黑色裙服，束腰细得好似蜂形。蟠蛇走到猎人跟前。“猎人很久以前为我工作过，”她说着伸出白皙手指，轻轻抚摸猎人的棕色面颊，充满爱怜和欲念。“你比我还会保养，”猎人低下头，“她的朋友就是我的朋友，孩子。你就是门菲吗？”

“是的。”门菲勉强挤出这两个字。

蟠蛇转过头面向理查德，漠然问道：“你又是谁？”

“理查德。”

“我是蟠蛇。”她风度翩翩地说。

“我听说了。”

“我为你们所有人准备了食物，”蟠蛇说，“不知你们可想用个早餐？”

“哦，天哪，不用了。”理查德客客气气地说，好似带着哭腔。门菲沉默不语。她还背靠木墙，身子微微发抖，犹如秋风中的叶片。猎人把他们带到这儿来，显然是作为避风港，但这个事实也无法缓解她的恐惧。

“都准备什么了？”猎人问道。

蟠蛇看向站在门口的蜂腰女子。“嗯？”她问了一声。那女人微微一笑，理查德还从未在人类脸上见到如此冰冷的笑容。她说：“煎蛋、咸蛋、荷包蛋、咖喱、鹿肉、酸洋葱腌鲱鱼、熏鲱鱼、咸鲱鱼、蘑菇炖菜、鲜肉甘蓝菜、牛脚肉冻……”

理查德张开嘴，想要请她别再说了，但为时已晚。他突然猛然赫然觉得腹中翻江倒海。

理查德希望有人能扶他一把，告诉他一切都会好的，很快就没事了；希望有人能给他一片阿司匹林和一杯水，把他带到床上去。但不会有人这么做，他的床更远在另一个世界。他用桶里的水把脸上手上的污物洗去，又漱了漱口，这才摇摇晃晃地跟在四个女人后面去吃早餐。

“把牛脚肉冻递给我。”猎人嘴里塞满食物，含混不清地说。

蟠蛇的饭厅似乎安在理查德平生所见的最小的地铁月台上。这里大概只有十二尺长，大部分空间都被一张餐桌占据。上面铺着白色锦缎桌布，还摆了套正式晚宴用的银餐具。桌上堆满气味古怪的食物，其中又以鹌鹑蛋最令理查德难以忍受。

他浑身湿冷，黏黏糊糊。眼珠似乎被安错了窝槽，而颅骨带来的大致感觉，就像有人趁他睡觉时把这玩意儿调了包，换上小了两三号的货色。一列地铁从他们身边几尺外驶过，带来的强风拍打着餐桌，掀起的声浪穿过理查德的头颅，如一柄火红的匕首插进他的脑子。

“你的英雄看来不胜酒力。”蟠蛇实事求是地评价道。

“他不是我的英雄。”门菲说。

“恐怕他就是。你要学会辨认这种人，也许是眼神里的感觉。”她转头对那位大概是管家的黑衣女子说，“给这位先生拿点解酒药来。”那人露出冷漠微笑，随即悄然离去。

门菲小口小口吃着蘑菇。“我们十分感谢你的盛情款待，蟠蛇夫人。”

蟠蛇不以为然地哼了一声。“叫我蟠蛇就好，孩子。我可没工夫理会那些敬语和虚衔。那么，你就是门琅的长女咯？”

“没错。”

蟠蛇用指头沾了下盐水酱，那里面似乎泡着几条小鳗鱼。她舔舔手指，赞许地颔首示意。“我也没工夫听你父亲胡扯。都是些联合地下世界的空谈，鬼话连篇，愚不可及。傻子，只会惹祸上身。我上次见到你父亲时就跟他说了，如果他再敢到这儿来，我就会把他变成蛇蜥。”她转头看着门菲，“说起来，你父亲怎么样了？”

“他死了。”

蟠蛇摆出一副果不其然的神情。“看见没？我说得绝对没错。”门菲默不作声。蟠蛇从灰发中捏起个会动的东西，仔细看了一眼，便用食指和拇指捻死，扔在月台上。她又把头转向猎人。“你是来狩猎的吗？”

猎人正在消灭一盘堆成小山的腌鲱鱼。她含着满嘴的食物，点了点头。

“你肯定需要那柄长矛。”

蜂腰女子出现在理查德身边，手里端着小托盘，盘子上有个小玻璃杯，杯中盛有艳丽逼人的翠绿色液体。理查德瞅了一眼，又看看门菲。

“你给他的是什么东西？”女孩问道。

“不会害他的，”蟠蛇笑起来冷若冰霜，“你们是客人。”

理查德把绿色液体一饮而尽，这味道似乎混合了百里香、薄荷油和冬日清阳。他感到液体穿肠而过，连忙做好准备防止呕吐。但他深吸口气，略感惊奇地发现头已经不疼了，肚子却饿得要命。

从本质上说，老贝利不是那种天生笑话满腹的人。但尽管先天不足，他还是持之以恒地加以锻炼。他最爱讲冗长不堪的荒诞故事，每次都用一个可怜巴巴的双关语作为包袱。但问题是，老贝利每每讲到最后，却忘了这个词到底是什么。他仅有的听众是一小群无法脱身的鸟儿。它们，特别是白嘴鸦们，把老人的笑话视作充满哲理的晦涩寓言，含有对人性本质的深刻认识和真知灼见。它们甚至会不时要求老贝利再讲一个有趣的故事。

“好吧，好吧，好吧，”老贝利开讲了，“如果你们以前听过这个，就赶紧打断我。话说有个人走进酒吧。不对，它不是人。这是个笑话。它是匹马。一匹马……不对……一根绳子。三根绳子。对了。三根绳子走进银行。”

一只个头很大的老白嘴鸦嘎嘎叫了两声。老贝利摸摸下巴，耸了耸肩。“它们就是走进去了。这是个笑话。绳子在笑话里可以进银行。它走到柜台前，要求办理取款业务。柜员对要取款的绳子说：‘我们这儿不接待绳子。’它只能走回去对朋友们说：‘他们不接待绳子。’要知道这是个笑话，所以中间那根绳子也试了一次，记得吧，它们一共有三根。轮到最后那根绳子了，它在自己中间打了个结，然后上去要钱。柜员说：‘嗨，你不是其中一根绳子吗？’那根绳子呢，它答道：‘不，我是打结的。’打劫，明白吧，打结。一语双关。非常非常有趣。”

八哥们礼貌地叫了两声。白嘴鸦们则点点头，把脑袋歪向一边。接着最老的那只白嘴鸦又冲老贝利嘎嘎鸣叫。“再讲一个？嗨，我又不是笑话包袱。等我想想……”

帐篷里突然传出一阵有节奏的低沉响动，仿佛从远方飘来的心跳声。老贝利快步走进帐篷，声音是从一个旧木箱里传出来的，老贝利最珍惜的东西都放在这里面。他打开箱子，脉动声变得更为响亮。那个小银盒就放在老人的各种宝物上面。他伸出粗糙枯瘦的手，拿起盒子。一片红光在其中有规律地闪烁，就像心跳脉搏，透过银丝花饰、缝隙和锁扣放射出来。“他有麻烦了。”老贝利说。

最老的白嘴鸦嘎嘎叫着提出一个问题。“不，这不是笑话。是侯爵，”老贝利说，“他有大麻烦了。”

理查德正埋头大吃第二盘早餐，蟠蛇忽然把自己的椅子往后一推。

“我想我已经尽到地主之谊了。孩子，年轻人，祝你们日安。猎人……”她顿了顿，伸出一根细瘦如爪的手指，抚摸着猎人的下巴。“这里永远欢迎你。”她冲众人傲慢地点点头，站起身走出房间，那位蜂腰管家也跟了出去。

“咱们该走了。”猎人说着从桌旁站起身，门菲和理查德只好不情不愿地跟在她身后。

他们走过一条窄到不能两人并肩而行的走廊，爬上几段石阶，在黑暗中穿过一道铁桥。过桥时，还听到一列地铁从下方疾驰而过。三人随后进入一片仿佛永无止境的地窖网络，这里散发着潮湿腐朽的味道，还有砖石和岁月的气息。“她是你过去的老板吗？似乎人挺不错。”理查德对猎人说，但对方没有理他。

始终保持克制的门菲忽然说道：“在下层世界，如果大人想让小孩子们不要淘气，就会对他们说：‘乖乖听话，不然蟠蛇会来把你抓走。’”

“哦，”理查德说，“你为她工作过，猎人？”

“我为全体七姐妹工作过。”

“我还以为她们至少，哦，三十年没跟彼此说过话了。”门菲说。

“很有可能。但她们当年还会交谈。”

“你到底多大年纪？”门菲问道。理查德很高兴女孩提了这个问题，他可永远没这胆子。

“跟我的舌头一样大，”猎人一本正经地说，“比我的牙齿老一点儿。”

“不管怎么说，”理查德无忧无虑地说，俨然一副宿醉已解，感觉生活无限美好的样子，“这不是挺好的吗？食物鲜美，也没人想杀咱们。”

“我敢说随着时过境迁，这种情况会发生改变，”猎人笃定地说，“从哪条路去找黑修士，小姐？”

门菲停下脚步，集中精神。“咱们走河道，这边来。”

“他还没醒过来吗？”克劳普先生问道。

范德摩先生用长长的食指捅了捅侯爵瘫软的身体。他的呼吸很弱很浅。“还没有，克劳普先生。我恐怕把他弄坏了。”

“你对自己的玩具一定要多加小心，范德摩先生。”克劳普说。

第十一章

“那么你在追寻什么？”理查德问猎人。他们三人走在一条地下河的堤岸上，举手投足特别小心。堤岸滑不溜秋，在深色礁岩和尖锐石料中开出了一条狭窄小径。理查德敬畏地看着灰水浊流在不到一臂外的地方奔腾翻滚。这不是那种你掉进去还能爬出来的河，而是另外一种。

“追寻什么？”

“哦。从个人角度来看，我希望回到真正的伦敦，恢复过去的生活。门菲想找出是谁杀了她的家人。你想要什么？”他们沿着堤岸一步步往前挪。猎人走在最前头，始终没吭声。河水流速变缓，注入一个地下小湖。他们沿水边行走，黑沉沉的湖面反射出油灯光芒，河雾模糊了他们的倒影。“到底是什么呢？”理查德问道。不过他也没指望得到任何回应。

猎人说话了，她声音很轻，但暗藏激情，脚下倒是一步未停。“我曾在纽约的下水道中，与巨大的盲眼白鳄王战斗。它身长三十尺，被阴沟下水养得又肥又壮，打起仗来凶猛异常。我击败了它，杀死了它。它的双眼就像黑暗中的两颗巨型明珠。”猎人诡异的腔调在隧道中回响，与水雾纠缠扭结，渗进地下世界的浓稠夜色。

“我曾到过柏林，有头巨熊在那里的地下城市掠食。它杀过上千人，百年来的干涸血迹早把脚爪染成棕黑色。但它倒在我面前，临死时口出人言，低声呢喃。”雾气低低笼在湖面。理查德仿佛能在雾中看见猎人所说的这些猛兽，一个个乳白身影在水汽中扭动。

“加尔各答的地下城里有头黑虎。食人无算，机智绝伦，凶残狠毒。身形跟小象差不多。老虎是值得尊重的敌人。我赤手空拳击败了它。”理查德瞥了门菲一眼，女孩正聚精会神地听猎人说话，看来这些故事连她也没听说过。“我也将杀死伦敦巨兽。人们说它外皮布满倒刺，都是利剑、长矛和小刀。过去曾有很多人试图猎杀它，但都没成功。它的獠牙若剃刀，四蹄如霹雳。我会杀了它，或是被它杀死。”

猎人说起猎物时，目光如炬，炯炯有神。水汽已经变成一片黄色浓雾。

不远处响起三记钟鸣，声音从水面上飘荡而来。整个世界开始变亮。理查德隐约看到周围有些低矮建筑。黄绿色的雾气越来越浓，味道像是煤烟和灰烬，还有千年都市沉积下的污垢。它粘在三人手里的提灯上，暗淡了光芒。

“这是什么东西？”理查德问道。

“伦敦雾。”猎人说。

“但这东西早就没了，不是吗？空气净化法令、无烟汽油，所有这些措施？”这场面让理查德记起儿时读过的夏洛克·福尔摩斯侦探小说，“人们是怎么称呼它的来着？”

“豌豆浓汤，”门菲说，“伦敦特产之一。浓稠的黄色河雾和煤烟混合，再加上五个世纪以来渗入空气的污物。在上层世界已经……哦，四十多年没见过了。我们这儿倒是还有它的鬼魂。嗯，不能说鬼魂，更像是回音。”理查德吸入一缕黄绿色雾气，禁不住咳嗽起来。

“听起来可不妙。”门菲说。

“雾钻进我喉咙里了。”理查德说。地面变得愈发黏稠泥泞，让他觉得举步维艰。“不过，”他安慰自己说，“反正一点儿雾气也伤不了人。”

门菲抬起头，用那双大眼睛看着他。“1952年的一场大雾，估计害死了四千人。”

“这里的人？”理查德问，“下伦敦的？”

“你们的人。”猎人说。理查德对此毫不怀疑。他想要屏住呼吸，但雾气变得更浓，地面也更加泥泞了。“我不明白。为什么你们这下边会有雾，而我们上边早就没有了呢？”

门菲挠挠鼻梁。“有些小气泡包裹着伦敦的往昔，其中的事物和地域都永远保持不变，就像琥珀中的气泡，”她解说道，“伦敦城蕴藏了太多时光，这些岁月总要去到某个地方，它们不会一下子全都消失。”

“我可能还没醒过酒来，”理查德叹道，“居然觉得你这话有些道理。”

修道院院长知道今天会有朝圣者前来。这项认知来自他的梦境，犹如黑暗一般，始终环绕身际。所以这天变成了等待中的一天，他当然知道这是种罪孽。光阴应该用来体验，对即将到来的岁月，和正被忽视的时间来说，等待都是一种罪孽。然而他还是在等。无论是在今天的几次祷课中，还是在吃勉强果腹的饭菜时，院长始终留心倾听，等待钟声鸣响，等着搞清有几个人会来，又分别是谁。

他希望今天能有场速死。上一个朝圣者几乎拖了一年，始终胡言乱语，尖叫连连。院长认为自己的失明既不是祝福也不算诅咒，只是目盲而已。但即便如此，他还是庆幸自己不会看到可怜人的面目。负责照顾那人的墨玉兄弟，如今还会因为梦到那张扭曲的面孔，而半夜惊醒，放声尖叫。

下午晚些时候，钟响了三声。院长当时正跪在神殿里，冥想他们的职责。他立即站起身来，走到长廊，在那里驻足等待。

“神父？”这是乌烟兄弟的声音。

“谁在守卫桥梁？”院长问道。对如此年迈的老人来说，他的声音出人意料的低沉动听。

“黑貂。”黑暗中传来答语。院长伸出一只手，抓住年轻人的胳膊肘，跟他一起慢慢走过修道院长廊。

这里并非坚实的土地，但也不是湖泊。他们蹚过类似沼泽的泥潭，四周都是黄色雾气。理查德叫道：“这儿恶心死了。”泥水渗入鞋里，钻进袜子，跟他的脚趾头打得火热。理查德可不太喜欢这种感觉。

他们前方有一座桥，从泥沼中拔地而起。一个黑衣人守在桥头，身上罩的是多明我会僧袍，皮肤像上年头的桃花心木那般呈现深棕色。他身量很高，手里拿着一根同样高的木棒。“站住，”他叫道，“报上你们的姓名和身份。”

“我是门菲，”门菲说，“门琅的长女，是门家的人。”

“我叫猎人，是她的保镖。”

"理查德·梅休，"理查德说，"都湿透了。"

"你们想过桥？"

理查德上前一步。"没错，我们确实想过桥。我们是来找一把钥匙的。"那僧人二话不说，只是举起木棒，轻轻捅了下理查德的胸口。理查德脚下一滑，跌坐在泥水中。僧人静候片刻，想看看对方是否会蹿起来跟他打架。

理查德没动。猎人动了。

他从泥沼中站起身来，目瞪口呆地看着僧人和猎人用铁头棒打得不亦乐乎。那僧人身手不错，个头比猎人高，理查德估计他的体格也更强壮。但另一方面，猎人的动作要快上许多。两根木棒噼噼啪啪战在一处，掠风之声在雾中呼啸。

僧侣的木棒突然打中猎人腹部，害她脚下一绊。僧人欺身上前，方才发现这是虚招，但为时已晚。猎人的木棒击中了他，结结实实打在膝盖窝处。他的双腿再也无法支撑身体的重量，"扑通"一下摔在泥水中。猎人用棍头顶住他的后颈。

"到此为止吧。"一个声音从桥上传来。

猎人退后一步，重新回到理查德和门菲旁边，身上连滴汗都没出。壮硕的僧人从泥沼中爬了起来，可以看出嘴唇还流着血。他冲猎人深鞠一躬，随后走向桥头。

"他们是谁，黑貂兄弟？"先前的声音问道。

"门菲女士，门琅的长女，门家的人；猎人，她的保镖；还有理查德·梅休都湿透了，他们的同伴，"黑貂兄弟轻启红肿双唇，依次介绍，"她光明正大地击败了我，乌烟兄弟。"

"让他们上来吧。"

猎人头前开路走上桥梁。在拱桥顶端另一位僧侣正等待他们，想来便是乌烟兄弟。他面如黑炭，比刚才那位僧人年轻，个头也矮些，但衣着打扮全无二致。透过黄色雾气，可以依稀看到不远处还有几个黑衣人影。理查德心想，看来他们便是黑修士了。第二名僧侣盯着他们看了片刻，接着朗声吟诵道：

我转一次头，你可畅通无阻。
我再转一次，你便寸步难行。
我无脸无面，但一生一世齿牙参差，
敢问我是谁？

门菲上前一步，舔了舔嘴唇，半闭上眼。“我转一次头……”她自言自语道，“参差牙齿……畅通无阻……”一丝笑容在她脸上绽开，女孩抬头正视乌烟兄弟。“钥匙，答案是钥匙。”

“你很聪明，”乌烟兄弟承认，“你们过了两关，还剩一关。”

一名耄耋老人从黄雾中现身，用枯瘦干瘪的左手扶着桥梁的石栏，一步步朝他们踱来，最终走到乌烟兄弟身边停下脚步。他双眸惨白，略微发蓝，结了厚厚一层白内障。理查德第一眼就觉得他面慈心善，是个好人。

“他们总共有几个人？”老者用低沉和蔼的声音问道。

“三个，院长神父。”

“其中一人已经击败了第一位守门人？”

“是的，院长神父。”

“其中一人也正确答出了第二位守门人的问题？”

“是的，院长神父。”

老人的语气中似乎带有一丝憾意。“那么，剩下的那位就要面对圣匙试炼了。便让那人上前来吧。”

门菲忽然说：“哦，不。”

猎人开口道：“让我取代他的位置，我会接受试炼。”

乌烟兄弟摇了摇头。“这我们不能允许。”

理查德小时候曾在学校组织的远足活动中参观了当地一座城堡。他和同学们爬过漫长阶梯，来到城堡最高点，那是一座部分倾颓的塔楼。他们聚在高塔里，顺着老师的手指，眺望下方铺展开来的广阔乡野。即便在那个年纪，理查德对高处也心有余悸。他死死攥着安全围栏，双眼紧闭，根本不敢往下看。老师曾告诉他们，从古塔顶端到它俯瞰的山丘底部，总共能有三百尺高。她还跟孩子们说，如果从塔楼上往下扔一枚硬币，那么到达山脚时，它的力道足以穿透人的头骨，就跟子弹差不多。那天夜里，理查德躺在床上辗转反侧，满脑子都是一枚硬币以雷霆之势从高空坠落的画面。看着不过一枚硬币，落下时却威力无比……

试炼。

硬币落向理查德，正是势如雷霆的那种。

“稍等片刻，”他说，“先回到，嗯，试炼那部分。某人要面对一场试炼。某个没在泥沼中舞枪弄棒，也没回答谜语的人……”他只是在胡言乱语。他知道自己在胡言乱语，但根本就不在乎。

“你们的试炼，”理查德向院长问道，“究竟有多严酷？是类似被迫拜访坏脾气的女性长辈呢，还是类似把手伸进沸水看皮肉多快脱离？”

“往这边走。”院长说。

“你们不需要他，”门菲说，“从我俩之中选一个吧。”

“你们三人同行。这里有三道关卡。你们每人面对一关，公平合理，”院长说，“如果他通过试炼，就会回到你们身边。”

一缕轻风驱散了雾气，显出其他手持弩弓的黑衣人。每张弓都对准了理查德、猎人，或是门菲。修士们聚拢过来，把理查德和另外两人挡开。

“我们在寻找一把钥匙……”理查德低声对院长说。

“哦。”院长平心静气地说。

“是要交给一位天使。”理查德解释道。

“没错。”院长说着伸出一只手，摸索到乌烟兄弟的臂弯。

理查德把声音压得更低。“听着，你们总不能拒绝天使吧，特别是你们这种身着僧袍的人……咱们干吗不干脆跳过试炼？你可以直接把它交给我。”

院长迈开步子，从另一边走下拱桥。桥头有扇敞开的大门。理查德跟在他身后。有时你就是束手无策。“我们教会草创之时，”院长说，“便受托保管这枚钥匙。在所有圣器中，它是最神圣最强大的宝物之一。我们的确要把它献出，但只能传给通过试炼并且证明自己的人。”

他们经过许多迂回曲折的狭窄走廊，理查德在身后留下一串湿泥脚印。“如果我没能通过试炼，我们就得不到钥匙，对吗？”

“是的，孩子。”

理查德思忖片刻，又开口说：“我能以后回来再次尝试吗？”

乌烟兄弟咳嗽起来。“不太可能，我的孩子，”院长说，“如果真的失败了，那你很可能就……”他顿了顿，才继续说，“不用在意这些凡尘俗事了。但是别担心，也许你正是会赢得钥匙的那个人，对吧？”老人似乎试图安慰他，但却全然不得要领，这比任何恐吓的效果还可怕得多。

“你们会杀了我吗？”

院长用混浊的白眼瞪视前方，口气中带上了些许责备的意味。“不，我们是僧人。杀你的是试炼。”

他们走下一段阶梯，进入一间墓室般的低矮房间，四壁装潢甚是古怪。“好了，”院长说，“笑一笑！”

伴着一阵电子噪声，照相机闪光灯突然爆亮，晃得理查德睁不开眼。片刻之后，他恢复了视觉，只见乌烟兄弟放下一台陈旧破烂的宝丽来照相机，把照片揪了出来。修士静候片刻，等照片成像，然后钉在墙上。“这面墙是为失败者准备的，”院长叹道，“以确保他们都不会被遗忘。纪念，这也是我们的责任。”

理查德扫视着那些面孔。几张宝丽来照片；二三十张快照，有些是古老的棕色照片和银板成照片像；再往后看，是铅笔素描、水彩画和小画像。众多肖像沿着墙壁一路延伸，看来黑修士们做这件事，已经有很长时间了。

门菲浑身颤抖。“我真傻，”她嘟囔道，“我早该知道。咱们有三个人。我不该直接到这儿来。”

猎人左顾右盼，观察着每名修士和每张弩弓的位置，心中默算能有多大机会毫发无伤地带着门菲从桥上跃下，然后再算两人只受轻伤的情况，最后是门菲受轻伤，自己受重伤。她正在重新推演。“你要是早知道了，又会有何不同？”

“首先，我就不会把他带到这儿来。我应该去找侯爵。”

猎人把头歪向一边，直截了当地问道：“你信任他？”门菲知道她指的是卡拉巴斯侯爵，而非理查德。

“是的，我多少能够信任他。”

门菲的五岁生日才过了两天。流动集市那天刚好在英国皇家植物园举行，父亲带她去一同前往，算作生日礼物。那是她头一回参加集市。他们待在蝴蝶馆，被色泽艳丽的翅膀和明艳轻盈的东西所包围。门菲看得心醉神迷，不能自拔。父亲忽然在她身边蹲下。“门菲？”他说，“慢慢转过身来，往那儿看。”

她转过身，放眼望去。一个肤色黝黑的男人，穿了件大外套，黑发绑在脑后，扎成长长马尾。他正跟一对肤色金黄的双胞胎姐妹说话，两人年纪不大。女孩正在哭泣，是那种成年人的哭法，尽量压抑自己的冲动，痛恨仍旧夺眶而出的泪水，表情滑稽可笑，丑怪难看。门菲转回头来望向蝴蝶。“你看见他了吗？”父亲问道。她点了点头。“此人自称卡拉巴斯侯爵。他是骗子，是盗贼，甚至可能是个怪物。但如果你遇到麻烦，就去找他。他会保护你，孩子。他责无旁贷。”

门菲回头向男人望去，他双手分别放在双胞胎的肩头，正领着他们离开房间。侯爵离开前，回头看了一眼，与门菲四目相对。他露出灿烂微笑，冲女孩挤了挤眼。

围在她俩身边的黑修士们好似雾中鬼魅。门菲冲黑貂兄弟朗声说道：“这位兄弟，打扰一下。我们去取钥匙的那位朋友，如果他失败了，我们又会怎样？”

僧人朝她们凑近一步，迟疑片刻，这才说道：“我们会护送二位离开此处，放你们走。”

“理查德呢？”

透过兜帽的阴影，她看到对方最终难过地摇了摇头。

“我应该带侯爵来。”门菲说。她想知道卡拉巴斯在哪儿，正在做些什么。

卡拉巴斯侯爵正被钉上一个巨大的叉形木架。这件东西是范德摩先生用各种材料拼凑而成的：几张旧床板、一把椅子的残余部分、一扇木门，还有个看似车轮的东西。另外，他还几乎用光了一大盒生锈铁钉。克劳普先生监督着整个建造过程，在医院里跑来跑去，寻找有用部件，还时而提些宝贵建议。范德摩先生站在梯子上，把木架连同侯爵一块扯了上去。“稍微往上点，”站在地上的克劳普先生叫道，“再往左点。对。这就行了。很不错。”

他们已经很长时间没有把人钉上十字架了。

卡拉巴斯侯爵四肢摊开，形成一个大×；手脚被生锈铁钉刺透，腰间绑着绳索。经历过强烈痛苦后，他现在几乎不省人事。这里曾是医院员工自助餐厅，巨型木架用几根绳索吊在天花板上。再往地面观瞧，克劳普先生已经搜罗来一大堆尖锐物体，既有剃须刀片和餐刀，也有被丢弃的解剖刀和柳叶刀，还有些范德摩先生从牙科诊疗区找来的怪东西。他们甚至从锅炉房拿了根拨火棍来。

“范德摩先生，你为什么不去看看他情况如何呢？”克劳普先生说。

范德摩先生举起手中的榔头，试探着捅了侯爵一下。

卡拉巴斯侯爵不是好人，而且他很有自知之明，坚信自己也并非勇士。他早已作出判断，认定整个世界，无论上层下层，都充满希望被蒙蔽哄骗的人。故而，他以一则童话中的一句谎言为自己命名，并用衣袍服饰和举止作派，将自己塑造成华丽的大笑话。

他的手腕双足隐隐作痛，呼吸越来越困难。现在假装昏迷显然已经没有好处，他仰起头，使尽全身力气朝范德摩先生脸上喷了一大口鲜血。

这是勇敢的行为，他心中暗想，也是愚蠢的行为。如果不这么做，他们也许会让他平静死去。至于现在，侯爵可以肯定，他俩会继续折磨自己。

不过话说回来，也许反而能死得更快些。

敞口罐子里的水已经沸腾。理查德看着冒泡的开水，还有那滚滚蒸汽，暗自猜测他们想要干什么。他的想象力罗列出各种答案，大多数伴有无法想象的痛苦，但到头来这些答案全都不对。

沸水被倒进茶壶，乌烟兄弟往里面加了三勺干燥碎叶。泡好的茶水经过滤茶器，注入三个瓷杯。院长仰起头，嗅着空气，露出微笑。“圣匙试炼的第一步，就是喝杯好茶。你要加糖吗？”

“不，谢了。”理查德警惕地说。

乌烟兄弟在茶里加了点牛奶，将一套杯碟递给理查德。

“里面下毒了吗？”他问。

院长几乎有些生气。“上帝慈悲，当然没有。”

理查德抿了口茶，味道似乎跟他过去常喝的茶水没什么区别。“但你说这是试炼的一部分？”

乌烟兄弟握住院长的双手，将一杯茶放在他掌中。“从某种意义来说，正是如此，”院长说道，“在求索者接受试炼之前，我们总是先为他们泡一杯茶。这算是对吾辈的试炼，倒不是对你。”他啜饮自己的茶水，苍老的面容显出幸福的微笑。“总的来说，这茶相当不错。”

理查德放下几乎没喝的茶杯。“如果你们不介意的话，咱们能否现在开始试炼？”

“当然不介意，”院长说，“一点儿也不。”他站起身来，三人走向房间对面的一扇门。

“说起来……”理查德顿了顿，试图理清自己想问的问题，然后继续说，“关于这场试炼，你们有什么要提醒我的吗？”

院长摇摇头，真的无话可说。他只要把求索者们领到门前，然后在外面的走廊中等待一两个小时，再回到这里，把求索者的残骸从神殿移走，埋葬在墓穴中。有时情况更糟，那些人还没有死，但你没法把那种状态称为活着。黑修士们会尽量悉心照料这些不幸的人。

“好吧，”理查德勉强笑了笑，“算了，带路吧，麦克达夫。”

乌烟兄弟拉开门闩，发出两声枪响般的爆音。他把门打开，理查德迈步走了进去。乌烟兄弟将门重新关好，把门闩插回原位。他领着院长回到座椅，将茶杯放在老人手中。院长沉默地抿着茶水，随后又用哀痛语气说道：“《麦克白》里的原话是‘尽管来吧，麦克达夫’。但我实在不忍心纠正他。他似乎是个非常善良的年轻人。”

第十二章

理查德·梅休沿着地铁月台往前走。这是地方线上的一个车站，站牌写着“黑修士”。月台上寂寥无人，列车从远处呼啸而过，发出咔嗒咔嗒的声响，带起一股阴风拂向月台，吹散了一份《太阳报》。彩色页的裸女照片和黑白页的污言秽语匆匆滚下月台，飘落在铁道上。

理查德走到月台尽头，坐在一张长凳上，百无聊赖地发愣。

四周悄无声息。

他揉揉脑袋，觉得有点恶心。一阵脚步声忽然在附近响起。他抬头看去，发现一个衣着整齐的小女孩正从身前走过。有位妇人牵着她的手，看上去跟女孩一模一样，只是身材更高，年纪更大而已。她们瞥了他一眼，随即刻意把头扭开。“梅兰妮，别靠得太近。”妇人压低声音对孩子说，但理查德听得一清二楚。

梅兰妮用孩子那种目不转睛的方式看着他，丝毫不觉尴尬，可能都没意识到自己的失礼。接着她转回头去，好奇地向母亲问道：“为什么这样的人还能活着？”

“没有勇气结束这一切吧。”她妈妈说。

梅兰妮又冒险看了理查德一眼，嘴里说道：“真可悲。”她们的脚步声沿着月台渐行渐远，很快消失无踪。理查德心想这是不是自己的幻觉？他努力回忆自己为什么会站在月台上。他是在等地铁吗？他想去哪儿？理查德知道答案就藏在脑袋里，某个触手可及的地方，但却摸不到碰不着，没法从那失落国度将其寻回。他独自坐在长椅上，脑袋里胡思乱想。是不是在做梦？他伸出双手摸了摸身下坚硬的塑胶椅，碰碰面颊，又用沾满泥巴的鞋子踩踩月台（泥巴是从哪儿来的？）……不。这不是梦。无论他身在何处，至少是现实世界。理查德觉得不对劲，心绪孤绝烦闷，痛断肝肠。有个人在他身边坐了下来。理查德没有抬头，脑袋动都没动。

“嗨，”一个熟悉的声音说道，“你怎么样，迪克？还好吗？”

理查德猛地抬起头。他能感到脸上挤出了灿烂微笑，希望像一记重拳捶在他胸膛。

“加里？”他提心吊胆地问了一声，“你能看见我？”

加里咧嘴笑了笑。“你就是好开玩笑。真是个活宝，很逗。”

加里穿西服打领带，脸上刮得干干净净，头发一丝不乱。理查德明白自己看起来肯定一团糟：衣衫不整，胡子拉碴，满身泥巴……“加里？我……听着，我知道自己是什么德性。我可以解释。”他转念一想，“不……我没法解释。真的不行。”

“没关系，”加里安慰道，他的声音温和沉稳，“真不知该怎么跟你说。有点难以启齿，”他顿了顿，“听着，我其实不在这儿。”

“哦，你在啊。”理查德说。

加里怜悯地摇了摇头。“不，我不在。我就是你，在跟自己说话。”

理查德隐约觉得这可能是加里的玩笑。“不如这样好了。”加里说着抬起双手捂在脸上，推挤揉捏一番，像是在玩橡皮泥。

“感觉好点了吗？”刚才还是加里的人，用异常熟悉的声音问道。理查德认识这张脸，他自从毕业之后，几乎每个工作日早晨都要替它刮胡子，为它刷牙，给它梳头，偶尔还会希望它变得更像汤姆·克鲁斯、约翰·列侬，或是随便什么人都好。这当然就是他的脸。“你在高峰时段坐在黑修士地铁站，”另一个理查德满不在乎地说，“自己跟自己说话。你知道人们是怎么议论那些自言自语的人。只是现在你的神志略微正常了一点儿。”

潮湿肮脏的理查德盯着干净整洁的理查德。他说：“我不知道你是谁，也不知道你想干什么。但你这话一点儿说服力都没有，你甚至并不完全像我。”他知道自己是在撒谎。

他的另一个自我露出鼓励的微笑，又摇了摇头。“我就是你，理查德。我是你所剩无几的理智……”

这不是他在答录机、磁带和录像带里听到的那种令人难堪的声音，并非勉强可以算作是他声音的拙劣回响。那人在用理查德真正的声音说话，正是他自己平素听到的那种，洪亮而真实。

“集中精神！”另一个理查德叫道，“看看这个地方，努力看清其他人，看清真相……现在是你一周以来最接近现实的状态……”

“别胡扯了。”理查德故作镇定地说。他已经近乎绝望，拼命晃着脑袋，否认另一个自己所说的一切。但他还是望向月台，想知道对方想让自己看什么。有个东西在余光中闪了一下，他连忙扭头去看，但什么也没有。

“快看，”他的分身说，“仔细看。”

“看什么？”他站在灯光昏暗、空无一人的地铁月台上。这里仿佛一座孤寂的陵墓。接着……

噪声和光亮扑面而来，像一个啤酒瓶摔在他脸上。理查德站在黑修士地铁站，此刻正是高峰时段。人群从他身边匆匆经过。噪声、光亮和推搡拥挤的人潮结成一团乱麻。一列地铁停在站台里，理查德可以看到自己在车窗上的倒影。他看起来像发了疯，胡子一周没刮，嘴巴周围都是食物残渣，一侧眼圈被打得青紫发黑，鼻翼上长了个红肿发炎的疖子。身上肮脏不堪，结了层黑乎乎的污垢，已经堵住毛孔，钻进指甲。双眼布满血色，目光涣散，头发纠缠打结。他是个无家可归的疯子，在高峰时段，在繁忙的地铁月台上游荡。

理查德把脸埋进双手。

他抬起头时，发现另一个自己已经不见了。月台重归黑暗，只剩他孤身一人。理查德坐在长椅上，闭起眼睛。忽然有只手拉过他的手，握了片刻，又用力捏住。那是女人的手，他能闻到熟悉的香水气味。

另一个理查德坐在他左侧，而杰西卡握住他的手坐在右侧，同情地注视着他。理查德从未见她露出这种表情。

“杰茜？”

杰西卡摇摇头，放开他的手。“恐怕不是，”她说，“我还是你。但亲爱的，你必须仔细听我说。现在是你最接近现实的……”

“你们这些人老是说什么最接近现实，最接近理智，我不知道你们……”他顿了顿，忽然想起一件事来——他抬头看着另一个自己，还有那深爱过的女人，开口问道，“这是试炼的一部分吗？”

“试炼？”杰西卡问。她跟不是理查德的理查德交换了一个忧虑的眼神。

“对，试炼。住在下伦敦的黑修士们准备的试炼。”话一出口，这件事就变得愈发真实，“他们有把钥匙，我必须拿去交给一位叫伊斯灵顿的天使。如果我给他钥匙，他就会送我回家……”他的嘴巴很干，最终再也说不下去。

“听听你自己说的这些话，”另一个理查德柔声说道，“难道不觉得荒诞不经吗？”

杰茜卡似乎强忍着不愿哭泣，她的眼中闪着泪花。“你不是在接受试炼，理查德。你……你似乎精神崩溃了。就在两周前。我想你是垮了。我取消了咱们的婚约……你的举止非常奇怪，好像变成了另一个人，我……我不知该如何应对……然后你就消失了……”泪水终于夺眶而出，她拿出一张面巾纸，擤了擤鼻子。

另一个理查德接过话头。“我在伦敦的大街小巷游荡，孤独而疯狂。困了就睡在桥下，饿了就从垃圾桶里找吃的。我浑身颤抖，茫然无助，孤独寂寞，只能自言自语，跟不存在的人说话……”

“我很抱歉，理查德。”杰茜卡说。她在哭泣，面容扭曲变形，失去了原有的美丽。睫毛膏被泪水冲开，鼻头红彤彤的。理查德从没见她如此伤心，他意识到自己多么希望抚平杰茜卡的伤痛。理查德伸出双臂，想把她抱在怀里，给她安慰，让她放心。但整个世界扭曲变形，迅速滑走……

有人被他绊了一下，随口咒骂一句，快步走开。理查德趴在月台上，在高峰时段格外引人注目。他觉得面颊冰冷湿黏，便把头从地上抬起，这才发现正趴在自己喷出的一摊呕吐物中——至少他希望是自己吐的。有些旅客嫌恶地瞪着他，也有些瞥上一眼就赶忙把头扭开。

他用手在脸上抹了两把，试图起身，但却忘了该如何爬起来。理查德开始抽泣，他紧闭双眼，使劲闭住。等他睁开眼时，也不知是过了三十秒、一小时，还是一整天。月台上光线昏暗。他爬了起来，周围连个人影都没有。“有人吗？”他高声叫道，“帮帮我。求你帮帮我。”

加里坐在长椅上看着他。“什么，你还需要别人告诉你该怎么做？”加里起身走到理查德面前。“理查德，”他急切地说，“我就是你。我能给你的唯一建议，就是你要对自己说的话。只是你可能过于害怕听不进去。”

“你不是我。”理查德说，但这话连他自己都不相信。

“摸摸我。”加里说。

理查德伸出一只手去，探进加里的面孔，把它搅得支离破碎，仿佛探入温热的泡泡糖里。这只手周围除了空气什么也没有。他把手指从加里脸中抽了出来。

“看见了吧？”加里说，“我并不存在。只有你一个人在月台上走来走去，自言自语，试图鼓起勇气去……”

理查德本不想说话，但嘴巴却动了起来。他听到自己说：“试图鼓起勇气干什么？”

低沉话语从扩音器中传了出来，在月台上回荡反响。“伦敦交通部为列车晚点向您致歉。此次延误是因黑修士站的意外事故造成。”

“就是它，”加里歪着头说，“变成黑修士站的意外事故，结束这一切。你的人生没有欢乐，没有爱情，只是个虚假空壳。你连朋友都没有……”

“我还有你。”理查德嘟囔道。

加里上下打量着他，毫不掩饰鄙夷的目光。“我觉得你是个蠢蛋，”他坦率地说，“彻头彻尾的笑话。”

“我还有门菲、猎人，还有麻醉法。”

加里笑了笑，显出真心实意的怜悯。这对理查德造成的伤害，远比憎恨和敌意要大。“又是虚构的朋友？我们过去在办公室里，经常取笑你那些巨魔玩偶。还记得它们吗？就放在你桌上。”他说着放声大笑，理查德也笑出声来。这实在太可怕了，除了笑以外，他不知道还能怎么办。过了一会儿，他止住笑声。加里把手伸进口袋，掏出一个塑料巨魔小玩偶。它有一头卷曲紫发，原本放在理查德的电脑显示器上面。“给你。”加里说着把它抛了过来。理查德伸出双手，试图接住，但玩偶直接从他掌中穿过，就好像这两只手根本不存在。理查德跪在空荡荡的月台上，双手胡乱摸索，寻找那个巨魔。对他来说，这只玩偶就像现实生活仅剩的残片，似乎只要他找到巨魔，就有可能把所有东西都找回来……

一阵光芒闪过。

又是交通高峰时段。一列地铁吐出成百上千名乘客，又有成百上千人被吞了下去。理查德手脚着地趴在月台上，不断被通勤旅客踢来搡去。有个人重重踩到他的手指。理查德尖叫一声，本能地将指头塞进嘴里，像个被烫到的小孩。手指的味道令人作呕，但他全不在意。理查德看到巨魔就在月台边缘，距离不过十尺。他手脚并用，费力钻过人群，爬过月台。人们冲他低声咒骂，挡住他的去路，推他搡他。理查德从没想到十尺之遥也会变成难以逾越的天堑。

他继续向前爬去，忽然听到一阵尖细的咯咯笑声，也不知是谁发出来的。这笑声猥琐怪异，令人心烦意乱。他心想，到底是怎样的疯子会笑成这副德行？理查德咽了口唾沫，笑声戛然而止。他什么都明白了。

理查德几乎已经爬到月台边缘。有位老妇人走进地铁，脚下刚巧碰到紫发巨魔玩偶，把它踢进列车和月台间的黑暗缝隙。“不！”理查德喊道。他还在笑，声音扭曲，气喘连连，但泪水刺痛了他的双眼，顺着面颊不住流淌。理查德用手揉揉眼睛，结果痛感变得更强。

一阵光芒闪过。

月台重归昏暗寂寥。他爬起身，步履蹒跚地走完最后几步，来到月台边缘。他能看到那个玩偶，就掉在第三根铁轨旁的车道上。那一小蓬紫色，正是他的巨魔。理查德朝前望去，铁道对面的墙上贴了几张巨幅海报，是信用卡、运动鞋和塞浦路斯度假旅行的广告。他眼睁睁看着海报上的文字扭曲变化，组成新的词句。

结束这一切。

帮自己摆脱凄惨的生活。

做个男子汉——动手吧！

今天何不来场致命事故？

理查德点点头。他是在自言自语。那些海报上写的可不是这几句话。没错，他是在自言自语，现在也该接受劝告了。理查德听到咔嗒咔嗒的声音从不远处传来，列车正在进站。他咬紧牙关，身子前后摇摆，仿佛还在被人潮推搡。但月台上只有他孤身一人。

地铁向他驶来，头灯光芒从隧道中射出，好像幼儿梦魇中的恶龙双眸。理查德知道只需吹灰之力，就能一劳永逸地结束痛苦——无论是过去经历的，还是可能到来的，都将永远消失。他把双手塞进衣袋，深吸口气。这太简单了。只要疼一下子，就都结束了，再也不会有什么痛苦……

理查德觉得衣袋里有个东西，他用手摸了摸。是个光滑、坚硬，大致呈圆形的物体。他从口袋里拿出来看了一眼，原来是颗石英珠子。他还记得捡起这颗珠子时的情景。那是在弃世桥对面，这珠子曾属于麻醉法的项链。

他忽然听到鼠语族女孩在说："坚持住，理查德。"这声音可能纯属臆想，也可能不是。他不知道此时此刻还有谁能帮助自己。他怀疑凡此种种真的都是幻想。也许真的是他在自言自语，而他终于听到了自己的劝告。

理查德点点头，把珠子放回口袋。他站在月台上，等待列车进站。地铁进入月台，逐渐减速，最终戛然而止。

随着“呲”的一声，几扇车门徐徐打开。车厢中有很多人，各式各样，各形各色，有男也有女。唯一可以确定的是，他们全都死了。一部分显然刚死不久，有的喉咙上刀口参差，有的太阳穴上弹孔触目。这里还有枯萎干瘪的陈年尸首。有的拉着扶手吊带，身上盖满蜘蛛网；有些肿胀变形的东西瘫在座椅上。放眼望去，似乎每具尸体都是亲手结果了自己的性命。理查德觉得似乎在什么地方见到过其中一些面孔，但他想不起来到底是在哪儿，更不知道是什么时候。车厢中腐臭难闻，就像冷藏设备彻底坏掉的停尸间，经过一个漫长炎热的夏季后散发出的味道。

理查德再也不知道自己到底是谁；不知道什么是真，什么是假；不清楚自己是勇敢，还是怯懦，是疯狂，还是清醒。但他很清楚接下来要干什么。他抬脚迈进车厢，所有光芒随之熄灭。

门闩被人拉开。两声巨响在房间中回荡。通往小神殿的门被推开，灯火从外面大厅照射进来。

这个房间不大，拱形天花板倒是很高。一枚银钥匙用细绳拴住，从天花板中央最高点吊垂下来。开门带起的风头吹得钥匙前后摇摆，然后又慢慢打起转来，先是旋向一侧，随即开始反转。院长扶着乌烟兄弟的臂弯，两人肩并肩走进神殿。院长放开对方的胳膊，开口说：“把尸体抬出去吧，乌烟兄弟。”

“但是，但是神父……”

“怎么了？”

乌烟兄弟单膝跪地，院长听到手指接触衣物和皮肤的声音。“他没死。”

院长叹了口气。他深知这种想法邪恶肮脏，但还是真心觉得如果他们能痛快死去，反倒幸运得多。这种状态比死还可怕。“是那种吗？啊，好吧。咱们会照顾好这可怜人，直到他获得最终的恩典。把他送到医务室去吧。”

虚弱的话语声忽然响起，显得沉稳坚定。“我不是可怜人。”院长听到有个人站起身来，也听见乌烟兄弟倒吸一口冷气。“我……我想我通过了，”理查德·梅休的语气突然变得有些迟疑，“除非这也是试炼的一部分。”

“不，我的孩子，”院长说。他口吻里有种异样的感觉，可能是敬畏，也可能是遗憾。

屋里沉默片刻。“我……我现在想喝那杯茶了，如果你们不介意的话。”

“当然不介意，”院长说，“这边来。”理查德看着老人。那双覆有白膜的眼睛瞪视虚空。他似乎很高兴理查德能活着回来，但是……

“对不起！”乌烟兄弟毕恭毕敬的话语，一下子打断了他的思路，“别忘了你的钥匙。”

“哦，对，谢谢。”他还真把钥匙给忘了。理查德伸出手去，攥住吊在绳上缓缓旋转的冰冷银匙。他扯了一下，绳子应手而断。

理查德摊开手掌，直勾勾地看着那枚钥匙。“我齿牙参差，”理查德回想着说，“敢问我是谁？”

他把钥匙塞进口袋，放在小石英珠旁，跟两位修士一同走出神殿。

雾气开始散去。猎人心情不错。她已经推演完毕，即便情况急转直下，她也能躲过修士们的攻击，带上门菲小姐安然脱身。女孩不会伤到半根寒毛，而她也就受点皮肉伤。

桥梁对面忽然一阵人影晃动。“情况有变，”猎人压低声音对门菲说，“做好逃跑的准备。”

修士们退向两边。那个上层人理查德·梅休跟在院长身旁，穿过雾气向她们走来。不知怎的，理查德看上去有些不同……猎人上下打量着他，试图找出到底是何变化。他的重心降得更低，脚步也更稳健。不……不仅如此，他似乎少了几分稚气，感觉像是有所成长。

“原来你还活着？”猎人说。

理查德点点头，把手伸进衣袋，掏出一枚银钥匙。他把这东西抛给门菲，女孩伸手接住，随即扑了过去，张开双臂，一把搂住理查德，使出全身力气紧紧抱着。

过了一会儿，门菲放开理查德，走向院长。“它对我们的重要性，实在难以用言语表达。”

老人微微一笑，神色有些虚弱，但风度优雅慈祥。“愿庙堂和拱顶与你们同在，保护你们走完穿越下层世界的旅程。”

门菲屈膝行礼，随即把钥匙紧紧攥在掌中。她回到理查德和猎人身边，一行三人下了桥，渐渐走远。修士们始终站在桥上，目送他们消失在下层世界的陈年旧雾之中。

“咱们失去了钥匙，”院长像是在对修士们讲话，但也好似自言自语，“愿上帝保佑吾辈。”

第十三章

天使伊斯灵顿正在做一个混乱阴霾的梦。

滔天巨浪从海上升起，碾压着城市。夜空被一眼望不到头的白色闪电占据。豪雨倾盆而落，城市在战栗。火焰从圆形大剧场附近迸发，转眼间烧遍全城，向暴风雨发出挑战。伊斯灵顿从遥远高空俯瞰这一切。它在空中盘旋，正如人们在梦境盘旋，它在亘古之年也曾这样做过。那座城里有些建筑物高逾数百尺，但灰绿色的大西洋波涛却让它们相形见绌。他听到人们的尖叫。亚特兰蒂斯居住着四百万人；在梦中，伊斯灵顿可以听到他们每人的声音，清晰可辨，独特分明。他们一个个尖叫起来，随即便窒息、烧死、溺毙。海浪吞没整座城市，暴风雨终告停息。

破晓时分，已经没有任何东西可以证明此处曾有一座城市存在，更不用说是面积有两个希腊那么大的岛屿。亚特兰蒂斯仅剩下被水泡肿的尸体，男男女女老老少少漂浮在黎明冰冷的海面上。灰色和白色的海鸥已经开始用它们残忍的喙啄食尸体。

伊斯灵顿醒了。它站在铁柱围成的八角阵中，身旁是那扇用燧石和晦暗纯银打造的黑色大门。它伸手抚过燧石冰冷光滑的表面，感受金属的寒意。它摸了摸桌面，又用手指轻轻滑过墙壁，然后依序走过一间间房舍，碰触各种器物，仿佛是在确认它们的存在，也是为了让自己相信，它身在此时此地。这是天使依循了几百年的习惯，一双赤足早在岩石上磨出光滑轨迹。它在岩池旁停下脚步，屈膝跪倒，用手指轻触冰凉池水。

水面泛起一圈涟漪，从它指尖逐渐扩散到池子边缘。天使和四周那些烛火在水面上的倒影忽然闪烁变形。它面前出现了一间地下室的影像。伊斯灵顿凝神聚意，片刻之后，它听到电话铃声在远方响起。

克劳普先生走到电话机旁，拿起话筒，神态似乎相当满足。“克劳普和范德摩，”他吼道，“剜眼睛，拧鼻子，拔舌头，劈下巴，割喉咙。各项业务，一应俱全。”

“克劳普先生，”天使说，“他们已经拿到了钥匙。要保证那个叫门菲的女孩安全回到我这儿来。”

“安全，”克劳普先生不以为然地说，“没错。我们要保证她的安全。多么神奇的点子，如此新颖，绝对惊人。大多数人雇用杀手，都是为了宰人，明里暗里都有可能，虐杀也不在少数。只有你，先生，会雇佣古往今来最好的两名歹徒，然后要求他们保证一个小女孩安然无恙。”

“要保证她安然无恙，克劳普先生。任何东西都不能伤害到她。哪怕她少了半根寒毛，都会令我大为不悦。明白吗？”

“是的。”克劳普不安地挪了挪重心。

“还有别的事吗？”伊斯灵顿问道。

“有，先生，”克劳普捂着嘴咳嗽两声，“你还记得卡拉巴斯侯爵吗？”

“当然。”

“根据我的理解，应该没有类似禁令，不许我们除掉侯爵吧？”

“不再有了。只要保护好女孩。”

它把手从水面拿开。倒影又变回烛火和那深具中性之美的天使。伊斯灵顿站起身，回到内室，等待终将到来的访客。

“他说什么了？”范德摩先生问道。

“他说，范德摩先生，咱们可以按自己的意思随便处置侯爵。”

范德摩点点头。“包括让他非常痛苦地死去吧？”他有点咬文嚼字地问。

“是的，范德摩先生，回想一下，我认为应该包括。”

“那就好，克劳普先生。可不想再挨训了。”他抬头看向上空，一个血淋淋的物体吊在那里，“最好赶快把尸体处理掉。”

这辆超市手推车的一个前轮不断发出吱吱的声响，还有坚持往左拐的明显倾向。范德摩先生在医院旁边长满荒草的交通岛上找到了这辆金属手推车。他一打眼就发现这东西的尺寸大小正好可以运输尸体。他当然可以亲手抬走尸体，但血水和其他汁液可能会淋他一身，而且范德摩先生只有这一套西服。所以他推着装有卡拉巴斯侯爵尸体的小车，在排水道中行走，任凭车轮吱吱作响，不断往左拐弯。他希望克劳普先生能跟自己换下手，帮忙推上一会儿。但克劳普先生正在发牢骚。“你知道吗，范德摩先生，我现在非常高兴，非常满足，更不用说心醉神迷、心驰神往、心旷神怡，才不会唠叨、抱怨、发牢骚。咱们好歹得到允许，可以做咱们最拿手的事了……”

范德摩设法转过一处很别扭的拐角。“你是说杀人？”

克劳普先生两眼放光。“我的确是说杀人，范德摩先生，勇敢的灵魂，闪耀的精神，高贵的伙伴。但是现在你肯定已经察觉到了，有个隐匿不出的‘但是’正藏在我幸福快乐、欣喜若狂的表相之下。这微不足道的烦恼，就像粘在靴子里的一丁点儿生肝。我敢说，你肯定在暗自嘀咕‘这一切对克劳普先生的心情可没好处。我应该帮他卸下重担’。”

范德摩先生琢磨着克劳普的问题，同时用力推开一扇分隔暴雨排水道和阴沟的圆形铁门，笨拙地爬了上去，然后把装有卡拉巴斯侯爵的小车扯入。他最终认定自己根本就没动过这个念头，便直截了当地说：“没有。”

克劳普先生没理他，兀自说道：“……而我呢，为了满足你的恳求，只得透露一点儿令我烦恼的问题。必须承认，我的灵魂已经为咱们必须隐匿锋芒而苦恼。咱们本该把已故侯爵的凄凉遗体挂在下伦敦最高的绞刑架上，而不是直接扔掉，好像用过的……”他顿了顿，寻找最恰当的比喻。

“老鼠？”范德摩先生提示道，“拇指夹？脾脏？”吱吱、吱吱，购物车的轮子响个不停。

“哦，算了。”克劳普先生说。在他们前方，有一道棕水深沟。水面上漂着灰白色的肥皂泡和用过的避孕套，偶尔还有几段手纸。范德摩先生把购物车拉住。克劳普先生伏下身，揪住侯爵的头发，冲他已故的耳朵叫道：“这件破事越早结束，我就越开心。还有其他时间其他场合，更适合两位善使勒喉索和剃骨刀的高手。”

他说完直起身来。“晚安，亲爱的侯爵。别忘了给我们写信。”

范德摩先生把购物车一掀，侯爵的尸体滚了出去，“扑通”一声掉进下方棕黑水道。由于他对这辆手推车已经烦得要命，所以把它也顺便推进阴沟，眼见水流把小车冲走。

克劳普先生将提灯高高举起，观赏周围的景色。“范德摩先生，”克劳普说，“想想可真让人难过。走在上层街市的那些人，永远不会知晓这些阴沟的美，更见不到他们脚下的红砖胜景。”

“真是巧夺天工。”范德摩先生附和道。

他们转过身去，背对着棕水浊流，顺着通道原路返回。“城市和人一样，范德摩先生，”克劳普郑重其事地说，“内脏的状况是最重要的。”

门菲从皮夹克口袋里找到一根细线，用它串起钥匙，系在脖子上。“这样可不安全，”理查德说。女孩冲他扮了个鬼脸。“哦，”他说，“真的不安全。”

门菲耸耸肩。“好吧，等咱们到了流动集市，我就给它找条链子。”他们经过一座由洞穴和深层隧道组成的迷宫，此处是从石灰石中开凿而成，感觉几乎像是史前遗迹。

理查德呵呵笑了两声。“什么事这么好玩？”门菲问道。

他露齿一笑。“我只是在想，侯爵要是听说咱们没靠他帮忙，就从黑修士手中拿到了钥匙，那他脸上的表情一定很好看。”

“我敢说他肯定能想出几句辛辣嘲讽来，”女孩说道，“那么好吧，回去找天使，走‘危机四伏的远路’，不管它到底是什么。”

理查德欣赏着岩壁上的绘画。赤褐色、赭石色和棕黄色的线条勾勒出冲锋的野猪和逃窜的瞪羚，毛茸茸的乳齿象和肥嘟嘟的树懒。他觉得这些图案肯定有数千年的历史，但刚转过一个拐角，就发现了用同样风格绘制出的卡车、家猫、轿车，还有飞机——不过最后这幅比其他图案明显逊色不少，似乎画家只能偶尔从非常遥远的地方瞥见实物。

壁画距离地面都不太高。理查德怀疑这些画家会不会是一支生活在地下的穴居俾格米矮人。这个诡异的世界可是无奇不有。“那么下次集市在哪儿举行？”他问道。

“不知道，”门菲说，“猎人？”

猎人从阴影处闪出。“我没听说。”

一个小小人影突然从三人身边跑过，蹿向他们的来路。片刻之后，又有两个小人冲了过来，紧追不舍。猎人趁他们经过时，扬手揪住一个小男孩的耳朵。“哎呀，”他用稚气未脱的声音叫道，“放我走！她偷了我的漆刷。”

“没错，”一个尖细的声音从通道深处传来，“她偷了。”

“我没拿！”更高更尖的声音在隧道更深处响起。

猎人指了指岩壁上的壁画。“你画的？”

男孩立时腆胸凸肚，那不可一世的派头只有在最伟大的艺术家和所有九岁男孩身上才能看到。“对，”他傲慢无礼地说，“有些是我画的。”

“还不赖。”猎人说。男孩生气地瞪了她两眼。

“下次流动集市在哪儿举行？”门菲问道。

“贝尔法斯特号，”男孩说，“今天晚上。”

“谢了，”门菲说，“希望你能把漆刷找回来。放他走吧，猎人。”

猎人松开男孩的耳朵。他没挪动，而是上上下下打量着她，然后扮了个鬼脸，以示自己根本就没把她当回事。“你是猎人？”猎人冲他露出温和微笑，男孩不屑地哼了一声，“你是下层世界最棒的保镖！”

“人们是这么跟我说的。”

男孩右手突然往后一缩，又向前一探，动手流畅迅疾。手刚伸了一半，他又愣住不动，困惑地把手摊开，盯着掌心，随即抬起头，迷茫地看向猎人。猎人摊开手掌，露出一柄锋利的弹簧刀。她把刀高高举起，让男孩摸不到，够不着。

他鼻子一皱，开口说：“你是怎么做到的？”

“滚。”猎人说着把刀扔给男孩。他转身朝隧道深处跑去，头也不回地继续追赶自己的漆刷。

卡拉巴斯侯爵的尸体趴在水面上，顺着幽暗阴沟向东漂去。

伦敦的下水道源自河流小溪，它们承载着垃圾废物、动物尸体和夜壶中的黄白之物，自北向南（在泰晤士河南岸则是自南向北）流入泰晤士河。这条大河可以将大部分秽物倾泄入海。整套排污系统多年来还算行之有效，直到1858年，伦敦工业民生制造出了大量废物，外加当年特别炎热的夏季，造成了被称作“奇臭年”的现象。泰晤士河变成一条露天下水道。能离开伦敦的人都走了，留下的人只得用浸过碳酸水的布料裹住面门，尽量不用鼻子喘气。议会被迫在年初宣告休会，次年便下令执行下水道修建计划。数千里长的阴沟修建完毕，自西向东形成平缓斜坡，污水在格林威治村之后的某个地方灌入泰晤士河口，继而直接冲进北海。已故的卡拉巴斯侯爵，正沿这条路径自西向东流去，前往太阳和污水处理厂所在的地方。

一群老鼠待在砖石高台上，做着没人注目时老鼠会做的事。它们发现尸体流过。最大的那只雄性大黑鼠吱吱叫了两声。另一只较小的雌性棕鼠吱吱回了两句，然后从台子蹿下，跳到侯爵背上，顺着阴沟漂了一程。它闻了闻头发和大衣，尝了尝血迹，然后颤颤悠悠地探身下去，检视所能看到的那部分面孔。

它从侯爵脑袋上跳进污水，奋力游到岸边，爬上湿滑的青砖步道，匆匆跑过一段横梁，回到同伴们身边。

“贝尔法斯特？”理查德问道。

门菲调皮地笑了笑，不肯多说什么。他继续追问下去，也只得到“你会知道的”这种答案。

理查德换了个话题。“你们怎么知道那孩子说的是实话？”

“住在下面的人从不拿集市乱讲。我觉得……我们就是不能撒这种谎。”她顿了顿，“集市很特别。”

“但那孩子怎么知道集市在哪儿？”

“别人告诉他的。”猎人说。

理查德沉思片刻。“他们又是怎么知道的？”

“别人告诉他们的。”门菲解释说。

“但是……”他想知道一开始选择集市举办地的人是谁，消息又是怎么传开的。他正在组织语言，好让这个问题不要显得太蠢。

一个醇厚圆润的女性声音忽然从黑暗中传来。“嗨，有人知道下次集市何时举行吗？”

一个人影闪入光亮处。她佩戴银首饰，黑发梳得一丝不乱，皮肤苍白如雪，天鹅绒长裙漆黑似墨。理查德立时发现以前曾见过此人，但他花了几秒钟才想起具体地点：头一次流动集市，那是在哈罗德百货公司。女子冲他嫣然一笑。

“今晚，”猎人说，“贝尔法斯特号。”

“多谢。”女人答道。理查德心想，她的眼睛可真奇妙，居然是紫红色。

“到时候见咯。”女人说这话时，看了理查德一眼，随即略显羞赧地别过头去，迈步走进黢黑阴影，消失得无影无踪。

“她是谁？”理查德问道。

“她们自称天鹅绒，”门菲说，“白天在下层睡觉，晚上到上层活动。”

“她们危险吗？”

“每个人都有危险之处。”猎人说。

“对了，返回头来说说集市。由谁决定它在何时何地举办？头一批人又是怎么知道这个消息的？”猎人耸耸肩。“门菲？”理查德问。

“我从没想过这个问题。”三人拐了个弯，门菲忽然举起提灯，“画得不赖。”

“手脚也挺快。”猎人说着用指尖轻触岩壁上的图画。颜料还没干透。上面画的是猎人、门菲和理查德。样子可不敢恭维。

黑老鼠毕恭毕敬地爬进黄金族的巢穴，它把头埋得很低，双耳贴在脑后，慢慢向前蹭去，嘴里发出吱吱啾啾的声响。

黄金族把一堆兽骨当成自己的巢穴。这堆骨头属于一只长毛猛犸象。在冰河时期，这些毛茸茸的巨大动物曾在伦敦南部的冰雪苔原上游荡。在黄金族看来，庞然大物们似乎把此处当成了自己的地盘。但至少这只猛犸在黄金族的严格教育下，已经打消了这个念头。

黑老鼠在骨堆底部顿首行礼，它翻了个身，露出咽喉，闭上眼睛，默默等待。片刻之后，吱吱声从上方传来，告诉它可以翻起身了。

一只黄金鼠从骨堆顶端的猛犸头颅中钻了出来，顺着陈年象牙一路往下爬。这只金毛老鼠有双古铜色的眼睛，尺寸跟大型家猫相仿。

黑老鼠向它汇报情况。黄金鼠沉思片刻，下了一道命令。黑老鼠又翻身躺倒，再度露出咽喉，接着身子一扭一拧，便上路了。

在“奇臭年”之前，阴沟民就已经存在。从伊丽莎白一世时期到王政复辟时期，再到摄政王时期[1]，伦敦人口急剧增加，废物、垃圾和污水也随之泛滥，越来越多水路被迫改造成地下管道和加盖的水沟，为阴沟民提供了生活空间。但只有在“奇臭年”过后，维多利亚时期的下水道修建计划完成之时，阴沟民才正式登上历史舞台。他们的足

1　这三个年代分别为1558—1603、1660—1688、1811—1820。

迹遍布下层世界的每寸土地，但却长期定居在东部那些形似教堂的红砖地穴中，也就是众多污浊湍流汇合之处。他们终日坐在那里，身边放着长竿、渔网和拼凑而成的吊钩，时刻注意棕色水面的变化。

他们穿着棕绿相间的衣服，上面覆盖厚厚一层污垢，可能是霉菌，抑或化工黏液，也有可能是某种更恶心的东西。他们留着长发，纠结发黏，身上那股味道，你多少可以想象出来。老旧的防风灯挂在通道中。没人知道阴沟民用什么当燃料，但他们灯盏中的蓝绿色火苗，看起来毒性不小。

谁都不知道阴沟民彼此如何交流。在他们跟外界少有的接触中，用的是一种手语。他们生活在滴滴答答、汩汩潺潺的世界，有男有女，还有那些沉默不语的阴沟小孩。

邓尼金发现水面上有个东西。他是阴沟民的族长，最智慧最年长的成员，比当年的建设者们更了解这些阴沟。邓尼金伸手拿过一张长长的捕虾网，单手熟练一抛，就从水中捞起一部相当破旧的移动电话。他走到放了一小堆垃圾的角落，把电话跟其他战利品扔在一起。到目前为止，今天的收获包括两只不配套的手套、一只鞋、一个猫头骨、一盒泡了水的香烟、一支假腿、一条死去的英国猎犬、一对（镶在底座上的）鹿角，以及一辆婴儿车的下半截。

今天的收成不算太好，而且今晚有场流动集市要在户外举行。邓尼金继续凝视水面。天知道接下来会冒出什么东西。

老贝利正把刚洗好的东西拿出去晒。毯子和床单在中央大厦屋顶迎风飘扬。这栋丑绝人寰的摩天大楼建造于六十年代，就在托特纳

姆法院路地铁站上方，是牛津街东端的地标。老贝利对中央大厦没什么好感，但就像他常对鸟儿们说的那样，这楼顶的风景无与伦比。更何况在伦敦西区，中央大厦屋顶是少数几处不用被迫见到中央大厦的地方。

老贝利大衣上的几根羽毛被强风扯掉，一下子飞得老远，在伦敦上空飘舞。但他不在乎。老贝利还常对鸟儿们说，反正羽毛有的是。

很大一只黑老鼠从通风管盖的裂缝处爬了出来。它环顾四周，随即跑向老贝利落满鸟粪的帐篷，直接爬到顶端，然后跳上老贝利的晾衣绳，冲老头急切地叫了两声。

“别着急，别着急。”老贝利说。

黑鼠重复了一遍，这次声调较低，但语气同样急切。“我的天哪。”老贝利说着一头钻进帐篷，拿出一对武器，也就是他的烤叉和煤铲；接着又急急忙忙跑回去，拿出某些廉价工具；随即最后一次冲进帐篷，打开木箱，把银匣揣进口袋。“我可真没工夫干这种蠢事，”他最终出来时对老鼠说，“我是个大忙人。你知道，鸟儿不会自己钻进笼子。”

老鼠冲他吱吱叫喊。老贝利解开缠在腰间的绳子。“哦，还有其他人可以去找尸体。我早不像过去那么年轻了。我可不喜欢地下世界。我是个屋顶男儿，生在此处，长在这里。”

老鼠发出粗鲁的叫声。

“俗话说欲速则不达，”老贝利答道，“我这就出发了。你这妄自尊大的臭小子，我可认识你的曾曾祖父，小老鼠。所以你少给我摆架子……那么这次集市在哪儿举办？”老鼠说出答案。老贝利把它放进衣服口袋，爬到大楼外侧。

邓尼金坐在阴沟旁边的塑料躺椅中，心头忽然冒出强烈的预感，一笔飞来横财正在接近。他能感到这笔财富自西向东漂向这边。

邓尼金使劲拍了下手。其他人无论男女老少都跑了过来，手里抓着钩竿、渔网和绳索。他们在湿滑的阴沟边上排成一行，提灯犹自放射噼啪作响的绿色光芒。邓尼金抬手一指，他们全都静静等待——这就是阴沟民等待的方式。

卡拉巴斯侯爵的尸体面朝下漂在阴沟上，污水载着他庄严缓慢地顺流而下，好似一艘葬礼木舟。阴沟民用钩竿和渔网把它拉住，一声不吭地拖上岸边。他们扒下大衣、靴子，拿走金怀表和衣袋里的各种东西，但仍将其他衣物留在尸体上。

邓尼金面对这次的斩获笑逐颜开。他又拍了下手，其他人开始准备参加集市。现在他们可有值得一卖的东西了。

“你肯定侯爵会在集市出现？”理查德向门菲问道。这条道路正逐渐变成向上的缓坡。

“他不会让咱们失望的，”女孩尽可能信心十足地说，“我敢肯定他会出现。”

第十四章

英国皇家海军贝尔法斯特号是一艘重达一万一千吨的炮舰，于1939年下水服役，参加了第二次世界大战。二战结束后，便一直停泊在泰晤士河南岸，介于塔桥和伦敦桥之间，正对着伦敦塔。这幅画面经常被用在明信片中。站在贝尔法斯特号甲板上，你可以看到圣保罗大教堂和伦敦大火纪念碑的鎏金尖顶。和伦敦很多建筑物一样，这座纪念碑也是由克里斯多佛·雷恩[1]建造的。贝尔法斯特号如今已经成为水上博物馆，同时也是纪念馆和训练场。

一条走道从岸边直通军舰，人们纷纷沿着通道走上甲板，有的三三两两，有的成群结队。下伦敦的所有部族都尽早支起货摊，一方面是为了遵守集市和约的规定，另一方面则是出于尽量远离阴沟民的共同愿望。

早在一百多年前，下层世界就达成共识，阴沟民只能在露天举办的集市上摆设摊位。邓尼金和他的族人聚集在一座大炮塔下，摊开胶皮布，把战利品全都倒成一堆。谁也不会马上跑到阴沟民的摊位前来，但集市快收场时，他们终究会来。喜欢捡便宜的人、心存好奇的

1 英国著名建筑家，在1666年伦敦大火后，负责城市重建工作。

人，还有为数不多的那几个没有嗅觉的幸运儿。

理查德、猎人和门菲在甲板上推开人群，勉力穿行。理查德发现自己已经没有驻足观瞧的欲望。赶集的人潮跟头一次流动集市上的同样怪异，但他估计自己在旁人眼中也很古怪，不是吗？他一边走，一边环顾四周，扫视着人群中的每张面孔，寻找侯爵那充满嘲讽的笑容。“我没看见他。”理查德说。

他们逐渐靠近一个铁匠铺位。如果忽略掉蓬松浓密的棕色胡须，就很容易将这位铁匠看成一座小山。他正把一块火红的铁锭从火盆里夹出，扔在理查德还从没亲眼见过的铁砧上。距离十几步远，他就已经感到熔铁和火盆的热浪扑面而来。

“继续找。”门菲扭头朝身后望去，“卡拉巴斯就像个讨厌鬼，早晚会冒出来，甩都甩不掉。”她思索片刻，又接着说，“话说回来，讨厌鬼到底是什么东西？”理查德还没来得及回答，女孩突然尖叫起来，“老铁匠！”

小山般的胡子男抬起头来，停下敲打铁块的动作，忽然发出炸雷般的吼声。“庙堂和拱顶在上，门菲小姐！”他一把抱起女孩，就好像她还没只老鼠重。

“你好啊，老铁匠，”门菲说，“我猜你也会来。”

“从没错过一次集市啊，小姐，”他高兴地隆隆叫道，然后又刻意压低声音说起悄悄话，但听着却像闷雷，“你知道，生意都在这儿啊。哦，”他想起铁砧上迅速冷却的铁块，“你在这儿稍等片刻。”他把门菲放在足有七尺高的货摊上，刚好跟自己视线平齐。

老铁匠用锤子敲打铁块，再用某种工具捏弄塑形。理查德估计那应该是钳子，他猜得没错。在锤子敲击下，铁块从一团不成形的橘红物体，变成一朵完美无瑕的黑玫瑰。这是件令人叫绝的精致艺术品，每片花瓣清晰可辨，纹理分明。老铁匠把它浸在铁砧旁的一桶凉水里，玫瑰嗞嗞作响，冒出一股蒸汽。老铁匠将它从桶里取出，擦拭干净，交给一名身穿锁子甲的胖大男人。这位已经在旁边耐心等待很久的先生公开表示自己相当满意，随即把一个绿色的玛莎百货塑料购物袋交给铁匠作为报酬，袋子里装满了各式各样的奶酪。

“老铁匠？”门菲站在货摊上说，“这两位是我的朋友。”

老铁匠的手比理查德大上好几倍，轻易将其裹在其中。他握手的动作十分热情，但又非常轻柔，就好像过去因为这事儿出过几次意外，所以曾勤加练习，直到摸清门道为止。“很迷人。”他隆隆说道。

“我叫理查德。”理查德说。

老铁匠面露喜色。“理查德！好名字！我原来有匹马就叫理查德。”他松开理查德的手，转身对猎人说，“那这位是……猎人？猎人！谁来掐我一下！真是猎人！”老铁匠脸红得像个小男孩。他往手里啐了口唾沫，笨手笨脚地试图把头发往后捋平，这才伸出手来，但又忽然想起自己刚吐了口水，连忙在皮围裙上蹭了蹭，紧张地左摇右晃。

“老铁匠。”猎人露出姣好的褐色笑容。

“老铁匠！”门菲说，“把我放下去好吗？”

大汉一脸羞赧。“真抱歉，小姐。”他说着把女孩放下。理查德忽然觉得，门菲肯定打小就认识老铁匠，心中不觉对巨汉产生一种说不清道不明的妒意。“那么，”老铁匠对门菲说，“有什么需要我帮忙的吗？”

“有那么两件，”女孩说，“不过首先嘛……”她把头一转，“理查德！我有件任务要交给你办。”

猎人眉毛一扬。“交给他？”

门菲点点头。“给你们俩。你们能去找点吃的来吗？拜托了。”

理查德觉得异常自豪。他已经在试炼中证明了自己，如今是队伍的一员。他会去找吃的，也会把食物带回来。理查德挺起胸膛。

“我是你的保镖，我要留在你身边。”猎人说。

门菲露齿一笑，眼光流转。“在集市上？没问题的，猎人。集市和约足以保护我。没人敢在这儿动我一根寒毛。而且理查德比我更需要照顾。”理查德一下子泄了气，但根本没人注意他。

“要是有人违反和约呢？”猎人说。

尽管火盆灼热逼人，老铁匠还是打了个冷战。“违反集市和约？别逗了。”

“不可能出这种事。快去吧，你们俩。我要咖喱，拜托了。再给我来点印度脆薄饼，谢谢！要加辣。”

猎人抬手捋了捋头发，随即转身走开，理查德连忙跟上，又推又挤地穿过人群。“要是有人违反了集市和约，又会如何？”他随口问道。

猎人想了一会儿。“上次发生这种事大概是在三百年前。那两人本是朋友，却在集市上因为一个女人争执起来。刀头见血，其中一人当场毙命。另一个跑了。”

“他后来怎么样了？被杀了吗？”

猎人摇摇头。“正好相反。他只希望自己是当初死掉的那个。”

“他还活着？”

猎人把嘴一撇。“算是，”她顿了顿又说，“勉强算是活着。”

“哎呀！”理查德忽然觉得阵阵作呕，“这……这股臭味是怎么回事？”

“阴沟民。”

理查德别过头去，尽量避免用鼻子呼吸，直到远离阴沟民的摊位。

“看见侯爵的人影了吗？”他问。猎人摇摇头。他们走上一道跳板，前往众多食物摊位，那里的气味要诱人得多。

老贝利没费多大力气，就闻着味儿找到了阴沟民。

他知道自己该怎么做，而且装模作样也别有一番乐趣。他不厌其烦地挑拣着死猎犬、假腿和潮湿发霉的手机，每看一样就摇一次头，似乎都不满意；随后假装偶然发现了侯爵的尸体，抬手挠挠鼻子，把眼镜戴上仔细观瞧，沉着脸点点头，希望给人一种模糊印象：他急需一具尸体，虽然不满货物成色，也只能因陋就简凑合一下了。他点头让邓尼金过来，又指指尸体。

邓尼金双手大张，露出灿烂笑容，同时抬头注视天穹，将侯爵遗体为他们带来的美好祝福传达出去。他抬起右手按在额头，然后把手放下，露出依依不舍的表情，旨在表明换出这样一具非比寻常的尸体，将是多么惨痛的损失。

老贝利把手伸进衣袋，掏出一管用了一半的除臭剂，交给邓尼金。阴沟民眯着眼睛打量一番，舔了两下，不为所动地递了回来。老贝利把它装好，回头看了眼侯爵的尸体。它衣衫不整，打着赤足，在阴沟中吸收的水分还没干透。尸身苍白骇人，血液早从无数大大小小的伤口流干，皮肤因为长时间泡在水里显得皱皱巴巴，好似风干的果脯。

他又掏出一个瓶子递给邓尼金，里面装了四分之三瓶黄色液体。

邓尼金狐疑地看着它。阴沟民都知道香奈尔五号香水的瓶子长什么样，纷纷聚拢过来，凝神观望。邓尼金显出志得意满的神色，小心翼翼地拧开瓶盖，在腕子上略微沾了一丁点，然后用巴黎顶级香水师也自叹弗如的严肃态度闻了闻。他激动地点点头，走到老贝利身前，将他一把抱住，表示买卖成交。老人扭开脸，屏住呼吸，直到对方把自己放开。

老贝利伸出一根手指，努力说明自己已经不再年轻，而卡拉巴斯侯爵无论生死，都有点太过沉重。邓尼金若有所思地抠着鼻子，然后打个手势表明他这样做不仅慷慨大方，更是愚昧蠢笨、头脑发热，无疑会让自己和所有阴沟民沦落到救济院去，但他还是让一个年轻族人把尸体绑在那半辆破婴儿车上。

屋顶老人用一块布盖住尸体，拉着它离开阴沟民的摊位，穿过熙熙攘攘的甲板。

“请来一份蔬菜咖喱，谢谢！”理查德对卖咖喱的女人说，“另外，嗯，顺便问一句，这种炖肉咖喱是用什么肉做的？”女人回答了他的问题。“哦，好的。还是都点蔬菜咖喱吧。”

“又见面了，”醇厚圆润的声音从他身边传来，正是他们在洞穴中遇到的那位瞳色紫红的黑衣女子。

“你好，”理查德笑着说，“哦，再来点印度脆薄饼，谢谢！你，呃，也是来买咖喱的？”

那人用紫色眼眸凝视理查德，装出电影中德古拉伯爵的腔调说：“我不吃……咖喱。”说完这话，她毫不掩饰地哈哈大笑。理查德这才想起已经很长时间没有女人跟他开过玩笑了。

“哦，嗯，我叫理查德。理查德·梅休。”他说着伸出右手。那人轻轻碰了一下，也算是握过手了。她的指尖异常冰冷，但时值深夜，又当晚秋，在泰晤士河的军舰上，所有东西都异常冰冷。

“拉米娅，”她说，“我是天鹅绒的一员。”

“啊，”理查德说，“想起来了。你们有很多人吗？”

“有一些。”

理查德从摊主手中接过盛咖喱的容器。“你是做什么的？”他问。

“如果我没在找吃的，”她微笑着说，“那就是在做向导。我熟悉下层世界的一草一木。”

理查德坚信猎人本还站在货摊的另一侧，但转眼间她就出现在拉米娅身边。“他不属于你。”猎人说道。

拉米娅露出甜美笑容。“这件事我自会判断。”

理查德说：“猎人，这位是拉米娅，天鹅笼的一员。”

“天鹅绒。”拉米娅声音甜美地纠正道。

“她是个向导。”

“无论你们想去哪儿，我都能带你们去。”

猎人从理查德手中接过装食物的袋子。“该回去了。”

“对了，”理查德说，“如果咱们要去那个地方，也许她能帮上忙。”

猎人一言不发，只是看着理查德。要是换作前几天，这种眼神足以令理查德忘掉刚才的话题，但他已今非昔比。“咱们让门菲作决定吧，”理查德说，“有侯爵的消息吗？”

“还没有。”猎人说。

老贝利拖着绑在婴儿车上的尸体，一步步走下跳板。侯爵就像是具可怕的盖伊·福克斯雕像；在不算久远的过去，伦敦儿童们会在11月5日那天把它们绑在小车上，拉着到处跑，然后扔进篝火付之一炬[1]。他拉着小车走过塔桥，又拖上山坡，从伦敦塔旁经过，一路嘀嘀咕咕，抱怨个不停。他继续向西，朝塔丘地铁站前进，在距离站点不远处的一截灰色断墙旁停下脚步。老贝利心想，这里不是屋顶，但也勉强够用。

它是伦敦墙仅存的遗迹之一。故老相传，伦敦城墙是罗马皇帝君士坦丁大帝在公元三世纪下令建造的。他这样做是为了满足母亲海伦娜的要求。这位来自伦敦的老妇人，厌倦了帝国各处的统治者和人民领袖动辄吹嘘他们当地的城墙有多宏伟，还要询问她故乡的城墙是个什么样子。城墙完工后，将整座小城完全围在其中。它高三十尺，宽八尺，正是名副其实的伦敦墙。

但这截断壁已经没有三十尺高，显然也不可能再包围城市。从君士坦丁大帝生活的年代开始，地平面就不断升高，早先的伦敦墙大部分已经埋在街道下方十五尺的位置。但它仍是一段宏伟壮观的城墙。老贝利用力点点头，先用一段长绳绑住婴儿车，自己爬上断墙，然后一边嘟囔着“哎哟妈呀”，一边将侯爵拉到城墙顶端。他把尸体从小车上解下，轻轻平放在地，胳膊靠在身体两侧。尸体上有些伤口还不

1　1605年11月5日，天主教徒企图炸毁英国议会，除掉英王詹姆士一世。但计划败露，主谋盖伊·福克斯被捕。每年的11月5日，英国人以大篝火之夜（即焰火之夜或盖伊·福克斯之夜）来庆祝阴谋被粉碎。

断渗出汁水。但他已经死透了。

“你这操蛋白痴，”老贝利难过地嘟囔道，“偏要找死干什么？”

秋夜清寒，皎皎明月高挂空中，显得很小。满天星辰点缀在蓝黑色的夜幕上，好似被碾碎的钻石。一只夜莺扑棱棱落在墙头，端详着卡拉巴斯侯爵的尸身，发出甜美啼鸣。“闭上你的鸟嘴，”老贝利粗声大气地说，“你们这些臭鸟闻起来也不像见鬼的玫瑰。”鸟儿冲他说了句悦耳动听的夜莺粗口，随即飞入夜空。

老贝利把手伸进衣袋，掏出已经睡着的黑老鼠。它睁开惺忪睡眼，慵懒地打个呵欠，显出很大一条斑驳鼠舌。“平心而论，”老贝利对黑老鼠说，“我真希望再也闻不见任何气味。”他把老鼠放到脚边，搁在伦敦墙的石砖上。它冲老人吱吱叫了几声，用前爪打了几个手势。老贝利长叹一声，把银匣从兜里取出，又从内袋掏出烤肉叉。

他把银匣放在卡拉巴斯的胸口上，紧张兮兮地用烤肉叉挑开盒盖。银匣中垫了一层红色天鹅绒，里面放了颗大鸭蛋，蛋壳在月光下显出淡淡青绿色泽。老贝利紧闭双眼，举起烤肉叉，使劲砸向鸭蛋。

只听“啪”的一声爆响。

世界陷入死寂，几秒钟后狂风大作。风向并不固定，似乎来自四面八方，形成突如其来的旋风。落叶、报纸和城中所有碎石，都被狂风从地上卷到空中。风势掠过泰晤士河，把冷水吹向天空，形成一片美丽强劲的飞沫。这是一股危险疯狂的飓风。贝尔法斯特号上的摊主们纷纷高声咒骂，紧攥着各自财物，以免被吹走。

风势越来越强，几乎快把世界卷走，将星辰吹灭，人们也要像秋风中的落叶般满天飞舞。

就在这时……风停了。树叶、报纸和塑料购物袋纷纷飘落。地上、路上和水上都布满垃圾。

在伦敦墙遗迹顶端，狂澜之后的寂静，感觉就同大风一样震耳欲聋。它最终被一阵咳嗽声打破，而且是剧烈可怕的湿咳。某人挣扎翻身的声音随之响起，然后是吐得翻江倒海不亦乐乎的响动。

卡拉巴斯侯爵扒在伦敦城墙墙头，把阴沟脏水一股脑吐了下去。棕色污水染黑了灰石墙面。他花了很长时间把体内污水吐净，这才用近乎呻吟的嘶哑嗓音说道："我感觉喉咙被人割断了。你有什么东西能用来包扎的吗？"

老贝利在兜里翻了半天，掏出一条脏兮兮的布料，交给侯爵。卡拉巴斯在脖子上缠了几圈，牢牢系紧。老贝利忽然不合时宜地想起摄政王时期花花公子们钟爱的高衣领。

"有喝的东西吗？"侯爵干巴巴地说。

老贝利掏出自己的扁平小酒壶，拧开盖子，递给侯爵。他仰头喝了一大口，结果疼得直咧嘴，有气无力地咳嗽几声。那只黑老鼠饶有兴趣地看完整出戏，便沿着断墙爬了下去，迅速跑远。它要向黄金族通报这个消息：所有人情都已还清，所有债务都已了结。

侯爵把小酒壶还给老贝利。老人顺手塞进衣兜，同时问了一句："你感觉如何？"

"我感觉好多了。"侯爵坐起来，浑身打着哆嗦，鼻涕直往下流，双眼来回转动。他聚精会神地观赏这个世界，好似以前从没见过。

老贝利问道："对了，你非要自寻死路，到底是为了什么，我只想知道这个。"

"情报，"侯爵低声说，"如果别人知道你命不久长，说话就少有顾虑。而且等你死了之后，他们还会在你周围讲个不停。"

“那么你得到想要的情报了吗？”

侯爵用手指轻触胳膊和大腿上的伤口。“哦，是的。基本都搞清了。我对这件事的底细内情，已经有了更深入的了解。”他又闭上眼睛，双臂抱紧自己，慢悠悠地前后摇晃。

“那是种什么感觉？”老贝利问道，“死了以后？”

侯爵长叹口气，随即用双唇挤出微笑，恢复了几分往日光彩。“多活两年，老贝利，然后你就会亲自找到答案。”

老贝利的失望之情溢于言表。“小杂种，可是我把你从那有去无回的阴曹地府揪回来的。哦，反正通常都有去无回。”

卡拉巴斯侯爵抬头看着老人，月色下的双眸尤显惨白。“死了以后是什么感觉？特别冷，我的朋友。特别黑，特别冷。”

门菲举起铁链。挂在链子上的银钥匙在老铁匠的火盆映照下，反射出橙红光芒。她满意地笑了笑。“做得真棒，老铁匠。”

“多谢夸奖，小姐。”

她把铁链挂在脖子上，将钥匙藏在层层叠叠的衣服底下。“你想要什么报酬？”

铁匠似乎有点不好意思。“我可绝对不想滥用你的高超天赋……”他嘟囔道。

门菲摆出“有话直说”的表情。大汉弯下腰，从一堆打铁工具下面翻出个黑盒子。它是用黑木制成，表面镶嵌着象牙和珍珠母，尺寸跟一本大字典差不多。老铁匠把它拿在手中翻来转去。“这是个解谜盒，”大汉解释说，“我几年前帮人打铁换来的。虽然试过很多次，但我就是打不开。”

门菲接过盒子，抚摸着光滑的表面。“你打不开它也很正常。里面的机关都卡住了，堵得死死的。”

老铁匠显得闷闷不乐。“那我永远不可能知道里面是什么东西了。”

门菲扮个鬼脸，十指在盒子表面来回摸索。一根木棍从侧面滑出，她把小棍推回一半，然后轻轻转动。盒子内部传出一声闷响，盖子从侧面打开。“给你。”门菲说。

“还是小姐厉害啊。”老铁匠说。他接过盒子，把盖完全打开。匣子中有个抽屉，铁匠把它拉出。抽屉里坐着只小蟾蜍，它呱呱叫了两声，用无动于衷的红褐色眼睛环顾四周。老铁匠皱起眉头。“我还以为会是钻石和珍珠呢。”

门菲抬手拍拍小蟾蜍的脑袋。“它的眼睛真漂亮，”女孩说，“留下吧，老铁匠。它会为你带来好运。我要再次向你致谢。我相信你不会乱说的。”

“你就相信我吧，小姐。”老铁匠诚心实意地说。

他俩肩并肩坐在伦敦墙上，什么话也没说。老贝利把婴儿车慢慢降到地面。

“集市在哪儿举行？”侯爵问道。

老贝利指了指战舰。“就在那儿。”

“门菲和其他人一定还在等我。”

“你现在这副德性，哪儿都去不了。”

侯爵痛苦地咳嗽几声。在老贝利听来，似乎肺里还有不少污水。

“我今天跑的路已经够多了，”卡拉巴斯轻声说道，“多走两步也没什么大不了的。”他注视自己的双手，慢慢弯曲十指，似乎想看看它们能否正常移动。接着他扭过身子，顺着墙面吃力地往下爬去。但在离开之前，侯爵用沙哑的声音，略显难过地说：“老贝利，我似乎欠你一个人情。”

理查德把咖喱带回来时，门菲张开双臂跑了过去。女孩紧紧抱着他，甚至拍了拍他的屁股，这才抓过纸包，迫不及待地把它扯开。门菲拿出盛放蔬菜咖喱的容器，狼吞虎咽地大吃大嚼。

“谢啦，”门菲嘴里塞满食物，“看见侯爵了吗？”

“没有。”猎人说。

“克劳普和范德摩呢？”

“也没有。”

“咖喱真香，味道好极了。”

“已经拿到链子了？”理查德问道。门菲从脖子上扯起一段链子让他看清，然后松开手。钥匙的重量使它坠了下去。

“门菲，”理查德说，“这是拉米娅。她是位向导。她说能带咱们去下层世界的任何地方。”

“任何地方？”门菲嚼着一片印度脆薄饼。

“任何地方。”拉米娅说。

女孩把头一歪。“你知道天使伊斯灵顿住在哪儿吗？”

拉米娅慢慢眨了眨眼，细长睫毛遮住紫红眼眸，又再度分开，

“伊斯灵顿？你没法去……”

“你知道吗？”

“下街，”拉米娅说，“下街尽头。但那里不安全。”

猎人始终抱着胳膊，不动声色地看着她俩说话。此刻她终于开口了。“咱们不需要向导。”

“哦，”理查德说，“我想咱们需要。侯爵根本不见人影。咱们都知道接下来将是一段危险旅程。咱们必须把……我拿到的那个东西……交给天使。然后他才会告诉门菲有关她家人的事，也会告诉我该如何回家。”

拉米娅抬头看着猎人，面露喜色。“而且他可以给你装个脑子，”她快活地说，“再给我一颗心。”

门菲用手指从碗里抹出最后一点儿咖喱，仔细舔干净。“不会有事的。就咱们仨挺好，理查德。咱们可请不起向导。”

拉米娅不快地扬起头。“我会从他那里得到报酬，而不是你。”

“敢问你想要什么报酬？”猎人说道。

“这个嘛，”拉米娅又露出甜美的笑容，“只有我知道，他能猜，跟你们可没关系。”

门菲摇摇头。“我可不这么想。”

理查德闷哼一声。“你们只是不乐意看到我把一切都搞定，而不是傻乎乎地跟在你们屁股后头，让我去哪儿就去哪儿。”

“根本没这回事。”

理查德扭头对猎人说：“那好吧，猎人。你知道怎么去找伊斯灵顿吗？”猎人摇摇头。

门菲叹了口气。“咱们必须出发了。你是说下街？”

拉米娅微微一笑，暗紫色双唇弯成两道娇美弧线。“没错，小姐。”

侯爵赶到集市时，他们已经走了。

第十五章

他们沿着长跳板离开军舰，来到岸边，继而走下几段阶梯，穿过一条昏暗狭长的过街通道，重新返回地面。拉米娅迈开步子，气定神闲地走在前头，带领他们进入一条圆石小巷。墙上的煤气灯散发出幽暗光芒，伴有噼啪声响。

“前面第三扇门。”拉米娅说。

一行人在那扇门前停下脚步。门上有块铜板，上书一行大字：

英国皇家防止虐待房屋协会

再往下是几个较小的文字：

下街。请敲门。

“你打算穿过这栋房子到下街去？”理查德问道。

“不，”拉米娅说，“那条街就在房子里。”

理查德敲敲门。里面毫无反应。他们静候片刻，在清晨的寒意中瑟瑟发抖。理查德又敲了一次，最终按响门铃。一名睡眼惺忪的男仆把门打开，他头戴扑了粉的卷曲假发，身穿鲜红制服，站在门阶上扫视这群乌合之众。那副表情显然在说，你们真不值得让我从床上爬起来。

“有什么可以让我效劳的吗？”男仆问道。理查德曾听人说过滚一边凉快去之类的话，都比男仆这句显得亲切。

“下街。”拉米娅匆匆道。

“请往这边走，”男仆叹道，“麻烦在门口把鞋底擦干净。”

他们穿过富丽堂皇的大厅。男仆取来一个烛台，把蜡烛一一点燃。这种烛台通常只会在廉价小说封面上出现，一般是由身穿飘逸睡袍的年轻女子拿在手中，以便照亮逃亡的道路。在她身后矗立着那种只有阁楼窗户透出一点儿亮光的古老宅院。

一行人走下几段金碧辉煌、地毯华美的楼梯，然后走下一段不那么金碧辉煌、地毯不太华美的楼梯，进而走下一段完全谈不上金碧辉煌，只铺了棕色破麻布的楼梯，最后则是一段干脆没有地毯的黄褐色木质楼梯。

在楼梯底部有个古董级员工电梯，上面挂着牌子。上书四个大字：

无法使用

男仆没有理会那块牌子，直接拉开铁丝栅栏门，发出金属撞击声。拉米娅礼貌地向他致谢，然后迈步走进电梯。其他人鱼贯而入。男仆转身离去。理查德透过铁丝网眼，看着他手持烛台，沿木梯上楼去了。电梯面板上有短短一排黑色按钮。拉米娅按动最底下的那个，铁栅栏门“砰”的一声自动关闭。发动机启动，电梯吱吱嘎嘎缓慢下降。他们四个把电梯挤得满满当当。理查德可以闻见三名女子各自不同的气味。门菲主要是咖喱味。猎人身上有股汗味，但并不令人讨厌，倒让他想起动物园笼子里那些大型猫科动物。至于拉米娅则散发着金银花、铃兰和麝香的气息，令人心旷神怡。

电梯不断下降。理查德身上冒出湿黏冷汗，指甲深深陷入掌心。他尽可能用满不在乎的口气说："如果现在发现某人患有幽闭恐惧症，那还真不是时候，对吧？"

"没错。"门菲说。

"反正我是没事。"理查德说。

他们继续下降。

电梯先是猛地一震，随即发出砰砰巨响和齿轮咬合的声音，最终戛然而止。猎人拉开铁门，探头张望两眼，这才走了出去，来到一处狭窄平台。

理查德从电梯门口向外望去。他们悬在半空中，下方是一条从岩壁开凿出来的螺旋步道，规模宏大，装饰华美，沿着中央楼梯井一圈圈向下盘旋。它让理查德回想起先前见过的一幅巴别塔油画，当然这里更像是内外倒错的巴别塔。通道旁的墙壁上到处都有暗淡烛光闪耀，下面很远很远的地方还有许多细小火苗在燃烧。电梯吊挂在中央楼梯井顶端，距离坚实的地面足有几千英尺。它微微晃了一下。

理查德深吸口气，跟着其他人走上木质平台。尽管他深知这样做并不明智，但还是低头看去。在他和数千尺下的岩石地面之间只有一片二十尺长的单薄木板，连接着他们脚下的平台和岩石小路顶端。"而且我估计，"他的口气远比自己想象的还要满不在乎，"现在说出我有严重恐高症，也挺不是时候。"

"这条路很安全，"拉米娅说，"至少我上次来的时候没事。看好了。"黑天鹅绒长裙一阵飘摆，她迈步走上木板，看那架势，即便头上顶着十几本书，也不会掉落一本。拉米娅踏上岩石小路，停下脚步，转过身来，冲他们露出鼓励的微笑。猎人随后走了过去，也转过身站在拉米娅旁边等待他们。

“看见了吧？”门菲伸手捏了下理查德的胳膊，“没问题的。”

理查德点点头，咽了口唾沫。没问题。

门菲走了过去。她似乎并不喜欢这段路程，但好歹是过去了。三个女人站在对面等待理查德。他过了一会儿才意识到，尽管自己已经向双脚下达了“前进”指令，但根本没有迈步走上木板的意思。

在上头很远的地方，有人按下电梯按钮。理查德听到“哐啷”一声，老式电动机的呻吟随后从远方传来。电梯门在他身后轰然关闭，只留理查德颤颤巍巍地站在狭窄木质平台上，这地方也就跟跳板差不多宽。

“理查德！”门菲喊道，“快过来！”

电梯开始上升。他从微微摇晃的平台走上木板，结果脚下一软，四肢着地趴在跳板上，死命抱着不放。他心中仅存的理性还在琢磨电梯的问题：谁控制它上去的？是为了什么？但其余心思基本用在叮嘱四肢牢牢抓紧，同时在心中放声高呼“我不想死”。理查德不遗余力地紧闭双眼，他坚信自己只要睁开眼睛，看到身下岩壁，就会松开木板，直接掉下去，掉下去，掉下去……

“我怕的不是坠落，”他对自己说，“我怕的是停止坠落的那一刻。”但他知道这是扯淡。他怕的就是坠落，就是在空中翻着跟头，挥舞双臂，眼看岩石地面迅速逼近，心里明白无论如何也救不了自己，更不会发生奇迹……

他渐渐意识到有人在跟自己说话。

“理查德，沿着木板慢慢往前爬就行了。”那人这样说。

“我……我做不到。”他嘟囔道。

“你经历过更可怕的考验，还拿到了钥匙，理查德。”说话的人是门菲。

“我真的不太喜欢高度。”理查德执拗地说。他脸颊紧紧贴在木板上，牙齿不住打战。“我想回家。”他感到木板贴在自己脸上，接着它开始摇动。

猎人的声音说：“我真不敢说这块木板还能支撑多大重量。你们两个压住这头。”木板微微震动，有个人向他走来。理查德四肢紧抱，双眼紧闭。猎人沉着冷静地对他低声耳语：“理查德！”

“嗯。”

“往前挪，理查德。一次挪一点儿。来吧……”她伸出褐色手指，抚摸着他紧抓木板的苍白手掌。“来吧。”

理查德深吸口气，往前蹭了一点儿，又僵住不动。“你做得很好，”猎人说，“真不错。来吧。”就这样一寸又一寸，一点儿又一点儿，她诱导理查德慢慢向前爬去，来到木板尽头，然后双手架在他腋下，把他抬起来放在坚实地面上。

“谢了。”理查德想不出任何言语足以感谢猎人刚才对他的帮助，只好重复一句，“谢了。”然后又对所有人说：“我很抱歉。”

门菲抬头看着他。“没事儿，你现在安全了。”理查德注视地下世界的螺旋步道，小路向下延伸，一眼望不到头。他又看看猎人、门菲和拉米娅，随即放声大笑，眼泪都流出来了。

他最终把嘴闭上，门菲问道：“什么事儿这么好笑？”

“安全。”他简明扼要地说。门菲盯着他看了半晌，随即也露出微笑。“那么咱们现在去哪儿？”理查德问。

“下去。”拉米娅说。一行人沿着小道向下走去。猎人头前开路，门菲跟她并肩而行。理查德则跟在拉米娅身边，呼吸着那股铃兰、金银花的香气，暗自庆幸能有她作伴。

“你能做我们的向导，我真的感激不尽，”他对拉米娅说，“希望这样做不会给你带来霉运什么的。”

拉米娅用紫红眼眸盯着他。“为什么会带来霉运？”

“你知道鼠语族吧？”

“当然。”

“之前有个鼠语族女孩，她叫麻醉法。她……哦，我们也算是朋友，她要带我去某个地方，可是却被劫走了。就在弃世桥。我真想知道她后来怎么样了。”

拉米娅露出同情的微笑。“我的族人之间也有这种故事流传，其中有几个可能还是真的。”

“那你可得给我好好讲讲。”理查德说。这里温度很低，他的呼吸在冰冷的空气中化作白雾。

“回头吧，”拉米娅说，她的呼吸没有结雾。“你们都是好人，肯带我一起来。”

“这是我们应该做的。”

门菲和猎人在他们前方拐了个弯，消失在视野之外。“哦，”理查德说，“她俩把咱们甩下好远了。咱们最好快点走。”

“让她们先走吧，”拉米娅柔声说道，“咱们会赶上的。”理查德心想，这可真像十几岁时带女孩去看电影。或者是看完电影，走在回家的路上。在候车亭或者墙根底下驻足片刻，趁别人不注意偷偷接吻，皮肤摩擦几下，舌头纠缠一阵，然后紧赶几步，追上你的伙伴和她的朋友……

拉米娅伸出一根冰冷手指，抚摸着他的面颊。“你可真暖和，”

她仰慕地说，“拥有这么多热量感觉一定很棒。”

理查德竭力摆出谦虚恭谨的表情。“说实话，这个问题我还没怎么想过。”他忽然听到电梯门关闭的声音从遥远的上方传来。

拉米娅抬头看着他，满怀期待，温柔无比。“你能给我些热量吗，理查德？”她问，“我好冷。”

理查德不知道自己该不该亲她。“什么？我……”

拉米娅似乎有些难过。“你不喜欢我吗？”她问。理查德只希望自己没让她伤心。

“我当然喜欢你，”他听到自己在说，“你是个好人。”

“你根本用不到所有热量，对吧？”她说得合情合理。

“估计用不到……”

“而且你说过打算付我向导费的。我只想要热量作为报酬。能给我点吗？”

她想要什么都行，任何东西。金银花和铃兰的香气将理查德团团围住，他眼中只剩下拉米娅的白皙皮肤、绛紫丰唇和乌黑长发。理查德点点头。他内心深处有个声音在呐喊嘶嚎，但无论它想说什么，都可以日后再讲。拉米娅伸出双手捧住他的脸颊，轻轻拉向自己，接着凑了上去，给他一个慵懒的长吻。起初理查德被吓了一跳，女人双唇冰冷，舌尖清寒，但他很快便彻底屈从于这个香吻之下。

过了半晌，拉米娅退开一步。

理查德感到嘴唇上结了冰霜。他脚下一软，身子靠在墙上。他想眨眼，但双目似乎被冻住了，怎么也闭不上。拉米娅抬头看着他，露出满意的微笑。她肤色红润发亮，双唇娇艳欲滴，呼吸在清冷的空气中结成白雾。女人用温暖的鲜红舌尖轻舔朱唇。理查德眼前开始发黑，他觉得似乎有一个黑影在余光中闪现。

“还要。”拉米娅说着把手伸了过来。

他眼见天鹅绒把理查德拉过去亲了一下，眼见白霜在理查德皮肤上蔓延，眼见她欣喜地抽开身。他走到拉米娅身后，趁她准备给这一切画上句号时，伸手狠狠掐住她的脖子，把她举到空中。

“还给他，”侯爵凑到她耳边厉声说道，“把他的生命还回去。”天鹅绒就像只被扔进浴缸的小猫，又踢又挠，又扭又叫。但这样做根本没用，她的喉咙还是被牢牢掐住。

“你不能强迫我这样做。”她用异常难听的腔调说。

理查德浑身冰冷，瘫倒在石墙上。侯爵手底下加了点劲儿。“把他的生命还回去，”他声音沙哑，但态度坚定，“不然我就拧断你的脖子。”拉米娅浑身一颤。侯爵把女人推到理查德面前。

拉米娅握住理查德的手，冲他的口鼻吐了口气。白雾从女人口中冒出，钻进他的嘴里。理查德皮肤上的冰晶开始融化，头发上的白霜也逐渐消失。

侯爵又捏了一下女人的脖子。“都吐出来，拉米娅。”

女人嘶叫一声，极不情愿地再次张开双唇。最后一缕雾气从她嘴里飘出，消失在理查德体内。理查德眨了眨眼，眼眸中的冰霜化作泪水，顺着面颊流了下来。“你对我做了什么？”他问。

“她要吸干你的生命，”卡拉巴斯侯爵用干涩的声音低语道，“夺走你的热量，把你变得跟她一样冰冷。”

拉米娅脸色一沉，嘴角一撇，眼睛里闪着泪花，活像个被抢走心爱玩具的小毛孩。“我比他更需要热量！”她号哭道。

“我还以为你喜欢我。”理查德傻乎乎地说。

侯爵单手拎起拉米娅，把她扯到自己面前。“如果你和其他天鹅绒崽子再敢靠近他，我就会在白天到你们的洞穴去，趁你们睡觉的时候把它付之一炬。听懂了吗？”

拉米娅点点头。侯爵一松手，把她扔在地上。女人站直并没多高的身子，扭回头来，使劲在伯爵脸上啐了一口。她拉起黑天鹅绒长裙的前摆，沿着小道向上跑去，脚步声在下街的螺旋石径间往来回荡。那口冰冷唾液顺着侯爵面颊流了下来。他用手背抹掉。

“她想杀了我。”理查德结结巴巴地说。

“不是马上，”侯爵轻蔑地说，“但等她吸干了你的生命，你便在劫难逃。”

理查德盯着侯爵。他身上满是泥污，黢黑皮肤下的脸色有些苍白。外套不知到哪儿去了，反倒在肩头裹了条破毯子，活像墨西哥人的披风，下面鼓鼓囊囊也不知捆着什么东西。他光脚没穿鞋，脖子上缠了条褪色的破布，理查德估计这多半是某种诡异的流行服饰。

“我们一直在找你。”理查德说。

“你现在找到我了。”侯爵哑着嗓子，干巴巴地说。

“我们本以为会在集市上见到你。”

“对。哦，但有些人以为我已经死了。我必须保持低调。”

“为什么……为什么他们会以为你死了？”

侯爵用那双看透万象、历尽沧桑的眼睛盯着理查德。“因为他们把我杀了。来吧，其他人应该就在前头不远。”

理查德向旁边望了一眼，透过中央楼梯井，可以看到门菲和猎人就在对面下一层。她们正左顾右盼，大概是在找他。理查德冲两人大喊大叫，拼命挥手，但声音显然没传过去。侯爵伸出一只手，搭在理查德胳膊上。“你看，”他指着门菲和猎人之下的那条小路。有什么东西动了一下。理查德眯起眼睛，隐约看出阴影中站着两个人影。“克劳普和范德摩，”侯爵说，“这是个陷阱。”

“咱们怎么办？”

“快跑！”侯爵说，“警告她们。我还跑不动……去啊，妈的！”

理查德拔腿就跑，使出全身气力，以最快速度顺着地下世界的石坡朝前猛跑。他觉得胸口突然一阵刺痛，像被针扎了似的。但他仍努力前进，发足狂奔。

理查德转过一个弯，看到两人就在前面。“猎人！门菲！”他上气不接下气地喊道，“站住！小心！”

门菲转回身。克劳普先生和范德摩先生从一根立柱后面闪了出来。范德摩把门菲的双手扭到背后，用一根尼龙绳迅速捆住。克劳普先生手里拿着个又长又细的东西，用一块棕布裹好，就像理查德父亲过去用来装钓鱼杆的袋子。猎人愣在原地，瞠目结舌。理查德叫道：“猎人，快上！”

她点点头，旋身踢出一脚，动作优美流畅，好似芭蕾一般。

她这脚结结实实踹在理查德肚子上。理查德倒飞出去，摔在几尺之外，腹中剧痛，气喘连连。“猎人？”他喘着粗气说。

“恐怕是我。”猎人说着转过身去。理查德觉得一阵恶心，更是悲痛莫名。猎人的背叛就像这狠狠一脚，把他伤得很深。

克劳普先生和范德摩先生完全没有理会理查德和猎人。范德摩正在捆绑门菲的双臂，克劳普则在一旁驻足观望。“别把我们看成杀人犯和亡命徒，小姐，”克劳普先生和颜悦色地说，“请把我们看作陪护服务人员吧。”

“只是没有大胸脯。”范德摩先生略显尴尬地说。

克劳普先生转头对范德摩先生说：“是保护陪同意义上的陪护。保证咱们美丽的门菲小姐安全抵达她要去的地方。我可没把你比作干夜班的女士，或是街上的流莺。”

范德摩先生不为所动。“你说咱们是陪护服务人员，”他嘟囔道，“我可知道那是什么意思。”

“把这句话忘掉吧，范德摩先生。是我说错了。从现在开始咱们是监护人、保镖和伴当。”

范德摩先生用一枚鸦骨戒指挠挠鼻子。“好吧。”他说。

猎人站在岩壁旁，谁也不看。理查德倒在地上扭动呻吟，试图把空气吸入肺部。克劳普先生扭头冲门菲微微一笑，露出许多牙齿。“你看，门菲小姐，我们只想保证你能安全到达目的地。”

门菲根本不搭理他。“猎人，”她叫道，“这是怎么回事？”猎人一动不动，一言不发。

克劳普先生显出洋洋得意的神情，笑得合不拢嘴。“在猎人同意为你工作之前，就已经答应替我们的委托人干了。当然是负责照顾你。”

“我们早告诉过你，”范德摩先生幸灾乐祸地说，“我们早就说过你的同伴中有个叛徒。”他把头一仰，发出阵阵狼嚎。

“我还以为你说的是侯爵。”女孩说。

克劳普先生装腔作势地挠挠一头橙发。“说起侯爵，我倒想知道他人在哪儿。他来得有点晚了，不是吗，范德摩先生？”

“实际上是晚了很多，克劳普先生。而且恐怕要永远晚下去了。”

克劳普先生清了清嗓子，念出压轴台词。“那么从现在开始，咱们不妨称他为永远来不了的卡拉巴斯侯爵吧。恐怕他已经……”

“死透了。”范德摩先生接口道。

理查德终于把足够的空气吸进肺里。“你这背信弃义的臭婊子。”

猎人低下头，小声说：“别往心里去。”

“你们从黑修士手中得到的钥匙，”克劳普先生对门菲说，“在谁手上？”

“在我这儿，”理查德喘着粗气说，“想要就来搜吧。你们看……”他在几个衣兜里摸来摸去，忽然发现后面口袋里有个很硬的东西。他也没时间细想，便直接把过去那栋公寓的前门钥匙掏了出来，挣扎着站起身，跌跌撞撞走向克劳普和范德摩。“拿去吧。”

克劳普先生伸手接过钥匙，看都没看一眼。“我的老天爷啊，”他说，“我居然被这个狡猾的阴谋骗倒了。”他把钥匙交给范德摩先生。后者用食指和拇指一挤，把钥匙像锡箔纸一样捏成小球。“又上当了，克劳普先生。”

“揍他，范德摩先生。”

“十分乐意，克劳普先生。”范德摩先生说着一脚踹在理查德的膝盖上，疼得他摔倒在地。范德摩的声音好像从很远的地方传来，似乎在给他传道授业。“人们都以为下脚越狠，对方越疼，”范德摩先生说道，“但关键不在于你踢得有多狠，而是踢在哪里。我的意思是说，这下真的只是轻轻一脚……”

有什么东西重重撞上理查德的左肩。他的左臂失去知觉，肩头盛开一朵疼痛的鲜花。他感觉整条胳膊像是着了火，根本动弹不得，似乎有人把电极深深刺进他的肌肉，又将电流调到最大挡。他只有呜咽呻吟的份。范德摩先生继续说，“……但跟这下一样疼，这脚可用力多了……”皮靴像加农炮弹轰中理查德肋部。他听见自己惨叫连连。

“钥匙在我这儿。”门菲急切地说。

“要是你有把瑞士军刀就好了，”范德摩先生亲切地对理查德说，“我可以让你看看那些小配件都能做什么，包括开瓶器，还有那个把石子从马掌上抠出来的工具。”

“别管他了，范德摩先生。想讲授瑞士军刀应用，以后还有的是时间。那件信物在她身上吗？”克劳普先生在门菲的几个衣袋中翻找一阵，把黑曜石小雕像掏了出来，正是天使给她的那个巨兽模型。

猎人的声音忽然响起，显得低沉嘹亮。“那我呢？我的报酬在哪儿？”

克劳普先生闷哼一声，把钓鱼竿袋扔给她。女人单手接住袋子。“祝你狩猎成功。”克劳普先生说完这话，便和范德摩先生一起转身离去，把门菲夹在中间，沿着下街的迂回斜坡向下走去。理查德躺在地上眼看他们渐行渐远，排山倒海的绝望情绪迅速在心中蔓延。

猎人跪在地上，开始解开袋子外面的布条。她眼睛睁得老大，双目烁烁放光。理查德浑身抽痛。“这是什么？”他问道，“出卖耶稣的三十银币吗？”猎人把那东西从布袋中缓缓取出，爱抚着，触摸着，怜惜着。“是长矛。”她没有废话。

这柄长矛以青铜色金属打造，矛头很长，像波状短剑那样弯曲。一侧是锋利刀刃，另一侧则是可怕的锯齿。矛杆上刻着很多面孔，因铜锈显出绿色，还有些奇特图案和古怪花饰。从矛头尖端到矛柄尾端大约五尺。猎人近乎敬畏地轻轻触摸，仿佛这是她有生以来见过的最漂亮的东西。

“你为了一柄长矛就把门菲出卖了。”理查德说。猎人一言不发，而是用粉舌舔了下指尖，轻轻抚过矛头利刃，判断锋利程度。她微微一笑，似乎对结果非常满意。“你打算杀了我吗？”理查德问道。他惊讶地发现自己不再惧怕死亡，至少不怕这样的死法。

猎人扭过头来，看了他一眼。那神采奕奕的样子，似乎比以往更精神，更美丽，也更危险。“捕猎你算得上什么挑战，理查德·梅休？”她脸上挂着明艳笑容，“我有更大的猎物要杀。”

“这就是你说的伦敦巨兽克星，对吗？”

猎人爱怜地看着长矛，还不曾有哪个女人用这种眼神看过理查德，“它们说什么都挡不住它。”

“但门菲信任你。我也信任你。”

猎人把脸一沉。“别说了。”

疼痛开始慢慢减轻，他的肩头、肋腹和膝盖只剩隐隐酸痛。“你到底替谁工作？他们要把门菲带到哪儿去？幕后黑手到底是谁？”

“告诉他，猎人，”卡拉巴斯侯爵粗声大气地说。他手里拿着一把弩弓，箭尖直指猎人，一双赤脚牢牢站在地上，面容冷峻凛然。

“克劳普和范德摩说你死了，我就有些不敢相信，”猎人连头都没回，“在我的印象中，你是个很难杀死的人。”

侯爵略一低头，嘲讽地微微颔首，但双目始终盯着猎人，双手纹丝不动。“在我的印象中，你也一样，亲爱的女士。但一支射进喉咙的弩箭，外加几千尺高度，或许会证明我的错误，对吗？把长矛放下，退后两步。”猎人怜惜地把矛放在地上，随即站起身退后两步。“你不妨告诉他吧，猎人，”侯爵说，“我已经知道答案，还为此付出很大代价。告诉他幕后黑手是谁。”

“伊斯灵顿。”

理查德猛地晃了晃头，好像是在轰苍蝇。“不可能。我是说，我见过伊斯灵顿。他是个天使。”他顿了顿，又近乎绝望地说，“为什么？”

侯爵的目光始终盯在猎人身上，箭尖也没有移动。“我要是知道就好了。但住在下街底部的正是伊斯灵顿，藏在这场阴谋背后的也是他。在咱们与伊斯灵顿之间，还横着迷宫和巨兽。理查德，拿上长矛。猎人，麻烦你走在我前面。”

理查德捡起长矛，用它支撑身体，吃力地爬了起来。“你要带上这女人一起走？”他迷惑不解地问。

“你想让她待在咱们身后？”侯爵干巴巴地问。

“你可以杀了她。”

“如果没有别的办法，那我会下手的，”侯爵说，“但除非万不得已，我可不想提前抹去一项选择。毕竟人死不能复生，不是吗？”

“是吗？”理查德问。

“一般都是这样。”卡拉巴斯侯爵说。

三人迈步往下走去。

第十六章

他们沿盘旋石道一路下行，默不作声地走了好几小时。理查德依旧浑身作痛，走起路来一瘸一拐，从心理到生理都是一团乱麻。挫败和背叛的感觉在他心头澎湃，再加上差点儿命丧拉米娅之手，又被范德摩揍个半死，还曾在高空木板上命悬一线，理查德彻底崩溃了。然而更糟糕的是，他深知自己今天的遭遇跟侯爵的经历相比，根本微不足道，苍白无力。所以他一句话也没说。

侯爵每说一个字，嗓子都疼得要命。所以他选择沉默不语，让喉咙尽快痊愈，同时集中精神防备猎人。他心里明白，只要自己稍微一不留神，猎人就会立刻察觉到。她可能逃跑，也可能反戈一击。所以卡拉巴斯一句话也没说。

猎人走在两人前方，拉开几步距离，同样一句话也没说。

几小时后，一行人来到下街底部。石板路尽头有扇宏伟的巨门，由粗粝的大石块堆砌而成。理查德心中暗想，这一定是巨人建造的城门。那些上古英伦国王的神话传说在他脑海里打转。关于布兰国王的故事，还有歌革与玛各[1]，他们双手如橡木般粗大，砍下来的头颅仿佛

1　英国民间传说，他们是一个巨人族的孑遗，被征服后押往伦敦，缚在一座宫殿的门口。现在在这座宫殿的遗址上建起的伦敦市政厅里，还有这两个巨人四米多高的雕像。

山丘。大门本身早已生锈崩落。碎片在他们脚下的泥地中随处可见，有些还挂在门洞一侧生锈的折叶上。光是这个折叶就比理查德还高。

侯爵示意让猎人站住。他润润嘴唇，开口说："这扇门是下街的尽头，迷宫的入口。天使伊斯灵顿就在迷宫后面等待我们。而迷宫中则有伦敦巨兽。"

"我还是不明白，"理查德说，"怎么可能是伊斯灵顿？我见过他，哦，是它，不，还是他。他是个天使，货真价实的天使。"

侯爵冷冷一笑。"如若天使堕落，那比谁都要邪恶。别忘了，撒旦过去也是天使。"

猎人用栗色双眸看着理查德。"你上次去的地方，是伊斯灵顿的城堡，也是看押他的监牢。"这是她几小时来说的头一句话，"它无法逃脱。"

侯爵对猎人说："我估计把迷宫和巨兽摆在这儿，是为了吓退外人。"

她点了点头。"我也这么想。"

理查德突然对侯爵发起火来。所有愤怒、挫败和无力感随着一股烈焰喷薄而出。"你还跟她废什么话？你还带着她干吗？她是个叛徒，还试图让我们以为你才是叛徒。"

"我救过你的命，理查德·梅休，"猎人平静地说，"很多次，在桥上，在地铁夹缝，还有刚才的跳板。"猎人盯着他的眼睛，最终扭过头去的反倒是理查德。

一阵声响在通道间回荡，像是怒吼或者咆哮。理查德后脖颈上寒毛倒竖。声音来自很远的地方，这也是唯一令他略感安心的因素。理查德知道这是什么声音，他曾在梦中多次听到。但现在这响动既不像公牛，也不像野猪，但像是一头雄狮，乃至巨龙。

“这座迷宫是下伦敦最古老的地方之一，”侯爵说，“路德王[1]在泰晤士湿地建立村庄时，它就已经在这儿了。”

“但没有巨兽。”理查德说。

“那时没有。”

理查德犹豫片刻。远方的咆哮声再度响起。“我……我以前梦到过这只巨兽。”

侯爵扬起一侧眉毛。“哪种梦？”

“噩梦。”理查德说。

侯爵沉思片刻，眨了眨眼，便对他说：“听着，理查德。我要带猎人进去。但如果你想在这儿等着，也没关系，谁也不会怨你是个懦夫。”

理查德摇摇头。有时你就是别无选择。“我不能回头。现在不能。他们把门菲抓走了。”

“嗯，”侯爵说，“那好。咱们上路吧！”

猎人姣好的蜜色双唇拧成微微冷笑。“你这么干肯定是发了疯。没有天使的信物，你永远找不到路，更躲不过那头野兽。”

侯爵把手伸到墨西哥斗篷底下，摸出从门琅爵士的书房里拿到的那个黑曜石小雕像。“你是说这种东西吗？”

猎人脸上的表情让卡拉巴斯觉得，上周的种种磨难都得到了补偿。三人穿过大门，走进迷宫。

1　公元前七十年左右的英伦国王。

门菲的双臂被反绑在背后，范德摩先生跟在后面，戴戒指的巨掌搭在她肩头，推着她往前走。克劳普先生头前带路快步疾行，手里高举着从门菲身上搜来的信物，焦躁地左顾右盼，就像只特别自负的黄鼠狼，正要去偷袭鸡舍。

这座迷宫是个绝对疯狂的地方，由上伦敦失落的碎片拼凑而成。上千年来，一条条巷弄、马路，一道道回廊、阴沟从各种缝隙坠落，进入这个被遗忘的失落王国。他们三人既走过圆石路，也蹚过泥潭，既穿过各种秽物，也踏过腐朽的木板，既走过白昼，也经过夜晚。这里有煤气灯照明的街道，钠光灯照明的街道，也有灯芯草火把照明的街道。这是个不断变化的所在，每条路都会分岔、归环，甚至对折。

克劳普先生体会着信物的拉力，让它指引自己前往它想去的地方。三人走进一条狭窄巷弄，这里曾是维多利亚时期的贫民窟，一个偷窃和烈酒兼容并蓄的所在，到处都是一文不名的穷人和不名一文的妓女。他们听到野兽在附近嗅探着，喷着鼻息，又发出一阵低沉黑暗的吼叫。克劳普先生愣了片刻，这才继续前行，走上一条很短的木阶梯。他在巷子口停下脚步，眯起眼睛环顾四周，然后带领两人走下几段楼梯，进入一条圣殿骑士时期的狭长岩石地道，它当年穿过的那片沼泽，如今已经变成伦敦市中心的舰队街。

门菲说："你怕了，对不对？"

克劳普瞪了她一眼。"闭上你的鸟嘴。"

女孩微微一笑，但感觉却不像是在笑。"你怕手里的护身符没法帮你躲过巨兽。你又在打什么鬼主意呢？绑架伊斯灵顿？把我们俩卖给出价最高的买家？"

“安静！”范德摩先生喝道。但克劳普先生只是呵呵笑了几声，门菲这才明白天使伊斯灵顿并非自己的朋友。

她突然放声高喊：“嗨！巨兽！我们在这儿！”范德摩先生一巴掌扇过来，把她打得跌在墙上。“说了要安静。”他心平气和地对女孩说。门菲嘴里满是腥味，她往泥地上啐了一口鲜血，张开双唇，准备再次高呼。范德摩先生早有预料，已经从兜里取出一块手帕，趁势塞进她的嘴巴。门菲借机想咬他的拇指，但这招也没奏效。

“这下你可老实了吧。”

这块手帕是范德摩先生的心爱之物。它上面沾满绿色、棕色和黑色污渍，原本属于一位生活在十九世纪二十年代的肥胖鼻烟商。此人中风而死，入土时这块手帕就塞在兜里。范德摩先生如今还偶尔能从手帕中找到鼻烟商的遗骸，但不管怎么说，他仍旧认为这是块不错的手帕。

三人继续在静默中前行。

迷宫尽头的岩石大厅是伊斯灵顿的城堡和监牢。天使正在做一件千万年间都未曾做过的事，它在歌唱。它的声音优美，悦耳动听；跟所有天使一样，音调也很准确。伊斯灵顿在唱一首俄国歌手欧文·柏林的歌。它在摆满蜡烛的大厅中载歌载舞，翩翩步态，袅娜身姿，动作优雅曼妙。

天堂，我在天堂

我心跳怦怦不能言语

看来我已找到渴望已久的福气
我们面贴面翩翩起舞时
天堂，我在天堂
萦绕心头的烦恼
都如雪融烟消散……

它来到那扇由燧石和暗淡白银打造的黑门前，终于停下舞步。它伸出手，慢慢抚摸石块表面，把脸贴在冰冷的门板上，继续轻声唱道：

天堂……
我在天堂……
我在天堂……
我在天堂……

天使伊斯灵顿面露甜美温柔的笑容，但看起来却又扭曲骇人。它不断自言自语，反复说着那句话。声音在烛光映照下的昏暗厅堂中萦绕，显得阴冷凄清。

它说："我在天堂。"

理查德又在心中写下一则日记。亲爱的日记，他想道，今天，我活着走过一条悬空跳板，经历了死亡之吻，和一堂有关制造疼痛的讲座。现在，我正在穿越迷宫，同行的只有一个起死回生的疯杂种，还有一名背信弃义的保镖，她已经变成……跟保镖截然相反的东西。我实在没辙了，就像……他想不到合适的暗喻。理查德如今已经超越明喻和暗喻的疆界，进入无奇不有的现实世界。这个世界正在改变他。

三人走过一条潮湿泥泞的狭窄通道，两侧是黑石砖墙。侯爵手里举着信物和弩弓，跟在猎人身后，时刻保持十尺距离。理查德走在队伍前列，手里拿着猎人的巨兽克星和公爵从斗篷下掏出来的黄色照明灯。灯光照亮了石墙和泥地，保证他能够安安稳稳走在猎人身前。沼泽腐臭难闻，巨大的蚊子不断落在他的四肢和脸上。它们叮人很疼，随后肿起的大包瘙痒难忍。但猎人和侯爵都没吭声。

理查德开始怀疑他们是不是彻底迷路了。更让他心绪烦乱的是，沼泽里有不少死人。既有干瘪革化的躯体，也有褪色的骸骨，以及被水泡肿的惨白尸首。他暗自猜测这些人到底死了多久，是被巨兽所害，还是被蚊子咬死。他又走了五分钟，被蚊子多叮了十一个包，终于忍不住叫道："我觉得咱们迷路了，刚才就到过这个地方。"

侯爵举起信物。"不。咱们进展顺利。信物会引领咱们走向正确的道路。真是个实用的小玩意儿。"

"对，"理查德不以为然地说，"很实用。"

正当这时，光着脚的侯爵突然踩在一具半掩入土的尸体上，被断裂的肋骨扎进脚跟，一跤摔在地上。黑色小雕像划过一条弧线，落入黑色沼泽，发出"扑通"一声，仿佛跃入空中的鱼儿落回水面。侯爵赶紧直起身，弩弓重新指向猎人后背。

"理查德，"他叫道，"我把信物弄丢了。你能回来一趟吗？"理查德慌忙原路返回，高举着照明灯，希望通过黑曜石的反光找到雕像，但泥沼中什么也看不清。"下去好好找。"侯爵说。

理查德不禁呻吟一声。

“你梦到过巨兽，理查德，”侯爵说，“你真想遇见它吗？”

理查德略一思索，便作出决定。他把铜矛戳进泥地，又将照明灯竖在矛杆旁边，在泥沼表面投下摇曳的琥珀色光芒。他跪在泥潭中寻找雕像，双手在沼泽表面来回摸索，只希望不要碰到死人尸首。“这么找没戏。它可能掉在任何地方。”

“继续找吧。”侯爵说。

理查德想起过去找东西的办法。他首先尽量保持脑海中一片空白，然后让目光在沼泽表面漫无目的地随便游移。泥潭上的一点儿亮光吸引了他的注意，就在左侧五尺远的地方。正是那巨兽雕像。“我看见它了。”理查德叫道。

他费力地蹚着烂泥朝那边走去。玻璃小雕像大头朝下陷在一汪黑水中。可能是理查德的动作扰乱了附近的泥层，当然，就像理查德此后始终坚信的那样，也可能纯粹是造化弄人。反正不管出于什么原因，他就快走到雕像跟前时，泥沼忽然发出好似肠胃蠕动的巨响，一个大气泡冒了出来，就在护身符旁边爆出呛人的恶臭，巨兽雕像随之沉入水底。

理查德忙跑到雕像刚才所在的位置，将胳膊深深插入泥沼，疯狂地四下探寻，也不在乎双手会碰到什么东西。但最终还是徒劳无功，雕像彻底消失了。“咱们现在怎么办？”理查德问道。

侯爵叹了口气。“你先回来吧，咱们再想想办法。”

理查德低声说道：“太迟了。”

巨兽朝这边走来，步伐迟缓沉重。理查德甚至一度觉得这头动物又老又病，已经土埋半截。当然，这只是最初的想法。他很快意识到巨兽瞬间跑过了多远距离，也意识到自己刚才错得有多离谱。巨兽发足狂奔，烂泥臭水在蹄下四散飞溅。它在距离他们三十尺外放慢脚步，最终闷哼一声，站定不动。它身上冒着热气，发出低沉咆哮，既有耀武扬威的感觉，又有蔑视挑衅的意味。它的肋腹和脊背上插着断矛、残剑和锈刀。黄色灯光照亮了鲜红双眼、雪白獠牙和乌黑四蹄。

巨兽低下硕大的头颅。理查德觉得它是某种野猪，但马上又觉得这根本不可能。野猪可长不了这么大个头。它有公牛、雄象的体型，纯然岁月造就。

巨兽盯着他们，等了足有一百年，但这漫长岁月却在眨眼间蒸发。

猎人动作流畅地单膝跪下，从泥地里拔出长矛，发出“噗”的一声。她欣喜若狂地说：“啊，你终于来了。”

猎人把他们全都忘在脑后。她忘了泥水中的理查德，忘了侯爵和那柄傻乎乎的弩弓，也忘了整个世界。她狂喜不已，沉浸在完美的乐园，一个盼望已久的世界。她的世界中只有两件东西：猎人和巨兽。巨兽对此也心知肚明。这是场势均力敌的比拼，只有猎人和猎物。但至于谁是猎人，谁又是猎物，谜底只有等时间揭晓。

时间和这场舞蹈。

巨兽冲了过来。

猎人默默等待，直到看清白色唾沫从它嘴角滴落。巨兽低下头颅，猎人猛地刺出长矛。但当她试图把长矛刺进巨兽体侧时，已然发觉自己的动作慢了半拍，长矛从她麻木的双手飞脱，比最锋利的剃刀还要锋利的獠牙划开了她的侧腹。猎人倒在巨兽沉重的身躯下，感觉四蹄碾进她的双臂、臀部和肋骨。眨眼间，巨兽已经消失在黑暗之中，狩猎之舞就此落幕。

虽然嘴上不说，但能够穿越迷宫，克劳普先生心里还是松了口气。他和范德摩先生安然无恙地走出了迷宫，连他们的俘虏都毫发无伤。前面有一堵石墙，其间装有橡木对开大门，右半扇门板上镶着一面椭圆形镜子。

克劳普先生抬起脏兮兮的手，碰了下镜子。镜面变得混沌模糊，像一大缸沸腾的水银，不断翻滚冒泡，片刻之后才重新平静下来。天使伊斯灵顿看着他们。克劳普先生清清喉咙。“早上好，先生，是我们俩。而且我们把你要找的那位年轻小姐给接来了。”

“钥匙呢？”天使柔美的声音似乎从四面八方而来。

“就挂在她天鹅般的美颈上。”克劳普先生不自觉地显出一丝焦躁不安。

“那就进来吧。”天使说道。橡树大门应声打开，一行人走了进去。

一切都发生得太快了。巨兽从黑暗中凭空出现，猎人抓起长矛，它直扑过来，得手后重又消失在黑暗中。

理查德凝神倾听巨兽的动静。但他只能听见附近滴答滴答的水声，还有蚊群在空中的狂热嗡鸣。猎人躺在沼泽中，一条手臂弯成了不自然的角度。理查德爬过泥潭，来到她身边。

“猎人？”他轻声问道，“能听见我说话吗？”

四下寂静无声，过了半晌，理查德才听到一声呢喃，他几乎以为这是自己的幻想。

“嗯。”

侯爵还在几码外，木雕泥塑般站在一堵墙边。他忽然叫道：“理查德，待在原地别动。那怪物只是在等待时机。它会回来的。”

理查德没有理他，继续对猎人说：“你……”他顿了顿，这句话似乎蠢得要命，但他还是说了，“你会好起来吧？”猎人张开染血的双唇，放声大笑，然后摇了摇头。

“下层世界有医生之类的人吗？”他问侯爵。

“跟你想象中的不一样。我们倒是有些医师，还有几个外科大夫和用蚂蟥放血术治病的……”

猎人连声咳嗽，眉头微蹙。鲜红的动脉血从她嘴角流出。侯爵往这边蹭了两步。“你没把性命藏在别的地方吗，猎人？”他问。

“我是个猎人，”她不屑地轻声说道，“我们可不干这种事……”她费力地吸了口气，又慢慢呼出，似乎如此简单的呼吸动作对她来说已经是沉重负担。“理查德，你原先用过长矛吗？”

“没有。”

“把它拿起来。”猎人低声说。

“但是……”

“快去，”她的声音又轻又急，“拿起来。握住矛柄。”

理查德从地上拾起长矛，牢牢握住矛柄。“这我还知道。”他对猎人说。

猎人脸上闪过一丝笑容。“我知道。”

“听着，”理查德感觉自己像是疯人院里唯一的正常人，这已经不是头一回了，“咱们干吗不保持绝对安静？没准它会走开啊。咱们可以找人替你疗伤。”猎人根本没有理他，这也不是头一回了。

“我干了件坏事，理查德·梅休，”猎人难过地低声说道，“我干了件特别糟糕的坏事，因为我想成为猎杀巨兽的人，因为我需要这柄长矛。”说完这话，她试图撑起身来，但这是不可能的。理查德刚才没发现她伤得有多重，现在更无法想象她承受着多大痛苦。他看到猎人的右臂软绵绵地垂在身旁，一截断骨刺透了皮肤，样子相当骇人。鲜血从侧腹的伤口汩汩而出。胸腔似乎也不太对劲。

“别动，”他徒劳无益地低语道，“快躺下。”

猎人抬起左手，从腰带上抽出一柄匕首，把它交到右手，用无力的手指握住刀柄。“我干了件坏事，”她重复道，“现在要作出补偿。”

她开始哼哼，调子时高时低，最终找到正确频率，让墙壁、水道和房间都产生共鸣。她继续哼吟这个调门，直到整座迷宫都回荡着她的声音。

猎人猛地把气吸入凹陷的胸腔，然后高声叫道：“嗨！大家伙，你在哪儿？”迷宫中沉默死寂，只有滴滴答答的水声，就连蚊子都安静下来。

“也许它……已经走了。”理查德说。他紧紧握着长矛，双手攥得生疼。

“我觉得不太可能。”侯爵嘟囔道。

“来啊，猪猡，”猎人厉声叫道，“你是不是怕了？”

他们前方传来一阵低沉咆哮，巨兽从黑暗中现身，再次发起冲锋。这回绝对不容有失。舞蹈，猎人呢喃道，这场舞还没跳完。

巨兽冲到近前，把犄角放低。猎人一声高呼：“动手……理查德，刺啊！从下往上挑！”

巨兽撞了上来，猎人之后的话变成了单纯的尖叫。

理查德眼看着巨兽从暗处出现，闪入照明灯的光线。这一切都非常缓慢，就像一场梦，就像他做过的那些噩梦。巨兽近在眼前，理查德都能闻见混杂着屎尿和鲜血的牲畜骚味，都能感到它散发出的热量。理查德使尽浑身力气挺矛一刺，把它扎进巨兽侧腹，深深刺入。

一声怒吼凭空炸响，也可能是一声咆哮，充满懊恼、仇恨和痛苦。接下来四周鸦雀无声。

理查德听见自己的心跳在耳朵里怦怦震响，还有轻轻的水滴声。蚊群又开始嗡鸣。他意识到自己还紧握着矛柄，而矛头已深深没入巨兽动也不动的躯体。他放开长矛，跌跌撞撞绕过巨兽，寻找猎人的影踪。她被压在怪物下面。理查德感觉如果移动她的身体，从下面硬拖出来，很可能令她当场毙命。所以他干脆使出吃奶的力气，推举怪物温热的侧腹，试图把它移开。这就好比手动推进谢尔曼坦克，但他最终还是费力地推开一点儿，露出猎人的上半身。

猎人躺在地上，瞪视凝沉黑暗。她的眼睛睁得老大，但目中无神。理查德心里明白，她已经什么都看不见了。

“猎人？”

“我在这儿，理查德·梅休，”声音缥缈微弱，她并未试图用眼睛寻找理查德，也没指望看到任何东西，“它死了吗？”

“我想是的，它不动了。”

猎人放声大笑，声音古怪离奇，就好像她刚听到世上最可乐的笑话。趁着声声爆笑和阵阵湿咳的间歇，猎人把笑话讲给他听。

“你杀了巨兽，”她说，“所以你现在是下伦敦最伟大的猎人了，是勇士……”她收敛笑声，“我感觉不到自己的手了。握住我的右手。”理查德在巨兽身下摸索一阵，用自己的手握住猎人冰冷的指头。它们突然显得如此纤细。

“我手里是不是还拿着刀？”猎人低语道。

“是的。”他能摸到那柄刀，又凉又黏。

“把刀拿走。它是你的了。”

“我不想要你的……”

“拿走。”

理查德从猎人手中把刀抽出。

“它是你的了。”除了那两片嘴唇，一切都静止不动。猎人的目光愈加混浊。“它帮了我不少忙。不过别忘了把我的鲜血从上面擦掉……绝不能让刀刃生锈……猎人一定要照顾好自己的武器。”她吸了口气，“好了……把巨兽的血……涂到你的双眼和舌头上……”

理查德不知道自己是否听错了，更不相信自己的耳朵。“什么？”

他没注意侯爵是什么时候走过来的。但卡拉巴斯就在他身边沉声说道：“涂吧，理查德。她说得对。巨兽的血能帮你穿过迷宫。涂吧。”

理查德把手放在长矛上，一路向下摸去，碰到巨兽的毛皮和温热湿黏的鲜血。他觉得有点愚蠢，但还是用手碰碰舌头，尝到兽血的咸味。令理查德始料未及的是，他居然并不觉得反胃。这味道非常自然，如同大海一般。他又用沾血的手指摸摸双眼，感觉兽血好似汗水一样有些刺痛。

“我涂好了。”他对猎人说。

“那就好。”说完这话，猎人再没出声。

卡拉巴斯侯爵探手替她阖上双眼。理查德在衬衫上擦拭着猎人的匕首。他只是在遵从猎人的吩咐，免得心中胡思乱想。

“该上路了。”侯爵说着站起身来。

“咱们不能把她扔在这儿。”

“咱们能。咱们以后可以回来掩埋尸身。”

理查德玩命在衬衫上擦拭匕首。泪水夺眶而出，但他自己都没察觉。“要是咱们回不来呢？”

“那就指望有人会替咱们收拾遗骸吧，包括门菲小姐那具。说来，她肯定已经等得不耐烦了。”理查德低头看着匕首，把刀上最后一丝血迹擦掉，然后插进腰带。他点了点头。

“你先走，”卡拉巴斯说，“我会尽快赶上。”

理查德迟疑片刻，随即放足狂奔。

也许兽血真的起了作用，他实在想不出其他解释。且不论是出于什么原因，反正他确实正沿最短路线穿越迷宫，这里再无任何秘密可言。理查德觉得自己熟悉每个弯角，每条小径，每道巷弄和通道。他勉力跑过迷宫，跌跌撞撞，踉踉跄跄，但脚下毫不停歇。鲜血在太阳穴轰鸣。一段词句突然闪过脑海，随着脚下的节奏震颤回响。这是他小时候听过的童谣。

今夜似永夜
夜夜享安宁
炉火胜，烛光荧
主会接纳汝魂灵

这几句话像挽歌一样在他心中萦绕不去。炉火胜，烛光荧……

迷宫尽头是一道花岗岩峭壁，岩壁间有扇高大对开木门。右侧门板上悬着一面椭圆形镜子。大门紧闭。他伸手碰了下木板，门扉悄无声息地应手而开。

理查德走了进去。

第十七章

理查德沿两行明烛夹出的小径一路前行，穿过天使的地窖进入大厅。他认出了这个房间，正是伊斯灵顿请他们喝酒的地方。围成八角形的铁柱支撑着岩石穹顶，燧石和白银打造的巨门，年代久远的木桌，还有那些蜡烛。

门菲被拴在巨门旁的两根铁柱间，摆出一个“大”字形。理查德走进来时，女孩睁大了异色眼眸，惊恐地盯着他。站在门菲身边的天使伊斯灵顿转过身来，冲理查德微微一笑。笑容中充满淡淡怜悯和甜甜慈悲，这才是最恐怖的东西。

“进来，理查德·梅休，快进来啊，”天使伊斯灵顿说，“我的天呢。你看起来真是一团糟。”它的关切溢于言表，绝非虚情假意。理查德犹豫片刻。“快请进，”天使勾起白皙的食指，催促他继续往前走，“我想这些人都不需要介绍了吧。你认识门菲小姐，这不用说；还有我的两位合伙人，克劳普先生和范德摩先生。”理查德扭头望去，克劳普和范德摩分立左右，把他夹在中间。范德摩先生冲他微微一笑。克劳普则面无表情。

“我一直期待着你会出现，”天使说着把头歪向一侧，“顺便问一句，猎人到哪儿去了？”

“她死了。”理查德说。他听到门菲倒吸一口冷气。

“哦，可怜的小家伙。”伊斯灵顿难过地摇了摇头，显然在感叹人世无常，为所有凡人生来就要受苦受难的脆弱命运而惋惜。

“不过话说回来，”克劳普先生快活地说，“常在河边走，哪有不死人。”

理查德尽可能不去理会他们。“门菲，你还好吗？”

“还行吧，到目前为止。谢了。”她的下唇红肿，脸上有一道淤伤。

“恐怕，”伊斯灵顿说，“门菲小姐有点执迷不悟。我刚才正在跟克劳普先生和范德摩先生讨论，让他们……”天使把嘴闭上，显然有些话它觉得太过粗俗，说不出口。

“给她动刑。”范德摩先生接口道。

“毕竟，”克劳普先生说，“我们在酷刑艺术方面的造诣，寰宇之内尽人皆知。”

“擅长伤害别人。”范德摩先生进一步解释说。

天使目不转睛地盯着理查德，好像根本没听见他们俩的话，只是继续说道：“不过话说回来，在我印象中，门菲小姐似乎不是那种会轻易改变主意的人。”

“只要有足够时间，”克劳普先生说，“我们就能让她崩溃。”

“变成黏乎乎的小碎片。”范德摩先生说。

伊斯灵顿摇摇头，对干劲十足的两个手下露出宽容放纵的微笑。“没时间，”它对理查德说，“没时间了。不过在我的印象中，她正是那种为了让朋友免受折磨什么都肯做的人。比方说一个凡人同伴，就像你，理查德……”克劳普先生一拳捶在理查德的肚子上，又对准后脖颈猛地一击。理查德疼弯了腰，他感到范德摩先生的大手揪住自己的后颈，把他拉直了腰。

“你这样做可不对。”门菲说。

伊斯灵顿若有所思地说：“不对吗？”似乎全然不解其意，又颇感好玩。

克劳普先生把理查德的脑袋揪到面前，露出僵尸般的笑容。“他早已超越了对错的疆域，就算在晴朗夜空中用望远镜观察，也看不清什么对错之分，”克劳普推心置腹地说，“范德摩先生，你可愿享有这份荣誉？”

范德摩先生握住理查德的左手，用粗壮手指捏紧他的小指，往后一撅，将其折断。理查德惨叫一声。

天使缓缓转过头去，似乎被什么东西分了神。它眨眨蓝灰色的眼眸。“还有人在外面吗，克劳普先生？”克劳普所在的位置暗光一闪，随即没了人影。

卡拉巴斯侯爵把身子贴在红色花岗岩峭壁上，目光直视通向伊斯灵顿老巢的橡木大门。

各种计划在他脑海中打转，但这些策略都根本禁不住推敲。他本以为只要撑到这一步，自然会知道该如何行动，但现在却恼怒地发现自己完全摸不到头绪。此刻已经没有人情可讨，没有手脚可做，没有诡计可使。所以他只好仔细查看大门，想弄清是否有人把守，也想知道开门时天使会否察觉。他肯定漏掉了一个显而易见的解决方案，只要认真思考，也许就能冒出个点子来。至少，侯爵略感欣慰地暗想，敌明我暗。

这个念头在一柄顶住咽喉的锋利匕首下烟消云散。克劳普先生用油腔滑调的声音对他耳语道："我今天已经杀过你一次了。我该怎么做才能让你接受教训呢？"

克劳普先生用匕首把卡拉巴斯侯爵押回来时，理查德已经被戴上镣铐，用链子拴在两根铁柱之间。天使看到侯爵，脸色有些不悦，轻轻摇动那俊美的头颅。"你跟我说他已经死了。"

"是死了。"范德摩先生说。

"死过。"克劳普先生更正道。

天使的语气少了一丝儒雅和体谅。"谁也不能对我撒谎。"它说。

"我们不会撒谎。"克劳普先生有些气恼地说。

"会。"范德摩先生说。

克劳普抬起肮脏右手，怒气冲冲地捋了捋污秽的橙色头发。"我们的确会撒谎，但这次没有。"

理查德左手的疼痛毫无减弱的迹象。"你怎么能做出这种事？"他愤怒地说，"你可是个天使。"

"我刚才是怎么跟你说的，理查德？"侯爵冷漠地说。

理查德想了想。"你说撒旦也曾是天使。"

伊斯灵顿傲慢地笑了笑。"撒旦？"它说，"撒旦是个白痴。闹到最后，成了一无所有的君王和主人。"

侯爵冷笑道："而你闹到最后，成了两个恶棍和一屋子蜡烛的君王和主人？"

天使舔舔嘴唇。“它们对我说，要为亚特兰蒂斯那件事惩罚我。我告诉它们，我实在没有别的办法。这整件事……”它顿了顿，似乎在寻找恰当的词语，最后才备感遗憾地说，“只是运气不佳。”

“但有数百万人因此而死。”门菲说。

伊斯灵顿将双手握在胸前，似乎在为圣诞卡片充当天使祈祷图的模特。“这种悲剧实难避免。”它通情达理地解释说。

“那还用说，”侯爵和颜悦色地说，讽刺的暗示隐藏在他的言辞中，而非腔调里，“怪事年年有，城市天天沉。不过这件事跟你就没半点关系吗？”

理查德觉得好似有个盖子被突然掀开，露出其下黑暗扭曲的东西，将一个狂乱暴怒、邪恶至极的存在展示在众人面前。他还从没见过这么可怕的东西。天使宁静俊美的形象龟裂破碎。它眼冒火光，歇斯底里地冲他们叫喊，情绪彻底失去控制，只是坚信自己站在正义一方。“那是他们自找的！”

大厅中静默片刻。天使低下头，叹了口气，又把头扬起，用特别平静的声音极为遗憾地说：“那都是命中注定。”它指了指侯爵，“把他绑起来。”

克劳普和范德摩用镣铐扣住侯爵手腕，又用锁链将镣铐牢牢拴在理查德身边的两根铁柱上。天使扭头望向门菲，走到女孩跟前，伸手托住她的尖下巴，让她把头抬起，与自己四目相对。“你的家族，”它柔声说道，“你的家族极不寻常，可以说是超凡脱俗。”

“那你为什么要把我们赶尽杀绝？”

“不是所有人。”天使说。理查德认为天使指的是门菲，但伊斯灵顿继续说道：“总是存在这种可能，你也许不是……最佳人选。当然你已经证明了自己的能力。”它放开门菲的下巴，用白皙修长的手指抚摸她的面颊，“你的家族有开门的能力。他们能在没有门的地方创造门。他们能打开上锁的门，也能打开本当永远关闭的门。”它的手指顺着女孩的脖子轻轻滑下，简直像在爱抚，最后一把握住挂在链子上的那枚钥匙。“我被放逐到这儿时，它们给了我这座监牢的大门，然后拿走开门的钥匙，同样放在下层世界。这是个精心设计的酷刑。”它轻轻揪着链子，把银钥匙从门菲身上那层层丝绸、棉布和蕾丝间拉出。天使用手指抚弄钥匙，似乎在探索她的私处。

理查德终于明白了。“黑修士们世代保管那枚钥匙，就是为了不被你夺走。”

伊斯灵顿松开钥匙。门菲身边就是那扇黑色燧石和黯色白银打造的大门。天使走到门前，伸出一只手扶在上面，在漆黑门板映衬下更显洁白。“没错，”伊斯灵顿承认道，“一把钥匙，一扇门，一个开门人。你们看，三者缺一不可。这是个构思精妙的笑话。它们的构想是，等我重新赢得宽恕和自由，它们就会派来一名开门人，把钥匙给我。而我只是决定亲自动手，早点儿离开这里罢了。”

它转身面对门菲，又抚摸起那枚钥匙，然后一把攥住，用力扯下。链子随之断裂。门菲浑身一颤。“我首先跟你父亲谈过，门菲，”天使继续说道，“他老是替下层世界担心。他想把下伦敦团结起来，联合所有爵爷和封邑，可能甚至要同上伦敦结成某种纽带。我跟他说，只要他肯帮我，那我就会帮他。我将所需协助据实相告，他居然嘲笑我。”伊斯灵顿又重复了一遍，似乎现在仍旧不敢相信这件事，“他，居然，嘲笑，我。”

门菲摇了摇头。“你杀他，就因为他拒绝了你？”

“我没杀他，”伊斯灵顿柔声说道，“我让人把他杀了。”

“但他说我可以信任你。他说让我到这儿来。这段话记录在他的日志里。”

克劳普先生咯咯笑了起来。“他可没这么说，”克劳普说道，“他从没这么说过。那是我们干的。他当初是怎么说的来着，范德摩先生？”

“门菲，我的孩子，小心伊斯灵顿，”范德摩先生用她父亲的声音说道，腔调语气都分毫不差，“伊斯灵顿才是这件事的幕后黑手。它很危险，门菲……不要接近它……”

伊斯灵顿用钥匙抚摸着女孩的面颊。“我觉得我这个版本可以让你早点儿到这儿来。”

“我们拿到了日志，”克劳普先生说，“把内容修改好，然后放了回去。”

“这扇门通向何处？”理查德叫道。

“家。”天使说。

“天堂？”

伊斯灵顿沉默不语，只是露出微笑。

“哦，你觉得它们不会注意到你回来了？”侯爵不屑地说，“你以为只是‘哦，看呢，这儿还有个天使，快来，拿把竖琴，跟我们一起唱赞美诗吧’？”

伊斯灵顿的灰眼睛光彩熠熠。“我可不想要那些恼人的阿谀奉承，也不需要赞美诗、光环和自以为是的祈祷者。我有……自己的计划。”

“好啊，现在你得到了钥匙。”门菲说。

“还得到了你，”天使说，“你是开门人。没有你，钥匙就是废铁。替我把门打开。”

“你杀了她全家，”理查德说，“你害她在下伦敦被人追杀。现在却想让她打开一扇门，好让你单枪匹马入侵天堂？你根本不懂人类的七情六欲，对吧？她绝不会帮你的忙。”

天使用那双比银河还苍老的眼眸看着他，说了句“天呢”。它转过身去，似乎不愿看到接下来将要发生的龌龊之事。

“再让他吃点苦头，范德摩先生，”克劳普说，“割掉他的耳朵。”

范德摩先生抬起手来，掌中空无一物。他胳膊微微一抖，动作小得几乎难以察觉，一把刀赫然出现在他手中。“早跟你说过了，总有一天你会尝到自己肝脏的滋味，”他对理查德说，“今天是你的幸运日。”他用匕首在理查德耳垂下面轻轻划过。理查德不觉得疼，他心想，也许是今天已经承受了太多痛苦，也许是刀刃太快，身体还没反应过来。但他能感到湿答答的温热血水从耳朵滴到脖子上。门菲正看着他，那副清秀面容和异色大眼完全占据了他的视线。理查德试图用意念向她传话。坚持住！别让他们的诡计得逞。我不会有事。范德摩先生手上加了点劲儿。理查德强忍着没叫出声。他勉力阻止面容扭曲，但刀刃再度袭来，硬生生从他体内扯出一声尖叫和一副苦相。

“让他们住手，”门菲说，“我会替你开门。”

伊斯灵顿草草打了个手势。范德摩先生遗憾地叹了口气，把匕首抽回。热血滴向理查德的脖子，在锁骨凹处聚成一汪。克劳普先生走到门菲跟前，打开她右手的镣铐。女孩站在两根铁柱之间，用力揉着手腕。她的左手还被铐在铁柱上，但好歹赢得了一点儿自由行动的空间。她摊开手去拿钥匙。

“记住，”伊斯灵顿说，“你的朋友们还在我手上。”

门菲不屑一顾地看着它，俨然一副门琅长女的气魄。“把钥匙给我。”她说。

天使将银钥匙递了过去。

“门菲，”理查德叫道，“别开门。别把它放走。我们不重要。”

“实际上，”侯爵说，“我很重要。但我必须对此表示赞同。别开门。”

女孩的目光在理查德和侯爵间游移，注视他们被铸住的双手，和将他们捆在黑铁柱上的粗铁链。她看起来非常脆弱。门菲最终转过身去，走到锁链长度的极限，站在燧石和褪色白银打造的黑门前。门上没有钥匙孔。她伸出右手，按在门上，闭上双眼，寻找体内那些与门契合的地方，让大门告诉自己它会开在何处，又能通向何方。女孩把手拿开时，一个原本并不存在的锁孔出现在门上。一缕白光透射出来，在烛光暗淡的大厅中，好似激光明亮耀眼。

女孩把银钥匙塞进锁孔。她稍候片刻，然后把锁拧开。只听“咔嗒”一声轻响，然后是一阵悦耳的钟鸣，大门四周突然溢满光芒。“等我走后，”天使对克劳普和范德摩说，它的声音极尽轻柔，充满魅力、仁慈和怜悯，“把他们都杀了。想怎么杀就怎么杀。”它转身面对大门。门菲正用力将它推开，累得浑身是汗。大门移动缓慢，似乎存在很大阻力。

“看来你们的雇主要走了，”侯爵对克劳普先生说，“你们已经拿到足额报酬了吧？”

克劳普瞪着侯爵，开口说：“什么？”

“哦，”理查德不知道侯爵想搞什么鬼，但他愿意配合，“你们不会以为还有机会再见到它吧？”

范德摩先生眨了眨眼，速度慢得好像古董照相机。“什么？”

克劳普先生挠挠下巴。“这两具会喘气的尸体说得有些道理，”他说完这话，便朝抱着胳膊站在门前的天使走去，“先生，在你开始下一段路程之前，还是先把账目结清为好。”

天使扭头看了克劳普一眼，似乎他还不如一粒微尘重要。它随即扭回头去。理查德猜测着它到底在想些什么。“现在这些已无关紧要。”天使说，“用不了多久，你这令人作呕的小脑瓜能够想出的所有报偿，都将一一实现，只要等我登上宝座。”

“牛奶会有的，面包也会有的，对吧？”理查德说。

“不喜欢牛奶，”范德摩先生说，“会让我打嗝儿。”

克劳普先生冲范德摩先生摇摇手指。“他想赖账。谁都别想赖克劳普和范德摩的账，伙计。我们有债必讨。”

范德摩先生走到克劳普先生身边。“一毛不少。”他说。

“外加利息。”克劳普先生喝道。

“还有大肉钩子。”范德摩先生说。

“从天堂讨？”吊在他们身后的理查德问。克劳普先生和范德摩先生走向凝思中的天使。“嗨！”克劳普叫道。

黑门刚打开了一条缝，但好歹算是打开了。光芒从缝隙流泻进来。天使朝前迈了一步。它双目大睁，像是在做白日梦。缝隙透入的白光沐浴在它脸上，伊斯灵顿像畅饮醇酒一般享用着光芒。“不必担心，”它说，“等无垠世界尽归我有，等它们聚拢在我的宝座周围，为我唱颂赞美诗的时候，我会赏赐有功之人，也要贬黜那些碍眼的东西。”

它又小声嘟囔了几个字眼儿。理查德始终不敢确定天使究竟说了些什么，但他后来坚称，这句话听起来很像是“就从该死的加百列开始”。

门菲使尽浑身力气，把黑门完全推开。门后的景象光耀明亮，眩人双目。那是一个光线与色彩组成的漩涡。理查德眯起眼睛，转头避开强烈的橙紫光芒。天堂就是这副样子？看起来倒更像地狱。

他感到强风袭来。

一根蜡烛从头侧飞过，钻进大门消失不见。接着又是一根。转眼间，空中到处可见蜡烛飞旋翻滚，向光亮处冲去。似乎整个大厅都在被吸入门中。这不止是一股风，理查德对此心知肚明。他手腕被铐住的部位开始疼痛，就好像体重突然变成了原来的两倍。他的视角也随即转变，前方的景象似乎变成下方。显然把万物吸入门洞的并不是强风，而是重力。这股风只是大厅内的空气被吸入黑门对面形成的气流。理查德想知道对面到底是什么地方。也许是一颗恒星表面，或是黑洞边界，更可能是他根本想象不到的东西。

伊斯灵顿抓着门旁的铁柱，死死攥住不放。“那不是天堂，”他高声叫嚷，灰眼睛冒出火光，俊美的双唇粘着唾沫，“你这发疯的小巫婆。你都干了什么？”

门菲紧紧抓住连在黑铁柱上的锁链，指节都已发白，眼中却流露出胜利的神采。范德摩先生抓到一根桌子腿，而克劳普先生只能抓着范德摩。“那枚钥匙是假的，”门菲高声喊道，压过狂风的咆哮，“是我在流动集市让老铁匠做的赝品。”

“但它打开了门。”天使嘶叫着。

“不，”拥有蛋白石眼眸的女孩淡淡说道，“是我打开了门。在我所能达到的最远处，打开了一扇门。”

天使脸上再也看不到一丝慈悲与怜悯，只有恨意，纯粹、直白而冰冷。“我要杀了你。”

“就像你杀了我的家人？但我觉得你再也没机会杀任何人了。”

天使苍白的手指还扒在铁柱上，但身体已经跟地面平行，而且大半都被吸进门里，看上去既可笑又可怕。它舔了舔嘴唇。“住手，”它乞求道，“把门关上。我会把你妹妹的下落告诉你……她还活着……”

门菲浑身一颤。

伊斯灵顿被彻底吸进大门，变成迅速坠落的微小人影，翻着跟头掉进那难以直视的深渊。吸力变得更强。理查德暗自祈祷，希望锁链和镣铐能坚持住。他感到自己被吸向开口，也从余光中看到侯爵同样吊在柱子上摇来荡去，像个被真空吸尘器扯住的提线木偶。

被范德摩先生牢牢抱住的那张桌子从空中飞过，正好卡在门口。克劳普先生和范德摩先生吊在门外。克劳普死死揪住范德摩的大衣后摆。他深吸口气，开始沿着范德摩的后背一点点往上爬。桌子吱嘎作响。克劳普先生盯着门菲，露出狐狸般的笑容。“是我杀了你的家人，”克劳普先生说，“不是他。现在我终于可以了结……”

正当此时，范德摩先生那套黑西装终于支撑不住。克劳普尖叫着落入虚空，手里还攥着长长一条黑布料。范德摩先生目送那手舞足蹈的人影渐渐远去，又回头看了一眼门菲，但目光中毫无恶意。他在玩命抱住桌子腿的条件下，尽可能耸了耸肩，和善地说了声“再会”，便放开双手。

范德摩先生悄无声息地穿过大门，落入夺目的光芒之中，身影迅速变小，直奔克劳普先生而去。很快这两个人影便在一片汹涌蒸腾的橙紫光海中，融成小小黑斑，继而变成黑点，最终完全消失。这也是应当的，理查德心想，他们毕竟是搭档。

他觉得呼吸越来越困难，开始感到头晕眼花，头重脚轻。卡在门口的桌子碎成几片，被吸进虚空。理查德右手的镣铐忽然断裂，胳膊猛地甩开。他抓住固定左手的锁链，使出吃奶劲头牢牢攥住，心中庆幸断指是在仍被铐住的左手上。即便如此，疼痛的红蓝电光却也沿着左臂直往上蹿。他听到自己的惨叫声，仿佛从远方传来。

理查德无法呼吸。白色光斑在眼珠后面膨胀。他发现锁链开始松动……

黑门轰然关闭的声音响彻整个世界。理查德猛地撞回冰冷的铁柱，继而跌在地板上。地下大厅变得寂静无声，漆黑一片。理查德闭上眼睛，黑暗依然浓稠，他又把眼睁开。

侯爵的声音打破沉寂。他平静地说："你把他们送到哪儿去了？"

理查德听到一个女孩的声音。他知道这是门菲在说话，但这声音听起来却是那么小：就像个小娃娃经历了漫长疲惫的一天，准备上床睡觉时的话语。"我不知道……很远很远的地方。我……累死了。我……"

"门菲，"侯爵说，"振作起来！"理查德心想，幸好侯爵说了这句话。总要有人去说，而理查德已经不记得该怎么说了。黑暗中传来"咔嗒"一声，有个手铐被人打开。然后是锁链落在铁柱上的响动，以及火柴划着的声音。一根蜡烛被点燃，在稀薄空气中摇曳闪烁，反射出微微光亮。理查德心想，炉火胜，烛光荧。他也不知道为什么会记起这句话。

门菲手里拿着蜡烛，颤颤巍巍走到侯爵面前。她伸出右手，碰触他的锁链，镣铐随即打开。侯爵揉搓着手腕。女孩又来到理查德跟前，碰了碰仅剩的那个镣铐，把它打开。门菲叹了口气，坐在理查德身边。他伸出没受伤的右臂，抱住女孩的脑袋，让她靠在自己身上，搂着她前后轻摇，嘴里哼着无词的摇篮曲。天使的大厅空空荡荡，很冷，很冷。但他们很快就坠入梦乡，被温暖的黑暗紧紧包围。

卡拉巴斯侯爵看着两个沉睡的孩子。一想到睡眠，一想到要返回与死亡如此接近的状态，哪怕短短一会儿，也让他感到前所未有的恐惧。但侯爵最终还是把头枕在胳膊上，闭上眼睛。

所有人都睡着了。

第十八章

除了奥林匹亚以外，蟠蛇女士在七姐妹中年岁最长。她高昂着头，走进下街尽头的迷宫，白皮靴踏过潮湿泥沼。这可是近百年来，她离家最远的一次。那位蜂腰女管家从头到脚穿着黑皮衣，手里拿着一盏大型马车提灯，走在前头引路。蟠蛇的另外两名女仆，身穿类似衣着，跟在她后面，恭敬地保持一段距离。

裙服破损的蕾丝后摆拖在污泥中，但蟠蛇毫不在意。她看到前面有个东西在灯光中闪亮。在它旁边，是一大团黑乎乎的物体。

“在那边。”她说道。

跟在她身后的两名女仆蹚着泥水，快步走了上去。蟠蛇的女管家靠近时，带来一圈温暖光晕，让周遭物体显出本来面目。闪光的是一柄青铜长矛。猎人的尸体仰面朝天躺在一大摊凝结的血污中，半埋在泥水里，显得扭曲凄凉。她的双腿压在一头形似野猪的庞然大物身下，双眼紧紧闭阖。

两名女仆把尸体从巨兽身下拉出，放在泥地上。蟠蛇跪在湿沼中，用一根手指轻抚猎人冰冷的面颊，最终停在被鲜血染黑的双唇。过了半晌，她才站起身来。“带上长矛。”蟠蛇说道。

一名女仆抱起猎人的尸体，另一位则从巨兽身上拔出长矛，扛在肩头。四个人转身离去，沿原路返回，这支小小的送葬队伍，在地下世界静静行走。灯光照亮了蟠蛇的面目，但她没有露出任何表情，既无欢喜也无忧伤。

第十九章

醒来时，他完全不知自己是谁。这是一种彻底解脱的感觉，似乎可以随心所欲变成任何东西。他可以变成任何人，尝试各种身份。他可以是男人或是女人，老鼠或是小鸟，怪兽或是神祇。忽然有人发出一阵沙沙响动，他彻底醒了过来。在清醒过程中，他记起自己叫理查德·梅休，不管这是谁，也不管这代表什么意义，他就是理查德·梅休。但他不知道自己在什么地方。

他的脸贴着清凉的亚麻床单，浑身上下都疼，有些地方——比方说左手小指，疼得最为严重。

有个人在他附近。理查德能听见呼吸声和缩手缩脚的沙沙响动，那人应该就在房间里，试图做到悄无声息。理查德抬起头，随即发现更多部位在疼，有些位置疼得钻心。在远处，大概是隔了很多房间的地方，有人在歌唱。歌声辽远微弱，他知道只要一睁开眼，就会听不到这低沉悦耳的乐音……

理查德睁开双眼。房间很小，光线昏暗。他躺在矮床上，先前听到的窸窣声是一名头戴兜帽、身穿黑袍的人发出的。此人背对理查德，正用一把色彩异常艳丽的羽毛掸子打扫房间。“我这是在哪儿啊？”理查德问道。

黑衣人差点儿扔掉手中的羽毛掸子。他转过身来，露出一张深褐色的瘦削面容，表情极为紧张。“你想喝点儿水吗？”黑修士问道。他显得非常紧张，似乎早有人跟他说过，如果病人醒了，就应该询问对方是否需要喝水。因此最近四十分钟内，他一直在心中默念这句话，确保自己不要忘掉。

“我……”理查德刚一开口，便意识到自己渴得要命，他在床上坐起身来。“是的，我想喝点水。麻烦你了。”修士拿起一个破破烂烂的金属罐，把水倒进同样破破烂烂的金属杯子，递给理查德。理查德慢慢抿着，强忍住一口灌下去的冲动。这水冰凉清澈，有股钻石和冰雪的味道。

理查德低头看了眼自己的身体。他原先的衣服不见了，此刻穿着一件长袍，很像黑修士们的僧袍，但却是灰色的。断指已经打好夹板，妥善包扎起来。他伸出一根手指摸了摸耳朵，那里也有绷带，布料下似乎缝了几针。“你是一名黑修士吧？”理查德说道。

“是的，先生。”

“我是怎么到这儿来的？我的朋友们在哪儿？”

修士神色紧张，沉默不语，只是抬手指指走廊。理查德爬下床，看了眼灰袍下的身体，发觉自己一丝不挂。他的躯干和腿上到处都是程度不同的青紫瘀伤，似乎全被涂了某种药膏，闻起来有股咳嗽糖浆和奶油吐司的味道；右膝也裹着绷带。理查德想知道自己的衣服跑哪儿去了。床边有双拖鞋，他把鞋穿上，走出房间进入过道。只见修道院院长挽着乌烟兄弟的胳膊，从回廊对面向他走来，失明的眼眸在兜帽投下的阴影中闪烁出珍珠光泽。

“你已经醒了啊，理查德・梅休，”院长说，“感觉怎么样？”

理查德扮了个苦相。“我的手……”

“我们帮你接好断指，处理了身上那些瘀伤和割伤。你需要休息，我们就让你休息。”

“门菲在哪儿？还有侯爵呢？我们是怎么到这儿来的？”

“是我把你们带回来的。”院长说。两名黑修士迈开步子，继续朝前走去，理查德连忙跟上。

“猎人呢？你把她的尸体抬回来了吗？”

院长摇摇头。“那里没有尸体，只有巨兽。”

“哦，嗯。我的衣服……”他们走到一个房间的门口，这里的格局跟理查德疗伤的那个房间差不多。门菲坐在床沿上，正在看《曼斯菲尔德庄园》。理查德敢打包票，黑修士们肯定也不知道他们有这本小说。女孩同样身披灰僧袍，这件衣服对她来说尺寸过大，几乎有些滑稽。他们走进门时，门菲抬起头来。“嗨，”她说，“你已经睡了千百万年。现在感觉如何？”

“我想还好。你呢？”

女孩微微一笑，但似乎略显勉强。“身子还有点虚。”她老实说。走廊中传来一阵嘈杂声响，理查德扭回头去，发现卡拉巴斯侯爵坐在一把快要散架的古董轮椅里，被人推了过来。推轮椅的是个身材高大的修士。理查德很想知道，侯爵是如何让坐在轮椅里被人推着到处走，显得既浪漫又潇洒的。侯爵以灿烂笑容向众人致意。“晚上好，朋友们。”他如是说。

“好了，”院长说，“既然你们都在这儿了，咱们必须好好谈谈。”

他把众人领到一间大屋子，噼啪作响的柴火提供了温暖环境。他们在一张桌子旁依次站好。院长示意众人落座。他也摸索到自己的椅子，缓缓坐了下去，然后请乌烟兄弟和负责为侯爵推轮椅的修士暂且离开。

“那么，”院长说，“先谈正事。伊斯灵顿在哪儿？”

门菲耸耸肩。“我能达到的最远处，浩渺时空之中的某个地方吧。”

“我明白了，”院长顿了顿，又继续说，“很好。”

“你为什么不警告我们要提防他？”理查德问道。

“那不是我们的责任。”

理查德闷哼一声。“那现在该怎么办？”他向众人问道。

院长没有答话。

“怎么办？你是指什么？”门菲问。

“哦，你想为家人复仇。这事已经办到了。你把三个罪魁祸首都扔进了虚空中的遥远角落。我是说，不会再有人想要杀你了，对吧？”

“暂时没有。”门菲严肃地说。

“而你呢？”理查德向卡拉巴斯侯爵问道，“你想要的东西都到手了吗？”

侯爵点点头。“我想是的。我欠门琅爵士的人情已经彻底还清，门菲小姐还欠了我一个很大的人情。”

理查德看向门菲。女孩点点头。“那我呢？”他问。

“哦，”女孩说，“要是没有你，我们就不可能成功。”

“我说的不是这个意思。送我回家那件事该怎么办？”

侯爵扬起一条眉毛。“你以为她是谁啊，《绿野仙踪》里的奥兹国大法师吗？我们没法送你回家。这里就是你的家。”

门菲说：“我不是一直这么说吗，理查德？”

“肯定应该有个办法。”理查德说着扬起左掌，在桌子上狠狠一拍，以示强调。小指伤口猛然抽痛，但他强忍着面不改色，只是低低地叫了一声，因为他经历过更可怕的伤痛。

“那枚钥匙在哪儿？”院长问道。

理查德把头一摆。“门菲身上。”他说。

门菲摇摇头。“不在我这儿，”她说，“我在流动集市上把它塞回你口袋里了，就是你带回咖喱炖菜的时候。”

理查德惊得张大了嘴，又慢慢闭上，然后再度开口。“你是说，我当时告诉克劳普和范德摩，钥匙在我手里，欢迎他们来搜身……它还真在我手上？”女孩点点头。他想起在下街时，感觉后兜里有个硬邦邦的东西，也想起女孩在船上给他的那个拥抱……

院长伸出手来，用布满皱褶的棕色手指从桌上拿起一个小铃，摇了两下，唤来乌烟兄弟。“把勇士的裤子拿来。”他说。乌烟兄弟点点头，转身离去。

“我不是什么勇士。”理查德说。

院长露出慈祥的笑容。“你杀了巨兽，”他用近乎遗憾的语气说，“你便是勇士。”

理查德恼怒地抱着胳膊。“也就是说，到头来我还是回不了家，倒得了个安慰奖，跻身于古老的地下世界荣誉名录之中？”

侯爵不为所动地看着他。“你不可能回到上伦敦。的确有几个人勉强过上了介于两者之间的生活，比方说你遇到过的乞丐伊利亚斯特和地铁乐手李尔，但充其量也就是这样了。那种日子可不好过。”

门菲伸出手来，拍了拍理查德的胳膊。“我很抱歉，”她说，“但想想看你所作的贡献吧。你为我们拿到了钥匙。”

“哦？”理查德问道，“那有什么用？你不是立刻做了枚新的……”这时乌烟兄弟抱着理查德的牛仔裤走进房间，这条裤子破破烂烂，沾满泥污，染了干涸的血迹，还散发着恶臭。黑修士把裤子交给院长，老人开始检查几个裤兜。门菲露出甜美的笑容，提醒他说："如果没有真正的钥匙，我可没法让老铁匠打造赝品。"

院长忽然清了清嗓子。"你们真是蠢到家了，"他和蔼地对众人说，"根本什么都不懂。"他抬起手来，银钥匙在火光下熠熠生辉，"理查德通过了圣匙试炼。他就是钥匙的主人，直到交还给我们为止。这钥匙具有魔力。"

"它是通向天堂的钥匙……"理查德不知道院长到底想说什么，又在暗示什么。

老人的声音低沉悦耳。"它是通向所有现实世界的钥匙。如果理查德想回上伦敦，那么圣匙就会把他送回上伦敦。"

"就这么简单？"理查德问。老人在兜帽阴影下点了点头。"那咱们什么时候可以开始？"

"只要你做好准备。"院长说。

修士们已经把他的衣服洗净缝好，送了回来。乌烟兄弟领他穿过修道院，爬过一段段盘旋而上的楼梯，最终进入钟塔。塔顶有扇厚重木质翻板门。乌烟兄弟把锁打开，两个人钻了过去，来到一条蛛丝密布的狭窄巷道，一侧墙上嵌有铁梯。他们爬上铁梯，感觉走了足有好几千尺，这才从一个积满灰尘的地铁月台爬了出来。

夜莺巷地铁站

墙上的老旧站牌如此写着。乌烟兄弟祝理查德一路顺风，让他在这儿等人来接，然后便顺原路返回，很快消失不见。

理查德在站台上坐了二十分钟。他想知道这是哪门子地铁站：既不像大英博物馆站那样被关闭遗弃，也不像黑修士站那样真实存在。它更像是幽灵车站，一个早被遗忘的诡异虚构空间。理查德还想知道为什么侯爵没来跟他道别。他曾问过门菲，女孩说她也不知道，但也许跟安慰别人一样，道别也是侯爵的弱项之一。然后她又对理查德说，自己眼睛里进了沙子，随即将一张写好指示的字条交给他，便转身离开了。

有个东西在隧道的阴影中晃动，白色的东西。原来是一方系在棍子上的手帕。“你好！”理查德叫道。

老贝利浑身羽毛的圆胖身躯从阴影中闪出，似乎局促紧张，很不自在。他身上大汗淋漓，还摇晃着理查德的手帕。“这是我的小旗子。”他指着手帕说。

“很高兴它能派上用场。”

老贝利不安地笑了笑。“是啊，不废话了。只是想说，有件东西要送你。拿去吧。”他把手伸进大衣口袋，掏出一根闪烁蓝绿光泽的黑羽毛，羽茎根部还缠着根红线。

“呃，好的，谢了。”理查德也不知道这东西能派上什么用场。

“这是根羽毛，”老贝利解释说，“很棒的羽毛。纪念品，留念物。而且不要钱。是礼物。我送你的。算是件谢礼吧。”

“哦，好的。你真是太客气了。”

理查德把羽毛塞进口袋。暖风从隧道袭来，一列地铁就要进站。“你的车可算来了，”老贝利说，“我是不坐地铁的。能有个像样的屋顶就成。”他与理查德握了握手，一溜烟不见了。

地铁缓缓驶入站台，头灯不亮，最前面的驾驶员车厢也空无一人。它最终停下，所有车厢都漆黑一片，所有门都没打开。理查德敲敲面前的车门，暗自希望自己没有敲错。车门应声开启，在幽灵月台洒下温暖黄光。两位小个老者手里拿着红铜色长号，迈步走出车厢踏上月台。理查德见过他们：达瓦德和哈瓦德，伯爵宫廷的两位老兵。不过就算他原先知道谁是达瓦德，谁是哈瓦德，现在也彻底分不清了。他们把长号放在唇边，吹出一段荒腔走板但至真至诚的号声。理查德走入地铁，他们也跟了进去。

伯爵坐在车厢尽头，正抚摸着那头巨型爱尔兰猎狼犬。小丑站在老人身边，理查德还记得他叫图雷。除此以外，整节车厢里就只剩那两名老兵。“来者何人？”伯爵问道。

“就是他，陛下[1]，”小丑说，“理查德·梅休。杀死巨兽的那个人。”

“那个勇士？”伯爵若有所思地挠了挠发灰的红胡子，“把他带过来。”

理查德走到伯爵的座椅前。老人上上下下打量着他，似乎根本不记得以前曾见过此人。“还以为你会更高大些。”伯爵最终说道。

“不好意思。”

“也罢，还是赶紧举行仪式吧。”老人站起身，对空荡荡的车厢发表致辞，“诸位晚安。我们要在此为年轻的煤球先生授勋。诗人们是怎么说的来着？”他用抑扬顿挫的声调，大声吟咏道，“凛凛战伤鲜血淌，赫赫仇敌转眼亡。无私无畏守护者，勇武最是少年郎……他倒也算不上少年了，你说是吧，图雷？”

1　原文如此。

“的确不是，尊敬的陛下。”

伯爵大手一伸。“把你的剑交给我，孩子。”

理查德伸手从腰带上抽出猎人留给他的那柄匕首。“这个行吗？”他问。

“行，行。”老人说着从他手中接过匕首。

“跪下。”图雷指着列车地板，故意提高音量对他耳语道。理查德单膝跪下，侯爵用匕首依次轻拍他的两侧肩头。“起身，”他大声说道，“理查德·煤油爵士。我以此刀授予你下层世界的自由。从此以后，你可以自在遨游，不受任何限制……如此这般……等等等等……叽哩哇啦。”他敷衍了事地把话说完。

“感激不尽，”理查德说，“不过其实我叫梅休。”说话间，地铁又慢慢进站了。

“你就在这儿下车吧。”伯爵说。他把猎人的刀还给理查德，拍拍他的后背，伸手指向车门。

理查德下车的地方并非地下车站，而是在地面之上。这里的建筑韵味让理查德依稀想起圣邦康地铁站，是一种恢宏壮阔的仿哥特式风格。但同样有些“破绽”表明这里仍属于下伦敦。光线感觉很怪，这等不自然的灰色只有在黎明前和日落后的短暂时光中能够看到；也就是整个世界晨昏未定，色彩和距离都无法判断的时段。

有个人坐在一张木椅上看着他。理查德警惕地朝他走去，在昏暗光线下，根本无法判断那人是谁，也不知道以前可曾见过。理查德手里还握着猎人的刀——他的刀，他把刀柄握得更紧，好让自己安心。

那人抬头看到理查德，“噌”的一下蹿了起来。他揪了揪头上的额发，看上去既滑稽又讨厌。理查德只在由古典小说改编的电视剧里见过这种发型。他终于认出此人正是鼠语领主。

“好吧好吧。是的是的。”这位鼠语族人没头没脑地说起话来，“只是过来说一句，那个叫麻醉法的女孩。别当回事。老鼠仍是你的朋友。还有鼠语族。你来找我们，我们就帮你。”

“谢了。”理查德想起鼠语领主曾说过的话，麻醉法会带他去。她是可以牺牲的。

鼠语领主在长椅上摸了两下，把黑色拉链运动包递给理查德。这东西看着特别眼熟。“全在里面。所有东西。你看看吧。”理查德打开包。他的所有东西全在里面，连钱包都放在几条叠得整整齐齐的牛仔裤上头。他把包拉好，甩上肩膀，头也不回地朝前走去，连句谢谢也没说。

理查德出了车站，走下几段灰石阶梯。

四周寂寥无人，鸦雀无声。枯黄的秋叶从一块空场飞过，形成黄色、棕色和赭色的小风，为昏暗天空平添几分柔和色彩。理查德走过空场，下了几节楼梯，进入一条地下通道。昏光中黑影一闪，他警惕地转回身去。十几个女人出现在他身后的走廊中，几乎悄无声息地向他靠近，只有黑天鹅绒沙沙作响，偶尔还会传来银器碰撞的叮当声。树叶窸窣也比这些苍白女子弄出的响动要大。她们用饥渴的目光注视着理查德。

他被吓坏了。他手里有刀，这话没错，但让他持刀厮杀，真比纵身跃过泰晤士河还难。理查德只希望她们攻上来时，自己能用匕首把对方吓住。空气中弥漫着金银花、铃兰和麝香的气息。

拉米娅挤出天鹅绒们的队列，朝前走了两步。理查德紧张地举起匕首，回想起那个充满冷酷激情的拥抱，那么惬意，那么寒冷。拉米娅冲他微微一笑，温柔地点了点头，然后亲了下自己的指尖，把吻抛给理查德。

他打了个寒战。地下通道中一阵暗影飘忽，等他举目望去，周围已不见人踪。

穿过地下通道后，理查德走上几段楼梯，发现自己来到一座绿草如茵的山丘顶端。天空泛起鱼肚白，周围的田野风光大可尽收眼底。几乎掉光叶片的橡树、岑树和山毛榉，通过枝干的形状很容易辨认出来。他环顾四周，发现自己是在某座小岛上。两条小河汇成一条大河，将他所在的山丘同大陆分割开来。尽管说不清原因，但他百分之百肯定自己仍在伦敦，但可能是三千年前的伦敦，也许更久，早在第一批人类定居者在此地垒起第一块基石之前。

他拉开运动包，把匕首放在钱夹旁，然后重新拉好。天空开始放亮，但这光线有些陌生。它比理查德熟悉的日光更年轻，可能也更加纯净。橘红色的太阳从东方升起，总有一天那里将成为船坞区。理查德眼看着晨光洒遍森林和湿地，脑海中老是浮现出格林威治、肯特郡和大海的感觉。

“嗨。”门菲跟他打了声招呼。理查德不知道女孩是什么时候出现的。她那件破旧棕色皮夹克下面，换了身不一样的服装：是用平纹绸、蕾丝、丝绸和织锦制成，不过仍旧层层叠叠，布满破口和补丁。她的红色短发在晨曦中闪闪发光，好似磨光发亮的红铜。

“嗨。”理查德说。女孩站在他身边，用纤细的手指握住他拿运动包的右手。“咱们这是在哪儿？”他问。

“在美丽又可怕的西敏岛上。”女孩说。理查德觉得她是在引用什么名句，但又坚信自己此前从没听过这种说法。两人开始在长草间漫步，融化的冰霜把草叶染得湿漉漉、白茫茫。两人在草地上留下一行深绿色足迹，标出他们的来路。

“嗯，你看，”门菲说，“天使被赶走后，下伦敦有很多事需要理顺。会做这件事的就只有我。父亲想把下伦敦联合起来……我想我应该努力完成他的心愿。”两人手牵着手，离开泰晤士河向北走去。白色海鸥在空中盘旋鸣叫。“理查德，你也听见伊斯灵顿说过什么。他说我妹妹还活着，也许真有这个可能。那我就不是家族中仅剩的后裔了。而且你救过我的命，不止一次。”她顿了顿，然后一口气把心里话倒了出来，“你是我最好的朋友，理查德。我似乎喜欢上了有你在身边的感觉。请不要走。”

理查德轻轻捏了捏女孩的手。“哦，”他说，“我也喜欢有你在身边的感觉。但我不属于这个世界。在我的伦敦……嗯，你要提防的最危险的东西，不过是赶路太急的出租车。我也喜欢你，喜欢得要命。但我必须回家。”

女孩用那双闪烁蓝绿光芒的异色眼眸看着他。“那咱们就再也没有机会见面了。”她说。

“我想是见不到了。”

“感谢你所做的一切。”女孩严肃地说。她张开双臂抱住理查德，紧紧搂着，以至于他肋部的瘀伤都隐隐作痛。理查德也回抱着她，同样紧紧搂住，浑身上下的伤势都在强烈抗议，但他根本不在乎。

“好了，”他最终说道，“很高兴能认识你。”门菲使劲眨了眨眼。理查德心想，她是不是又要说自己眼睛里进了沙子？但女孩只是说：“你准备好了吗？”

他点点头。

“钥匙拿上了吗？”

理查德放下运动包，用完好的右手在兜里摸索一阵，取出银钥匙交给门菲。女孩把它举在身前，似乎插进了一扇虚幻的房门。“好了，”她说，“朝前走，别回头。”

理查德迈步走下小山丘，离泰晤士河的碧蓝流水越来越远。一只灰鸥飞掠而过。到了山脚下，他回头看去。门菲站在山顶，朝阳勾勒出她的清秀身影。女孩脸上闪着泪光。银钥匙在橙色艳阳下微微发亮。

门菲果断地拧动钥匙。

世界迅速变暗。一声低沉怒吼挤进理查德的脑海，仿佛千万头狂怒的野兽齐声咆哮。

第二十章

世界迅速变暗。一声低沉怒吼挤进理查德的脑海，仿佛上千头狂怒的野兽齐声咆哮。他在黑暗中眨眨眼，手里紧攥提包，心想提前把匕首收好是不是个愚蠢的决定。有几个人在黑暗中同他擦肩而过。理查德紧走两步，前方出现一道楼梯。他爬了上去，与此同时，整个世界具象成形，显露在他眼前。

那怒吼声是城市交通的喧嚣，他从特拉法加广场的一条地下通道走了出来。天空中万里无云，只有一片纯粹的蔚蓝，好似没有信号的电视机屏幕。

这是个温暖怡人的十月天，此刻大概上午十点来钟。他站在广场，手里拿着提包，面朝太阳眨了眨眼。黑色出租车、红色公交车和五颜六色的轿车在广场周围呼啸而过，观光客们抛洒着大把鸟食，投喂成群结队的圆胖肥鸽，在纳尔逊将军纪念柱和周围的巨狮雕像前拍照留念。他穿过广场，很想赶快搞清别人能否看到自己。日本游客们对他视而不见。理查德试着跟一名漂亮的金发女郎搭话，对方笑着摇了摇头，说了几句陌生的语言。理查德心想这可能是意大利语，但其实是芬兰语。

有个看不出性别的小孩站在广场中间，眼睛盯着鸽群，嘴里吃着巧克力棒。理查德蹲在小孩身边。“嗨，你好啊，小家伙。”他打了声招呼。小孩聚精会神地嘬着巧克力棒，似乎根本没把理查德当成另一个人类。“你好。”理查德又说了一次，绝望情绪隐隐爬进他的腔调，“你能看见我吗？小家伙，你好！”两颗小眼睛从沾满巧克力的面容上瞪视着他，下唇也开始微微颤抖。小孩子转身就跑，一把抱住旁边一位成年女性的双腿，然后哭叫着说：“妈咪，这个人骚扰我。他在骚扰我。”

小孩的母亲转向理查德，脸色阴晴不定，甚是骇人。“你在搞什么鬼，”她喝问道，“骚扰我的莱斯利？你这种人就该进监狱。”

理查德露出微笑。你就算用板砖狠敲他的后脑勺，也没法把这种灿烂欢悦的笑容从他脸上抹去。“真是十二万分的抱歉。”他嘴咧得老大，活像个常常傻笑的白痴。理查德抓起运动包，大步跑过特拉法加广场。受到惊吓的鸽子纷纷飞向天空。

他从钱包里拿出提款卡，塞进自动取款机。机器确认了他的四位安全码，建议他要妥善保管密码，不要泄露给任何人，然后问他需要什么服务。理查德要求取钱，机器吐出大量现金。他高兴地把拳头一挥，随即又不好意思地装成在叫出租车。

一辆出租车在他面前停下。它停下了！是为他！理查德钻进车子，坐在后座，笑得容光焕发。他要司机把自己送到办公室去。司机指出走路过去估计更快，理查德笑得更加开心了，直说自己才不在乎。车子上路后，他要求——准确地说是恳求——司机帮他个忙，对市内交通问题，打击犯罪的最佳途径，以及最近的热门政治话题发表看法。出租车司机指责理查德拿他开涮，在此后五分钟的车程中都闷不作声。但理查德并不在乎，还给了司机多到离谱的小费，然后转身走进办公楼。

他走进大楼后，笑容渐渐从脸上消失，每走一步，心中就更加焦躁，更加不安。如果他还是没有工作怎么办？就算满脸巧克力的小孩和出租车司机能看见他，但万一厄运临头，他在同事眼中还是个透明人，那该如何是好？

保安菲吉斯先生手里的《太阳报》中夹着一份色情刊物《放浪小妖精》。“早上好，梅休先生。”他抬起头冷淡地说。这句话并非表示欢迎的“早上好”，而是那种根本不在乎对方是死是活的“早上好”，甚至可以说，也不在乎现在是不是早上。

“菲吉斯！”理查德高兴地叫道，“早上好，菲吉斯先生。你真是个出类拔萃的保安！”

还不曾有任何人对菲吉斯说过与此沾边的话，就连他幻想中的赤裸女郎们也没有。菲吉斯狐疑地盯着理查德，直到他走进电梯消失不见，这才继续欣赏放浪小妖精。他开始怀疑这些少女，无论嘴里叼没叼着棒棒糖，都超过三十岁了。

理查德出了电梯，略显迟疑地走过回廊。只要我的办公桌还在，他心想，就万事大吉。只要我的办公桌还在，就万事大吉。理查德走进摆满隔断的大房间，他在这儿已经干了三年。人们伏案工作，讲着电话，在档案柜中翻找资料，啜饮难喝的茶水和更难喝的咖啡。这里正是他的办公室。

房间中有个靠窗的位置，他的办公桌原本放在那里，现在却被一排灰色档案柜和一株丝兰盆栽占据。他正要转身逃跑，忽然有人递来一塑料杯茶水。

“浪子回头啦？”加里说道，“给你，拿好。”

“嗨，哈里，”理查德说，“我的办公桌呢？”

“这边走，”加里说，“马略卡岛[1]怎么样？”

“马略卡？”

“你不是每次都去马略卡吗？”加里问道。他们走上通往四层的后楼梯。

“这次不是。”理查德说。

“我正要这么说呢，”加里说，“没怎么晒黑嘛。”

“的确，”理查德说，“哦，你知道，我需要换换样。”

加里点点头，抬手指向一扇房门。理查德记得这里一直是存放行政文件和办公用品的房间。

“换换样？好吧，你的确是改头换面了。可否允许我头一个向你道喜啊？”

房门上的铭牌写道：

初级合伙人

理查德·梅休

“走运的浑球。”加里亲昵地说了一句，便转身离去。

理查德走进房间，完全是一头雾水。这里再也不是行政文件和办公用品储藏室。所有文件和物品都已清空，四壁粉刷成灰、黑、白三色，还重新铺了地毯。房间中央放了张大办公桌。他仔细检查一番，发现的确是给他准备的。巨魔玩偶整整齐齐码放在一个抽屉里。理查

1 位于西班牙东部，是巴利阿里群岛中最大的岛屿。

德把它们全拿出来，放在办公室的各个位置。房间中有扇窗户，可以俯瞰泰晤士河的泥泞水流和南岸风光。屋里还摆着一盆大型绿色植物，仿佛蜡做的叶片又宽又大，正是那种看似人造实则天然的盆栽。他那台落满灰尘的奶白色电脑，已经被更干净、更光鲜、体积更小的黑色电脑替代。

理查德走到窗前，抿着香茶，眺望肮脏的棕色河水。

“所有东西都没问题吧？”他抬起头来。办事干净利落、效率极高的总经理助理西尔维娅就站在门口。她看到理查德转过头，脸上挂出迷人微笑。

“啊，是的。听着，我家里有点事必须马上处理……你觉得我下午请半天假会不会有什么问题……”

“请便咯。反正你原本应该明天才来上班的。”

“是吗？”理查德问，“好得很。”

西尔维娅皱起眉头。“你的手怎么了？”

“不小心弄折了。”理查德说。

西尔维娅一脸关切地看着他的手。“你不会是跟别人打架了吧？”

“我？”

她露齿一笑。“开个玩笑。我猜你是被门夹到了。我有个姐姐就出过类似的事故。”

“不，”理查德打算实话实说，“我的确是跟……”西尔维娅扬了扬眉，“被门夹到了。”他支支吾吾地说。

理查德搭出租车来到曾经居住的大楼。他不知道自己还能不能再搭地铁。至少现在不行。他没有门钥匙，便敲了敲公寓房门，很沮丧地发现一位中年妇女前来应门。他记得曾在浴室中跟这女人打过照面，或者更确切地说是没能打个照面。理查德向她解释，自己是先前的房客，并很快得到了两个信息：一、他，理查德，已经不住在这儿了；二、她，布坎南夫人，完全不知道他的个人财产被扔到哪儿去了。理查德做了一些笔记，亲切礼貌地向布坎南夫人道别，又拦了辆出租车，去找那位穿驼绒大衣的年轻人。

穿驼绒大衣的圆滑男人此刻没穿那件驼绒大衣，而且也远没有理查德上次看见他时那么圆滑。他俩坐在那人的办公室里，年轻人耐心倾听着理查德一连串的抱怨，脸上的表情就好像最近不慎吞了只活蜘蛛，如今正觉得它在胃中蠕动。

“哦，是的，”他查看过一堆文件后承认道，“听你这么一说，看来的确是出了点问题。我实在不明白怎么会出这种事。”

“怎么会出这种事并不重要，”理查德通情达理地说，“这件事的重点在于我才离开几个星期，你就把我的公寓租给了，”他翻翻笔记，“乔治·布坎南和阿黛尔·布坎南。而且他们无意离开。”

那人合上文件夹。“哦，错误总会发生。人为疏失。但恐怕我们对此也无能为力。”

如果换作过去的理查德，也就是曾住在如今的布坎南家的那个理查德，听到这话会一下子泄了气，为打扰对方而连声道歉，然后立刻转身离开。但现在的理查德说：“真的？你对此无能为力？你把我从你们公司通过合法手续租来的公寓，转手租给了别人，并在此过程中弄丢了我的所有私人财产，结果你对此无能为力？哦，我刚好认为——而且我的律师也会这么认为，你们能做的可有很多呢。”

没穿驼绒大衣的男人表情酸涩，似乎蜘蛛正往他的喉咙里爬。“但我们在那栋大楼里，没有类似的空房间了，”他说，“只剩下一套复式公寓。”

“复式公寓，”理查德对那人冷言道，“倒也可以……”那人松了口气，“……权充住宅吧。那么现在来谈谈该如何补偿我丢失的财产。”

新公寓比他过去的那间强得多，有不少窗户，一个露台，宽敞的客厅，和一间正经客房。理查德皱着眉头四处查看一番。没穿驼绒大衣的人已经极不情愿地在房间中添置了一张床、一张沙发、几把椅子和一台电视机。

理查德把猎人的刀放在壁炉架上。

他从街对面的印度餐馆买了外卖咖喱饭，坐在新公寓的地毯上大吃起来。他心中暗自琢磨，自己真的曾于深更半夜，跑到停泊在塔桥旁的炮舰上去，在露天集市中吃过咖喱炖菜吗？现在回想起来，这更像一场迷梦。

门铃忽然响起。他站起身把门打开。“我们找到了不少你的东西，梅休先生，”那人又穿上了他的驼绒大衣，“原来是被放在储藏室里了。好了，把东西拿进来，伙计们。”

两名身材魁梧的男人把几个木质货箱抬了进来，放在客厅中央的地毯上。货箱中塞满理查德的东西。

“谢了。”理查德说。他把手伸进第一个箱子，拆开最上面那件用纸包好的东西，结果是放有杰茜卡照片的相框。他盯着照片看了几眼，便放了回去，随后找到装有衣物的箱子，把它们取出来放进卧室。至于其他木箱，则原封不动地留在客厅地板上。

日子一天天过去，他心里越来越觉得内疚，但始终没有把箱子打开。

理查德坐在办公室的书桌前，凝视窗外景色。内部对讲机突然响起。“理查德，”西尔维娅说，“总经理让你二十分钟后到他办公室开个会，讨论旺兹沃思的报告。”

“我会按时参加。”他说。

接下来的十分钟里他实在无事可做，便拿起一个橙色巨魔玩偶，作势威胁另一只较小的绿发巨魔。他摇晃着橙色玩偶，用邪恶的巨魔腔调说道：“我是下伦敦最伟大的勇士。受死吧！”然后又拿起绿发巨魔，用尖细的巨魔腔说：“啊哈！不过你应该先喝一杯好茶……”

有人敲了敲门。理查德不好意思地放下两只巨魔。“请进。”房门打开，杰茜卡走了进来。她站在门口，显得有些拘谨。理查德都快忘了杰茜卡是多么美丽。

“你好，理查德。”

“你好，杰茜，”话音未落，他连忙纠正自己说，“抱歉，是杰茜卡。”

杰茜卡微微一笑，摇了摇头。“哦，杰茜也挺好，”她这话说得几乎像是发自内心，“杰茜卡……杰茜。已经有好多年没人这么叫过我了。有时还挺想念的。”

“嗯，”理查德说，“是什么风把你吹来了？”

“只是想来看看你，真的。”

理查德不知道自己该说什么。“你太客气了。”他最终说道。

杰茜卡关上办公室的门，朝他走近几步。“理查德。你知道吗，我觉得怪怪的。我只记得取消了婚约，但实在想不起来咱们到底为什么事吵架。”

“不记得？”

“反正也不重要了，对吧？”她转头看了看这间办公室，“你升职了？”

“对。”

“我真替你高兴。”她把手伸进外衣口袋，掏出一个棕色小盒子，放在理查德的办公桌上。他很清楚里面是什么东西，但还是把盒子打开。“这是咱们的订婚戒指。我想了想，嗯，觉得还是应该还给你。等日后，呃，如果事情有了转机，嗯，也许有一天你可以再把它送给我。”

戒指在阳光下闪闪发亮，正是他这辈子买过的那件最昂贵的东西。理查德合上盖子，把它还了回去。“你留着吧，杰茜卡，”他顿了顿，又继续说，“我很抱歉。”

杰茜卡咬着下唇。“你在跟什么人交往吗？”

理查德沉默片刻。他想起了拉米娅、猎人、麻醉法，甚至是门菲，但她们跟他都不是杰茜卡所说的那种关系。“不，没别人，”他猛然意识到接下来要说的话是发自内心，“我只是有所改变，仅此而已。”

内部对讲机再度响起。“理查德，我们在等你。”他按下按钮，

“这就下去，西尔维娅。”

他看了杰茜卡一眼。对方沉默不语。也许此时此刻，她怕自己一开口就会说错话。杰茜卡转身走出办公室，把门轻轻带上。

理查德一手抓起所需文件，另一只手抹了把脸，仿佛要把什么东西拂去——可能是哀痛，或是泪水，或是杰茜卡。

他又开始搭地铁上下班，但很快发现自己不再早晚购买报纸在路上读，反而开始端详车里其他乘客的面容——各种肤色、各种模样的面容，同时猜测他们是否都来自上伦敦，心里又在想些什么。

遇到杰茜卡后又过了几天，他在晚高峰时段搭地铁回家，忽然发现拉米娅就坐在车厢的另一端，背冲着他，深色头发盘得很高，裙服又黑又长。他觉得心脏怦怦直跳，慌忙分开人群，钻过拥挤的车厢。当他靠近时，地铁进站停下，车门嗞嗞开启，女人走了下去。但理查德失望地发现，她并非拉米娅，只是个年轻的伦敦女孩，身穿哥特式服装，晚上进城来找乐子。

在一个周六下午，他看到一只很大的棕色老鼠坐在公寓楼后面的塑料垃圾桶盖子上，用爪子梳理胡须，那派头仿佛君临天下。理查德靠近时，它蹿到便道上，缩进垃圾桶投下的阴影里，用警惕的黑眼珠盯着他。

理查德蹲下身去。“你好，”他柔声说道，“咱们见过面吗？”

老鼠没有作出任何理查德能够理解的反应，但它也没逃跑。“我叫理查德，”他继续低声说道，“我倒不是鼠语族人，不过我，嗯，也认识几只老鼠。哦，反正我遇到过几只啦。我只想问问你认不认识门菲小姐。”

一阵鞋子蹭地的声音从他身后传来。理查德转头看去，发现布坎南夫妇正好奇地看着自己。“你是不是……丢了什么东西？”布坎南夫人问道。大嗓门的布坎南先生嘟囔了一句：“多半在找弹球呢。”理查德听得一清二楚，但没有理会。

“不，”理查德老实说，“我，呃，只是跟一……”

老鼠匆匆跑了出来，一溜烟不见踪影。

“那是老鼠吗？”乔治·布坎南吼道，“我会向大楼管委会抗议。真是不像话。但伦敦就是这样啊，你说是吧？”

“对，”理查德附和道，“的确如此，就是这样。”

理查德的东西仍旧装在木板箱里，原封不动放在客厅中央。

他至今还没开过电视。每天夜里回家吃完饭，他便站在窗前眺望伦敦景色，看着车辆、屋顶和灯光。深秋暮色渐渐变成黑夜，灯火遍布城中各个角落。他独自站在黑暗的公寓里，就这样一直看着，直到城里的灯光渐次熄灭，才极不情愿地脱掉衣服，爬上床铺，进入梦乡。

有次星期五下午，西尔维娅走进他的办公室。他正用猎人的匕首当作拆信刀，打开几封信件。“理查德！”总经理助理说，“我想问你一声，这些天你常出来玩吗？”他摇了摇头，“哦，我们几个人今晚想去玩玩。你要不要一起来？”

“嗯，好啊，”他说，“我很想去。”

其实他不想去。

他们一共有八个人：西尔维娅和她倒腾古董车的小男朋友，企业客户部的加里——他最近才跟女友分手，还坚称是出于一个小小误会（他本以为女友会对自己跟她最好的朋友上床表示理解，当然事实并非如此）。另外还有几个很好的朋友和朋友的朋友，外加电脑服务部门新来的女孩。

他们首先在莱斯特广场的奥迪恩影城看了场巨幕电影。好人最终大获全胜，片子里有不少爆炸场面，各种物体飞来飞去。西尔维娅认为理查德应该坐在电脑服务部门的女孩旁边，因为她刚到公司，认识的人还不多。

看完电影，他们沿苏活区边缘的老康普敦街一路溜达，这条街上雅俗杂陈，吸引了大量人群。他们在莱切餐厅用餐，要了燕麦粉和无数盘味道绝佳的异国菜肴，不但摆了满满一桌，甚至还用上旁边一个没人的餐台。离开餐厅后，他们来到贝里克街附近一家西尔维娅很喜欢的小酒吧，各自要了些酒，天南海北地闲聊。

这个晚上，电脑服务部新来的女孩冲理查德频频微笑，但他完全想不出有什么好说的话题。他给大家买了一轮酒，新来的女孩帮他把酒从吧台拿回座位。加里到洗手间去了，那女孩便坐到他的位子上，正好挨着理查德。理查德脑袋里全是杯盏交错的脆响和电唱机的嘈杂音乐。啤酒和百加得朗姆酒的刺鼻气味，外加呛人的香烟，熏得他有点难受。理查德试图倾听同伴们的闲谈，但却发现自己实在没法集中精神听清任何人所说的话，而且更糟的是，他对听到的话题丝毫不感兴趣。

一幅清晰的画面浮现在他眼前，就像在莱斯特广场奥迪恩影院看到的巨幕电影一样，这次上演的是他此后的人生。他今晚会带新来的女孩回家，一番云雨，极尽缠绵。明天是周六，他们会在床上度过整个上午，然后起床来，一同把几个木箱中的东西收拾停当，放在合适的位置。再过一年，甚至更短的时间，他会跟新来的女孩结婚，再次得到晋升。他们会生两个孩子，一男一女，搬到近郊的哈罗或是克罗伊登，甚至是更远的雷丁。

这样的生活也算不赖。他自己心里清楚。有时候，你就是束手无策。

加里从厕所回来，迷惑地环顾四周。所有人都在，单少了……

“迪克？”他问，“谁看见理查德了？”

电脑服务部的女孩耸耸肩。

加里跑出酒吧，来到贝里克街头。夜晚寒风像一捧凉水泼在他脸上。加里能在空气中闻到冬天的气息。他高声叫道：“迪克，你在哪？理查德？”

“这边。”

理查德靠在路边墙上，站在阴影之中。“我只是出来透一口气。”

“你还好吗？”加里问道。

“还好，”理查德说，“不好。我也不知道。”

“好吧，”加里说，“好坏你都说了。想跟我聊聊吗？”

理查德严肃地看着他。“你会笑话我的。”

“你不说我也会笑。”

理查德看着加里，忍不住微微一笑。加里松了口气，至少他知道他们还是朋友。加里回头看了眼酒吧，然后双手往兜里一揣。“来吧，”他说，“咱们走走。你可以把心里话全倒出来，然后我再笑话你。”

“浑蛋。”理查德这句话说的，是几周来最像理查德的一次。

“朋友就是干这个用的啊。”

他们开始在街灯下漫步。“听着，加里，”理查德开口道，“你有没有想过，也许这些东西并非全部？”

“什么东西？”

理查德模棱两可地把手一挥，囊括了所有东西。“工作、家、酒吧，约女孩，住在城里、生活。这些就是全部吗？”

“我想概括得差不多了，没错。”加里说。

理查德叹了口气。“好吧，首先，我没去马略卡岛。我是说，我真没去马略卡岛。”

他们在苏活区沿摄政街和查令十字街之间的逼仄小巷来回溜达。理查德嘴里说个不停，故事从他在便道上发现个血流不止的女孩开

始，因为不能坐视不管，所以他伸出了援手。然后是接下来发生的种种异事。他们越走越冷，便钻进一家通宵营业的廉价咖啡馆。这里可谓名副其实的廉价餐厅，所有食物都用猪油浸透，散泡的茶水盛在泛着油光的白色破杯子里。他们各自坐好，点了煎蛋、烤豆子和吐司面包。理查德一边吃，一边继续讲述，加里也继续听着。他们用面包把剩下的蛋黄抹干净，又喝了几杯茶，理查德终于说道："……然后门菲把那钥匙拧了一下，我就回来了，出现在上伦敦。哦，也就是真实的伦敦。以后的事情，呃，你都知道了。"

两人沉默片刻。"就是这些了。"理查德说完把茶水一口喝干。

加里挠了挠头。"听着，"他最终说，"你说的是真的吗？不是某种惹人厌的玩笑吧？我是说，不会有人拿着摄像机躲在屏风之类的东西后面，正准备跳出来说我上了整人秀节目吧？"

"根本没这回事，"理查德说，"你……你相信我吗？"

加里看着摆在桌上的账单，数出几英镑硬币，放在塑料台面上的番茄酱罐子旁边。这个塑料罐子形似超大号番茄，开口处粘着些凝固的酱汁，颜色都已发黑。"我相信。嗯，你肯定遇到了某些事，这一点显而易见……听着，更重要的是，你相信吗？"

理查德目不转睛地盯着加里。他双目周围有两个黑圈。"我相不相信？我还真说不好。我原来相信，我真的到过那边。知道吗，你还出现了一次。"

"你刚才可没提到这段。"

"这段太可怕了。你当时说我发疯了，已经产生幻觉，在伦敦不断游荡。"

他们出了咖啡馆，向南朝皮卡迪利大街走去。"哦，"加里说，"你必须承认，这个解释比你的魔幻下伦敦合理。人们会从裂缝掉进去？我也见过那些掉进裂缝的人，理查德。他们就睡在滨河路的商店门口，可没去过什么奇妙的伦敦。每到冬天，他们就可能冻饿而死。”

理查德沉默不语。

加里继续说：“我想你没准儿是脑袋受了什么撞击。或许是被杰茜卡甩了，受打击太大。你多半是疯了一阵子，然后又缓过来了。”

理查德打了个哆嗦。“你知道我最害怕的是什么吗？那就是也许你说得对。”

“你觉得生活不够刺激？”加里继续说，“好极了。就让我享受无聊人生吧。至少我知道今晚该去哪儿吃饭睡觉，到了周一还有份工作糊口。对吧？”他转头看着理查德。

理查德迟疑地点点头。“对。”

加里看了看表。“活见鬼，”他叫道，“已经凌晨两点了。希望咱们还能拦到出租车。”他们走进苏活区的布鲁尔街，在脱衣舞夜总会的店面灯光下徜徉。加里唠叨着出租车的话题，都是些陈词滥调，甚至可以说枯燥乏味。他似乎只是在履行作为伦敦人对出租车牢骚满腹的职责。“……车顶的出租灯是亮着的，其他也没问题，”他喋喋不休地说，“可我刚说完要去的地方，这老兄就来了句，抱歉，我要回家了。我就说，你们出租车司机都住在什么地方啊？怎么就没一个住在我家附近？关键在于要先坐进去，然后再告诉他们你住在泰晤士河南岸。我是说，他到底想跟我唠叨什么？照他那说法，伦敦南郊的巴特西区就好像远在尼泊尔首都。”

理查德根本没听进去。他们走到风车街，理查德过了马路，从一家老杂志专卖店的橱窗望了进去，浏览陈列出来的旧海报、老漫画和杂志过刊，以及早被人遗忘的电影明星卡通人偶。理查德能从中瞥见一个充满冒险和幻想的世界。但他对自己说，这都是假的。

“那么你觉得如何？”加里问道。

理查德被这句话拉回现实。“什么如何？”

加里意识到自己刚才说的话，理查德一个字也没听进去。他又说了一遍。“如果实在拦不到出租车，咱们可以搭夜班公车。”

“成啊，”理查德说，“没问题。好极了。”

加里做了个鬼脸。“你又让我担心了。”

“抱歉。”

他们沿着风车街走向皮卡迪利。理查德把手深深插进口袋。他脸色一变，显得困惑不解，然后从兜里掏出一根皱皱巴巴的黑乌鸦羽毛，羽茎上还系着一根红线。

“这是什么东西？”加里问道。

“这是……”理查德还没说完，就改口道，“只是一根羽毛。你说得对。只是垃圾。”他把羽毛扔进路边的排水沟，看都没看一眼。

加里犹豫片刻，然后字斟句酌地说：“你有没有想过找人看看？”

“找人看看？听着，加里，我又没疯。”

“你确定吗？”一辆出租车向他们驶来，黄色载客灯很是惹眼。

“不，”理查德诚恳地说，“来了辆出租。你上吧。我等下一辆。”

“谢了。”加里挥手拦下车子，钻进后座，然后才告诉司机他要去巴特西区。车子启动后，他摇下车窗，对理查德说：“伙计，这就是现实。你会习惯的。生活就是这么回事。咱们周一见。”

理查德冲他挥手道别，目送出租车远去。他转过身，渐渐远离皮卡迪利大街的灯火，返回布鲁尔街。路边的羽毛已经不见了。理查德看到有位老妇人正在一家商店门口熟睡，身上盖着条破破烂烂的旧毯子，头上戴了顶已经看不出颜色的羊绒帽。她仅有的财产——两个装满废物的纸板箱和一把曾经是白色的脏伞——用一根绳子系紧，放在身边。绳子的另一头拴在她的手腕上，以防有人趁她睡觉时把东西偷走。

理查德停下脚步，掏出自己的钱包，找出张十英镑的票子，然后弯下腰把钞票塞进女人手中。老妇人睁开眼，猛地醒了过来，看着钞票，眨眨苍老的眼眸。“这是什么东西？”她睡意蒙眬地问，显然很不高兴被人弄醒。

“拿着吧。”理查德说。

老妇人把钞票叠起来，塞进袖口里。“你想要什么？”她狐疑地问理查德。

“不用，”理查德说，“我不想要任何东西，什么都不要。”他忽然意识到这句话有多真实，这种境况又是多么可怕。“你可曾得到过所有想要的东西，然后才发现你想要的根本不是这些？”

“我可没这福气。”老妇人说着从眼角抹掉一粒眼屎。

“我本以为自己想要这些，”理查德说，“我本以为自己想要一段正常美好的人生。我是说，也许我真的疯了。我是说也许。但如果美好生活只是这个样子，那我宁愿发疯。你明白吗？”老妇人摇了摇头。理查德把手伸进内袋。“看见这个了吗？”他说着举起匕首，“猎人死的时候把它留给了我。”

“别伤害我，”老妇人说，“我什么也没干。”

理查德发现自己的声音显得异常激动。“我把她的血从刀上抹掉了。猎人应该照顾好自己的武器。伯爵用它为我授勋，并授予我下层世界的自由权。”

“我不知道你在说些什么。”老妇人说，“求你了，把刀拿开。

做个好孩子。”

理查德举起匕首，砍向店门旁边的砖墙。他劈了三刀，一道水平，两道竖直。“你在干吗？”老妇人警惕地问。

“做一扇门。”理查德说。

她不屑地哼了一声。“你应该把那东西收好。如果警察看见，会以持有攻击性武器的罪名把你拘留。”

理查德看着自己在墙上划出来的门洞，把匕首重新揣进兜里，开始用拳头捶打墙壁。“嗨！里面有人吗？能听见我说话吗？是我啊，理查德。门菲，有人吗？”他感到双手生疼，但还是不断捶打砖墙。

过了一会儿，他从疯狂中清醒过来，慢慢把手放下。

“抱歉。”他对老妇人说。

但那人没有理会。她似乎又睡着了，当然更可能是假装又睡着了。老迈的鼾声从门口传来，也不知是真是假。理查德坐在便道上，心想怎么会有人像他这样，把自己的生活搞得一团糟。他回头望向自己在墙上划出的门框。

墙上出现了一个门形洞口，就在他划出来的地方。有个男人站在门洞里，夸张地抱着胳膊。那人就站在原地，直到确信理查德已经发现自己，这才抬起黝黑的右手，捂着嘴巴，打了个大哈欠。

卡拉巴斯侯爵扬了扬眉。“嗯？”他不耐烦地说，“你来不来？”

理查德盯着侯爵看了一眼。

他点点头，迅速站起身来，强忍着没敢说话。他们一同穿过砖墙上的门洞，进入黑暗之中，身后没有留下任何痕迹。

连门洞也消失无踪。

附 录

一则全然不同的序言，发生在四百年前

那是十六世纪中叶，意大利托斯卡纳的一个雨天。冷入骨髓的凄风苦雨，让整个世界都失了颜色。

一缕黑烟从山丘上的小修道院升起，抹在清晨的天空。

有两个人站在山上，凝视开始着火的建筑。

“范德摩先生，”小个子冲烟柱挥了挥油腻的手，“等它着起来，绝对会是一场好火。可惜诚实的品格促使我不得不承认，那里的居民怕是没有余暇细细品味，好好欣赏了。”

“你是说，因为他们都死了，克劳普先生？”他的同伴问道。高个子正在吃一坨看起来曾是小狗的东西，他用刀切下一大块肉，整条放进嘴里。

“正如你的明察洞见，我的贤者，因为他们死了。”

你可以这样区分他俩：

第一，范德摩先生比克劳普先生高两头半。

第二，克劳普先生的眼睛是淡蓝色的，范德摩先生则是棕色。

第三，范德摩先生右手戴着四颗乌鸦颅骨制成的戒指，而克劳普先生没有佩戴任何明显的饰物。

第四，克劳普先生喋喋不休，而范德摩先生总是饿。

一缕小风吹过，修道院着了起来。

“我不喜欢贤者，”范德摩先生说，“味道怪怪的。”

一声惊叫传来。接着“轰”的一声，屋顶塌陷，火苗猛地蹿了起来。

“原来还有人没死。”克劳普先生说。

“现在死了。”范德摩先生说着又吃了一条生狗肉。方才离开修道院时，他发现这顿午餐就死在道旁的地沟里。范德摩先生觉得十六世纪着实不赖。

“下个活儿是什么？”他问。

克劳普先生微微一笑，露出乱葬冈似的牙齿。“大概四百年后，下伦敦。”

范德摩先生把这个消息跟小狗一起消化了半晌。他最终问道：“杀人？”

“哦，当然，”克劳普先生说，“这我基本可以保证。”

致　谢

感谢本书各个版本的读者给我的反馈、建议和意见——特别感谢史蒂夫·布拉斯特、玛莎·苏卡普、大卫·朗福德、吉恩·沃尔夫、辛蒂·沃尔、洛林·加兰德和凯利·比克曼。感谢BBC出版社的道格·杨、希拉·艾博曼和艾冯出版社的詹妮弗·荷西、娄·阿罗尼卡的帮助和建议。我还要感谢每当本文的一部分化作硬盘中的电子时，所有帮我将其解救回来的人，以及诺顿电脑医生软件。

最后，感谢皮特·阿特金斯对终稿重组整合的帮助。

番外篇

卡拉巴斯寻衣记

我从2002年开始构思这个故事，但很快就停了笔。我一直想把它完成，但从来没能做到。

2013年BBC广播4台播出了《乌有乡》的改编剧。由迪克·马格斯改写，詹姆斯·麦卡沃伊、娜塔莉·多默尔和本尼迪克特·康伯巴奇配音。他们把最终成果发给我听。

我觉得它妙极了，恨不能多听两段。

所以我终于完成了这则有关卡拉巴斯和大衣的故事。它的时间线，和你刚刚读完的这本书有些交集，就在他弄丢了大衣和自己性命之后一点点。

能再次来到这个世界，与我二十年前构思的角色们重逢，感觉真是好极了。你可能觉得这多少满足了我对重返下伦敦的渴望。是的，多少满足了一点儿。

但很快就该是我回去开始一段更长旅程的时候了。

它美轮美奂。它无与伦比。它独一无二。它是卡拉巴斯侯爵被拴在一个圆形房间中央柱子上的缘由。这房间在地下很深很深的位置，不断灌入的水正缓缓将其注满。它有三十个口袋：七个明袋，十九个暗袋，还有四个几乎谁也找不到，就连侯爵本人有时也无能为力。

我们暂且放下柱子、房间和不断升高的水位不表，且说维多利亚本人当年曾赠给侯爵一个放大镜，当然“赠给”这个词，怕是经过了些合情合理但又令人不敢苟同的夸张。那是个巧夺天工的杰作。它雕花簇簇，镶金篆银，后面带条链子，周围还装饰着胖乎乎的小天使和石像鬼。放大镜本身又有一项特殊能力，能把你透过它看到的任何东西变透明。侯爵不知道维多利亚是从哪儿搞来的这东西。他把镜子“借”来，好补偿一笔他觉得并不算特别公允的报酬。不管怎么说，这世上只有一头象，而拿到象的日记可没那么容易。至于拿到手后，从象堡逃出更是难上加难。侯爵把维多利亚的放大镜揣在那四个可以说根本不存在的口袋之一中，从此再也没能找到。

除了这些不同寻常的口袋以外，它还有富丽堂皇的袖子、气宇轩昂的领子和背后的一条开衩。它的材料是某种皮子，颜色则犹如午夜潮湿的巷道。而更重要的是，它特别有型。

总有人跟你说人靠衣装，一般来说这是胡扯。但那个最终成长为侯爵的孩子头一次穿上大衣，端详起穿衣镜中的自己时，身姿真的为之一变，腰杆儿也挺得更直。因为他看着自己的镜像，心里明白能穿这种大衣的人，可不是个随随便便的毛孩子，不是普通的小贼，更非放人情债的顽童。男孩身穿大了三圈的大衣，看着镜子里的自己露齿一笑，忽然想起以前在一本书里看到的插画。那是幅人立起来的磨坊猫肖像。那只气宇轩昂的猫咪身穿精制皮衣，足蹬上等大皮靴。男孩给自己起了个名字。

他知道，像这样的大衣，只有卡拉巴斯侯爵这样的名字才配得上。他从来不敢肯定卡拉巴斯侯爵究竟是不是正确的发音，时至今日也讲不清。他有时用这种念法，有时又会用另外一种。

水已经没到他的膝盖。侯爵心想，如果我有那件大衣，怎么可能出这种事。

这是卡拉巴斯侯爵今生最糟糕的一周过后的头一个集市日，境况并没好转多少。但至少他不是死人了，被割开的喉咙也在迅速愈合。他甚至觉得那沙哑的嗓音颇有些动人之处。这些都是优势。

死掉，或者说最近死过一次，绝对有其劣势。丢了大衣则是最糟的一条。

阴沟民没帮上什么忙。

“你卖了我的尸体，”侯爵说，“这不算什么。你还卖了我的东西，我想把它们找回来。我会给你好处。”

阴沟民的首领邓尼金耸耸肩。“我是卖了，”他说，“就跟我们卖了你一样。东西卖了就没法往回找补。那不是做生意的道儿。”

“咱们现在说的是我的大衣，”卡拉巴斯侯爵说，“我绝对要把它找回来。”

邓尼金耸耸肩。

“你把它卖给谁了？”侯爵问。

阴沟民一句话也没说，好像根本没听见这个问题。

“我可以给你搞点香水，”侯爵努力摆出一张扑克脸，掩饰着心中的烦躁，“无与伦比、香气冲鼻的货色。你肯定不想错过。”

邓尼金面无表情地瞪着侯爵，伸出食指在喉咙上横划一道。侯爵觉得这手势恶俗无比。但它很有效果。侯爵再没多问。这儿找不到什么线索。

卡拉巴斯走到餐饮区。今晚的流动集市在泰特现代艺术馆。餐饮摊贩被安派在前拉斐尔展区，但现在大部分都走人了。摊子几乎全都撤掉，只有个一脸丧气的人在卖不知什么香肠。角落里，在伯恩·琼斯那副身披轻纱的女士们走下楼梯的画卷下方，还有几个蘑菇族的人支了个烧烤摊，放了几张桌椅。侯爵吃过那个脸色丧气的人卖的香肠，从那以后痛下决心，若无意外绝对不要再犯同样的错误。所以他走到蘑菇族的摊子前。

三个蘑菇族的人在看摊子，两个男的，一个女的，都很年轻。他们散发着潮乎乎的味道，身穿粗呢大衣和军用夹克，顶着鸟窝似的乱发，眯缝着眼睛，好像很怕光亮。

“你们卖什么？”侯爵问。

“蘑菇，烤蘑菇，鲜蘑菇。”

“给我来点烤蘑菇。”侯爵说。那个脸白得好似隔夜米粥的干瘦女孩，从一个马勃菇上切了树桩那么大一块。“要烤得透透的。”他又补充了一句。

“有点种儿。吃鲜的。”女孩说，“加入我们。”

“我跟蘑菇打过交道，”侯爵说，“我们已经达成共识。”

女孩把白蘑菇放到便携烤架里。

其中一个男人个头颇高，但驼着背，身上的粗呢大衣散发出老旧地窖的味道。他蹭到侯爵跟前，倒了杯蘑菇茶，随即探过身来。伯爵看到几丛纤细的蘑菇，跟雀斑似的长在他脸颊上。

蘑菇族人说：“你是卡拉巴斯？那个平事儿的？”

侯爵并不觉得自己是平事儿的，但还是说：“对。”

“我听说你在找大衣。阴沟民把它卖掉的时候我见着了。那是上次集市刚开场的时候。在贝尔法斯特号上。我看见是谁买的了。”

侯爵只觉得后脖颈上汗毛倒竖。“你想要什么来交换这个消息？”

蘑菇族的男人伸出长了菌苔的舌尖，舔舔嘴唇。“我喜欢一个姑娘，可她不太给我机会。”

“蘑菇族的？”

“我要有那福气就好了。如果我们能通过蘑菇之躯相亲相爱，那我还有什么可烦心的。不是。她是渡鸦宫廷的人。但她有时在这儿吃东西。我们会聊两句，就像你我现在这样。”

侯爵并没有露出怜悯的笑容，也没倒吸一口冷气。他只是略微挑了挑眉。“那她还不肯回应你的赤诚之心。真诡异。你想让我做什么呢？”

男人把惨白的手探进粗呢大衣口袋，掏出一个装在透明塑料三明治袋子里的信封。

“我给她写了封信。你也可以说是首情诗，虽然我算不上什么诗人。只是想跟她说出我的感情。但我亲手交给她的话，谁知道她肯不肯读。所以我刚才瞧见你，就心想如果是你把信带给她，以你的花言巧语和绅士派头……”他没有把话说完。

“你觉得她会读，并且更有可能接受你的请求。”

年轻人迷惑地低头看了眼身上的粗呢大衣。“我没有什么毛裘啊，”他说，“只有这件大衣。”

侯爵忍住没叹气。蘑菇族女人端出个裂了口的塑料盘子放在他面前，上面盛着那块热腾腾的蘑菇，烤得已然发焦。

侯爵试探着捅了捅，确保整个都已烤透，并没有还活着的孢子。这种事儿你怎么小心都不为过。而且侯爵觉得自己的小心眼不适合任何共生关系。

还不错。虽说吃东西让他嗓子疼，他还是嚼了嚼，咽了下去。

“所以你想让我确保她读了你的思慕情书。”

“你是说我的信、我的诗？”

“是的。”

“嗯，对啊。我想让你在那儿等着，确信她没有看都不看就丢在一边。我还想让你把回信带给我。”侯爵盯着他看了两眼。他的脖子和脸颊上确实长了些小蘑菇。头发乱糟糟的，很久没有洗过，浑身散发着一股子荒村空屋的味道。但透过这层厚实的表象，他能看到一双淡蓝色的眼睛，还颇有几分神采。而且这人个头不矮，也不能说完全没有魅力。侯爵想象着把他洗干净，捯饬好，再摘去一些蘑菇的样子，心中默默点头。“我把信放在三明治袋子里，”年轻人说，“就不会在路上被打湿了。”

“想得很周到。行了，告诉我，是谁买了我的大衣？”

“等会儿，猴急先生。你还没问我的真爱是谁呢。她叫德鲁茜拉。你一眼就能找到，因为她是渡鸦宫廷最美丽的女人。”

“俗话说情人眼里出西施。给我点实际的信息。”

“我跟你说了。她叫德鲁茜拉。那儿只有这么一位。另外，她手背上有红色胎记，形状像个星星。”

“这一点也不门当户对呢。一个蘑菇族人，爱上了渡鸦宫廷的贵妇。你为什么觉得她会抛弃宫廷生活，来享受你这潮湿的地窖和蘑菇的欢愉呢？”

蘑菇族男人耸耸肩。“只要读了我的信，”他说，“她就会爱上我。”他捻了捻长在右脸颊上的伞盖菇柄茎，等它掉在桌上，就顺手拿起来继续在指间捻着。“成交？”

“成交。”

“那个买了你大衣的伙计，”蘑菇族男人说，“带着根杖子。”

“很多人都带着杖子。”卡拉巴斯说。

“这杖子一头有个曲柄，”年轻人说，“那人长得有点像青蛙。矮个子，有点肥，淡褐色头发。想找件大衣，就看上了你的。”他说着把那个伞盖菇扔进嘴里。

“的确是有用的情报。我会把你的思慕和赤诚带给美丽的德鲁茜拉。”卡拉巴斯伯爵脸上洋溢着愉悦的笑容，但心底一点儿这种感觉也没有。

卡拉巴斯探过身，从年轻人手里接过装在三明治袋子里的信封，塞到缝在衬衫上的一个内袋里。

他转身离开摊子，心里琢磨着带曲柄杖的人。

侯爵找了个毯子代替大衣，裹在身上就好像墨西哥斗篷。他并不喜欢这东西，只想找回自己的大衣。他脑海里冒出一句话，佛靠金装，但人并不真靠衣装。好像是什么人在他小时候跟他说的。他料想那人多半是他哥哥，便努力摆脱这个念头，只希望再也不要想起。

曲柄杖。那个从阴沟民手里买走他大衣的人带着根曲柄杖。

他琢磨起来。

卡拉巴斯侯爵有自己的一套做事风格。当他必须冒险时，倾向于进行有计划的冒险。他是那种下了结论后，会再二再三进行检讨的人。

他开始第四次推演。

卡拉巴斯侯爵不相信别人。那有碍于生意，更会留下糟糕的先例。他不相信自己的朋友，或是那些露水情人，更绝不相信雇主们。侯爵把所有的信任都留给了卡拉巴斯。那是个身着气派大衣的气派人。谁也说不过他，脑子转不过他，更别想谋划过他。

只有两种人会带曲柄杖：主教和牧人。

在主教门，曲柄杖只是个象征和装饰品，并不实用。主教们也不需要大衣。他们都有做工精致的主教范儿白袍。

侯爵不怕主教。他知道阴沟民也不怕。牧人树丛那帮人就是另一码事了。就算身着大衣，精神和肉体都在巅峰状态，手底下更有一支军队任他调遣，侯爵也不想跟牧人们打交道。

他寻思着是不是到主教门转一圈，愉快地花几天工夫确认大衣不在那地方。

但他最终夸张地长叹一声，往向导窝走去，准备找个肯带他去牧人树丛的绑定向导。

他的向导矮得出奇，短发紧贴着头皮。侯爵起初以为她也就十来岁，但一起走了大半天后，把这估算调整到了二十多岁。侯爵问过六七个向导后，才找到这个人。她叫尼布丝，看起来信心十足，而侯爵现在正需要信心。两人离开向导窝时，他跟尼布丝讲了自己要去的两个地方。

“那你想先去哪个？”女孩问，“牧人树丛还是渡鸦宫廷？”

“我去渡鸦宫廷没什么大事，只是要送封信，给个叫德鲁茜拉的人。”

“情书？”

“差不多吧。怎么了？”

“我听说德鲁茜拉是那儿最漂亮的，只不过有个喜欢把惹毛她的人变成猛禽的坏毛病。你敢给她写这些信，看来是爱到不行了。”

“很遗憾，我还没见过这位年轻的女士，”侯爵说，“这封信也不是我写的。总之，先去哪儿我都无所谓。”

“你看，”尼布丝想了想说道，“咱们最好还是先去渡鸦宫廷，省得你碰见牧人后，发生什么特别令人遗憾的事儿。这样一来，至少德鲁茜拉能拿到这封信。当然，我不是说你真会遇到什么倒霉事儿。只不过呢，事先准备，总好过……呃，死后补救。”

卡拉巴斯侯爵低头看了眼身上的斗篷，有点拿不定主意。他知道，要是还穿着大衣，那自己肯定不会犹豫。他会很清楚该干什么。他看着女孩，挤出最有说服力的微笑说：“那就去渡鸦宫廷。”

尼布丝点点头，迈步朝前走去。侯爵跟了上来。

下伦敦的道路跟上伦敦截然不同。与其说是地图上既定事实，倒不如说是靠信仰、观念和习惯。

卡拉巴斯和尼布丝走在一条从古老的白石中开凿出的隧道。两个小小的身影走在高大拱顶下，脚步声在四周回荡。

“你是卡拉巴斯，对吧？”尼布丝问道，“你挺有名的。你知道怎么去那些地方，干吗要找向导？”

“两个脑袋总比一个强，”侯爵说，“两双眼睛就更有用了。”

“你原来有件特别有范儿的大衣，对吧？”她问。

“对，我原来是有。”

“那大衣呢？”

侯爵沉默半晌，开口说道：“我改主意了。咱们还是先去牧人树丛。”

“可以啊，”向导说，“先去哪儿都一样。不过丑话说在前头，到了牧人们的贸易站，我就在外头等你。”

“很明智，小姑娘。”

“我叫尼布丝，”她说，“不是什么小姑娘。你想知道我是怎么当上向导的吗？那是个很有意思的故事。”

“并不太想。”卡拉巴斯侯爵说。他现在不怎么想说话，而且给向导的好处足以弥补这点小小的不便。“咱们干吗不安安静静地走呢？”

尼布丝点点头，沉默地一直走到通道尽头，又沉默地爬上一道装在墙上的金属梯。他们一路走到莫特湖区的岸边，这里有个巨大的地下湖，也被称为亡灵之湖。向导在岸边点起一支召唤船家的蜡烛，之后才又开了口。

尼布丝说：“当个合格的向导最重要的就在于绑定。这样一来，别人才知道你不会把他们带上弯路。”

侯爵长叹一声。他正在考虑该怎么跟贸易站的牧人们谈条件，他穷尽各种可能，想了无数方案。但问题是，他没有牧人们想要的东西。

“你带错了路，就再也不能当向导了，”尼布丝兴高采烈地说，“这就是我们被绑定的原因。”

“我知道。”侯爵说。两个脑袋的确比一个强，但如果其中一个老是喋喋不休地讲他早就知道的事情，那就另当别论了。

“我是在邦德街被绑定的。”尼布丝说着拍了拍手腕上的细链子。

“我怎么还没看见摆渡人？”侯爵说。

“他就快到了。你盯着那个方向，看到他了就叫一声。我就在这儿守着。不管从哪儿来，我们总能看见他。”

他们盯着黑黢黢的湖面。尼布丝又开口说：“在当向导之前，那还是我很小的时候。我的族人花了不少精力训练我干这个。他们说这是恢复荣誉的唯一方式。”

侯爵转头看着她。尼布丝手持蜡烛，举在自己眼前。这里的一切都不对劲，侯爵意识到自己应该一开始就仔细听她说的话。这一切都有问题。“你的族人是谁，尼布丝？你是从哪儿来的？”

“一个不欢迎你的地方，”女孩说，“生我养我，又令我效忠的地方，叫象堡。”

有什么东西猛地锤在他后脑勺上，侯爵只觉眼冒金星，随即眼前一黑，栽倒在地。

卡拉巴斯侯爵抬不起胳膊。他意识到双手被绑在背后，而自己则侧躺在地上。

他刚才昏过去了。如果把他劫来的人以为他还在昏迷，那侯爵并不想干出任何违背这个判断的事。他略微抬起一点点眼皮，透过些许缝隙往周围瞄了一眼。

一个沙哑低沉的声音说道：“唉，别犯傻了，卡拉巴斯。我可不信你还没醒过来。我有双大耳朵，能听见你的心跳。好好睁开眼睛吧，你这黄鼠狼。像个爷们儿一样看着我。”

侯爵认得这声音，但他只希望自己搞错了。他睁开眼，看到两条腿。腿下面是一双赤足。脚趾短粗，挤在一块。腿和脚都泛着柚木色。侯爵认识这双腿，他没搞错。

他的意识仿佛分成两块。比较小的那部分臭骂着自己的愚蠢和粗疏。庙堂和拱顶啊，尼布丝已经跟他讲了。他只是没用心听。而在咒骂自己的同时，剩下的意识占了上风。侯爵挤出一脸微笑，开口说道：“啊，真是荣幸之至。你何必费这么大劲安排这次会面呢？我要是听到一丁点儿风声，说你有那么些微的愿望想要找我……”

“你就会撒开那两条麻杆粗的小腿，用最快速度溜得越远越好。”柚木色双腿的主人说。他长着一条又长又灵活的灰绿色鼻子，一直垂到脚面。他伸过长鼻，推了下侯爵，让他仰躺在地上。

卡拉巴斯开始慢慢在身下的地面上摩擦手腕的绑绳，同时说：“这怎么可能。完全相反啊。语言都无法形容，我见到你富态的尊荣有多么欣喜。不知是否能容我提个建议。不如把我松绑，好让我能正式向你致敬，以绅士对绅……象的方式？”

“我费了这么大力气才把你绑到面前，可不觉得松绑是个好主意。”这人长着颗灰绿色的象头，长牙尖利，尖端有些红褐色污渍，“你知道，我发现你干了那件事后曾发过誓。我要让你惨叫，让你求我行行好。我还发誓说，等你求我行行好时，我会说不。”

“其实你也可以说好。”侯爵道。

“我不会说好。你背叛了我的善意，”象说，“我永远不会忘记。”

侯爵曾接受委托，把象的日记带给维多利亚。那时，无论是侯爵还是这个世界都年轻得多。象骄横地统治着自己的封邑，有时甚至可说恶毒。他毫无温情，也不懂什么幽默。侯爵当年觉得象蠢得可以，甚至认定象不可能发现日记的失窃是自己动的手脚。那是很久很久以前了，侯爵还很年轻，也蠢得要命。

“花这么多年工夫，训练一个向导，只为了那点微不足道的可能性，赌我有一天会雇到她，”侯爵说，“你不觉得这有点反应过度吗？”

“你要是了解我，就不会这么觉得，”象说，“如果你了解我，就知道这算不了什么。我为了抓到你，还安排了其他很多眼线。”

侯爵试图坐起身，但象伸过一只赤足，把他推回地板。“求我行行好。”象说。

这很简单。“行行好！”侯爵喊道，“求求你！开恩啊！行行好吧。慈悲是至上至美的品德。威武的象啊，这再适合你不过。就行行好，放过这个甚至不配给你擦尊趾的……”

“你知道吗？”象说，“你刚说的一切都像是在讽刺我。”

“这怎么可能。我道歉。那每个字都是发自肺腑啊。”

“尖叫。”象说。

侯爵叫得既响又久。喉咙才被割开过的人很难尖叫，但侯爵还是叫得又惨又卖力。

“你连尖叫都像在讽刺我。”象说。

这房间的墙壁上有根粗大的黑色铸铁管探出。管道侧面有个轮盘开关，可以让管子里的东西流出来。象用粗壮的双臂抓住轮盘拧了几下。先是有些污泥流出管道，接着就是一股水喷了出来。

“排水管道，”象说，“你知道，我是打听过的。卡拉巴斯，你把自己的性命藏得很好。自从咱们打过交道之后，你这么多年一直都把它藏得好好的。你把命放在别处，那我干什么都没意义。我在整个下伦敦都有眼线。有的跟你吃过饭，有的跟你睡过，一起笑过，甚至一起闹到赤裸裸地出现在大笨钟的钟楼里。但他们什么都没做，毕竟你的命还好好地藏在安全的地方。直到上周，道上传言说你的命终于出匣了。所以我放话出去，会把象堡的荣誉公民权授予第一个让我看……”

“看到我尖叫着求你行行好，”卡拉巴斯说，“你说过了。”

“我还没说完，”象温和地说，“我想说的是，会把象堡的荣誉公民权授予第一个让我看到你尸体的人。”

他用力把轮盘拧到头，水流变得汹涌湍急。

“我得提醒你一件事，”卡拉巴斯说，“亲手杀死我的人会遭诅咒。”

“遭诅咒我认了，”象说，“但你多半是在胡扯。接下来的戏码你肯定喜欢。这屋子会灌满水，你会被淹死。我把水放干。我回这屋子，然后哈哈大笑。”他发出一声象鸣。卡拉巴斯寻思，对象来说，这大概是相当于大笑。

象离开了卡拉巴斯的视线。

侯爵听到大门“砰”地关上。他躺在一洼水里，努力扭动身子，终于站起身来。他低头看了一眼，发现脚上有一副金属镣铐。铐子的另一端连在房间中央的铁柱上。

他真希望自己穿着大衣。那些衣袋里有各式刀具、撬锁工具，还有外观虽是纽扣，但作用却绝对不是那么单纯的东西。他在铁柱上摩擦手腕的绑绳，希望能磨断。但只觉得腕子和手掌的皮肤要被蹭掉，绳子却在吸水后绑得更紧了。此时水位继续升高，已经快要没到腰际。

卡拉巴斯环顾圆形房间。他只需要松动拴住自己的铁柱，弄开手腕的绑绳，然后就能打开脚上的镣铐，关掉水阀，逃出房间，避开满肚子复仇烈焰的象和他的各色爪牙，就此逃之夭夭。

侯爵拽了拽柱子，它没动。他使劲拽了拽，柱子还是纹丝不动。

卡拉巴斯瘫靠在铁柱上，脑中闪过死亡的念头。不打折扣，不能复生的死亡。他想念自己的大衣。

低语声传进他的耳朵。“别出声。”

有什么东西揪了他腕子一下，绑绳随之脱落。等血液涌回双手，卡拉巴斯才发觉刚才被绑得有多紧。他转过身。

“是你？”

出现在他面前的这张脸跟侯爵自己的脸有些相似。那笑容令人迷醉，目光诚恳又充满活力。

“脚。”那人说着露出比刚才更令人迷醉的笑容。

卡拉巴斯侯爵并没迷醉。他抬起双脚。那人俯下身，用根铁丝弄了两下，把脚镣摘掉。

“我听说你有那么点小麻烦。”那人说。他的肤色跟侯爵一样深，身量比侯爵只高了不到半寸，但那作派却像是比谁都高上半头。

“没有。没麻烦。我好得很。”侯爵说。

“你不好。我刚救了你。”

卡拉巴斯只当没听见这话。“象在哪儿？”

“门外头，还有一帮手下。屋里充满水，那门就会自动锁死。所以他需要确保自己不会跟你一起困住。我就在等这时机。”

“等这时机？”

“当然。自打我听说你跟象的一个暗桩走了，就跟上他们，等了好几个小时。我心想，糟糕了，你需要有人帮把手。”

“你听说……”

“你看。”那人说。他长得有点像卡拉巴斯侯爵，只是个头更高，也许还有人——当然不是侯爵——会觉得他魅力更多一分。“你总不会觉得我会任由弟弟出什么事儿吧？”

水已经没过他们的腰。“我没事，”卡拉巴斯说，“一切都在我掌握之中。”

那人走到屋子尽头，跪下来，在水里摸了一阵，随即从背包中取出根撬棍似的东西，把一端戳到水下。“准备好，”他说，“我想这是咱们最快的出路。”

侯爵还在活动僵硬的手指，试图缓解针扎似的酥麻。“什么出路？”他努力摆出满不在乎的样子。

“咱们走，”那人说着抬起一大块方形金属板，“下水道。”卡拉巴斯还没来得及抗议，就被哥哥一把拉过来，扔进地板上的大洞里。

卡拉巴斯心想，也许游乐场会有这样的项目。他完全可以想象。上层世界的人会花大价钱玩这东西，只要他们确信自己不会送命。

他被水流裹挟，在管道中撞来撞去，一路往下掉。侯爵不确定自己会不会送命，也一点儿不觉得好玩。

他在水中一路下降，身体被撞得青肿不堪，最终大头朝下掉在一块似乎根本禁不住他的金属栅栏上。他三两下爬到栅栏旁的石地上，浑身瑟瑟发抖。

随着一阵难以想象的响动，他哥哥跳出管道，双脚牢牢落在地上，就好像以前练过。他面露微笑地说："好玩吧？"

"没觉得，"卡拉巴斯忍不住问了一句，"你刚才是不是'吔'来着？"

"当然了！你没喊吗？"他哥哥说。

卡拉巴斯晃晃悠悠地站起来，无奈地说："你现在管自己叫什么？"

"老样子。我没换。"

"那不是你的真名，浪客。"卡拉巴斯说。

"它很合适，标志着我的领域和我的风格。你还管自己叫侯爵呢？"浪客说。

"是的，因为我说过自己是。"侯爵说。他很清楚自己一副落汤鸡的样子，也确定自己的口吻完全没有说服力。他只觉得自己又蠢又弱。

"你高兴就好。好吧，我该走了。你不需要我了。小心点，别再惹上麻烦。你不用谢我。"他哥哥是真心实意的。这正是最惹人生气的地方。

卡拉巴斯侯爵痛恨自己。他不想说这话，但现在又不能不说。“谢谢你，浪客。”

“对了！”浪客说，“你的大衣。道上传言说，它在牧人树丛。我就知道这点。提个建议，绝对是真心实意的。我知道你不喜欢建议。一件大衣？算了吧。忘了它。搞件新的好了。我说真的。”

“行吧。”侯爵说。

“行吧。”浪客微笑着说。他像条狗似的摆动身体，把水甩得到处都是，随即溜达到黑影里，就此消失不见。

卡拉巴斯侯爵站在原地，气呼呼地滴着水。

过不了多久，象就会发现屋里没有水，也没有尸体，必然会来追他。

他拍拍衬衣口袋。三明治袋子还在，信封好好地放在里面，没沾水。

他一转念，想到个自打离开集市就觉得不对劲的问题。蘑菇族青年干吗要让他卡拉巴斯侯爵，去给美丽的德鲁茜拉送信？又是什么样的信，能说服渡鸦宫廷的成员，尤其是手背有星状胎记的人，放弃宫廷生活，爱上个蘑菇族人？

一个念头冒了出来。那是个并不令人愉快也不使人安心的想法。但它很快被眼前更紧迫的问题挤到一边。

他可以藏起来，躲一阵子避避风头。这一切早晚都会过去。但他不能不考虑大衣。他是被兄长救出来——救出来的！要是在往常，这种事怎么可能发生？他可以搞件新大衣。这当然没问题，但那不是他的大衣。

一个牧人买走了他的大衣。

卡拉巴斯侯爵干什么事都会有个计划，以及一个应急计划。如果原本的计划和应急计划都泡了汤，他就会拿出隐藏在它们之后的真正的计划。如果时候不到，那计划甚至连他自己都猜不到。

可现在，侯爵不得不痛苦地承认自己没有计划，甚至连那种情况棘手时可以随时抛弃的普通计划、无聊计划、显而易见的计划都没有。他只有一个驱动自己的愿望，就好像他眼中那些下等人，被对食物、爱情和安全感的需求所驱动一样。

他计划全无，只想找回自己的大衣。

卡拉巴斯侯爵朝前走去。他兜里有个装着情书的信封，身上裹着条破毯子，心中只恨哥哥把自己救了出来。

当你从无到有打造自己时，总需要个模子，某种追求或是驱避的方向，它代表了一切你向往或厌弃的东西。

侯爵小时候就很清楚自己不想成为什么人。他绝对不想成为浪客。他不想成为任何人。他只希望自己变得优雅、神秘、聪敏过人，当然最重要的是独一无二。

就像浪客一样。

曾有一个牧人，在他的帮助下逃过泰本河重获自由。那里有支罗马军团驻扎在河畔，等待着永远不会到来的命令。这位前牧人作为营地艺人，度过了短暂又幸福的余生。他曾告诫侯爵，牧人们不会强迫你做任何事。他们只会揪出你发自内心的冲动和欲望，驱使它们，增强它们。所以你会心甘情愿做他们想让你做的事。

他记起这个警告，但很快又忘在脑后，因为他害怕孤单。

在此之前，侯爵真不知道自己这么怕孤单，也没想到看到几个同路人会让自己这么高兴。

“真庆幸有你们在。”一个人说。

“真庆幸有你们在。”另一个人说。

“真庆幸我也在。”卡拉巴斯说。他这是在往哪儿走？他们在往哪儿走？幸好他们都走在同一条路上。人多势众总是安全些。

“在一起真好。”一个肤色苍白的瘦削女人欣慰地叹了口气。这话是真的。

“在一起真好。”侯爵说。

“是啊，在一起真好。”走在他另一边的旅伴说。这人长得有点眼熟。他有双蒲扇大的耳朵，灰绿色的粗鼻子像蛇一样。侯爵心想自己以前是不是见过这人，并试图回忆起究竟是在什么地方。正当此时，有人轻拍了一下他的肩头。那人手里拿着根大木杖，一头还带着个弯柄。

“咱们可不想离群吧？”那人说。侯爵心想，我当然不想独行。他紧赶几步，回到人群之中。

“这就好。离群可是发疯。”拿杖子的人说完，继续朝前走去。

“独行是发疯。”侯爵大声重复道。他自觉诧异，怎么之前不知道这么浅显的道理。而在他脑海最深处，还有个若有若无的念头在想这句话究竟是什么意思。

他们走到了要去的地方，跟伙伴们在一起感觉很好。

在这里，时间的流速异乎寻常。但侯爵和那位灰绿脸长鼻子的朋友很快被安排了一个活儿，真正的活儿。内容是这样的：处置那些跟不上队伍也作不出贡献的牧群成员，当然是等到把他们身上有用的东西都回收利用之后。他俩处理好最后剩下的毛发、脂肪之类的部分后，就会把残骸拖到大坑扔掉。这是个又脏又累的苦差事，而且时间很长。但他俩始终在一起，并没有离群。

他们自豪地干了几天后，侯爵发觉自己有点心烦。似乎有个人在试图吸引他的注意。

“我跟在你后面，”陌生人说，“我知道你不想我跟着。但是，我必须这么干。”

侯爵不知道陌生人在讲些什么。

“我有个逃脱计划，不过得先把你弄醒，”陌生人说，“拜托醒醒吧。”

侯爵是醒着的。他还是听不懂陌生人在讲什么。那人为什么觉得他在睡觉？侯爵本想说点什么，但他还得干活。他在肢解下一个前牧群成员时，仔细琢磨着，终于想好了该说什么来表达陌生人让他心烦的原因。侯爵大声说：“有活儿干真好。”

蒲扇耳长鼻子的伙伴听到这话，点头表示赞同。

他们继续工作。过了一会儿，他的伙伴把几个牧群前成员的残骸拖到大坑，推了进去。那坑深不见底。

侯爵努力无视站在自己背后的陌生人。但突然发觉有个东西粘到嘴上，双手也被绑在背后。他心中一阵烦乱，不知道该怎么办。他觉得自己离了群，很想抱怨几句，或是呼唤自己的同伴。但他的双唇被紧紧粘在一起，只能发出些支吾的响动。

“是我，”一个急切的声音从背后传来，“浪客。你哥。你被牧人们抓住了。咱们得想办法把你弄出去。”那人紧接着又说了声，“哎呀。”

某种吠叫在远处响起，又迅速接近。那尖利的叫声突然变成胜利的长嚎，类似的嚎叫声在他们周围不断响起。

有个人吼道：“你的伙伴呢？”

一个低沉的象鸣声说："他到那边去了，跟着另一个人。"

"另一个人？"

侯爵希望他们能过来找到他，把这事解决。这明显是有什么误会。他只想跟着牧群，但现在却被迫离了群。他想好好干活。

"鲁德门啊！"浪客说。他们被一群似人又非人的东西包围了。那些东西都长着尖长脸，身穿毛皮，正激动地交谈着。

那些人解开侯爵的绑绳，但没扯掉他脸上的胶带。侯爵并不介意，他也没什么想说的。

事情终于解决了，侯爵松了口气，盼望着尽快回去工作。但让他有些困惑的是，他、那个绑他的人，还有长鼻伙伴都被人从大坑领走，通过一条堤道，来到一片蜂窝似的小房间，每个房间都塞满了艰难踱步的人。他们的步伐整齐划一。

几个身穿粗制毛皮的押送者，带着他们经过一条狭窄的楼梯，来到一扇门前。其中一人挠了挠门。一个声音响起。"进来！"侯爵只觉一阵高潮般的兴奋。这个声音！这是侯爵有生以来最想取悦的人。（他的一生有多久来着？一周？两周？）

"一个迷途羔羊，"某个押送者说，"一个猎食者。还有羔羊的牧伴。"

这房间很大，墙壁上挂着油画。大多是些风景画，沾染了经年的烟灰和尘土。"怎么了？"说话的人坐在屋子另一头的书桌前。他并没有转过身来。"你干吗拿这种小事烦我？"

"因为，"侯爵认出了这个声音，是差点儿将他绑走的那人，"你下过命令。如果有人在牧人树丛的地盘抓到我，就一定要把我带给你亲手处置。"

屋里的人把座椅推开，站起身来，走向他们，顺手抄起了靠在墙边的木质曲柄杖。他来到光亮中，盯着他们看了好半晌。

“浪客？”他终于开口说道。侯爵听到这声音，只觉得浑身酥麻。“我听说你已经洗手不干了，当了个僧侣什么的。我做梦也想不到你还敢回来。”

（某种巨大的东西在侯爵脑海中膨胀，在他的心田和意识中扩大。那东西硕大无朋，几乎触手可及。）

牧人伸手扯掉侯爵嘴上的胶带。侯爵知道自己应当因此而喜悦万分，应当因为被这个人所注意而激动。

“我明白了，谁能想到呢？”牧人的声音低沉又有磁性，“他在这儿。已经是我们的人了？卡拉巴斯侯爵。浪客，你是知道的，我多想让你看着自己的舌头被割掉，手指被压成肉酱。但你想想看，如果你临死前看到的最后一个人是你弟弟，而他会作为牧群的一员，亲手把你送进地狱，那我该多么欣慰啊！”

（硕大的东西充满了侯爵的脑海。）

牧人体态丰硕，看起来营养很好，衣着也精美华贵。他顶着浅褐色的头发，脸上一副疲惫的神情。他的大衣有点小，但仍显得美妙绝伦，颜色犹如午夜潮湿的巷道。

侯爵意识到那充满脑海的巨物是愤怒。愤怒，像山林野火般在心中蔓延，红色烈焰吞噬着一切。

这大衣，它气派优雅，它美轮美奂。它就在侯爵伸手可及的地方。

而且，它无疑是自己那件。

卡拉巴斯侯爵清醒过来，但他没有轻举妄动。那绝不是个好主意。他在思考，飞快地思考。他所思考的东西跟这房间毫无关系。在牧人和那些牧羊犬面前，侯爵只有一个优势。他知道自己已经清醒，可以自主思考。而他们并不知道。

他作出一个推断，又在心中验证了自己的想法，然后便开始行动。

“抱歉，”他心平气和地说，“但我恐怕必须得上路了。咱们能快点吗？我有个特别重要的事要办，现在已经迟到了。”

牧人拄着曲柄杖。他似乎对此并不在意，只是说：“你背离了牧群，卡拉巴斯。”

“看起来是这样的，”侯爵说，“你好，浪客。你还是这么活力十足，可真令人高兴。象也在，太荣幸了。大家都在这儿。”他又转头对牧人说，“很高兴认识你，也很高兴能加入这个思考者的群落，度过短暂时光。但我真的必须上路了。很重要的外交任务。有封信要送。你肯定能体谅。”

浪客说：“兄弟，恐怕你还没明白眼前的严峻形势……”

侯爵当然十分清楚眼下的严峻形势。“我相信这些绅士们，”他指了指牧人，还有站在他们周围的三个身披毛皮的尖脸牧犬人，“会让我走的。只要把你留在这儿。他们想要的是你，不是我。而且我真有个特别重要的东西要送。”

浪客说：“我能搞定。”

“你还是把嘴闭上吧。”牧人说着举起从侯爵嘴上揭下来的胶条，拍在浪客嘴上。

牧人比侯爵矮，也更胖。那件气派非凡的大衣穿在他身上有点滑稽。“有特别重要的东西要送？”牧人说着拍了拍手上的灰尘，“你指的究竟是什么东西？”

“恐怕我不能告诉你，”侯爵说，“说到底，这封外事信函毕竟不是发给你的。”

“为什么不是？那上面说了什么？它是给谁的？”

侯爵耸耸肩。大衣近在眼前，他一伸手就能摸到。“只有死亡的威胁才能强迫我给你看上一眼。”他勉为其难地说。

“哦，这简单。我威胁要你的命。这是额外的威胁，毕竟作为离群者，你已经被判死刑。至于这个笑面虎，”牧人用曲柄杖指了指浪客，他并没在笑，“他企图偷走牧群成员。这也是死刑，记在我们本要对他施加的惩罚之上。”

牧人转头看着象。“嗯，我早该问一句了。老巫婆在上啊，这是个什么鬼东西？”

“我是牧群的忠实成员。”象用低沉的声音卑微地说。侯爵心中暗想，自己还是牧群成员时，说话是否也像这样呆滞。“这人离群后，我仍忠诚地留在群中。”

“牧群感谢你的辛勤劳作，”牧人说着伸出手，试探着碰了碰一下象牙的尖头，“我以前从没见过你这样的东西，以后也不想再见到。你最好也去死吧。”

象的双耳抽搐了一下。“但我是牧群的……”

牧人抬头看着象硕大的脸庞。“小心驶得万年船，”他说完又看向侯爵，“好了，那封重要的信呢？”

卡拉巴斯侯爵说：“在我衬衣内袋里。我必须再说一遍，在我这辈子经手过的文书中，这是最重要的一份。我必须请求你不要看它。这是为了你好。”

牧人猛地一扯侯爵衬衣的前襟，几颗纽扣飞了出去，撞上墙壁，弹落在地。装在三明治袋里的信封，就放在衬衣的内袋里。

“这真是令人遗憾啊。我相信你肯定会在我们死之前，把这信念给我们听。”侯爵说，“但不管你会不会念，我可以保证浪客和我都会屏息凝神地听。对吧，浪客？”

牧人打开三明治袋子，看了眼信封。他撕开个口子，取出一张褪色的信纸，带出一股灰尘。微小的尘粒悬浮在昏暗的房间中。

“美丽的德鲁茜拉，我的心上人，”牧人大声念道，“我知道你现在对我的感情，并不像我对你的感情……这是什么鬼东西？”

侯爵没有答话。他甚至没有微笑。正如刚才所说的那样，他屏住呼吸，同时希望浪客也按他说的做了。他在心中默数，因为数数似乎是当下转移注意力的最佳方式，好让自己不去想呼吸的问题。他憋不了太长时间。

三十五……三十六……三十七……

他琢磨着蘑菇孢子会在空气中漂浮多长时间。

四十三……四十四……四十五……四十六……

牧人没再说话。

侯爵试探着往后退了一步，生怕牧犬人会一刀刺穿他的肋腹，或是咬开他的喉头。但什么也没发生。他继续向后退去，远离牧犬人和象。

他看到浪客也在后退。

他的肺部火烧火燎地疼。太阳穴附近的血管砰砰作响，那声音几乎掩盖了耳中尖细的嗡鸣。

他尽量远离那个信封，一步步退到背靠着墙脚的书架，这才小心翼翼地深吸口气。他听到浪客也在喘气。

“刺啦”一声响过，浪客大张开嘴，那胶带掉在地上。“这是什么东西？”浪客问道。

“如果我没搞错的话，是咱们逃出这房间，乃至逃出牧人树丛的车票。”卡拉巴斯说，“而我很少犯错。能麻烦你解开我的绑绳吗？”

他感到浪客摸索了几下自己的双手，绑绳很快被松开。

一个低沉的声音突然响起。“我得宰个什么人，”象说，“只等我搞清该宰什么。”

“哦，我亲爱的朋友，”侯爵摩擦着酸麻的双手说，“你是说该宰谁？”牧人和牧犬们开始试探着朝门口走去，步伐笨拙滑稽。“不过我可以保证你谁也不会宰，除非你不想安全返回象堡了。”

象暴躁地甩着长鼻。“我绝对要宰了你。”

侯爵微微一笑。“你非要逼我说‘嘁’吗？”侯爵说，“或是‘啧啧’。我从没有说‘啧啧’这种话的冲动。但我能感到它正在我心中酝酿……”

“庙堂和拱顶啊，你中了什么邪？”象问道。

“错误的问题。不过我可以替你问出正确的问题。这个问题是，咱们三个没中什么邪？浪客和我没中邪是因为我们屏住了气。至于你为什么没事，我还真说不好。可能是因为你是象，皮糙肉厚。当然更大的可能是，你是用几乎垂在地上的象鼻呼吸。其他人是中了什么邪？答案很简单。咱们没中，而这位大腹便便的牧人和他半犬科的同伴们中了的东西，是孢子。”

“蘑菇孢子？”浪客问，“蘑菇族的蘑菇？”

“对。正是那种蘑菇。”侯爵答道。

“见鬼了。”象说。

“这也是为什么，”卡拉巴斯对象说，“如果你想杀了我或是浪客，不但不会成功，反而会连累所有人。而如果你把嘴闭上，咱们尽量装作还是牧群的一员，那么就有机会逃走。那些孢子正不遗余力地钻进他们的大脑。蘑菇随时可能呼唤他们归巢。”

牧人坚定不移地往前走，手里拿着一根曲柄杖。有三个人跟在他身后。其中一个长了个象头；另一个身材高挑，模样帅得惊人；最后那个则身穿一件气度不凡的大衣。这大衣很合身，颜色犹如午夜潮湿的巷道。

这群人后面跟着几个牧羊犬。他们看上去意志坚定，似乎为了前往目的地，随时可以赴汤蹈火。

在牧人树丛，一个牧人在几条凶猛牧犬（他们也是人，至少曾经是人）的陪护下，带着一部分羊群行动，这并不是什么稀罕事。所以当牧人和三条牧犬带着三只羔羊往牧人树丛外面走去时，大牧群并没在意，瞧见他们的牧群成员继续着手头的工作。如果说有人察觉到牧人们的影响力似乎衰弱了一点儿，那也只会耐心等待下一名牧人来看顾他们，保护他们不受猎食者和这个世界的伤害，毕竟孤单才是最吓人的。

没人注意到他们越过了牧人树丛的边界，还在继续朝前走。

等他们七个来到基尔伯恩的溪畔，才略作停留。前牧人和那三个披着毛皮的犬人迈步走进水里。

侯爵知道，此时此刻，那四个人心中只有回归蘑菇的渴望。他们只求能再次品尝它的菌肉，让蘑菇活在他们体内，尽心尽力地侍奉它。而相对的，蘑菇会抚平他们对自身的所有不满，让他们体内的生命活得更加愉悦，也更有乐趣。

“真该让我杀了他们。”象说。他目送着牧人和牧羊犬们蹚着水越走越远。

“没意义，”侯爵说，“就连复仇也算不上。他们已经不再是抓捕咱们的那些人了。”

象用力扇了扇耳朵，又使劲挠了挠。“说到复仇，你他妈偷了我的日记，究竟交给谁了？”他问。

“维多利亚。”卡拉巴斯说。

“甚至不在我的嫌疑名单上。她藏得可够深的。”象沉默片刻后说道。

“这我无可否认，”侯爵说，“而她甚至没把定好的报酬给足。我最后只能自己顺了点添头，以弥补亏空。”

他把皮肤黝黑的手伸进大衣，摸索着几个明袋、几个暗袋，最终竟摸到了最隐蔽的那个，这连自己也感到意外。他把手探进去，掏出个带挂链的放大镜。“这是维多利亚的东西，”他说，“我记得你能用它看穿物体。也许可以作为对你的一点点补偿？”

象从自己的衣袋里掏出个东西，侯爵没看清是什么。象眯着眼睛，透过放大镜看了眼，随即发出一声介于欣慰的闷哼和满足的象鸣之间的响动。“哦，不错，很不错，”他说着把两件东西都放进口袋，“救了我的命，大概可以抵过偷我的日记吧。虽说如果我没追着你跳进下水道，也就不需要你救。但继续互相指责实在没有意义，就当你保住自己的小命了吧。”

“我期待有朝一日能到象堡造访。”侯爵说。

“别得寸进尺，伙计。”象不耐烦地甩了甩鼻子。

“没有啊。”侯爵说。他忍住没说，得寸进尺是他成就自己的唯一途径。侯爵往旁边瞟了一眼，发现浪客再次令人困惑又气恼地消失在阴影之中，甚至没说声再见。

侯爵最恨有人这么干了。

他冲象微微鞠了一躬。而那件美轮美奂的大衣察觉到这个动作，随即将它放大，把它补全，变成只有卡拉巴斯侯爵才能做到的礼数，就像他过去那样。

下一次流动集市的举办地，是德里&汤姆斯百货商场的屋顶花园。德里&汤姆斯1973年就关了张，但下伦敦跟时间与空间，有着令人咋舌的特殊协议。这屋顶花园比它现在的样子更新更纯。那些上伦敦的人（这些男男女女都很年轻，身穿带螺旋刺绣花样的上衣和喇叭裤，足蹬七十年代式样的层叠底高跟鞋，不知在激烈地讨论着什么）全然无视着下伦敦的人们。

卡拉巴斯侯爵在屋顶花园游逛，那副派头就好像这是他的领地。他快步走到餐饮区，经过一个卖牛角奶酪三明治的小个子女人。她推着一辆独轮车，上面堆满了这种食物。侯爵又走过一个咖喱摊，以及一个拿着餐叉的矮子，他面前摆着个巨大玻璃碗，碗里盛满白色的盲鱼。最终，侯爵来到了卖蘑菇的摊位。

“来片蘑菇，烤透，谢谢！”卡拉巴斯侯爵说。

招呼侯爵的人个头似乎矮了些，但还是略显富态。他顶着发际线颇高的淡褐色头发，脸上挂着疲惫的神情。

“马上就好，”那人说，“还要点别的吗？”

“不用，就这些。”侯爵出于好奇又接着问道，“你记得我吗？”

“恐怕记不得了，”蘑菇族人说，“但我得说，这是我见过的最漂亮的大衣。”

“谢谢！”卡拉巴斯侯爵环顾四周，“之前负责看摊子的年轻人哪儿去了？”

“嗨。那可是我听过的最古怪的故事了，先生。”那人说。他身上还没有潮乎乎的气味，不过脖子侧面已经长出一小丛蘑菇。“我听说有人告诉渡鸦宫廷的德鲁茜拉，我们那位文森特对她朝思暮想。而且……你可能不相信，但我保证这是真的……据说文森特给她送了封装满孢子的信，指望能让德鲁茜拉成为他在蘑菇中的伴侣。”

侯爵诧异地挑了挑眉毛，但心里其实一点儿也不吃惊，毕竟是他亲口把这消息讲给德鲁茜拉的，甚至还给她看了那封信。“她听到这消息高兴吗？”

“恐怕并不怎么高兴，先生，恐怕并不高兴。她和几个姐妹守在我们来集市的路上，专门候着文森特。德鲁茜拉跟他说，有些事要和他谈谈，很私密的事。文森特听到这话显得很高兴，很想知道是什么事，就跟她一起走了。我整晚都在等他来集市，好帮我一起干活。但我想他是不会来了。”那人似乎有点惆怅地说，“这真是件上好的大衣啊。我总感觉自己也有过这么一件，可能是在前世吧。”

“我一点儿也不怀疑，”卡拉巴斯侯爵对这消息颇为满意，随即吃起那片烤蘑菇，“但这件的的确确是我的。”

他离开集市时，和几个正在下楼梯的人擦身而过。他站定脚步，冲其中一位风姿绰约的年轻女子点了点头。那人有一头橙色长发，五官好似前拉斐尔画派的美人图，一只手的手背上还有个星形胎记。她的另一只手抚摸着一只大猫头鹰的脑袋。那大鸟紧张地左顾右盼，瞳孔透出一种在鸟类中很少见的淡蓝色。

侯爵冲她点点头。女子不尴不尬地瞥了他一眼，随即转过头去，就好像刚刚意识到自己欠了侯爵一个人情。

卡拉巴斯又和善地冲她颔首示意，随即迈步向下走去。

德鲁茜拉紧跟伯爵走了下来，似乎有什么话要说。

卡拉巴斯侯爵抢在她之前来到楼梯脚下。他驻足片刻，思索着一些人和一些事，以及尝试新事物的艰辛。随后，他身披那件上好的大衣，令人困惑又气恼地融入阴影之中，转眼消失不见，甚至没说声再见。

读客®

科幻文库

跟着读客读科幻，经典科幻全看遍

太空歌剧、赛博朋克、奇幻史诗……

中国、美国、英国、俄罗斯、波兰、加拿大、日本、牙买加……

读客汇聚雨果奖、星云奖、轨迹奖获奖作品

精挑细选顶尖的科幻奇幻经典

陪伴读者一起探索人类文明的过去、现在和未来

亿亿万万年，直至宇宙尽头

图书在版编目（CIP）数据

乌有乡 /（英）尼尔·盖曼 (Neil Gaiman) 著；马骁译 . -- 南京：江苏凤凰文艺出版社，2019.1（2022.9 重印）
（读客外国小说文库）
书名原文：Neverwhere
ISBN 978-7-5594-2003-9

Ⅰ . ①乌… Ⅱ . ①尼… ②马… Ⅲ . ①科学幻想小说 – 英国 – 现代 Ⅳ . ① I561.45

中国版本图书馆 CIP 数据核字 (2018) 第 090439 号

乌有乡

[英] 尼尔·盖曼 著　　马 骁 译

责任编辑　丁小卉
特约编辑　叶 子　叶启秀　刘 雨
装帧设计　读客文化　021–33608320
责任印制　刘 巍
出版发行　江苏凤凰文艺出版社
　　　　　南京市中央路 165 号，邮编：210009
网　　址　http://www.jswenyi.com
印　　刷　三河市龙大印装有限公司
开　　本　890 毫米 ×1270 毫米 1/32
印　　张　12
字　　数　279 千字
版　　次　2019 年 1 月第 1 版
印　　次　2022 年 9 月第 3 次印刷
标准书号　ISBN 978-7-5594-2003-9
定　　价　54.00 元

江苏凤凰文艺版图书凡印刷、装订错误，可向出版社调换，联系电话：010-87681002。